花嫁の願いごと一つ

ダイアナ・パーマー／アン・ハンプソン 作
香野　純／槙　由子 訳

ハーレクイン・プレゼンツ・スペシャル
東京・ロンドン・トロント・パリ・ニューヨーク・アムステルダム
ハンブルク・ストックホルム・ミラノ・シドニー・マドリッド・ワルシャワ
ブダペスト・リオデジャネイロ・ルクセンブルク・フリブール・ムンバイ

Published by Harlequin Japan,
a Division of K.K. HarperCollins Japan, 2025

目次

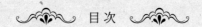

淡い輝きにゆれて

ダイアナ・パーマー

シリーズロマンスの世界でもっとも売れている作家のひとり。各紙のベストセラーリストにもたびたび登場している。かつて新聞記者として締め切りに追われる多忙な毎日を経験したことから、今も精力的に執筆を続ける。大の親日家として知られており、日本の言葉と文化を学んでいる。ジョージア州在住。

主要登場人物

テス・メレディス……………付き添い看護婦。
ハロルド・メレディス………テスの父親。名医。故人。
マット・デイヴィス…………テスの旧友。探偵事務所の経営者。
本名レイヴン・フォローイング。
スタンリー・ラング…………マットの部下。探偵事務所の若手調査員。
マルヘイニー夫人……………テスとマットが住む下宿屋を営む女性。
ナン・コリアー………………テスの友人。
デニス・コリアー……………ナンの夫。電報局職員。
イーディス・グリーン………ナンの姉。
ブライアン・グリーン………イーディスの夫。警察官。
ジム・キルガレン……………ナンとデニスの知人。シカゴのギャング。
通称ダイヤモンド・ジム。
ミック・ケネディ……………テスの送迎馬車の御者。

プロローグ

モンタナ州
一八九一年、春

　暗雲が垂れこめる遥《はる》かな山並みの上空で、稲妻が閃《ひらめ》いた。閃光《せんこう》で始まる春の嵐は、この地方ではめずらしいものではない。テス・メレディスは、その閃きを眺めるのが大好きだった。ことにいまの彼女には、あらゆる自然現象について……いや、超常現象についても、言い伝えを教えてくれる連れがいるのだから。

　新しい大切な友人とともに春の嵐を眺めるのは楽しい。けれども、テスは、馬を走らせたり、狩りや釣りをしたりして、自然と〝冒険〟を満喫できる野外での活動のほうがもっと好きだった。彼女の父親は、このぶんでは結婚など到底できまいとあきらめていた。彼女の特技は、家庭内での女の務めにはまったく活《い》かせない。こんな娘に誰が感心するだろう？

　きょうのテスは、十四歳にしてはひどく大人びて見えた。ブロンドの髪は、風になびくままにはせずに、きちんと結いあげてある。着ているものも、いつもの裾をまくったブルーデニムのオーバーオールと父親のシャツではなく、ハイネックの長いコットン・ドレスだ。底のすり減ったブーツは、きれいに磨いた編み上げ靴に変わっている。さきほど、その姿を見た彼女の父は、顔を輝かせていた。もちろん彼は、身なりのことや、レディらしからぬ趣味のことで、彼女をしかったりはしない。娘をしかるには、彼はあまりに優しすぎる。その優しさと真心ゆえに父は名医と言えるのだ、とテスは思っている。腕のいい医者は大勢いるが、彼のように患者に接する者は少ない。

テスはため息とともに、レイヴン・フォローイングを見やった。これまで自分を対等に扱ってくれた男は、彼しかいない。他の連中はみな、彼女を取るに足りない子供、あるいは――このほうがもっと悪いが――取るに足りない小娘として見ているのだ。

彼はスー族の若者で、八カ月前までパインリッジ居留地に住んでいた。その肩は広くたくましく、鹿皮のシャツの下でじっと動かない。三つ編みにした長い黒髪には、アーミン皮の細い帯が巻かれている。彫りの深いハンサムな顔は、無表情だった。

彼を見つめるうちに、テスの胸は憂いと好奇心でいっぱいになった。レイヴンには何が見えているのだろう？　彼には、テスの目には見えないものが見えているようなのだ。レイヴンは、彼女より六、七歳、年上なだけだ。でも、ときとしてテスには、そのことが信じられなくなるのだった。

「怖い？」唐突に、彼女は訊《たず》ねた。

「戦士は決して恐れを認めない」

テスはほほえんだ。「ああ、ごめんなさい。じゃあ、緊張している？」

「落ち着かない気分だ」彼は細長い優美な手に棒きれを持ち、ただもてあそんだり、地面にシンボルを描いたりしていたが、いまそれを別の手に持ち替えた。「シカゴはずいぶん遠いからな。白人の町に行くのは初めてだし」

「あなたはそこで教育を受けるのよ。パパがそう言ってたわ。そうすれば、仕事に就けるからって。あなたに仕事をくれそうな人を知っているんですってよ」

「おれにもそう言ってたよ」

テスはレイヴンの肩に軽く触れた。昨年の十二月、サウスダコタ州ウーンデッドニーの大虐殺で重傷を負って以来、彼は人に触れられるのを嫌うようになっていた。あのときは、兵士たちのライフルが、二百人を超えるスー族の民の命を奪ったものだ。そのなかには、レイヴンの母とふたりの妹もいた。しかしテスは、自分だけは彼に触れても大丈夫だと信じている。弾丸を浴びた彼の体が回復するまで、彼女はずっとレイヴンの看病を手伝ったのだから。

「心配いらないわよ」テスは、自信ありげに聞こえるよう願いつつ、優しい声で言った。「行けばきっとシカゴが好きになるわ」

「ずいぶん確信があるみたいだね」レイヴンの黒い瞳が、おもしろそうにきらめいた。

「ええ、もちろん！　ママが死んだあと、パパが居留地の医者になるって言いだしたときは、わたしも死ぬほど怖かった。西部にはひとりも知り合いがいなかったし、友達や親戚、全員と別れなきゃならなかったんですもの。でも来てみたら、ぜんぜん悪くなかったわ」テスはスカートの乱れを直した。「そうね、それほど悪くはなかった」彼女は言い直した。「兵士たちのスー族に対する扱いは気に入らないけれど」

「われわれもだ」レイヴンは皮肉っぽく言った。彼はしばらく黙って、テスの表情をさぐっていたが、やがてその澄んだ緑の目をじっと見つめた。「おれがいなくなったら、お父さんはほっとするだろうね。おれがきみにいろいろ教えるのを許してくれたけど、きみが教わったことを実践すると眉をひそめるものな」

「パパは古いのよ」テスは笑った。「世の中はどんどん変わってるのにね」彼女は遠くの山々に目をやった。「わたしはその変化に力を貸したいわ。これまで女がしたことのないことに挑戦したいの」

「いまだって白人の女がまずしないことをやってい

るだろう？　鹿の皮を剥いだり、牝鹿《めじか》の足跡を追ったり、裸馬に乗ったり、弓を射たり――」

「それに、スー族の言葉や合図を使ったりね。全部あなたのおかげよ、レイヴン。あなたはいいお友達だし、いい先生だわ。いっしょにシカゴに行けたらって思う。きっと楽しいでしょうね？」

レイヴンは肩をすくめ、足もとの土にシンボルを描きはじめた。

なんて美しい手だろう、とテスは思った。指は力があるけれども細く、手首の骨はいかにも繊細そうで、それが腕のすうっと伸びた筋肉に覆われている。彼が身を乗り出すと、自然とその背に視線が行き、テスは思わずびくりとした。鹿皮のシャツからのぞく皮膚は傷跡でいっぱいだった。傷跡は、いつまでも彼の胸にウーンデッドニーをよみがえらせるにちがいない。

父のハロルドは、レイヴンが命を取りとめたのは、奇跡だと言っていた。彼の背には六発もの銃弾が撃ちこまれており、うち一発は肺を貫いていたのだ。しかも、それよりもっとひどい傷もあったくらいだ。ハロルド・メレディスは、レイヴンを救うために自らの知識を駆使し、ありとあらゆる手を尽くした。最後には、自分の医術とはかけ離れた異文化の癒し手に助けを求めさえした。彼はレイヴンの病室に、スー族のシャーマンをこっそり招き入れたのだ。

ハロルドの力か、シャーマンの力かはわからない。あるいはその両方なのかもしれないが、まもなくスー族の守護神〈大いなる精霊〉がほほえみ、レイヴンは快方へと向かった。全快までの道のりは長く苦しいものだった。そしてその間ずっと、テスは彼に付き添っていた。

「わたしのことが恋しくなると思う？」テスは訊ねた。

「当然だろう」レイヴンはゆったりとほほえんだ。

「きみは命の恩人なんだ」

「ちがうわ。あなたを救ったのは、パパとシャーマンよ」

レイヴンはめったに感情を表わさない男だ。しかしこのときばかりは、その大きな褐色の手が白く小さなテスの手を取り、握りしめた。「いや、きみのおかげだよ」彼はきっぱりと言った。「もちこたえられたのは、きみがあんなに激しく泣いてくれたからだ。おれは、きみが気の毒でならなかった。死んできみの希望を打ち砕くような無礼で思いやりのないまねは、できっこないだろう？」

テスは笑った。「あなたがそんなに長くしゃべるの、初めて聞いたわ、レイヴン。それに、混じりけなしの本心を口にするのもね」彼女の目がきらめいた。

レイヴンは立ちあがって伸びをすると、テスを引き寄せた。彼の視線が、赤く染まった彼女の顔へと移る。テスはもうほとんど一人前の女性だ。いまにとてもきれいになるだろう。けれどもレイヴンは不安だった。彼女は物事を深く感じるたちだ……その感情はとても激しい。

「なぜなの？」唐突に彼女は訊ねた。「いったいなぜ、政府軍はあんな酷《ひど》いことを？」

「かつてスー族がカスター中佐の部隊にしたことへの復讐《ふくしゅう》だろうね。この数カ月、おれはずっとウーンデッドニーのことを考えていた。われわれに……あの子供たちに、銃弾を浴びせた兵士どもは――」まるで、殺された子供たちの恐怖の叫び、苦痛の悲鳴がふたたび聞こえてきたかのように、彼は一瞬身をこわばらせた。「あの兵士どものなかには、カスター中佐の部隊の生き残りもいたんだよ」彼はじっとテスを見つめた。「スー族がカスターと戦ったとき、おれはまだ六つだったが、何があったかはよく覚えている。戦いのあと、息子や父親や夫をなくしたスー族の女たちが、戦場に残されたカスターの兵士たちの亡骸《なきがら》にひどいことをしたんだ。悲惨だったよ」

「わかるわ」

「いいや、わかりはしない。わからないほうがいいんだ」彼は緊張した面持ちで言った。「さっきはからかったが、きみとお父さんがあんなに勇敢でなかったら……それに、きみたちの到着があんなに早くなかったら、おれは本当に助からなかったろうよ」

「わたしたち、戦いがあったと聞いてすぐ戦場に向かったの。凍りついた地面の上で大勢の人が死にかけているって」テスは身を震わせた。その目が涙でいっぱいになった。「ああ、レイヴン。ひどい寒さだったわ。凍りつきそうだった。あの寒さは絶対に忘れられない。あなたを見つけられて、ほんとによかった。わたし、神に感謝してるの」

「おれも、〈大いなる精霊〉に感謝しているよ。きみとお父さんがおれを救い、傷の手当てをし、荷馬車に隠してサウスダコタから連れ出してくれたことに」

「運がよかったのよ。ちょうどパパが、北部シャイアン居留地に移されるところだったから。わたしたち、居留地の近くの道ばたであなたを見つけたことにしたの。簡単だったわ。誰も疑いは持たなかった。少なくとも面と向かっては何も訊《き》かなかったわ」

レイヴンはほほえんだ。「だが、ビッグフット居留地のいとこを訪ねようと思い立ったのは、おれにとって不運だったよな」

テスは悲しげに首を振った。「そうよ。自分の居留地にいれば、あんな目に遭わずにすんだのに……」

「それに、うちの母親と妹たちも運がなかったわけだ」レイヴンの声が小さくなって途絶えた。しかし自分を包みこもうとするその悲しみを、彼は振り払った。「さあ、もう帰ろう。お父さんが心配する」

テスは抗議しかけたが、静かでゆるぎないレイヴンの目を見ると、何を言っても無駄だとわかった。

彼女はあきらめて、彼にほほえみかけた。

「行ってしまっても、また会えるわよね？」

「もちろん。ときどきもどってくるよ」レイヴンは約束した。「おれが教えたことを忘れるな」

「忘れられるはずないでしょう」テスはそう答え、レイヴンの黒い瞳をさぐった。「変化ってなぜ起こるのかしらね」

「起こるものだからさ」遠くの空がかすみはじめた。暗い雲が雨のカーテンを解き放ったのだ。

「さあ、急がないと。雨に追いつかれる」

「ちょっと待って、レイヴン。ひとつ教えてほしいことがあるの」

「いいとも」

「いつだったか、ふたりでここに来たとき、オールドマン・ディアは何をしたの？」

レイヴンはかすかに身をこわばらせ、目をそむけた。「儀式を行なったんだよ。とても神聖な儀式を」

そして今度はまっすぐにテスを見た。「きみを護《まも》るためなんだ」謎めいたことを言って、彼はほほえんだ。「でもこれ以上言うのはよそう……時期がくるまでは」

1

イリノイ州シカゴ

一九〇三年十一月

その電報にはこうあった。〈ドヨウ2ジ、シカゴエキ、チャク。テス〉

マット・デイヴィスは数回、それを読み返し、さらに数回、悪態をついた。テス・メレディスはシカゴに移ってくる必要などないのだ。彼女の父親は、二カ月前に亡くなった。マットがその報《しら》せを聞いたのは、葬儀のかなりあと、別の州での仕事からもどったときだった。もちろんテスにはすぐさま手紙を書き、彼女のほうも返事をくれた。しかしそのとき彼女は、こんな計画はおくびにも出さなかった。

教育を受けるために東部に来てからも、彼は何度となくテスとその父親を訪問しており、常に連絡を絶やさなかった。その後、彼は名前を変え、ピンカートン探偵社で働きはじめた。レイヴン・フォローイングはマット・デイヴィスとなり、名前以外の点でもいろいろな変貌を遂げたが、メレディス父娘に対するその敬愛だけは変わらなかった。彼にとって家族と呼べるのは、あのふたりだけだった。そして彼は、誰の想像も及ばないほど、毎回の訪問を楽しみにしていた。

十六のころのテスは、その二年前ほど社交的とは言えなかった。いくぶんシャイで、よそよそしい感じがした。十八のころのテスは、それとはまたちがって、成熟してきれいになっており、彼の記憶よりももっと大胆だった。そして昨年、自ら設立した新しい探偵事務所の仕事にからめ、ふたたびモンタナに帰ったとき、二十六歳の大人のテスを見て、彼は言葉を失った。いつも笑っていた十四歳の小妖精も、あのシャイな十六歳や大胆な十八歳ももういなかった。テスは、茶目っ気に満ちた、はっきりものを言う、強い女性になっていた。そしてまた、彼が胸に痛みを覚えるほど美しい女性に。彼女はまた、父親の頭痛の種でもあった。あの子は結婚の話を持ち出すことさえ許さないのだよ――ハロルドはそう打ち明けた。ズボンにシャツに拳銃といういでたちで、馬で町じゅう駆けまわったこともある……町で婦人参政権運動のグループを作った……自分に無礼を働いた地元の男に銃を向けたことさえある……。老いた医師は、マットに助言を求めた。しかしマット自身も、この新しい挑戦的なテスの前ではまごつくばかりだった。

いま彼女の父親は亡くなり、マットはテスを受け継ごうとしている。この女の姿をしたトラブルは、彼の生活に変化をもたらすにちがいなかった。そう思うとマットは不安をかきたてられると同時に、スリルも感じた。

シューッと煙を吐き出しつつ、列車が駅に入ってきた。機関車から捨てられた石炭の燃えがらを用心深くよけながら、エレガントな身なりの男や女が下車しはじめる。ポーターたちも忙しく行き交い、荷物を下ろしている。しかし肝心のテスの姿はどこにもなかった。

マットはいらだたしげにため息をつき、プラットホームに目を凝らした。とそのとき、小粋な緑のベルベットをまとい、パリ仕立てのベールつきの帽子をかぶった、スタイルのよい女性の姿が目に留まった。彼女の美しい靴は、もどかしげにホームをトントンとたたいている。突然、歳月がくずれ落ち、そのエレガントな婦人は、彼が昔から知っている、長いブロンドをお下げにしたあの少女へと変わった。

まさにその瞬間、テスも彼に気づいた。優雅さはたちどころに消え去った。マットの名を叫びながらプラットホームを駆けてくると、テスは彼に身を投げかけた。

両の腕が彼女を包みこむ。マットは笑いながら、彼女を高々とかかえあげた。彼の黒い瞳が、ベールの霞《かすみ》ごしに、彼女の深い緑の瞳と出会った。

「ああ、マット、会いたかったわ」彼女はささやいた。「ちっとも変わってないのね」

「きみは変わった」彼はゆっくりと彼女を下ろした。「いまでは胸があるというだけのことよ」テスは言った。

彼は頬が熱くなるのを感じた。「テス！」

テスは両手を腰に当てて、じっと彼を見つめた。「時代は変わったのよ。わたしたち女は、偽善や隷属からは脱却したの。わたしたちも、男たちの持っているものがほしいのよ」

マットはこらえきれずに笑みを漏らした。「胸毛がほしいのかい？」

「あなたにはないわよね」テスは好戦的に言った。

「すべすべだわ」彼女は真顔になって彼を見た。「この町に、あなたが本当は誰なのか、どこから来たのか、知っている人はいるの？」

やや高飛車に、マットは眉を上げた。「きみはどの物語が好きかな？　銀行では、おれは追放されたロシアの貴族ってことになっている。ピンカートン探偵社時代の仲間たちは、スペイン出身だと思っているし、近所で洗濯屋をやってる年取った中国人は、アラブ人だと思ってるよ」

「わかったわ」

「いいや、わかりはしないね」マットの目が細くなった。「きみたちは母国語を話すことを許されている。先祖と同じ服を着ることもできるしな。スー族の者は、伝統的な宗教儀式さえ許されていないんだ。

太陽踊り《サン・ダンス》さえも」

マットは、エレガントなスーツにぴったりのネクタイを直した。彼は、踵《かかと》の低いスポーツシューズを履き、長い髪はポニーテールにしてシャツの襟に隠していた。彼がスー族だと知る者は、シカゴにはほとんどいない。「他人にはどうとでも好きに思わせておけばいい」出自を明かすことへの不安を、認める気はなかった。「おれは謎の男なのさ、テス」彼は陽気に言った。そしてふたたびまじめになって、付け加えた。「ウーンデッドニー以来、すべてが変わってしまった。いまでは、国立校で学んだり、国の仕事をしたりしているインディアンは、長髪にするのも、民族衣装を着るのも、部族語を話すのも、法律で禁じられているんだからな」

「それに」テスは沈んだ口調で言った。「あなたたちには選挙権もないのよね」ここで彼女は元気づいた。「わたしと同じね。ねえ、ミスター・デイヴィス・フォローイング、いっしょに革命を起こしましょうよ」

彼の暗い漆黒の目が彼女を見つめる。テスはすばらしくきれいだ。だが、その美しさの陰には、個性と独立心が潜んでいる。「お父さんのことは気の毒だったね」彼は言った。「まだ淋《さび》しくてしかたないだろう？」

「やめて」彼女は強い口調で言い、涙を押しとどめようとして目を泳がせた。「旅の間ずっと、必死で勇気を奮い立たせていたの。二カ月経《た》っても、まだ慣れないわ。もう親がいないなんて」手袋をはめた小さな手が、彼のベストのポケットにかかった。「ねえ、マット。わたし、来てもよかったのかしら？」彼女は唐突に訊《たず》ねた。「モンタナには誰も身寄りがいなかったし、すごくしつこく結婚を迫ってくる兵隊がひとりいてね、早く逃げださないと根負けしそうだったのよ」

「きみのお父さんが手紙に書いていたあの兵隊？スモーリー中尉かい？」

「ええ、その男」テスは手を引っこめ、ひらひらしたパラソルの柄をもてあそんだ。「あの名前はよく覚えている、そうでしょう？」

「ウーンデッドニーでおれの家族をほぼ全滅させた連中のひとりだからな。忘れられっこないさ」彼は険しい口調で言った。

テスは振り返って、人々がこちらへ向かってくるのに気づいた。だが誰もふたりのことなど気にしてはいない。モンタナならこうはいかなかったろう。ブロンドの若い娘が生粋のスー族といっしょにいる姿は、人々を驚かすだけではすまない。みんな、すごい目でふたりをにらみつけてくるはずだ——かつてそうだったように。

「昔のあなたを思い出すわ」テスはそっとささやいた。「戦士のいでたちで、馬にまたがり、風に髪をなびかせて、標的のまんなかを矢で射抜くあなたを」レイヴンに熱い視線を注ぐ彼女を見て、父は、彼に恋しているんだろうとからかったものだ。

マットは、自分の過去など思い出したくなかった。

「おれは、きみが鹿の皮を剥ごうとしながら、吐いたことを覚えてるよ」

テスは片手で彼を制した。「やめて。わたしもいまはレディなんだから」

「こっちは探偵だしな。じゃあお互い、これ以上過去には触れないことにしよう」

「あなたがそうお望みなら」

「荷物は？」

「ポーターが荷車に積んでいるわ。ほら、あそこよ」テスは大型トランクとそれより小さないくつかのバッグを指さした。彼女はマットを見あげた。

「あなたといっしょに住めないかしら」

これは衝撃だった。彼女は何も言わないが、実はあのことを知っているのでは？　マットは思わず息を止めた。

「〝いっしょに〟じゃないわね」どぎまぎしながら、彼女は言い直した。「つまりね、あなたは下宿屋に住んでいるんでしょう？　空き部屋はないかしら？」

マットはほっと息を吐き出し、安堵《あんど》の笑みを浮かべた。「ああ、きっとマルヘイニー夫人が部屋を用意してくれると思うよ。だが独身の若い婦人が下宿屋に住むとなると、町の連中は変に思うだろうな。誰かに訊《き》かれたら、きみはおれのいとこってことにしよう」

「いいの？」

「いいさ」彼はきっぱりと言った。「それ以外、きみを護《まも》る方法はないからね」

「あら、護っていただく必要はありませんわ。わたしは自分で身を護れますから」

その点は確かだ。彼女は、父親の葬儀をひとりで取り仕切ったうえ、大陸を半分横断して無事ここまでたどり着いたのだから。

「そうだろうね。だが、きみはここじゃよそ者だし、大都会の生活のことは何も知らないだろう。おれのほうはちがうんだ」

「わたしたちはどっちも、ここではよそ者なんじゃない？」そう訊ねたテスの声には、深い悲しみがこもっていた。「ふたりとも、もう身寄りもいないし」

「こっちは、サウスダコタとモンタナにいとこがいるよ」

「でも、あなたは決して訪ねようとしない」テスはすばやくやり返した。「いとこたちのことを恥じているの、マット？」

マットの目が黒いダイヤモンドのように光った。

「個人的なことに干渉しないでくれ」歯を食いしばって、彼は言った。「きみがここに落ち着けるよう喜んで力になるよ。だが、おれの気持ちはおれだけの問題だからな」

テスは彼に笑みを向けた。「相変わらずね。つつくと、ガラガラヘビみたいに攻撃してくるんだから」

「噛《か》まれないように用心することだな」

テスは深々とお辞儀をした。「あまりお怒りを買わないよう精いっぱい努力しますわ」

「ところで、この町で何をする予定なんだい？」マットは訊ねた。荷物はすでに、駅で保管してもらうよう手配ずみで、テスの住まいが決まったら誰か引き取りにやることになっていた。

「仕事に就くつもりよ」

マットはぴたりと足を止め、彼女を見つめた。

「仕事？」

「ええ、仕事。だってほら、わたしはお金持ちじゃないでしょう？　それにいまは一九〇三年よ。あらゆる職場に女性が進出しつつあるの。新聞で読んだわ。女たちは、店員や速記係になったり、縫製工場で働いたりしているのよ。わたしだってやりかたさえ教われば、たいていのことはできるわ。それに、看護婦としての経験もかなりあるしね。パパが死ぬまで――」声が乱れ、彼女はしばらく間を取って心を鎮めた。「わたしは看護婦としてパパを手伝っていたのよ。ここの病院でも仕事に就けるんじゃないかしら。ええ、きっとやれるわ」彼女はマットを見あげた。「ここにも病院はあるんでしょう？」

「ああ」マットは、弓でもライフルでも、彼女がみごとな腕を見せたことを思い出した。テスは覚えが速いし、恐れを知らない。自分は彼女を社会の反逆者に仕立ててしまったのだろうか？　だとしたら、きっと後悔することになるだろう。彼には直感的にそれがわかった。看護婦などよい家の婦人のすることではないと考える者は多い。なかには、眉をひそめる者もいるだろう。もちろんその点は、店員でも、速記係でも同じこと……。

「女が働くという発想自体――なんというか、型破りだな」

テスの眉が上がった。「山高帽をかぶって、追放されたロシアの王族のふりをするスー族のインディアンはどうなの？　型どおりって言える？」

マットはいらだたしげに唸《うな》った。

「わたしとは議論しないほうがいいわよ」テスはつぶやいた。「ディベートではクラスで一番だったんだから」

マットは彼女をにらみつけ、ふたりはふたたび歩きはじめた。おそろいの飾りをつけた馬たちの引く美しい四輪馬車が、広い通りを走っていく。その両側に立ち並ぶ商店の店先には、クリスマスの飾りつけが施されていた。

テスは、電動式の小さな列車が走っているウィンドウに目を留めた。背景の山には、実際に通り抜けられるトンネルまであった。「見て、マット！　すてきじゃない？」

「こういう鉄製の馬どもをおれがどう思っているか、本当に聞きたいかい？」

「いいえ、結構よ、いやな人」テスはふたたび彼に追いついた。「クリスマスはもうすぐなのね。お宅の家主さんも、応接間に飾りつけをしたり、ツリーを立てたりする？」

「ああ」

「すてきだわ！　わたし、飾りの雪を編んであげよう」

「部屋が空いてるものと決めつけてないかい？」

テスは唇を噛んだ。あと先も考えずにここに来てしまったが、いま初めて不安になったのだ。彼女は足を止め、マットを見あげた。「部屋がなかったらどうすればいいの？」

ベールごしにも、テスの顔に浮かぶ恐れは見て取れた。マットはついほろりとさせられた。「大丈夫さ」彼は断言した。「必ず近所に住めるようにするからね。この町には悪いやつらもいるんだ。慣れるまで、安全な居場所が必要だよ」

テスは笑顔になった。「わたしってトラブルメーカーよね。いつもあと先を考えずに行動するんですもの。わたし、昔のことをたのみにしすぎていない？　もし迷惑だったらそう言ってね。すぐ家に帰るから」

「しつこい中尉のところへ？　死んでもそんなことはさせないよ。さあ、おいで」

マットは彼女の腕を取り、板張りの道に開いた穴をよけさせた。どうやらそれは、ライフルの銃弾が貫通した跡のようだった。マットは新聞で読んだ事件を思い出した。しばらく前に、町の警官と銀行強盗との銃撃戦があったのだ。その銀行はここからそう遠くない。

「ブレイク夫人が、シカゴはとっても進歩的な町だって言ってたわ」テスが言った。「そうなの？」

「まあ、ある意味ではね」

彼女は彼の顔を眺めた。「いまは自分で探偵業をやってるんでしょう？　どんな事件を扱っているの？」

「犯罪者を追跡することが多いね。何度かは、別の種類の仕事をしたこともあるよ。離婚問題もいくつか引き受けた。亭主による虐待の証拠を押さえたんだ」彼はテスを見やった。「きみは離婚という発想にも抵抗はないんだろう？　モダンな女だものな」

「それが多少あるの」テスは打ち明けた。「夫婦はうまくやっていくよう努力すべきだと思うわ。でも、夫が暴力的だったり、他の女を作ったり、賭け事に溺れたりしているなら、女性にはその男を捨てる権利があると思う」

「それどころか、そいつを撃ち殺す権利もあると思うね」そうつぶやきながら、マットは最近扱ったある事件をまざまざと思い出していた。酔った男が自分の妻と幼い子供にひどい暴行を加えたのだ。マットはその男を殴り倒し、自らの手で警察に連れていった。

「すてき！」テスがベールごしに彼をじっと見あげた。「あなたって相変わらず、ものすごくハンサムだわ」

マットは皮肉っぽく笑ってみせた。「きみはおれのいとこなんだぞ」彼は警告した。「シカゴにいる間は親戚同士だ。どんなにモダンな気分になっても、色目だけは使うなよ」

テスは顔をしかめた。「ずいぶんお堅くなったものね！」

「お堅い仕事をしているからな」

「それに、その仕事が得意なのよね」テスは彼のベストを見やった。「例の巨大なボウイナイフは、いまも持ち歩いているの？」

「どうしてそのことを知っているんだ？」

「あなたを主人公にした三文小説に書いてあったわ」

「なんだって？」

マットがいきなり止まったため、テスは彼にぶつかった。「気をつけてよ！」彼女は帽子を直した。「知らなかった？　あなたを主人公にした三文小説があるのよ。一年くらい前に出たの。あなたが銀行強盗団の首領をつきとめて、そいつを撃ったすぐあとのことよ。世間じゃあなたを偉大なるマット・デイヴィスって呼んでるんだから！」

「吐き気がする」マットは本当に吐きそうに見えた。

「まあまあ。ヒーローになるのも悪くないわよ。考えてもごらんなさい。いつか自分の子供たちにその本を見せて、彼らのヒーローになることだってできるじゃないの」

「子供なんぞ持つ気はないね」彼はまっすぐ前を見つめて、そっけなく答えた。

「なぜ？　子供が好きじゃないの？」

マットは落ち着き払った目でテスを見おろした。

「きみと同じ程度には好きだろうよ。二十六歳と言えば、オールドミスと呼ばれてもいい年なんじゃないか？」

テスは赤くなった。「結婚なんかしなくたって子供は持てるわ」彼女はつんとして言った。「愛人だって持てるしね」

マットは彼女にとがめるような目を向けた。

変だわ、とテスは思った。彼のまなざしでこんな気分になるなんて。彼女は唾をのみこんだ。結婚せずに愛人を持つ――婦人グループの集会で話しているると、それもすてきに思える。ところがマットを見ると、膝ががくがくしはじめた。彼が愛人だったら、という考えが頭に浮かんだのだ。実際には、男女のそういう仲について彼女はほとんど何も知らない。ただ、婦人参政権運動の仲間が、そんな関係はつらいばかりで、少しも楽しくないと言っていた。

「いまの言葉を聞いたら、お父さんはきみを鞭《むち》でひっぱたいたろうな」

「大丈夫。こんなこと、あなた以外の誰にも言いやしないから」テスは彼をにらんだ。「他には男の知り合いなんていないもの」

「例のしつこい兵隊は？」マットは意地悪く言った。「あの男、ぜんぜんお風呂に入らないの。それに、口髭《くちひげ》は食べかすだらけだし」

マットは笑いを爆発させた。

「心配しないで」テスは低くつぶやき、ふたたび歩きだした。「スキャンダラスな考えは胸にしまっておくから。この町の婦人グループに入会するまではね」彼女は横目でちらりとマットを見やった。「集会はどこでやっているのかしら？　知っている？」

「さあ、おれは出席したことがないんだ。編み物に忙しくてね」

テスは彼の腕に軽くパンチを食らわせた。

「大丈夫、きっと見つかるさ」彼はあわてて言った。

「その人たち、飲酒にも反対なんじゃないかしら。バーを襲撃したりするのかも」彼女は考えこんだ。

「手斧《ておの》を貸してもらえる？」

「手斧を持ち歩くのは、インディアンだけだよ。おれは探偵だからな。携帯しているのは、スミス＆ウエッソンの三二口径リボルバーだ」

「拳銃の撃ちかたは、一度も教えてくれなかったわね」

「今後も教える気はないよ」彼は皮肉な笑いを見せた。「そのうち、きみは誘惑に負けてしまうかもしれない。きみに撃たれたりしたら、おれの経歴に傷がつくだろう？　さあ、ここだよ」

マットはテスの腕を取り、階段を上がっていった。そこは長い窓と大きなドアのある褐色砂岩の家で、ドアにはライオンの頭のノッカーがついていた。彼はテスをなかに通すと、ドアの閉じた部屋の前で足を止め、ノックをした。

「ちょっとお待ちを」歌うように声が応えた。「いま行きますわ」

ドアが開き、白髪混じりのブロンドを髷《まげ》にした、小柄な婦人が顔を出した。彼女は、はるか頭上のマットの顔を見あげ、つづいてその連れに視線を移した。「おやまあ、ミスター・デイヴィス。とうとう奥さんをおもらいになったの？」

テスは真っ赤になり、マットは咳払《せきばら》いした。

「こちらは、いとこのテス・メレディスです。父親が亡くなり、わたし以外、身寄りがいないんですよ。三階のあの部屋は、まだ空いていますか？」

「ええ、空いていますとも。喜んでミス・メレディスにお貸ししますわ」夫人はにこにことテスに笑いかけた。口でこそ何も言わなかったが、その青い瞳はクエスチョン・マークでいっぱいだった。

テスは笑みを返した。「マットのそばに住めるなんて、うれしいこと」彼を見あげて言った。「彼って、ほんとに優しい人ですものね？」

マルヘイニー夫人としては、謎のミスター・デイヴィスを〝優しい〟と形容したことは一度もなかった。しかしきっと彼も親族の女性には優しいのだろう。

「ええ、とてもいいかたですわね」彼女は同意した。「では、ミス・メレディス、お食事はわたくしたちといっしょにどうぞ。時間はミスター・デイヴィスが教えてくださるでしょう。それと、三軒先にミスター・ローがやっている洗濯屋がありますからね」

マットは笑いを噛み殺した。「場所はわたしが教えますよ」

「いま鍵を取ってきますわ。すぐご案内しますから、ミス・メレディス。とても眺めのいいお部屋ですよ」

夫人が姿を消すと、テスはもの問いたげにマットを見あげた。「洗濯屋の話のどこがおかしかったの？」

「だってミスター・ローだからね。白人はわれわれインディアンをそう呼ぶだろう？」

テスはわけがわからず眉を寄せた。

マットはいらだたしげに唸った。「ほら、〝見よ《ロー》、かの貧しきインディアンを……〟って詩があるじゃないか」

テスは笑った。「ああ、そうだったわね。忘れていたわ、あのジョーク」

「おれは忘れてない」マットはつぶやいた。「おれたちの間ではジョークだが、他のところで、始終ミスター・ローなんて呼ばれるのは、愉快なことじゃないからな」

「とにかく、いまのあなたは、〝貧しい〟インディアンとは言えないわね」テスは辛辣にそう言うと、彼の服装を眺めまわした。ペイズリー柄の赤紫の高級ベスト。それに合わせたダークグレイのスーツと白いシャツ。靴までもが、オーダーメイドの贅沢品《ぜいたくひん》だ。あの足のサイズじゃね、と彼女は意地悪く考えた。オーダーメイドにせざるをえないでしょうよ！目に笑いをたたえ、彼の黒い瞳をさぐりながら、テスはささやいた。「あなた〝おっそろしく〟金持ちに見えるわよ！」

「テス！」

「はい、言葉を慎みます」そこへマルヘイニー夫人が鍵を持ってもどってきたので、彼女にはそれ以上、何を言う暇もなかった。

2

シカゴは活気ある大きな町だった。テスは大喜びで探検に出かけ、古い教会や砦《とりで》、さまざまな形のモダンな建物を見てまわった。町の端には、ミシガン湖がひたひたと打ち寄せていた。成長期のほとんどを陸ばかりの西部で過ごしてきたテスは、その海のような広がりに魅了された。

クック郡の病院で看護の仕事を得るのは、さほどむずかしくはなかった。医師たちの目にはテスの経験と腕は明らかだったからだ。とはいえ、彼女は正規の訓練を受けているわけではない。そのため病院での処遇は、付き添い看護婦というものだった。

同じ下宿屋の他の婦人たちは、いい顔をしなかった。看護の仕事などよい家の娘のすることではないと思っており、はっきりとそう口にした。

テスは笑顔でその批判に耐え、心のなかでその婦人たちを地獄へ突き落としてやった。もっとも、これまでの人生を思えば、彼女たちを責めることはできない。年を重ねた者にとって、変化は受けいれにくいものだ。

幸い婦人運動のグループはすぐに見つかり、テスは即座にメンバーに加わった。参政権獲得のためのデモ行進や集会が企画されるたびに、彼女は熱心に働いた。

マットは絶えず彼女に目を光らせていた。彼にとって、テスは誰にも馴《な》らすことのできないじゃじゃ馬だった。また、馴らす必要もないと彼は思っていた。いまのままでもテスには、賞賛すべきところ、尊敬すべきところがたくさんあるからだ。

テスにはすぐさま友達ができた。電報局の職員の若妻、ナン・コリアーだ。彼女は、婦人グループの集会にいっしょに行く仲間となった。マットは、夜ひとりで出かけてはいけないとうるさかった。それは彼が求めた唯一の約束であり、屈辱的なものではなかったので、テスも従うことにしたのだ。それにナンはいい連れだった。テスとちがって教育はないが、頭がよく、心が優しかった。

ナンの家庭には問題があるらしく、親しくなるにつれ、テスもそれに気づきはじめた。本人は決してそのことに触れない。ただ、時間どおりに帰らないと夫が怒る、とか、夫の満足のいくように家のことをきちんとしなくてはならない、といった言葉はときおり聞かれた。ナンが、夫の言う〝女の大事な務め〟を少しでもしくじれば、それは罰につながるらしかった。

シカゴに来てひと月が経《た》ったころ、テスは初めて、その罰というのがどんなものかを知った。地元の婦人の家で集会が開かれたのだが、そこへ現われたナンの唇は裂け、目のまわりには青痣《あおあざ》ができていたのだ。

「いったいどうしたの、ナン？」テスは叫び、熱心な女権運動家たちも気遣わしげな声をあげた。「ご主人に殴られたの？」

「いいえ！」ナンはあわてて言った。「なんでもないの。階段で転んだだけ」彼女はおどおどした笑みを浮かべ、痣を意識して目もとに手をやった。「わたし、まぬけだから」

「ほんとにそれだけ？」テスは重ねて訊《たず》ねた。

「ええ、本当よ。優しいのね、テス。そんなに心配してくださるなんて」ナンは心のこもった声で言った。

「絶対に手を出させてはだめよ」テスは警告した。

「どんどんエスカレートするだけだから。どんな男にも、奥さんを殴る権利なんてないの。たとえ女性の側が何をしようとね」

「これは階段で転んだせいなのよ」ナンは繰り返したが、テスの目をまっすぐ見ることはできなかった。

「デニスは、ぐずぐずしていると癇癪《かんしゃく》を起こすの。お金持ちの友達がうちに来ているときは、特にそう。それに、わたしのことを馬鹿なやつって思うこともあるみたい。でもね……あの人は殴ったりはしないわ」

虐待の被害者を大勢見ているテスには、そんな話は信じられなかった。看護婦として働いていると、さまざまな話を耳にする――ときには、知りたくないことまで知ってしまうものだ。

彼女はナンの肩をそっとなでた。「助けが必要なときは、いつでもそう言ってね。できるだけのことはするから。約束するわ」

ナンはにっこりした。とたんに下唇の傷口が開いてしまい、びくりと身をすくめて、ハンカチで傷を押さえた。「ありがとう、テス。でも大丈夫よ」

テスはため息をついた。「それならいいけど」

よくあることだが、集会は大荒れだった。いくつかの発言は、テスにさえ過激に思えた。しかしメンバーの大半は、せめて投票所では男性と平等に扱われたいと願っているだけだ。

「クエーカー教徒は昔から、女性を対等な存在として受け入れていたわ」ひとりの婦人が怒りをこめて言った。「ところが、こちらの男たちはいまだに暗黒時代を生きている。連中のほとんどは、わたしたち女を自分の財産と見なしているのよ。いちばんましな男でも、女は無知だから政治に口出しすべきじゃないと思っているんですからね」

「そうよそうよ！」賛同の声があがった。

「そのうえ、わたしたちは自分の体を管理することも許されない。無理をしてでも、つぎからつぎへと子供を産まなきゃならないのよ。わたしたちの仲間の多くが、出産で命を落としている。それに子育ての負担が大きすぎて、他のことは何ひとつできない女性も大勢いるわ。ところが、避妊のことにちょっとでも触れようものなら――特にその方法が禁欲となると、男たちはわたしたちに異端者のレッテルを貼るのよ！」

またもや、支持の声があがった。

「わたしたちには投票権すらない」婦人はつづけた。「男たちはわたしたちを、子供か能なしのように扱っているわ。女は、商店に食料品を買いに行くだけで白い目で見られるのよ！」

「外に働きに出てもね！」別の婦人が付け加えた。

「そろそろわたしたち女性も、男が生まれつき持っている権利を要求すべき時だわ。いいえ、もう遅すぎるくらいよ。これ以上、二級の市民としての立場に甘んじていてはいけない。いまこそ行動を起こすのよ！」

「そうよ、行動を起こしましょう！」

「賛成！」

　こうして、早急に市庁舎へのデモ行進を行なうことが全員一致で決まった。日時が決められ、リーダーたちが指名された。

「わたしは行けないわ」ナンが長いため息をついた。「その日はデニスがずっとうちにいるもの」彼女はかろうじて震えをこらえた。「出かけるわけにはいかない」

「こっそり抜け出したら？」そばにいた婦人がすすめた。

「無理よ」ナンはあわてて言った。「毎週この集会に来るのだって、よく思っていないんだもの。深くかかわっているのを、気づかれちゃまずいの。大会や臨時の集まりに出かけるなら、デニスが留守のときじゃないと」その華奢《きやしや》な肩は、重荷を背負っているかのように、大きく上下していた。「あの人は月曜と木曜に、電報局とは関係のない、別の仕事をしているの。そういうときは帰りがとっても遅いから、わたしも気づかれずに出かけられるのよ」

　なんて恐ろしい生活だろう、とテスは思った。かわいそうに、ナンはいったいどんな毎日を送っているのかしら？　男ってやつは、とんでもないケダモノだわ！

　家に着いたときも、テスはまだナンに対するデニスの扱いに怒りを感じていた。彼女はちょうど出かけようとしていたマットに、家の前ででくわした。

高級スーツをまとった彼は、すばらしくハンサムだった。さらさらの髪を腰まで垂らしていたころの彼を、彼女は思い出した。この髪はいまもあれくらい長いのだろうか。近ごろの彼は、編んだ髪を隠しているので、長さまではわからない。

「ずっと働いてばかりなのね」テスは笑顔で優しくとがめるように言った。

「おれは高級服中毒だからね」マットはふざけて言った。「贅沢《ぜいたく》な趣味を満足させるためにせっせと稼がなきゃならないんだ」彼の大きな黒い目がテスを眺めまわす。彼女は長いコートの下に、シンプルなスカートとブラウスを着ていた。「また集会かい？」

「ええ」

「いっしょに行っているあの友達は？」彼女がひとりなのに気づいて、マットは眉をひそめた。

「わたしの雇った馬車で、家に向かっているわ。わたしが先に降りたの」

マットはうなずいた。「気をつけるんだよ。この東部では、きみはただのお嬢ちゃんだからね」

「いまでも弓矢は射れるわよ」テスはウインクした。

「鹿の皮も剥がせるし、クーガーの足跡も追えるわ」

彼女はマットのほうへ身を寄せた。「ボウイナイフも使えるしね」

マットの顔が険しくなった。「おれはナイフは使わない。使うと言って脅すだけさ」

「そのふたつにちがいがある？」

「あるとも。大きなちがいがね、お嬢さん」

「今後は言葉に気をつけるわ」テスはほほえんだ。見ると、マットの口もとには深い皺《しわ》があり、目の下には隈《くま》ができていた。「かわいそうなマット。死ぬほど疲れているのね」

「夜じゅう張りこみをしていたからね」縁の広いフエルト帽の下のテスの顔を、彼はしげしげと見つめた。「きみのほうも、あまり元気そうじゃないな」

「看護も疲れる仕事だから。きょうはずっと、片脚を切断した患者さんに付き添っていたの。馬車にはねられて、轢《ひ》かれた人だけど、わたしとほとんど同じ年ごろなのよ」

「そんな目に遭うには若すぎるな」

「ええ。それに彼は野球の選手だったの」

マットは顔をゆがめた。

「彼、死にたがっているの。だから、気持ちを変えられればと思って、とにかくずっと話しつづけたわ」

マットは彼女の頬に手を触れた。冬の風になぶられたその肌は冷たかった。「おれもかつて、死にたいと思ったことがある」彼はささやいた。「そうしたら、可愛《かわい》い小さなブロンド娘が現われてね、その父親がおれの体から弾をえぐり出す間、手を握っていてくれたんだ。するとまもなく、人生がまたいいものになった」

「わたしがいたから、生きつづける気になったの？」テスは訊ねた。「本当に？」

マットはうなずいた。「家族全員が死んでしまったからな。あとは、白人の兵士どもを憎んで、仲間のために復讐《ふくしゅう》をすること以外、なんの楽しみもなかった。とてもつらかったよ。だがそのつらさが和らいだとき、白人だらけの世界で闘うむなしさに気づいたんだ。きみはなんと言っていたっけ？〝勝ち目がないなら――〟」

「〝闘わずに仲間になれ〟よ」頬に触れる力強い温かな指の感触が、テスは好きだった。彼がその手をどけないように彼女はじっと立っていた。「いまの生活は、そんなに悲惨？」

マットは彼女の顔を見つめた。「金がなければ、そうだったかもしれない。だが自分を哀れむには、いまのおれは恵まれすぎているよ」彼の目が細くなった。「なあ、テス、女権運動には深入りしないでくれないか。あの女たちのなかには、ひどく過激な連中もいるからな」

「約束するわ。町のバーを手斧《ておの》で襲ったりはしないって」彼女は澄まして言った。「安心した？」

「いいや」彼は言った。「お父さんもきみを心配していたよ」

テスの目に悲しみの色が浮かんだ。「ええ、そうだったわね。パパが恋しくてたまらないわ。でも、居留地に留《とど》まるわけにはいかなかった。あの仕事はパパのもので、わたしのじゃないもの」

「たのめば、教師として雇ってもらえたかもしれないよ」

「そうね。でも、あのしつこい中尉もいたし。あのままあそこにいたら、誘惑に負けそうだったの」

マットの眉が上がった。「誘惑？」

「ええ、あの男に弾丸をぶちこんでやりたくてたまらなかった。わたしだって、ウーンデッドニーにいたのよ、マット。あいつが女性や子供やお年寄りを撃ったことは知ってるわ」

彼の手がゆっくりと下りていった。「もうなかへ入ったほうがいい。無駄話をするには、ここは寒すぎる」

「なんて苦しそうな顔……あの大虐殺のことなんか、持ち出すんじゃなかった」テスは静かに言った。「ごめんなさい。わたしにとってもいやな思い出だけれど、あなたにとっては、その百倍もつらい記憶なのよね」

マットはテスを見おろした。胸の内で心臓がよじれた。彼女は美しい。しかし、そこには外面的な美しさをはるかに超える魅力があった。彼女は優しさと不屈の独立心とを兼ね備えている。彼が息をのむほど、荒々しい気性を。

「何を笑っているの？」テスが訊ねた。

「きみの喧嘩《けんか》っ早さのことを考えていたんだ」マットは答えた。「それに、その心の優しさのことを」

彼は真顔になった。「優しさを表に出してはいけないよ」彼の声は静かだった。「世間は残酷だからね」

その険しい顔を見て、テスは彼の眉間の皺へとためらいがちに手を伸ばした。彼がびくりとすると、彼女はさっと手を引っこめた。

「ごめんなさい！」うろたえて、彼女は叫んだ。

彼の表情がさらに険しくなった。「人に触れられるのには慣れていないんだ。特に女には」

テスは神経質に笑った。「そのようね！」

マットはほんのわずかに緊張を解いた。「ここに来てから、殻を作ってしまってね」彼は打ち明けた。「いまではそのなかに閉じこめられているんだよ。おれは成功したし、金もある。だが、ひと皮むけば、相変わらず貧しい粗野なインディアンなのさ。きみほど見る目のない連中からすればね」

「わたしは昔からあなたを友達だと思っていたわ」

「こっちもだ」マットは厳粛に言った。「きみのためならなんでもするよ」

「わかってる」テスは古いコートをかき合わせると、熱っぽい目で彼を見あげてほほえんだ。「わたしもあなたのためならなんでもするわ、マット」

そう言って家に入ろうとしたとたん、マットがいきなり腕をとらえて彼女を振り向かせた。彼女は思わずよろめいて、彼の胸に倒れかかった。マットの手が背を支える。彼女はその胸に身を寄せ、石鹸《せっけん》とコロンと彼がときおりたしなむ葉巻の匂いを感じた。

マットの目は荒々しかった。その抱擁は、これまで経験したことのないもので、興奮を誘った。

テスは軽い驚きとともに、かすれた声で訊ねた。

「どうしたの？」

彼の視線がテスの顔をさまよい、やがて口もとで留まった。彼女の唇は豊かでやわらかだ。そこに唇を重ねたらどんな感じだろう？　ふたりの長いつきあいのなかで、彼がそう考えたのは初めてではない。欲望に、鼓動が激しくなった。

「ねえ、マット、怖いわ」テスが早口でひと息に言った。

「きみに怖いものなんかないさ。きみは、あの兵士たちがライフルを逃れた者をまださがしているときに、負傷者の海のまっただなかへ足を踏み入れたんだ。人生がまだ始まったばかりの、純粋無垢《むく》な少女がだよ。きみとお父さんは実に優しく……実に勇敢だった」

たくましい胸の感触に、膝の力が抜けていく。テスは唇を噛《か》みしめ、懸命に自分を取りもどそうとした。彼のシルク地のベストを両手でそっと押しやった。

「こんなの……型破りだわ」

「看護婦として働くのはそうじゃないのか？」

テスは彼のあばらにパンチを食らわせた。「それは言わないで。お説教なら、あそこのおばあさんたちからたっぷり聞かされているんだから」彼女は下宿屋の暗い窓に目を走らせた。いまカーテンが動かなかった？

「きっとあの連中、つぎはどうなるのか見たくて窓にしがみついてるな」

「つぎはどうなるのかって言うとね、あなたが腕をほどいて、わたしはあったかな家のなかに入っていくの」自信ありげな声とは裏腹に、テスの心は揺れていた。マットの抱擁が呼び覚ました感情は、思いがけないもので、少し恐ろしくもあった。これまで彼女は、自分が男性の愛撫《あいぶ》に弱い女だと思ったことはなかった。

マットの力強い手が細いウエストに下りてきて、そこで止まった。彼はなおも、じっと彼女を見つめつづけている。

「きみは、おれがこれまでに出会った他のどんな女とも似ていない」息づまるような長い沈黙のあと、彼は言った。

「シカゴには、弓を射たり、スー族の言葉を話したりする女性はあまりいないんでしょう？」

マットはそっと彼女を揺さぶった。「ふざけないでくれ」

「だめよ」彼女は笑った。「わたし……将来どうするか、もう決めてるの。生涯を女権運動に捧《ささ》げるつもりなのよ」

「生涯のすべてを？」

テスは彼の腕のなかで落ち着かなげに身をよじった。「ええ」

「あの女たちに、男なんかいらないと信じこまされたのか？　それとも、男は繁殖のためにのみ存在するとでも言われたのかな？」

「マット！」

「そんな怖い顔をするなよ。女権運動グループのメンバーがその手のことを言うのを聞いたことがあるんだ。伝説のアマゾン族みたいに、連中は男はたったひとつの目的にしか使えないと思っているのさ。それに、結婚は女の隷属への第一歩だってな」

「実際そうでしょう！」テスは激しく反駁《はんばく》した。「まわりを見てごらんなさい。結婚した女のほとんどが、毎年、子供を産んでいる。外で働けば、慎みがないと思われる。自分の幸せや安全など考えず、夫の意に副《そ》わなくてはならない。男は、妻や子供を殴るのも自由、賭け事で全財産をすってしまうのも自由、朝から晩まで飲んだくれているのも自由なのよ……ああ、マット、これが女にとってどんなに悲惨なことか、わからない？」

「もちろんわかるさ」彼は心から言った。「だが、それは例外であって、すべてではないだろう？　大きな社会においては、変化はゆっくり起こるものだよ、テス」

「何もしなければ、変化は起こらないわ」

「確かに。でも、過激なやりかたで無理やり起こすこともできないんじゃないかな。たとえば」マットは淡々とつづけた。「居留地の子供たちを親から奪って、国立校へ送りこみ、その子たちが部族語を話すのを禁じ――」彼は笑みを浮かべた。「髪を伸ばすことまで違法とする、なんていう方法ではな」

テスの手がそろそろと伸びていき、彼の髪に触れた。ふたりが出会ったばかりのころ、彼女は一度だけ、その髪に触れたことがある。彼に弓の射かたを教わっていたときのことだ。彼女は、問いかけるような目で、彼の黒い瞳をさぐった。「昔が恋しい？」

マットは短く笑って、腕をほどいた。「あんな原始的な生活を恋しがるわけないだろう？　鹿皮の服を着て、スー族語混じりの英語を話しているおれなんて、想像できるかい？」

テスは首を振った。「あなたはそんなことはしない。きっとワシの羽根飾りの帽子をかぶって、弓を持ち、顔に化粧を施して、馬にまたがっているわ」

マットは顔をそむけた。「遅れてしまう。もう行かないと」

「ねえマット、あなた、自分の生まれを恥じているんじゃないわよね？」

「おやすみ、テス。ひとりでは出かけるなよ。危ないからな」

彼は振り向きもせず、歩み去った。冷たい風に身を震わせながら、テスはしばらくそのうしろ姿を見送っていた。マットはスー族であることを恥じているのだ。彼女は、今夜初めて、その感情の根深さを知った。彼が故郷のサウスダコタをめったに訪れないのも、そこに住むいとこたちの話をしないのも、念入りに金持ちの白人らしい身なりをしているのも、おそらくそのためなのだろう。でも彼は、髪を切ってはいない。隠してはいても、部族の誇りがまだいくらかは残っているのだ。彼女は首を振った。彼がしたことをできずにいる人々――本来の自分を捨て、白人のように生きることのできない人々は大勢いる。そのうえ、神聖な儀式やシャーマンによる癒しを禁じる政策は、彼らの魂をゆっくりと殺しつつある。

マットにとっては、居留地へもどってそれに耐えるより、出自について噂《うわさ》されながらシカゴで暮らすほうが、楽なのだろう。

自分や父といっしょだったころ、兵士や他の白人の男たちがマットにどんな口のききかたをしていたか、彼女は思い出した。誇り高き彼に対する、あの仕打ち。いま思っても憤りを覚える。近ごろ、世間には偏見がはびこっている。排外主義というやつだ。白人たちによれば、この国には〝外人〟にいてほしい者はひとりもいないらしい。テスは顔をゆがめた。〝本来の〟アメリカ人を〝外人〟と呼ぶこと自体、彼女の怒りをかき立てる。西部ではいまだに、わずかに残ったインディアンたちを撲滅しようという者もいる。残された土地もすべて奪い、彼らを強制的に白人社会に吸収しよう、そうすることで、その独自の文化をも消し去ろうというのだ。

それが、集団虐殺と紙一重だということに誰も気づかないのだろうか？　テスは吐き気を覚えた。彼女はかねがね、居留地でアルコール依存率、自殺率、乳児死亡率が高いのは、同化政策のせいだと思っている。

凍えるような風に背を向け、テスは家に入った。インディアンや女性の境遇を思い、その胸は怒りに燃えていた。どちらも白人の男たちによって虐げられ、選挙権を持てずにいるのだ。

開いたままの応接間のドアの前を大急ぎで通り過ぎようとすると、上の階に住むふたりの老婦人、ミス・バークリーとミス・ディーンが冷たい視線を向けてきた。

「きちんとした家のお嬢さんは、殿方と道ばたで話したりはしないものですよ」ミス・ディーンが冷ややかに言った。「それに、過激な集会に出席するのも、病院で働くのも感心しませんね」

「でも誰かが病人の世話をしないと」テスは答えた。

「おふたりとも、一度、集会にいらっしゃればいいのに。きっとためになりますわ。仲間の女性たちが、どんな辛い目に遭っているかわかりますもの。それも、社会が女性も男と対等なんだと認めないせいなんですよ！」

ミス・バークリーは青くなった。「ミス……メレディス」彼女は喉に手をやってあえいだ。「わたしは、自分が男と対等だとは思っておりませんよ。そうなりたくもありませんしね！」

「あのけがらわしい汗っかきのケダモノども」ミス・ディーンも言った。「あんな連中は全員、撃ち殺すべきだわ」

テスは笑みを浮かべた。「ほらね、ミス・ディーン。わたしたちには、共通点がたくさんあるんです！　ぜひ集会にいらしてくださらなきゃ」

「あの過激な連中のところへ？」ミス・ディーンが憤然と問い返した。

「ちっとも過激じゃありません。正直で勤勉な女性たちですわ。ただ、この国の一人前の市民として生きたいと願っているだけ。わたしたちは新しいタイプの女性なんです。おとなしく引っこんで、二級の市民権に甘んじている気はないんですの」

ミス・バークリーの顔は真っ赤だった。「まあ、あきれた！」

ミス・ディーンが片手で制した。「お待ちなさい、クレア。ミス・メレディスのご意見はなかなか興味深いわ。その集会は、誰でも参加できるんですか？」

「もちろんです」テスは言った。「よかったら今度の火曜日、いっしょに来て、様子をごらんになってはいかが？」

「およしなさい、アイダ！」ミス・バークリーが荒々しく言った。

「二十歳若かったら、わたしもきっと行ったでしょうね」ミス・ディーンは笑顔で答えた。「でも、もう年ですもの。いまさら変わるのは無理ですよ、ミス・メレディス」

「テスと呼んでください」

ミス・ディーンの瞳が愉快そうにきらめいた。

「では、テス。あなたがたの目標が達成されるよう願っていますよ。わたしたち年寄りは、それまで生きられないと思うけれど、あなたがたはいつか投票権を獲得するでしょう」

テスはほっとして部屋に向かった。どうやら老婦人たちは、家の外でのマットと彼女のやりとりのことは忘れてくれたようだ。ふたりの関係について他の住人たちによけいな憶測をされたくはない。彼女自身も変に気を回すつもりはなかった。マットの奇妙な振る舞いのことは心の奥へ押しやり、彼女は寝る支度をした。

外では風が吹き荒れていた。雪が窓ガラスにあたっている。大雪になるよう願いつつ、テスは目を閉じた。雪の日はいつも、不思議と幸せな、満ち足りた気分になるのだ。

3

土曜日のデモ行進は、活気に満ちていた。それは、日が暮れてから、松明《たいまつ》行進という形で行なわれた。四百人以上の婦人たちが、プラカードを持って参加した。テスは、顔見知りのふたりにはさまれて行進したが、友達のナンがいないのが淋《さび》しかった。

「わくわくするわね」隣を歩いていた娘が言った。「これならきっと勝てるわ。こんなにたくさんの女性が投票権を要求しているんですもの」

テスは同意したが、心からそう信じることはできなかった。まだ若い彼女だが、変化を求める声をはねつける政府の頑迷さは身に染みて知っている。その主張がどんなに正しいものであろうと、ワシントンの権力者たちは現状維持に心を砕くのだ。ルーズベルト大統領は、野生動物の保護区を設けたり、開拓者精神を讃《たた》えたりするのに熱心だ。しかし同時に、合衆国は北米全土を支配し、開発する運命だとする〈自明の運命〉説の信奉者でもある。テスは思う――あの大統領も、女性に対しては、同世代の多くの男たちと同じ考えを持っているのだろうか？　女は家事をやり、子供を産み、男の世話をするためだけに作られたのだ、と？

当然のことながら、デモは見物人を引き寄せる。テスは彼らを眺めまわした。ひとりの男が〝労働者、万歳〟と書かれた旗を振りながら、仲間たちを何人か引き連れて、女性たちの列に割りこんできた。

「これはあんたたちのデモじゃないわよ！」婦人のひとりが叫んだ。

「この闘争は、労働者の闘争でもあるんだ！」男は叫び返し、行進をつづけた。「われわれは、きみたちを支持する！　あらゆる圧制をはねのけよう！」

「ほらね？」テスの仲間のひとりがぼやいた。「集会を開けば、必ず男が首を突っこんできて、主導権を奪おうとするんだから。いいわ、思い知らせてやりましょ！」

その小柄な太った中年女性は、棍棒《こんぼう》のようにプラカードを振りあげ、労働運動の闘士の禿頭《はげあたま》を振り向きざまに一撃した。

男が悲鳴をあげて旗を取り落とすと、仲間の男女数人が、女権運動デモの女性たちに襲いかかってきた。

テスは茫然《ぼうぜん》と立ちつくしていたが、警察の警笛が鳴り響きだすと長いため息をついた。当局は、デモを解散させる機会を虎視眈々《こしたんたん》と狙っていた。あの共産主義者は、まんまとそのチャンスを与えてしまったのだ。小競り合いは乱闘へと発展した。

争いから離れようとしているとき、テスはどちらのグループのメンバーにも見えない新参者に気づいた。身なりのよい長身の若い男で、手にはステッキを持っている。男はまっすぐに彼女を見ているようだった。どういうことだろう？　首をかしげていると、彼女はいきなり突き倒され、エスカレートする殴り合いのなかで踏みつぶされそうになった。

気を失いはしなかった。怒号のなかで、彼女は金属音を耳にした。踏まれまいとして横へ転がったそのとき、腕に衝撃が走った。傷を負ったのか、ずきずきと痛む。あたりは薄暗かったが、上着とブラウスの袖が裂けているのはわかった。

ふたたび顔を上げると、両脇に警官がいた。片方の年かさで親切そうな男が、彼女を助け起こして、歩道へと連れていった。他人の生きかたを認められない連中には困ったものだ――そんなことをつぶやきながら、警官は近くのアパートメントの階段に彼女を残して去っていった。輪投げで遊んでいた幼い少年ふたりが、興味津々の目を向けてきた。

ブラウスを開いて傷の具合を確かめたかった。ただの打ち身ではなく、裂けた上着のなかで腕から血が出ているように思えたからだ。でも、公衆の面前でそんなはしたないまねをすれば、新たな騒動を引き起こしかねない。それにしても、自分の馬車と御者はどうやって見つければよいのだろう？　テスは途方に暮れた。彼女が看護の職を得て、婦人グループに入会するなり、マットは病院や集会への送り迎えに馬車を雇うべきだと言い張った。彼女の御者、ミック・ケネディは最高にいい男だ。いまは数ブロック離れたところで、待たせてある。しかし通りは混乱をきわめているうえ、彼女は朦朧《もうろう》としていた。これでは、彼がどこにいるのかも、どうやって見つければいいのかもわからない。

ありがたいことに、ミック・ケネディのほうが彼女を見つけてくれた。端のほうで騒ぎを見ていて、心配になった彼は、馬たちを街路灯につないで人込みに飛びこみ、この十五分ほどテスをさがしていたのだ。彼女の姿を見ると、彼はほっとした顔をした。

「お怪我《けが》なすったんじゃ？」テスがうなずくと、彼はつづけた。「いやはや、えらい騒ぎだ。お宅までお連れしましょうか？」

「ええ、そうして。助かるわ、ミック」

「さっ、おれの腕につかまって。あっという間にお連れしますよ！　それができなきゃ、ミック・ケネディの名がすたる」

ほどなくふたりは人込みを抜け出し、テスはミックに支えられて馬車へと向かった。彼の馬たちは立派な黒塗りの馬車を引いて、すぐさま走りはじめた。周囲では人がまばらになりつつあった。

下宿屋に着くまでに、テスの腕はかなり悪化していた。

「お部屋までお送りしましょうか？」ミックが申し

出た。

「いいえ。ひとりで大丈夫よ」テスはほほえみ、そろそろと階段を上がっていった。

マルヘイニー夫人が、戸口で彼女を迎えた。テスの服は汚れてくしゃくしゃで、帽子は曲がり、髪はほどけていた。その姿をひと目見るなり、夫人は声をあげた。「まあ、ミス・メレディス、いったいどうなさったの？」

「労働運動の男が行進に割りこんできたんです。それで、わたしたちのメンバーのひとりが怒って殴りかかったんですの」テスはうめいた。痛みに身をすくめ、吐き気を覚えて壁にもたれかかった。不安げな目で階段を見つめる。どうやって部屋まで行けばいいのだろう？

「マットはうちにいます？」彼女はふと訊《たず》ねた。

「ええ、いるはずですよ。出かけるところは見ていませんもの。待っていらっしゃいな、いま呼んできますから！」

マルヘイニー夫人は階段を駆けあがっていき、すぐさまマットを連れてもどってきた。上着に腕を通しながら歩いてきた彼は、テスを見るとなんとも言えない表情になった。だが彼女は、痛みがひどくてその意味を考えるどころではなかった。

「怪我したのか？　どこを？」彼は急《せ》きこんで訊ねた。

「腕よ」テスの呼吸は乱れていた。「踏まれたの。たぶん切れていると思う。ほら、袖も切れてるでしょう」

「ドクター・バロウズを呼んでもらえませんか？」マットがマルヘイニー夫人に言った。

「ええ、もちろん。すぐに呼びますわ。お部屋までミス・メレディスを運んでいただける？」

「わかりました」

マットはそれ以上何も言わずに、羽根のように軽々とテスを抱きあげ、階段を上りはじめた。

自室の前にたどり着くまで、テスは彼の力を実感しつつ、その首にしがみついていた。

「誰にやられたんだ？」彼が低い声で訊ねた。

「乱闘があったの。誰にやられたのかはわからない。何人かの人が殴り合っていて、そこに巻きこまれたみたい。ああ、腕がずきずきするわ！」

「どっちの腕？」

「左よ。肘のすぐ上のところ。どうしてこうなったのかもわからないのよ。すごい大男に踏みつけられそうになって、横に転がったんだけど。倒れる前に、ステッキを持った男がこっちを見ていたのは覚えてる。その直後に、何かで腕を突かれたの。あの男のステッキかもしれない。あいつの足首に噛《か》みついてやればよかったわ」

テスが男の足首に歯を食いこませている光景を想像し、マットは静かに笑った。

「さあ、ドアを開けてくれないか？」彼はテスを抱いたまま身をかがめた。

彼女は怪我していないほうの手でクリスタルのノブをまわし、ドアを開いた。マットのコロンのかすかな香りと唇にかかる彼の温かな息のことは考えまいと努めた。彼は肩でドアを押し開けて、ベッドまで進んでいくと、白く塗られた鉄製のベッドの掛け布団の上に、そっと彼女を横たえた。

マルヘイニー夫人がもどってきたときの用心にドアを閉めてから、彼は落ち着き払ってテスの上着を脱がせにかかった。

テスはあえいだが、それは痛みのせいではなかった。「マット、だめよ……やめて！」彼女はあわてふためき、マットの両手を押さえようとした。細長く力強いその手が、ブラウスのボタンをはずそうとしている。

かすかにきらめく黒い瞳が、彼女の目と出会った。

「恥ずかしいのか、テス？　こっちだって、ウーンデッドニーで撃たれたあとは、きみに体を見られたんだぞ。確かもっと見られたはずだがな」

「だってあのときは、まだわたし、十四だったもの」そう言いながらも、テス自身、その言葉の無意味さに気づいていた。「それに、あなたは……とにかく、そんなことをしちゃだめ」

「きみがいつも叫んでいる女性の権利のスローガンはどうなったんだ？」マットの視線がふたたびボタンに落ちる。「きみの急進的な仲間たちも、自由な恋愛を唱えてはいないのかい？」

「でもわたしは……そこまで急進的じゃないの！　ねえ、お願いだからやめてくれない？」

彼は手を止めようともしなかった。「医者が着くまでには、しばらくかかるだろう」小さな穴につぎつぎとボタンをくぐらせながら言う。「血の匂いがするよ」

テスはぎくりとした。マットの五感の鋭さのことを忘れていたのだ。それは子供時代に――彼にそんな時代があったとしてだが――磨かれたものだった。スー族の男たちは、幼少のころから戦士になるべく訓練される。まだ少年のうちにナイフや弓や馬の扱いかたを学び、水の運び手として戦闘部隊に同行して、戦いの味を知るのだ。

「マット……」テスは両手をボタンにやって彼を止めた。

そわそわ動きまわる彼女の指をマットは払いのけた。「きみがそんなとり澄ました女だとは、思ってもみなかったな」彼はからかった。「きみとおれは、お互いのことを夫婦以上によく知っている仲じゃないか」

これは本当だ。マットのひどい傷が癒えるまで、テスは長いこと看病した。そのためふたりの関係は親密なものにならざるをえなかったのだ。彼女の父親が抵抗を覚えなかったわけではない。それは、彼の考える倫理や作法に反していた。しかし、手伝わせてほしい、と涙ながらに訴える娘を前にしては、なすすべがなかった。

「でもこれは……これは別問題よ」テスは懸命に説明しようとした。

マットの手が止まった。彼はテスの目をのぞきこみ、そこに恥じらいを認めた。

「相手が誰であっても、おれは同じことをするよ」彼は淡々と言った。

テスは唇を噛んだ。

マットは、彼女の両手を優しく脇へどけた。「誰にも知られはしないさ」彼はささやいた。「安心した？」

彼をこんなに信頼できるのは不思議だった。他の男が自分に手を触れることを思うと、テスは吐き気を覚えた。でもマットだけは別だ。彼の手は非の打ちどころがない。いつも清潔で、なめらかで、とても力強く、それでいて優しい。

問題は、鎖骨の上の素肌にその手が触れると、動《どう》悸《き》が激しくなることだ。彼女は、ボタンをはずす以上の何かを彼にしてほしくてたまらなかった。でも、〝何か〟というのがなんなのかはわからない。

マットは何も気づいていないふりをして、ブラウスの最後のボタンをはずした。鯨骨のコルセットと、レースに飾られたモスリンのシュミーズがその下からのぞいた。薄い生地ごしに黒く透けて見える乳首を目にすると、彼の手が止まった。黒い目が一瞬、きらりと光る。

「そんなふうに見てはだめ」テスはささやいた。

彼の目が彼女の目を見あげた。「なぜいけない？」

なぜだろう？　筋の通る答えを必死にさがしていると、マットの視線が彼女の胴着へともどった。その目は、彼女の姿を記憶に刻みこもうとしているよと腕を引っ張り出そうとした。腕に激痛が走った。

マットは動かないよう、スー族の言葉で優しく命じた。袖がはずれ、彼女がシュミーズ一枚になると、彼は腕の向きを変えて傷を調べた。上腕部の長く深い切り傷。ステッキでなく、剣によるものであることはほぼまちがいない。ステッキのなかに剣が隠してあったのだろうか？　何者にせよ、その凶器をふるった人間には傷を負わせる意図があったのだ。しかもおそらく、これ以上の深手を。

「深いな」マットは怒りをこめて言った。他には傷ひとつない白い肌の裂け目から、ゆっくりと血が流れ出している。彼は洗面台からタオルを取ると、傷口に強く押し当てた。テスは体をこわばらせたが、彼はそのまま血が止まりかけるまでそうしていた。

「犯人がわかればいいのに」テスはつぶやいた。

「おれも知りたいよ」マットは傷口に当てたタオルを彼女に押さえさせ、水のたらいと石鹸《せっけん》と新しいタ

うだった。

「ああ、こんなのだめ。いけないことよ」テスは弱々しく抗議した。

「そして、すごく楽しいことだ」マットはささやいた。彼の手がブラウスのボタンを離れ、シュミーズの縁まで上がってくる。やわらかな肌をその指に焼かれたかのように、テスはびくりとした。

「やめて！」彼女はマットの手をつかんだ。

「わかったよ」彼は笑って、テスにうながされるままに、詮索好きな手を目下の任務にもどした。「きみのモダンな考えってのは、やっぱりそんなものなんだな」

「どういう意味？」テスは憤然と訊《き》き返した。

「自由な恋愛だの、解放された倫理観だのと言っていたが、きみは偽者だってことさ」

テスは彼をにらんだが、否定はしなかった。マットは彼女を抱き起こし、ブラウスの長い袖からそっ

オルを取りに行った。そして身を硬くしている彼女を見守りながら、傷口をそっと洗った。それがすむと、たらいを脇へやり、今度は消毒用アルコールと綿ネルを取ってきた。「痛いぞ」彼は警告した。

テスはしっかりと腕を差し出して歯を食いしばり、彼を見つめてうなずいた。

耐えがたい激痛だった。彼が傷口にアルコールを注ぐと、彼女は小さく鋭い叫び声をあげて唇を噛みしめた。

「ごめんなさい」テスは即座に言った。青ざめながらも、屈してはいなかった。「声をあげるなんて、みっともないことよね」

「これほどひどい傷だ、みっともなくなんかないさ」彼は心から言った。そして、新しい綿ネルを傷口にあてがうと、衣装箪笥《だんす》にレースの化粧着を取りに行った。彼はそれで優しくテスをくるみこんだ。

「だめよ、マット。わたし、これ一着しか持ってないの！　血がついてしまうわ！」

「化粧着は換えがきく」彼はこともなげに言った。

「さあ、着るんだ」

テスはそれ以上抗議もせず、おとなしく従った。素直だな、とマットは思った。きっと痛みのせいだろう。彼は化粧着の前を合わせた。手の関節が胸のふくらみをそっとかすめると、テスははっと息をのんだ。

彼はためらい、テスの瞳をさぐった。手の下では、彼女の心臓が狂ったように鼓動している。首筋が激しく脈打っているのも見える。彼女の唇は開かれていた。突然、その胸の内のすべてがあらわになった。燃えるような赤い色が頬から喉、肩、胸のシルクのような白い肌へと広がったのだ。

自分に何かが起きようとしている。テスは胸がぞくぞくするのを感じた。体のなかが熱くなる。奇妙な疼《うず》きが全身をこわばらせる。マットの手が化粧着のレースに触れた。彼女の大きな勘違いでなければ、その手は温かな関節をやわらかな胸へと食いこませ、徐々に素肌に迫りつつある。

彼の目は、彼女のそれと同じ高さにあった。その熱っぽい瞳を見ると、心臓の鼓動がさらに速くなった。それらは黒く濡《ぬ》れていて、ゆるぎなく、荒々しく、彼女の顔を瞬きもせずに見据えている。数秒が数分になり、ふたりは熱い沈黙のなかで、ただじっと見つめ合っていた。

ふたたび彼の手が動いたとき――静かだが執拗《しつよう》なその動きによって、ついにシュミーズがはだけたとき――階下でばたばたと足音がして、魔法は破られた。

マットはすばやく立ちあがり、テスに背を向けた。彼女はあわてて化粧着の前をかき合わせ、ボタンをかけた。その手が傷口にあてがわれた綿ネルをかばうように押さえる。

おざなりなノックとともに、ドアが開いた。

医師はふたりの顔を見比べた。「マット・デイヴィスかな？　こちらがいとこさんで？」彼はドアを閉めて、笑顔を見せた。「どうしたのかね？」

テスはつかえながらも一部始終を話した。

「傷口を洗う水と石鹸、消毒に使う綿ネルとアルコールは渡してやりました」マットが言った。「しかし、もっときちんとした手当てが必要です」

「もちろんそうだろうね。よければ、外で待っていてくれないか、お若いの」マットの意図どおり、テスが自分で応急処置を行なったものと見なして、医師は言った。

「承知しました」マットは堅苦しい口調で答え、部屋から出ていった。

医師は化粧着の前を開き、丹念に傷を調べた。

「何でやられたのかね？」

傷に触れられて、テスは身をすくめた。「たぶんステッキです」

「いいや、ちがうね。おそらく剣だな。しかも傷はかなり深い。できるだけのことはするが、数日間はかなり痛むだろう。敗血症を起こす恐れもあるから、注意して見ていないといけない。腕に赤い筋が出たら……あるいは、傷のまわりが緑色がかってきたら、すぐに呼んでくれたまえ」

「わたしは看護婦なんです、先生」テスは緊張した声で言った。「父は医者でしたし」

「ほう！」

「いまはクック郡の病院で働いています」

「どこかで見たような顔だと思ったよ。世の中、狭いものだな。ありがたい。きみは傷の扱いを心得ているわけだ。講義をする必要はないんだろう？」彼は短く笑った。

医師はもう一度消毒してから、傷の縫合を始めた。その間、テスは歯を食いしばって、アルファベットを唱えていた。

「いま縫合用の糸が少ししかなくてね」医師は言った。「もう何針か縫ったほうがいいんだが。いまの三針だけでも、まあ大丈夫だろう」傷にはきれいな包帯が巻かれた。

「何かあったら、迎えをよこしてくれたまえ」立ちあがりながら医師は言い、きっぱりと付け加えた。「傷が治るまでは、仕事に出てはいけない」

「わかりました」テスはあきらめのため息をついた。その間、どうやってパン代を稼ごう？　父が残してくれた蓄えはまだ少しある。それには、あまり手をつけたくないけれど。「治療代の請求書は？」

「家内が送るだろうよ」医師は優しく言った。「さてと、眠れるように薬をあげておこう」

彼は服用法の説明とともにアヘンチンキを渡した。そして、にっこり笑い、礼儀正しく会釈すると、鞄《かばん》をぴしゃりと閉じて、帰っていった。

ほどなく、マットがもどってきた。「あの医者、眠れるように薬を出したと言っていたが」

「ええ、これよ」テスはコルクで栓がされた茶色の瓶を指し示した。

「スプーンを取ってこよう」

「水に溶かして飲んでもいい？」

「いいとも」

ベッド脇にはガラスの水差しがあった。彼はセットのグラスに水を注ぎ、アヘンチンキを混ぜると、その苦い薬をテスが飲むのをじっと見守った。

「もし熱が出たら――たぶん出ると思うが――体をふいてもらわないといけない」彼は言った。「おれが付き添っていたいが、そうはいかないんだ、テス。わかるだろう？　マルヘイニー夫人はそれでなくても、きみの看護婦の仕事や女権運動のことで文句を言っているんだから。これ以上、ことを荒立てるわけにはいかないよ」

テスはひどく気分が悪かった。腕の痛みも激しい。彼女は朦朧としてマットを見あげた。「ひどい気分だわ」

「そうだろうな」彼はテスの顔から髪をかきあげた。「誰か、付き添ってくれる人をさがしてこよう。なるべく早くもどるよ」

テスの手が彼の手をつかんだ。彼女はそれを頬に押し当て、弱々しくささやいた。「ありがとう」

マットの顔からは何も読みとれなかった。しかしその手は離れる前に、彼女の頬を軽くなでた。「目をつぶるんだ。アヘンチンキがきっと効いてくるから」

「ええ」

マットはそっと部屋を出て、ドアを閉めた。色黒の顔は、怒りにこわばっていた。何者かがわざとテスに切りつけたとは！　まったくわけがわからないが、それ以外、今回の件は説明しようがない。しかも襲撃者の目的は、単に傷を負わせることではなかったのかもしれない。テスは痛みを感じる直前、踏まれそうになって横に転がったという。犯人は別の箇所を狙っていたのではないだろうか？　もし身を転がしていなかったら、彼女はいまごろ死んでいたのでは？

考えすぎだ。彼は自分に言いきかせた。テスはシカゴに来てまだまもないのだ。彼女を殺そうと思う者などいるわけがない。そう、犯人はどこかのごろつきに決まっている。おそらく、妻か母親に不満を抱いている男。すべての女性に憎しみを抱き、女権運動のメンバーを襲うことに怒りのはけ口を見出《みいだ》した男だ。しかしなぜ、よりによってテスが……？

マットはテスのために、病人の世話をして生計を立てているヘイズ夫人を見つけた。そのころにはすでに、テスは服を着たままぐっすり眠りこんでいた。

マットはしばらく様子を見たあと、ヘイズ夫人にあとを任せて部屋を出た。この老婦人のことはよく知っている。彼女なら、テスの世話を任せても大丈夫だ。男が同席するには、もう時間が遅すぎる。それに眠っていようがいまいが、テスを寝間着に着替えさせねばならない。彼女を置いていきたくはないが、いま自分にできることはほとんどない。彼はテスの評判を危険にさらす気にはなれなかった。

自室に向かう途中、彼はうろたえきったマルヘイニー夫人に呼び止められた。

「ミスター・デイヴィス、間借り人のなかのおふたりが、この騒ぎでものすごく怒っていらっしゃるんですけど」彼女は不安げに訴えた。「どうか誤解なさらないで。わたくし、いとこさんのお怪我には心から同情申しあげているんですよ。でも、女権運動家たちがああいう目に遭うのは当然なんですわ。デモをしたり、松明行進をしたり、病院なんかで働いたり、ひとり暮らしをしたり。ほんとに言語道断ですよ！」

マットは耳の痛いことを言ってやりたくなるのを必死でこらえた。マルヘイニー夫人は古い時代とその教育の犠牲者なのだ。二十世紀にすんなり溶けこむのは、とても無理なのだろう。

「彼女はわたしのいとこですから」彼は言った。「見捨てる気はありません」

彼の顔に笑みはなかった。ときとしてマット・デイヴィスは、ひどく恐ろしげに見える。ちょうどいまのように。

「まあ、それはもちろんそうでしょうとも！」マルヘイニー夫人は赤くなった。「ミス・メレディスも今後はもっと慎重になられるでしょうし――つまり、早くよくなっていただきたいわ。何かわたくしにできることがあったら……」

「わたしが付き添いの婦人を雇いましたから。彼女の世話はその人がしてくれます」

なんだかこっちが情け知らずみたいじゃないの――マルヘイニー夫人は思った。マット・デイヴィスの黒い瞳は、夫人を骨まで凍りつかせる。彼女はときどき思う。この人はいったいどこでどんなふうに育ったのだろう？　彼の生まれに関しては、さまざまな噂《うわさ》が飛び交っている。彼には訛《なま》りがない。だから夫人は、彼がヨーロッパの家系だという話は信じていない。でも、もしかしたら、とも思う。英語を徹底的に学んだために、訛りがないという可能性もある。夫人は一八九三年のコロンブス記念世界博覧会で、一度だけアフリカ人を見たことがある。その男はなんと、完璧なイギリス英語を話していたのだ！

「何かわたくしにできることがあったら……」夫人はまた言った。

彼はただうなずくと、部屋に入っていき、ぴしゃりとドアを閉ざしてしまった。マルヘイニー夫人はちょっとぐずぐずしていたが、やがて足早に階下へと向かった。頭痛の種のマット・デイヴィスと独立独歩の美しいいとこのことは、さっさと忘れたかった。

翌日曜日、マットは一日のほとんどを、テスとヘイズ夫人のそばで過ごした。他の間借り人やマルヘイニー夫人にどう思われようとかまわなかった。医師が予告したとおり、テスはひどく具合が悪くなり、熱もかなり高かった。頬の赤み以外は、死人のように青ざめている。ヘイズ夫人は、熱っぽいテスの額に当てるタオルを冷たい水で濡らすことに、ほとんどの時間を費やしていた。

「一度、主人が撃たれたことがあるんですよ」彼女は打ち明けた。「暴動でね。そのときも、ちょうどこんなふうでしたわ。熱に浮かされて、何度も何度も寝返りを打って、変なことばかりしゃべってたんです。かわいそうにねえ。この娘さんも、何か鳥のことをしゃべってましたよ。大ガラス《レイヴン》がどうとかって」

自分がかつてレイヴン・フォローイングと呼ばれていたことをヘイズ夫人に話す気など、マットにはなかった。もちろん、あの大きな黒い鳥にまつわる、彼の部族の迷信のこともだ。

「うわごとでしょうね」テスのやつれた顔に彼は目を据えた。

「夜の間も朝になってからも、ほとんどずっとこんな具合でした」ヘイズ夫人はそう言って、テスの額にまた新しいタオルを当てた。「でも心配なさらないで。これ以上熱が上がらないようにしますからね。この娘さんは、よくなりますよ」

マットは答えなかった。細い手を伸ばし、赤みを帯びたテスの頬に触れた。

　すると淡い緑の目が開き、彼女は熱とアヘンチンキの霞《かすみ》を透かして彼を見あげた。「腕が……痛いの。パパはどこ？」

　マットはためらった。「いまはいないんだ」ようやくそう答える。「じきによくなるからね。さあ、眠って」

「だめ……眠れない。鳥たちが来るもの。体を引き裂かれるわ」テスは震えながら、彼を見つめた。「大きな銃弾が」彼女は取り乱した声でささやいた。「大きなかぎ爪みたいに、体を引き裂くの。あの人たち、みんな倒れてた……雪のなかに！」

　ウーンデッドニーだ。あの恐ろしい記憶が、熱のせいで悪夢と化したのだろう。

「頭がおかしくなってるんだわね」ヘイズ夫人はうなずいた。「鳥に銃弾に雪ですって。かわいそうにねえ。この子のお父さんはどこにいるんです？」テスがふたたび眠りにつくと、夫人は訊ねた。

「死にました」マットはぶっきらぼうに答えた。「ほんの二カ月前に。だから彼女はここへ来たんです。わたしが残された唯一の家族なので」そう口にすると、胸の内が温かくなった。その言葉には真実味があった。彼女もまた彼の唯一の家族だ。ふたりの間につながりはない――少なくとも血のつながりは。だが、この事実を人に打ち明ける気はなかった。

「そうですか。いいですねえ、あなたがたにはお互いがいるわけだもの」しげしげとテスを見ながら、ヘイズ夫人は眉を寄せた。「この娘さんがまだ独り身だなんて、奇妙だこと。とってもきれいな子なのに」

「そうですね」

　夫人はちらりと彼に目を向けた。「いい人はいないのかしら？」

「ええ」マットは答えた。テスと他の男のことなど考えたくもない。彼はときどき不安に襲われる――

もしもテスが誰かと結婚することになったら？　だがありがたいことに、これまでのところ、そういう事態には至っていない。「特別な男の話は、聞いたことがありませんね」

「本当に？　いとこのあなたも？」ヘイズ夫人は言った。「それなら、誰もいないんでしょう。でも残念だこと」

マットは、ルーズベルト大統領をどう思うかと訊ねて、巧みに話をそらした。運よく、夫人はその話題にたっぷり一時間を費やし、おかげでマットはテスの恋愛についてそれ以上語らずにすんだ。

翌朝、ほんの数時間眠ったあと、マットは仕事に出るために髭《ひげ》を剃《そ》り、服を着た。

様子を見にテスの部屋に寄ってみると、彼女は眠っていた。その顔はまだ熱っぽかった。「仕事に出なければならないんです」彼はしぶしぶ言った。「あとをよろしくお願いします。彼女は闘える人です。そのことを思い出させてやってください」

「ええ、そうしますわ」ヘイズ夫人は顔をしかめた。「ほら、腕を見て。また出血してますよ」

マットの胃が縮みあがった。「途中、ドクター・バロウズの診療所に寄っていきますよ」彼は暗い顔でため息をついた。「ずいぶん寝返りを打っていましたからね。たぶんそのせいで傷が開いてしまったんでしょう」

「たった三針ですものねえ」ヘイズ夫人は吐き捨てるように言った。「今朝早く、包帯を巻き直したときに見たんですよ。傷が開いたのは、そのせいじゃないかしら」

「なんだって？」マットの口が固く引き結ばれた。「十センチ近い傷なのに！　三針でいいわけがないじゃないか！　そのこともあの医者に言ってやりますよ」夫人に会釈し、最後にもう一度テスに目をやると、彼は出ていった。その足取りには、通りを歩いていたふたりの紳士に道を譲らせるだけの迫力があった。

ドクター・バロウズは、優美な住居のすぐ隣に診療所をかまえている。マットがそこへ着いたとき、彼はちょうど出かけようとしているところだった。

「テスはじっとしていないんです。そのせいで傷口がまた開いてしまいました」マットはそっけなく告げた。「それに、ヘイズ夫人の話だと、たった三針しか縫っていなかったということですが」

ドクター・バロウズは、黒鞄をつかんだままそわそわした。「ああ、そうなんだ。実は縫合用の糸が足りなくてね。こっちは眠かったし、もう時間も遅かったから……しかし今朝は充分に糸を持っている。なんとかしてあげよう。熱はあるのかな？」

「ええ、かなり」マットの目が細くなった。「もし彼女がよくならなかったら、わたしを怒らせることになりますよ」そう付け加えると、さりげなく上着の前を開き、革のベルトをのぞかせた。そこには、骨の柄に彫刻が施された、幅広の長いナイフが差してあった。

医師は脅しには慣れており、ふだんならそれを深刻に受け止めたりはしない。しかしいま目の前にいる男は、いつも相手にしているような連中とはちがっていた。それに、こういうナイフを目にするのは、少年時代、グレートプレーンズに旅行に行ったとき以来だ。そう、騎兵隊の斥候のひとり、インディアンと白人の混血の男が、これとそっくりのものを持っていたのだ。それは、大きくて幅広の、きらりと光る金属製のナイフだった。軍曹が話してくれたが、その斥候は、剥がれた頭の皮をそれで持ちあげてみせたことがあるという。

医師の手がぎゅっと鞄をつかんだ。「ああ、そうだろうね、ミスター・デイヴィス」彼はぶっきらぼうに言った。「だが、きみのいとこはじきによくなる。わたしがちゃんと面倒を見るからな！」

「お願いします」マットは答えたが、その言葉自体に静かで不気味な脅しが含まれていた。薄い唇に浮かんだかすかなほほえみも、恐ろしさをいや増すばかりだった。

歩み去っていく長身の男を、医師はじっと見送った。一風変わったその足取りに、彼の目が細くなった。デイヴィスの歩きかたは、町の男とはちがう。他の多くの人々と同様に、医師もまた疑問を抱いた。謎のミスター・デイヴィスはいったいどこから来たのだろう？　しかし、本人にそれを訊いてみる気はない。絶対にお断わりだ。

彼は、長い金鎖のついた懐中時計を取り出して、慣れた手つきで蓋を開いた。往診に出る時間はもう過ぎている。だが彼はまず、ミス・メレディスを診るつもりだった。土曜日の夜に、糸を取りに家にもどるべきだったのだ。きょうこそは、きちんと縫合するとしよう！

4

オーク材の大きなデスクに着いていたマットは、彼に呼ばれて入ってきたブロンドの若者のほうに回転椅子をくるりと向けた。

「スタンリー、さがしてほしい人間がいるんだ」彼は簡潔に言った。「ステッキを持った身なりのいい男、土曜の夜、女権運動の松明《たいまつ》行進に現われたやつだ。おそらく、デモに割りこんだ労働者グループのメンバーだろう」

「承知しました」スタンリー・ラングは言った。彼はまだ二十二歳。ひょろりと背の高い男で、内容を問わず、与えられた仕事には熱意をもって取り組む。彼はまた、マットの探偵事務所に所属する六人の調査員のうち、いちばんの若手でもあった。「その男について何かわかっていることはありますか？」

「ない」不穏な声が返ってきた。「いとこが切りつけられてね。そいつが誰なのか知りたいんだ」

スタンリーの目が見開かれた。マット・デイヴィスのもとで働きだしてもう二年になるが、他の調査員たちからは、ボスは身内のことを決して口にしないと聞かされている。これは耳よりな話だ。

「彼、深手を負ったんですか？」

「いとこは女性だ」マットは訂正した。「腕を切られた。だが、犯人の狙いはそれだけじゃなかったようだ。そいつが何者か突き止めなくては」

「ベストを尽くします」スタンリーは答えた。「そのいとこの女性、早くよくなるといいですね」

「ああ、そうだな」マットはつぶやいた。彼は顔を上げた。「さっそく取りかかってくれ」

「承知しました。あの、このような機会を与えてくださって、本当に——」

「行け、スタンリー」

「わかりました。でも、本当に心から感謝——」

「行くんだ！」

スタンリーは大きな笑みを浮かべたまま、すぐさましりぞき、物が飛んでこないようにドアを閉めた。マット・デイヴィスは、機嫌が悪いと物を投げることで有名だ。ふつうそれはやわらかい物だが、この世の中、何があるかわからない。


未解決の事件を追うため、部下たちをさまざまな任務へ送り出しながら、マットはそれまでの半日を鬱々と過ごしていた。彼の仕事のほとんどは、なんらかの犯罪にからむものだ。だがなかには、不貞が疑われる若い女——おそらくは依頼人の妻——の尾行という仕事もあった。三年前までマットがいたピンカートン探偵社では、公私を問わずモラルにかかわる事案の調査は断わっていた。しかし自分の探偵事務所を開いた当初、マットはどんな依頼でも引き受けた。驚いたことに、顧客はたちまち増え、短期間のうちに彼はかなり裕福になった。いまでは仕事を選ぶこともできるが、それでも相変わらず個人的な案件も引き受けている。そして引き受けるかどうかは、彼が依頼人をどう見るかにかかっていた。

たとえば、ある金持ちのやもめ男は、娘が付き合いはじめたあやしげな男を調べてほしいと言ってきた。彼は、その男をジゴロではないかと疑っていた。娘はまだ若く純情で、相手の男にはよからぬ噂《うわさ》があった。マットは娘を気の毒に思い、この案件を引き受けた。

他にも雑多な仕事をこなしてきたが、さしあたって特におもしろいものはない。マットは回転椅子に背中をあずけ、自分を含むピンカートン探偵社の面々が、金庫破りどもを追跡して国じゅう走りまわっていたスリリングな時代を思い返した。強盗団は、日中はどこかに身を隠し、夜の間に仕事をしながら、浮浪者のように移動していた。連中はニトログリセリンを使って金庫を破壊し、探偵たちをさんざん手こずらせるのが常だった。ピンカートン探偵社の人間の大半は、強盗団にまつわるエピソードを何かしら知っている。いちばん皮肉な物語は、西部のどこかの郵便局で強盗団が金庫を爆破するとき、哀れな警官をひとり、銃を突きつけて連れていったというものだ。犯人どもは彼を縛りあげ、キャンバス地の郵便袋に入れてスタンプを押すと、あとは無傷のままそこに残していった。

マットは強盗を追う仕事はもうほとんどしていない。二階のオフィスで、手紙を口述したり、情報提供者や依頼人と話したりして過ごす時間は、ますます長くなる一方だ。いまや現場の仕事はほぼすべて、部下たちがやっている。容疑者を追いつめたり、情報を引き出したりするときの、あのスリルが恋しかった。もう年だな、と彼は思った。こんなふうにマンネリズムに陥ってしまうとは。

彼は書類を脇へ押しやった。テスが襲われたことへの憤りは、まだ収まっていない。今朝、仕事に出るときに見たテスの苦しそうな様子、医師の手当てのいい加減さは思い出すに耐えなかった。傷は熱と感染症を招き、ときには壊疽《えそ》にもつながる。以前、それが原因で人が死ぬのを見たこともある。マットは不安になり、すぐに医師の手当てをチェックしなかった自分に怒りを覚えた。あんなずさんな治療をする医者は、殴ってやればよかったのだ。テスが朝までによくならなかったら、別の医者をさがすとしよう。

なぜテスは襲われたのだろう？　その答えはまだ見つかっていない。だが、筋の通る仮説なら立てられる。犯人は彼女の顔を知っていたにちがいない。

そう考えると容疑者はしぼりこめる。まずありえないが勤め先の病院の誰かか、あるいは女権運動に参加している女性の関係者か。

　後者の可能性を検討していると、それが正解のように思えてきた。テスは、いっしょに集会に出ている若い友達の話をしていた。そしてその夫は、妻が運動にかかわっていることを快く思っていないという。

　マットは椅子を押しやって、立ちあがった。そう、この可能性がいちばん高そうだ。

　オフィスのドアを勢いよく開くと、ちょうどスタンリーがスポーツシューズを履いているところだった。「スタンリー！」

「はい？」

「ちょっと待て。いとこを襲った男の件だが、まずうちの下宿屋に寄って、彼女に訊《き》きたいことがあるんだ。犯人を見つけるいい方法がありそうなんでね」

「承知しました！」

　しばらくののち、マットはテスの部屋のドアを軽くノックしていた。ヘイズ夫人が彼をなかへ通した。老婦人はドアを閉めながら笑っていた。「あの医者の尻に火をつけてやったんですね、ミスター・デイヴィス？　今朝はこの子を王室の人みたいに扱ってましたよ。ほら、いくらかよくなったでしょう？」

　確かにテスはよくなっているようだった。まだ熱はありそうだが、意識はもどっており、周囲の様子もちゃんとわかっているらしい。

「マット」彼女はかすれた声を出し、熱のせいでひび割れた唇に笑みを浮かべた。「わたしの腕、よくなっているって、ドクターが言ってたわ。きょうは十針縫ってくださったのよ」

「そうか」マットはかすかにほほえんだ。「質問に答えられる？」

彼女はうなずいた。長いブロンドの髪はほどけ、金色の雲のように両肩にかかっている。マットはしばらくその姿を賞賛のまなざしで見つめていた。それからベッドに歩み寄り、やつれた顔を見おろした。

「きみといっしょに集会に行っているという若い女性だけど、どういう人なんだ？」

「ナンのこと？」

「そう」

「姓はコリアーよ」テスは腕を動かし、痛みに身をすくめながら言った。「ご主人はデニス。どこかの電報局で働いているの。なぜ？」

訊かれる前から、彼女はわれ知らずマットの求める情報を与えていた。

「その女性にお見舞いに来てほしいんじゃないかと思ってね」彼は大嘘《おおうそ》をついた。「シカゴに来てからの、ほんとの友達は彼女だけだろう？」

「優しいのね、マット」テスの舌はひどく重たく、しゃべりにくかった。「でもご主人が喜ばないと思うわ。彼女が集会に参加するのをすごく怒っていて、週一回しか許してくれないっていう話だもの。それ以上出るときは、こっそり抜け出さなきゃならないんですって。ここに来るのだって認めやしないでしょうよ」

これまた貴重な情報だ。彼女の顔がゆがむのを見て、マットは眉をひそめた。

「ひどく痛むんだね？」彼は言った。

「口のなかがからからなの」彼女は答えた。「お水をいただけません、ヘイズさん？」

「いいですとも、さあ」

笑みを浮かべ、マットがグラスを受けとった。シルクのような豊かな金髪に片手をうずめ、彼はテスの頭を支えた。そして、口もとへグラスをあてがってやり、水を飲む彼女の唇が弱々しく動くのを見守った。やわらかな髪だ、と彼は思った。それに睫毛《まつげ》も長くて濃い。その陰になった淡い緑の瞳は、早春のハコヤナギの葉の色をしていた。

「もういいかい?」彼は訊《たず》ねた。

「ええ、ありがとう」テスは笑顔で見あげたが、彼の目の表情にその笑みを凍りつかせた。目をそむけることができない。衰弱しきったこんなときでさえ、すぐ間近にいるマットは彼女を強く惹《ひ》きつけた。

彼の顔が瞳いっぱいに広がり、その吐息が唇にかかる。彼はそろそろと彼女を枕の上に下ろした。黒い目が瞬きもせず、彼女を見つめる。彼は手に持ったグラスのことも忘れ、動揺の色が浮かぶテスの優しい瞳をさぐりながら、そのままためらっていた。

「グラスに気をつけてくださいよ、ミスター・デイヴィス」編み棒をさがしていたヘイズ夫人がつぶやいた。「今朝も一度、うっかり水をこぼしてしまって、寝具を干したばかりなんですからね」

マットは立ちあがって、枕もとのテーブルに慎重にグラスを置いた。「彼女はよくなっているようです」ややあって彼は言った。その声はかすれていた。テスの喉が脈打っているのを彼は見て取った。

「わたしの言ったとおりでしょう?」ヘイズ夫人は笑った。彼女は毛糸を取り出すと、ベッド脇の揺り椅子にすわった。「今夜は、マルヘイニーの奥さんがおいしい鶏肉《とりにく》の茹《ゆ》で団子を作ってくれることになってます。テスが、きょうは食べられそうだと言うのでね」

「たくさんはだめですよ」マットは注意した。「まだ弱っているんですから」

テスは彼にほほえみかけた。熱のせいで、いつもの負けん気は失われていた。「わざわざ様子を見に来てくれてありがとう」彼女は言った。「よくなったら、ナイフを貸してくれる?」

思わぬ質問に、彼は不意をつかれた。「どうして？」

「わたしに切りつけた男と話し合いたいのよ」彼女は弱々しくささやいた。「あなた、その男を押さえつけていてくれないかしら。わたしが……ナイフを持って話している間」

「なんてことを言うんだ、テス！」彼はショックを受けたふりをした。

テスは笑って、目を閉じた。「その人、運がよかったわよね……だってこっちは倒れていて、手も足も出なかったんだもの」その声には疲れがにじんでいた。「人を投げ飛ばす技、いまでも忘れてないのよ。あなた、教えてくれたでしょう？　覚えてる？」スー族語でそうささやかれ、マットはほほえんだ。

「おやまあ、またうわごとを言ってるわ」それが他の言語だとは気づかず、ヘイズ夫人がため息をついた。

マットはかつて、ふたりが触れ合うのに感心しなかったテスの父親には内緒で、彼女に投げ技を教えたことがある。テスはそのことを言ったのだ。

「うわごとなんて一度も言ってないわ」テスは眠たげに笑った。「ねえ、マット兄さん？」

「熱があったときに言っただけさ」彼はぶっきらぼうに言うと、懐中時計を引っ張りだして一瞥《いちべつ》し、シルクのベストのポケットにするりと収めた。「そろそろ仕事にもどらないと。昼休みが終わってしまった」わざわざそう口にしたのは、女たちにこの来訪の真の目的を気づかせないためだ。「また様子を見に来るよ、テス。大事にするんだぞ」

彼はヘイズ夫人にほほえみかけ、帽子をかぶり、ドアを閉めて立ち去った。

「とっても強そうなかたね」編んでいる毛糸の帽子の目を立てながら、ヘイズ夫人が言った。「そばにいてもらえたら、さぞたのもしいでしょう」

「ええ、本当に」テスはまだ、彼が見せた熱いまなざしを感じていた。いま思い返しても、それは刺激的だった。マットはまるで火山のようだ。噴火の直前まで、ほんのわずかな炎しか漏らさない。あの冷静な顔の陰には、どんな欲望が潜んでいるのだろう？　自分が何を考えているかに気づいて、彼女は顔を赤らめた。

ヘイズ夫人がテスに目を向け、編み物を脇へやって、立ちあがった。「また顔が火照っているわ。タオルを濡《ぬ》らしましょうね。かわいそうにねえ。ずっとひどい熱だったんですよ」

「でも、だいぶ元気になりましたわ」テスは請け合った。「明日、熱が下がったら、少し起きてみます。体が衰えてしまわないように」彼女は弱々しくほほえんだ。「だって生活費を稼がないといけませんものね」

ヘイズ夫人は、テスの額に冷たいタオルを当てた。

「ひとつお訊きしてもいいかしら？」

「ええ、どうぞ」

「どうしてまだおひとりなの？　結婚のチャンスはいくらでもあったでしょうに」

「一度だけありました。でも相手はまるで尊敬できない男だったんです」彼女は、傲慢で執拗《しつよう》なモンタナの騎兵を思い出しながら言った。「あんなろくでなしと結婚するくらいなら、一生ひとりでいますわ」

「賢い娘さんだこと。わたしは好いた男と結婚したけど、きっと運がよかったんでしょうね。主人とわたしには、まだ生きてる子供が三人います。産んだのは十人ですけど」ヘイズ夫人はふたたび椅子にすわり、編み物に取りかかった。「そりゃあ、いろいろ苦労もありましたよ。でもどんなにたいへんなときも、わたしたちにはお互いがいました」夫人はテスにほほえみかけた。「もしかして、あなたとミスター・デイヴィスは……？」

「マットはいとこですもの」テスは言葉を濁した。

結婚に関するマットの見解を思い出したくはない。

もちろん人種の混合という問題も。

それでも、身を寄せてきたときのマットの瞳の表情を心から閉め出すのはむずかしかった。テスは目を閉じた。眠ろう。将来を嘆いても、なんにもならないのだから。

ゆっくりと規則的に呼吸するよう、テスは意識を集中させた。数分後、彼女は断続的な眠りへと落ちていった。


電報局を五カ所まわったあと、コリアーという名の職員のいる局がようやく見つかった。マットは、遠くの町へ派遣した部下宛てに電文をしたためた。いとこのテス・メレディスが何者かに怪我《けが》を負わされたこと、今後二日は事務所にいないことを告げ、木曜までに何かあったら上級調査員のライリー・ブレアに相談するよう指示する内容だ。書き終えると、彼はサインした。

電文をコリアーに渡すと、相手の顔をじっとうかがった。コリアーはそれを読み、テスの名前に目を留めた。表情はあまり変わらなかった。ただ手の筋肉がぴくぴくと動き、まぶたがかすかに震えただけだ。だがそれで充分だった。この男は、テスの名前を認めた――そしていま、彼女の〝いとこ〟が探偵であることを知ったのだ。

マットはひそかに電報局のなかを観察した。まず目についたのは、傘立てにあったしゃれたステッキと、コート掛けの高価なコートだ。賭けてもいいが、あのステッキには剣が入っているにちがいない。カウンターを飛び越えてコリアーに襲いかかりたくなるのを、マットは必死でこらえた。待て。それは、逮捕できるだけの証拠をつかんでからだ。まず、コリアーが意図的にテスを襲ったということを証明し、その理由も明らかにしなくては。

コリアーは料金の計算を終え、マットに金額を告げた。マットは紙幣を手渡し、釣りが出てくるのを待った。コリアーは釣り銭を取り落とし――びくついている証拠だ――数え直すはめになった。

コリアーは弱々しい笑みを見せた。「すぐ打電しますよ、ミスター・デイヴィス」

「どうもありがとう」釣り銭をポケットに収めるとき、マットはわざと上着を大きく開いて、ちらりとナイフをのぞかせた。

コリアーの目が皿のように大きく見開かれた。マットはぐいと頭をもたげた。その目が細くなった。「ボウイナイフを見るのは初めてかな?」冷やかに言う。「こういう仕事には、ピストルよりずっと役に立つんだよ」

コリアーの目はナイフに釘付《くぎづ》けだった。「人を刺したこともあるんですか?」

マットの薄い唇に冷たい笑みが浮かんだ。「ああ」コリアーは顔をそむけた。「ご利用ありがとうございました」

「どういたしまして。いとこの友達はひいきにしないとな」

コリアーはその場に凍りついた。「友達?」

「ああ、もちろんきみのことじゃないよ、コリアー」マットは愛想よく言った。「きみの奥さんのナンは、わたしのいとこのテスの友達だろう?」

コリアーはためらい、それからマットに向き直った。顔がひどく青ざめていた。「ええ、ナンは彼女を知っています。ふたりは、あのいまいましい婦人運動の集会にいっしょに行っているんですよ。ご存じかもしれませんが、ナンは、わたしが仕事に出ている夜に、二度もこっそり出かけている。だから今後、集会に出ることはいっさい禁じてやったんです」耳障りな声で、彼はつづけた。「土曜の夜は乱闘騒ぎがあって、あの女どもがそのまっただなかにいたんですよ。町はその話で持ちきりです。ナンがわたしといっしょにうちにいて、本当によかったですよ。これも家内からずっと目を離さなかったおかげです」

長いせりふだな、とマットは思った。しかも計算されている。これは、テスが襲われた時間のアリバイがあると信じさせるためだろう。こんな話を真に受ける気はさらさらない。しかし、いまのところ反論の材料はなかった。

「幸運だったな」マットは言った。顔つきが険しくなった。「しかしテスに手を出した男は、幸運とは言えない。犯人はこのわたしがきっと突き止める。そしてそのときは、生皮を剝いでやるよ」

コリアーは唾をのみこんだ。「それは犯罪ですよ」

「そいつがテスにしたことも同じさ。女を襲うのは卑怯《ひきょう》者だけだ」

いまやコリアーは明らかに動揺しており、早口に言った。「いとこさんによろしくお伝えください。それにもちろん、ナンからもよろしく、と。直接は存じあげませんが、わたしはそのかたになんら含むところはありませんから」

マットは何も答えず、ただ相手をじっと見つめた。

「もう集会でナンに会うことはないだろう、とテスに言っておくよ。きっと残念がるだろうな」

コリアーはいらだたしげに身じろぎした。不機嫌そうな顔だ。「女どものなかには、ああいう集会をただ男遊びの口実に使ってるのもいるんです」彼はつぶやいた。「いまいましいやつらめ。陰でこそこそしやがって」

マットはその点について議論する気はなかった。

しかし、コリアーがなぜテスを襲ったのか、その理由がつかめたのはありがたかった。彼は皮肉っぽく帽子を傾けた。「ごきげんよう、ミスター・コリアー」

「ごきげんよう」

電報局を出て、通りを渡ると、マットはコリアーを振り返った。彼は電報を打ってはいなかった。デスクの前にすわり、両手で頭をかかえている。その姿は、何かひどい重荷を背負っているように見えた。

自業自得さ。マットは思った。あの卑怯者め。テスが襲われたことを少しも知らないふりをするとはな！　だが、あの最後の言葉は奇妙だ。女たちが、集会を口実に男に会いに出かけているって？　若きコリアー夫人は、テスをあざむいているのだろうか？　もしも彼女が本当に夫を裏切っているとしたら？　そしてコリアーが、テスが妻の浮気に手を貸していると思いこんだのだとしたら？　事実、テスの話では、ナンは週に一回しか集会に出られないということだった。ところがコリアーは、妻がその他に二度も夜に家を抜け出したと言っている。

このことは事件にまったく新たな局面をもたらす。これは調べる必要がありそうだ。テスはもう安全だろう。コリアーも、相手が探偵と知ったいまは、彼の怒りを招くような危険は冒すまい。だがコリアーの妻の安全は？　やつは躊躇《ちゆうちょ》なく他人を襲うような男だ。浮気を疑われた妻が、何をされてもおかしくはない。ナンは夫に殴られているのでは？　テスは彼女の私生活について何か知らないだろうか。今夜、訊いてみよう。マットはそう心に決めた。

テスは、ヘイズ夫人に洗濯してもらったレースの化粧着に身を包み、ベッドにもたれてすわっていた。髪は黄色いリボンでうしろでひとつにまとめてあった。彼女はとても幼く見え、まだ青白く、痛みもある様子だが、よくなりつつあるようだった。

マットが部屋に入っていくと、彼女は顔を輝かせた。「今夜は早かったのね」

「夜は休みを取ったのさ」彼は笑いながら、帽子とコートを脱いだ。「これを部屋に置いてくるよ。またすぐに来る」

少ししてもどった彼は、ヘイズ夫人がいないのに気づいて眉をひそめた。

「ヘイズさんは、ご主人の夕食を作りにおうちに帰ったの。ご主人はタグボートの船長なのよ」テスが言った。「大型船が港に入ってくると、引っ張って動かすの。ふたりの息子さんといっしょに自分の会社をやっていてね、お金持ちじゃないけど、充分暮らしていけるんですって」

「おれたち、どっちが探偵だっけな？」

「なろうと思えば、わたしだってなれるわ」

「ああ、そうだろうね。気分はどう？」

「傷は痛むし、悔しくてたまらないわ。犯人は見つかった？」

「手がかりはつかんだよ」マットは言葉を濁し、椅子を引き寄せた。ドアは、誤解を招かないよう開け放っておいた。彼は長い脚を組んだ。「テス、コリアー夫人が旦那以外の男の話をしたことはないかな？」

テスは用心深い目で彼を見つめた。「なぜそんなことを訊くの？」

「いいから教えてくれ。大事なことなんだ」

テスはため息をつき、枕にもたれた。「彼女に男の人がいるかどうかは知らないけど」ややあって、彼女は重い口を開いた。「何度か、集会が終わる間際に飛びこんできたことはあるわ。それに、わたしと同じ馬車で帰らなかったことも、二、三回。そのときは、きっと誰か他の人と来ていて、その人といっしょに帰るんだろうと思ったの」彼女はまっすぐにマットの目を見た。「仮にご主人を裏切っているのだとしても、わたしは彼女を責める気はないわ。

あの男は、弱い者いじめをする人でなしだもの。たぶんナンは殴られているのよ。でも、彼女が不倫をしているのかどうか、確かなことはわからない」

部屋の外で足音がした。マルヘイニー夫人が足を止めて、なかをのぞきこみ、神経質そうな笑みを浮かべた。

「あら、いとこさんを見舞っていらしたんですね」夫人はマットにそう声をかけ、あてつけがましく、満足げに、開いたドアに目をやった。「何かほしいものはありませんか、ミス・メレディス？」

「ありがとう、マルヘイニーさん。でもじきにヘイズさんがもどってきますから。牡蠣《かき》のシチューを持ってきてくださるんですの。わたし、食べたことがないんですよ。どんな味なのか楽しみだわ」

「そうそう、あなたはずっと内陸のほうにいらしたんだったわね」マルヘイニー夫人は言った。「お父様は何をなさっていたのかしら？」

「医師でしたの」

マルヘイニー夫人はほほえんだ。「まあ、すてきだこと！」

マットはじっとマルヘイニー夫人を凝視した。夫人はそわそわした。そして、ふたたび笑みを浮かべ、ではまたと言い、足早に廊下を去っていった。

テスは笑いを噛《か》み殺した。「悪い人ね」彼女は小声でからかった。「あんな怖い顔をして！」

マットは彼女に笑いかけた。「毎日二回、鏡の前で練習しているんだ」彼は立ちあがった。「あの人は、おれがきみとふたりきりでここにいるのはよくないと言いたいんだろうな」

テスの目がいたずらっぽくきらめいた。「あなたはわたしのいとこでしょ？　わたしとふたりきりになって、なぜいけないの？　教えてくれない？」

マットはベッドの頭のほうへと歩み寄った。そして長い腕を白い鉄枠につくと、身を乗り出して、彼女の顔をすぐそばからのぞきこんだ。「なぜなら、ふたりきりになれば、男は無力な女性に何をするかわかったものじゃないからさ！」彼はささやいた。

テスは笑った。「まあ、どきどきするわ！」

マットは彼女の鼻先に指を触れた。「どきどきはいまはおあずけだね。目を閉じて、ヘイズさんがもどるまで休んでおいで。おれは書類仕事をかたづけないといけない」

「ありがとう」テスはつかのま、まじめになって言った。「あのドクターにかなり強く言ってくれたんでしょう？　今回は、とてもていねいに処置してくれたわ」

「ちゃんと縫ってもらえなかったって、なぜ言わなかったんだ？」

「朦朧《もうろう》としていたから。あんなに気分が悪くて心細かったのは初めてよ」

マットは顎をこわばらせた。「二度と怪我なんかさせないよ。約束する」彼はきっぱりと言った。

テスは愛情のこもった優しいまなざしで彼を見あげた。「ずいぶんよくしてくれるのね。あなたにしてみれば妙な感じでしょう？　ちょっとでも自分にたよってくる相手がいるなんて」

「そうだね、おれはずっとひとりで生きてきたから」

「そして、そういう生きかたが好きなのよね。わかってるわ。二度とこんなことにならないようにする。わたしってもともと、かなりしっかりしてるのよ」

彼女の顔は青ざめ、やつれていた。自らの経験から、マットには傷の痛さがよくわかった。「さあ、眠って。用があったら、いつでも呼ぶんだよ」

「大丈夫よ。でもありがとう」テスの目が彼の顔をさぐった。「疲れているみたいね。ごめんなさい。わたしのせいで寝不足に……」

彼の指が、温かくてやわらかな彼女の唇を押さえた。「感謝なんていらないよ」

テスの視線が落ちた。彼の指の下で、唇が疼《うず》いている。その指にキスしたくなるのを彼女は懸命にこらえた。

そのとき、すでにおなじみとなったヘイズ夫人の足音が階段から聞こえてきた。マットはベッドからすばやく離れた。老婦人が現われたとき、彼はドアのそばに立っていた。ヘイズ夫人は、壺《つぼ》とボウルとスプーンとナプキンを木の盆に載せて、入ってきた。

「ここのお台所でお借りしたの」夫人は笑みを浮かべた。「こんばんは、ミスター・デイヴィス。牡蠣のシチューはいかが？　作りたてですよ」

「ありがとう、でも結構です。もう食事はすませたので。じゃあね、テス、よくお休み」

「あなたもね、マット」

今度はきちんとドアを閉め、彼は部屋を出ていった。テスはシチューをおいしく食べ、ヘイズ夫人とのおしゃべりを楽しんだ。けれども彼女は、マルヘイニー夫人の態度が気になりだしていた。どうやらあの夫人はテスが――あるいはテスにまつわるすべてが気に入らないようだ。彼女を追い出す口実をさがしているようにも見える。心配のあまり、テスはその夜ほとんど眠れなかった。マットのそばに住めなくなったら、どうすればいいのだろう？　ふたりの結びつきは特別なものだ。彼女はマットのそばにいる歓《よろこ》びを思っただけで、全身がぞくぞくするほどだった。手遅れになる前に、なんとかしてあの夫人と仲よくならなくては――テスはそう思った。

5

週末には、テスは起きて動きまわれるようになり、生まれ変わったように元気になっていた。ときおり縫ったところがひりひりするものの、それもつぎの水曜日には抜糸する予定で、気分は上々だった。

土曜日、マットは彼女を近所のソーダ店に連れていき、アイスクリーム・サンデーをおごった。それは、チューリップ・グラスに盛られており、ホイップクリームが添えられ、てっぺんにはサクランボがひとつ載っていた。テスは、そんなすばらしいごちそうは食べたことはもちろん、見たことさえなかった。マットは、彼女の反応を楽しんでいる自分に気づいた。何かに興奮したときのテスは、子供のように幼く見える。

彼女は緑色の襞《ひだ》飾りをあしらった、ぴったりした黒のスーツを着ていた。彼はその服を好ましく思った。だが、つばの広い、羽根に覆われた巨大な帽子には、感心しなかった。女のファッション・センスというのは妙なものだな、と彼は思った。風が吹くたびに、その帽子は、撃たれたウズラよろしく羽根をまき散らしていた。

彼はチョコレートモルト・ソーダをかきまぜ、テスの人目もはばからぬサンデーへの熱中ぶりにほほえんだ。

彼女は、興味津々といった様子で、あたりを見まわしていた。その真剣さに彼はとまどいを覚えた。

「何をきょろきょろしているんだい、テス？」

彼女はびくりとして彼の目を見た。「ああ、集会で会った女性のひとりから、ちょっと聞いたことがあって」ややきまり悪げに笑いながら言う。「こんなこと、あなたに話していいのかしら。特にここは人なかだし」

マットの黒い眉が上がった。彼は優しくほほえんだ。「いいから言ってごらん」

テスは身を乗り出した。彼の耳もとに唇を寄せると、シェービング・ローションがつんと匂った。

「アイスクリームの店は悪の巣窟なんですって。ことに外国人のやっている店はそうらしいわよ。売春が奥の部屋で行なわれているの。遊園地やスケート場も、同じですって！」

マットが笑いを爆発させると、他の客たちがいっせいにこちらへ目を向けた。

「やめて」テスは彼の袖をそっとたたいて、小声で言った。「みんなが見てるじゃないの」

彼は身を乗り出して、ささやいた。「きみという人は本当にうぶなんだな」

テスはため息をついた。「しかたないでしょう。わたしはずっと荒野で暮らしてきたんだもの」彼女は声を落とした。「野蛮な連中といっしょにね！」

マットの黒い瞳がきらめいた。「おれみたいな？」

テスは彼のハンサムな顔を見つめた。思春期に見たあのレイヴン・フォローイングを、忘れるのはむずかしい。ワシの羽根飾りの帽子は、勇気の証《あかし》。羽根の一本一本が、それぞれひとつの勇敢な行為を表わしている。そしてその顔には、彼の戦闘用の馬と同じに、彼だけの神秘的なシンボルが描かれていた。

「何を考えているんだい？」彼が訊《たず》ねた。

テスは首を振った。「思い出していたの」つぶやくように付け加える。「でも何を思い出していたかは知らないほうがいいわ。だから訊《き》かないで」

彼はソーダをひと口飲み、ぼんやりと長いスプーンでグラスのなかをかきまわした。「遠い昔のことを、だろう？」彼はつぶやき、顔を上げて彼女の視線をとらえた。「あのころはふたりともまるで別人だったな」

「あなたはそうだったわ」テスは答え、自分に勇気があったら、と思った。

「どんなところが？」

「あのころは、部族の仲間たちを恥じてはいなかった」

言うべきではなかった。彼女はすぐさまそう悟った。マットの手が分厚いチューリップ・グラスをぎゅっとつかむ。彼は無言だったが、黒い瞳は雄弁だった。その燃えるようなまなざしに耐えかねて、彼女は視線を落とした。

「訊かないでと言ったでしょう」いたたまれない気分だった。「ごめんなさい」

彼はなんとも答えなかった。ただ静かにすわって、ソーダを飲み干した。「行こうか？」ややあって、彼は低い声でそっけなく訊ねた。


テスはうなずいた。

彼は立ちあがり、チップを置くと、テスをエスコートして店を出た。

「ごめんなさいって言ったのに」半ブロックほど歩いたところで、テスが言った。

「おれの気持ちは、きみにはわからないさ」マットは低くつぶやいた。「こんな国の一員でいるのが、どんなものか。仲間はみんな居留地で飢え、寒さに凍え、密造酒を飲み、配給が少ないとか、毛布の質が悪いとかこぼしている」彼は足を止め、空に描かれた町の輪郭線を眺めた。「おれは身ひとつでここへ来た。生活を切りつめ、勉強し、いろいろなことを学んだ。たのまれれば、どんなちっぽけなつまらない仕事でも引き受けた。這《は》いあがるためなら、なんだってしたよ。二年前——いや、もう三年前になるな——おれはピンカートン探偵社をやめ、自分の探偵事務所を立ちあげた。そして裕福になったんだ。

これも、自分のほしいものを得るために必死で働いたからだ」

「あなたは、他の人たちよりも恵まれていたのよ」テスは顔を上げ、ずっと上にある彼の顔を見あげた。「居留地には、結核にかかっている人や体の不自由な人もいる。家族を大勢失ったせいで、くじけてしまった人たちもいるわ。それに、生きるためには白人にたよらざるをえない人たちも。彼らは、戦うには頭数が少なすぎる。プライドがあって物乞いはできないし、教育も知識もないから新しい道を切り開くすべもわからない。あなたは恵まれていたのよ」

「恵まれすぎていたんだ」彼は歯ぎしりした。「それがわからないのか？」苦悶《くもん》の目が彼女を見おろす。「おれはもうどこにも属していないんだ！　戦いの化粧やバッファロー狩りにはもうもどれない。だが白人になることも絶対にありえない」

テスは手袋をはめた手を彼の腕にかけた。「あなたは謎に包まれた人物よ。どこから来たのか、どういう育ちなのか、本当のことを知る人はいない。それはあなたが望まないかぎり、決して変わらないわ。シカゴは大きい町だもの」

「大きくても偏見はあるさ」彼は苦々しく言った。「気づいていないのか？」

テスはため息をついた。「もちろん気づいているわ。わたしには世の中を変えることはできない。ただ世の中がちゃんとまわっていくように力を尽くすだけ。女だって楽じゃないのよ。看護婦として働くのに、わたしがどれだけ苦労したか知ってるでしょう？　いまだにさっぱりわからないわ。世間の人はなぜ、看護という仕事にそこまで批判的なのかしら」

マットの険しい表情がゆるみはじめた。心ならずも、口もとが笑いにゆがんだ。彼は身をかがめた。「男の裸を見るんだろう？」からかうように言う。

テスはうろたえ、顔を赤らめた。「それはもちろん……そんなことないわよ！」彼の顔を見ることができない。彼女は、ふたりの過去に関して、彼の知らない秘密をかかえているのだ。

「見ないなんてことができるのかい？」

「男性の雑役係かドクターを呼べばいいでしょう！」彼女はひどく動揺して、つばの広い帽子を押さえた。「なんてことを言うの！」

マットは笑った。「おれたち、お互いに無礼なことを言う癖がついたみたいだな」彼はテスの腕を取った。「あるいは、ふたりとも言われたことを気にしすぎるのか」

「片方は確かにそうね」

マットが腕を――怪我《けが》していないほうを――そっとつねって、彼女を飛びあがらせた。「おれはそんなにやわじゃないぞ」

「ええ、そうでしょうとも」テスはつぶやいた。


角に着くと、マットは彼女をエスコートして、馬車やときおり通る自動車をよけながら広い通りを渡った。この町にも、わずかながら例の最新式の乗り物が解き放たれているのだ。マットはあの機械を忌み嫌っていた。以前、アトランタで友人の事件に携わったとき、無理やりそのなかへ押しこまれたことがあるからだ。

「ナンの旦那に会ったことはある？」無事に道を渡り終えると、彼は訊ねた。

「ご主人のデニスに？　いいえ。お宅を訪問したいんだけど、彼女がやめたほうがいいって言うの。ご主人は婦人運動をよく思っていないから、きっと彼女の友達が訪ねてもいやな態度を取るでしょう」

マットはためらった。どこまで話したものだろう？　テスは襲われたショックからまだすっかり立ち直ってはいない。本当は何も知らないほうがいいのだ。しかしすべて隠しておくわけにもいかない。

もしもあの男がまた手を出してきたら？　あるいは、テスが突然、ナンといっしょに家に帰ることになったら？　そうなれば、自分はテスを護《まも》ってやれない。コリアーは自由に彼女に近づくことができる。

「何か隠しているのね」テスの目が細くなった。

マットは両手をポケットに突っこんで、彼女を見おろした。「実はそうなんだ。きみに切りつけた犯人を、おれは知っているんだよ」

テスの心臓が一瞬止まった。「本当に？　誰なの？」

「きみの友達のナンの旦那だ」彼は重々しく答えた。

テスは喉もとのレースに手をやり、驚きにあえぎながら、息苦しさを倍にするコルセットを呪った。

「まあ！　それは確か？」

「ああ。そいつに会いに行って確信したよ。遠まわしに脅しておいたから、もう二度ときみには手を出さないだろう」

テスは愕然《がくぜん》として首を振った。「信じられない。とても信じられないわ。いったいなぜ？」

「きみがナンとぐるだと思ったのさ」

「なんですって？」

マットは周囲をうかがった。ふたりのほうを見ている者はいない。だが、人目のある場所で内密な話をするのははばかられた。「こっちへおいで」

彼はテスを樹木に囲まれた鋳鉄のベンチへと導き、彼女をすわらせると、自分も隣に腰を下ろした。

「ナン・コリアーのことは、どれくらい知っている？」

「あなたのことほどは、知らないわ」

その声に含まれるかすかなからかいを、彼は無視した。「どうも彼女には男がいるようなんだよ、テス」

テスは顔がこわばるのを感じた。「男？　つまり、ご主人以外の誰かと会っているってこと？」

「うん、どうやら婦人運動の集会を隠れ蓑《みの》にしているらしい。コリアーは疑いを抱いている。あるいは、実際に逢《あ》い引きの現場を押さえたのかもしれない。そして、きみもぐるだと思っているんだ。きみが愛人と会う手引きをしていると思いこんだんだろう」

「そんな不潔なことに、わたしが手を貸すわけないじゃない！」テスは憤慨して叫んだ。

「ああ、わかってる。だがコリアーは、きみのことをまったく知らないわけだからね。そのことを口にしたときのあいつは、かなり逆上していたよ」

「その人が誰かはわかっているの？　彼女の相手の男は？」

「いいや、まだだ。だが、じきにわかるさ。うちの調査員のひとりがコリアー夫人を見張っているからね。でも、彼女には絶対言うなよ、テス」彼は厳しい口調で付け加えた。「きみは危険なことに巻きこまれているんだ。男が人込みのなかでステッキに隠した剣で女を襲ったんだからな。これは事件だよ。それに、怪我を負わせるのが、やつの目的だったとは思えない。やつはきみを殺す気だったんだ」マットの表情は険しかった。

テスは吐息を漏らした。「でもわたし、浮気のことなんか何も知らないのに」彼女の声はかすれていた。

「ああ、そうだろう。いずれにせよ、おれの言葉だけでは——それが脅しであっても——やつはあきらめないかもしれない。そのうえ、やつの背後には……」彼はふいに口をつぐみ、一拍間を置いてからつづけた。「この件は、優秀な若い調査員に担当させている。きょうの午後、彼がある情報を持ってきたんだが、それが……もし本当だとしたら、ちょっと気がかりなんだ。いまはこれ以上言わないが。これからすべてを洗ってみるよ」

思いがけない展開に、テスの頭はくらくらしていた。

「これで状況がわかったわけだから」マットはつづけた。「きみももっと身辺に注意する気になっただろう。護る必要はなくなったな。知識は自由につながるんだよ、テス」

「何も話してもらえなかったら、きっと怒り狂っているところよ。わたしは現実を恐れたりしないもの」

「わかっている」

彼女の緑の目が、帽子の縁ごしにさぐるように彼を見あげた。その瞬間、彼女は悟った。マットもまた自分と同じくらい、この新たな不安から解放されたがっているのだ。そこで彼女は軽い口調で言った。

「護身用に、あの恐ろしいナイフを貸してもらおうかしら」

「自分の手を切り落とすのがオチさ」マットは笑った。

「わたしは弓矢も使えたし、鹿の皮も剥がせたわ」

「十四のときはね」

「あなたがシカゴへ行ってしまったからといって、そういうことをすっかりやめてしまったと思う？」

彼女はつんとして言った。「居留地にはあなたのいとこたちがいたでしょう？　ほら、あの大虐殺のあとサウスダコタを離れた人たち。わたしはその何人かと仲よくなったのよ」

「お父さんは知っていたのか？」

「もちろん」

「で、それを認めた？」

「あなたもよく知っているはずよ。どんなことでもわたしが本気でやりたいと思ったら、父にも止めることはできなかった。あなたが教えてくれたようなことはレディのすることじゃない、と父は思っていたけれどね。でもわたしはレディぶるつもりもなかったし」

「それでもきみは立派なレディだよ、テス」マットは賞賛のまなざしで彼女を見つめた。「恐ろしく気が荒いし、独立心も旺盛だがね」

「気が荒いわけではありませんの。ただ、ときどき強い意見を持つだけですのよ」突然、テスは軽口をたたいていられなくなった。真顔になって、彼女は訊ねた。「ねえ、マット、ナンはどうなるの？」

「どういう意味だい？」

「彼、ナンに手を出さないかしら？　だって、わたしに切りつけて……殺そうとしたくらいだもの。わたしたち、ナンのことを心配すべきなんじゃない？　つまり、もしも裏切られていると思ってるなら、彼はどんなひどいことをするかわからないし――」

「やつがしょっちゅう彼女を殴っていることは、もうわかっている」マットは言った。「一度など、近所の住人が彼女の姉になんとかするよう訴えたくらいなんだ。だが、姉夫婦が行ってみると、ナンは階段から落ちたと言い張ってね。うちを出ることも、姉が警察を呼ぶことも拒否したんだよ」彼の顔がこわばった。「信じられないだろう？　女ってやつは、ケダモノの亭主をかばうためにそこまでやるんだ」

「監獄に送りこんだら、出てきたときに殺されると思っているのかもしれないわ。殺されるよりましだと思って、暴力に耐えている女性は大勢いるのよ。それに、自分自身のために夫をかばう場合もあるの」テスは悲しげにつづけた。「虐待されている奥さんたちの多くは、子持ちで生活力がないうえに、たよれる身内もいない。夫が監獄に入れられてしまったら、どうすればいいの？　生活のために……街に立つわけ？」

「まさに地獄だな」マットは冷ややかに言った。彼は、そういう女性が悲惨な短い生涯に終止符を打つのを何度も見てきたのだ。

「だからこそ、わたしたちのグループは、女性に対する社会の扱いを変えようとがんばっているのよ。男性のほとんどは、女性の痣《あざ》や屈辱に目を向けようとしない。どうせ身から出た錆《さび》だろう、と自分を納得させているの。仲間に法の手が迫ると、男は結束を固めるのよ」

「みんながみんなそうではないさ」

テスは彼の目を見あげた。「ええ、あなたはちがうわ」彼女は優しく言った。「どんなに挑発されようと、無防備な相手を傷つけたりはしないもの」

彼は乾いた声で笑った。「おれのことをよく知っているつもりなんだな」

「あなたの一部は謎に包まれてる」彼女は考え深げに言った。「でも、たとえ悪意に満ちた敵であっても、あなたは反撃できない相手に手を出すような人じゃない」

彼はなんとも答えなかった。何を映しているのかわからないその目は、遠くの建物に向けられていた。

テスは気まずそうにバッグをいじった。「昔のあなたはそんなに殻にこもっていなかったし、もっと話しやすかったわ」

「そのころのきみは、まだ子供だったからな」

「どういうこと？」

マットは彼女に向き直った。「なぜきみは、例のモンタナの兵隊の申し出を断わったんだ？」

「あの男は虐殺者なのよ！」テスは叫んだ。

「きみはもう二十代半ばじゃないか」彼は言い張った。「お父さんから何度か聞いたよ。きみはどんな男にもまるで興味を示さないし、社交的な催しへの招待もすべて——ダンス・パーティーさえも断わっていたそうだな。なぜなんだ？」

手袋をはめた彼女の手が、形がくずれるほど強くバッグを握りしめた。「たいていの男は癪《しゃく》に障るんだもの」

「答えになっていないね」

黒曜石のようなマットの瞳から、テスはどうにか目を引き離し、固く結ばれた彼の口へ、さらにはネクタイへと視線を移した。心臓は早鐘のように打っている。立ちあがって逃げ出したい――そんな思いに、彼女はショックを受けた。それは本来の自分の豪胆さとはあまりにかけ離れた衝動だった。

マットの長い腕が、ベンチにそって背後へと伸びてくる。彼は頭を下げて、彼女の帽子のつばの下をのぞきこんだ。その目は、紅潮した彼女の顔を鋭く見据えていた。

「きみが結婚しなかったのは、おれのせいなのか？」

数秒の間、こめかみにかかる彼の息の音以外、彼女には何も聞こえなかった。

彼女のおとなしさが、その胸中を雄弁に語っていた。ふだんのテスはおとなしくはない。彼女は気性が激しく、はっきりとものを言う。こんなふうに恥じらう彼女の姿は興奮を誘った。マットは、丸みを帯びたやわらかな顎に触れ、彼女の顔を上に向けた。

彼の親指が彼女の豊かな下唇をそっとなぞっていく。その微妙な感触に彼女は激しく身を震わせ、彼は危うくわれを忘れかけた。言葉などいらない。その瞬間、彼はすべてを悟った。テスがなぜ求婚者たちにつれなかったのか、なぜシカゴへやってきたのか、なぜ地域の人々と交わろうとしなかったのか。

彼女が目をそむけた。

荒い息とともにベンチの背もたれから手を離し、彼は引きさがった。まるでどこかよその町にいるように、心は遠くにあった。彼は茫然《ぼうぜん》とし、言葉を失っていた。自分の目が彼女の美しい顔に見て取ったものを信じることができなかった。

テスはさりげなく立ちあがった。

「もう帰らないと」その声は固かった。「まだ充分に体力が回復していないの」

「ああ、帰ろう」

マットはテスの腕を取らなかった。ひとり悶々《もんもん》としながら、ただ無言で彼女の横を歩いていった。

門を開けて彼女を通すと、彼はその場に残った。

「いまかかえている仕事の関係で、今後しばらくは家を空けることが多いと思うんだ。勤務時間が終わったあと、病院でぐずぐずしていちゃいけないよ」彼は何事もなかったかのように言った。「まっすぐ自分の馬車に乗りこむんだ。御者がミック・ケネディなのを確かめてな。彼以外のやつはだめだ。わかったかい?」

テスはうなずいた。

「ひとりで外に出るのは危険だぞ」彼は強く念を押した。

「わたしがナイフで胸を刺されて溝に転がっていたって、気にもしないくせに!」テスは理不尽な怒りを爆発させて、マットを驚かせた。自分の深い想《おも》いに彼はなんの関心も示さない。そのことにテスの心はひどく傷ついていた。「帰宅の時間については、好きなようにさせてもらうわ。あなたはどうとでも……なんとでも……もう!」懸命に言葉をさがしたが見つからず、最後は激しい怒りの爆発で終わった。

階段を上り、家に入るときも、彼女は振り返らなかった。きっといつもどおりに振る舞っていれば、平常心がもどってくるだろう。あんなふうにあからさまに恋愛について問いただされたあと、彼の顔を見る気にはとてもなれない。そう、マットが彼女を愛していないことは確かだ。彼は昔から、白人女性に対する自分の意見をはっきりと表明していた。それに、彼が混血児たちをどう思っているかは、誰もが知っている。彼女は波打ち際に砂の城を築いてきたのだ。もうこんなことは、やめなくてはならない。

彼女はマルヘイニー夫人に礼儀正しくほほえみかけると、話しかけられないうちに急いで階段を上っていった。この家は居心地が悪くなる一方だ。一刻も早くどこかへ引っ越さなくては。マットや、頭の固い家主夫人から遠く離れたどこかへ。

でも慎重に動かなければならない。評判のいい下宿屋よりも悪いところのほうが多いのだから。娼《しょう》婦《ふ》として売られるはめになっては、たまらない！　たぶん同僚の看護婦たちか、婦人グループの仲間のなかに、自分が間借りできそうなちゃんとした下宿屋を知っている人がいるだろう。

彼女の胸の内は突然、白日のもとにさらされてしまった。マットは彼女の気持ちを知った。なのに、何も言ってはくれなかった。彼はただその気持ちを黙殺している。それも彼女が白人だからだ。彼に哀れまれるのは、耐えられない。同情に甘んじるくらいなら、自分の手で心を引き裂いたほうがいい。

マットの姿をまったく見ずに週末を過ごしたあと、テスは月曜日に仕事に復帰した。病院ではみんなが歓迎してくれた。腕はまだひりひりしているが、忙しく働くのは楽しかった。傷心をかかえているとき、忙しくしていられるのはありがたい。

脚を切断した若い患者、マーシュ・ベイリーはテスの姿を見て喜んだ。「会いたくてたまらなかったよ」彼女がベッドの横で足を止めると、彼は悲しげな目を輝かせた。「年のいった看護婦たちはちっとも優しくないんだ」

彼女たちは何年もかけて無情さを身につけたのだ、とテスは思った。よい看護婦はそうなるしかない。さもなければ、気が狂ってしまうだろう。この若者の依存心の強さは、もともと気がかりだった。テスが休みを取る前から、彼は彼女に執着を見せはじめていた。その感情は、彼女がいない間に、さらにふくれあがったようだ。いまではそばにいるとひどく気づまりだった。テスにとって彼はひとりの患者にすぎないが、相手は彼女に看護の腕以上のものを求めているのだ。

「ずっと考えていたんだよ」マーシュは急《せ》きこんだ口調で言った。「結婚したら、北にあるもっと小さな町に住んでもいいね」

「マーシュ」テスは声をあげた。「わたし、あなたと結婚するつもりはないわ」

彼はひどく汗をかいていた。その目はどんよりとうつろだ。「しなきゃだめだ」彼はテスの手をつかんで熱心に言った。「ぼくが生きているのは、きみのためだもの。きみだけのためなんだ。結婚してくれないと。できないというなら、もう生きている意味なんてない！　ぼくは脚を奪われたんだよ、テス。ぼくにはきみが必要なんだ！」

テスは手を引っこめると、体温計をことさら念入りにチェックしてから、彼の口へ入れた。「いい子にして」穏やかに、しかし感情をまじえずに言う。

「脈を測らせてね」

彼の目は荒々しく、脈拍もそれを反映していた。ひんやりした指を彼の手首にしっかり当てながら、彼女は眉をひそめた。こんなに興奮するなんて、わけがわからない。

「何か薬をもらったの、マーシュ？」彼女は彼の手首を放して、カルテに脈拍数を書きこんだ。カルテには、新たに薬が投与されたという記録はない。

「いいや」彼は体温計をくわえたままつぶやいた。

テスは彼の口から体温計を抜いて、目盛りを見た。熱はない。となると、あのうつろな目はどういうことなのだろう。

彼が手をつかんだ。「ねえ、結婚してくれなきゃ！　いやだって言うなら、ぼくは……やけになって何をするかわからないよ！」

テスは優しく指を引き剥がした。「あなた本気じゃないのよ、マーシュ」

「本気さ！　誓ってもいい！」

　こんな状況を招いてしまった自らの愚かさに、テスはがっくりした。怯《おび》えきった若者に優しくしたい、恐れに耳を傾けてあげたい、気持ちを楽にし、慰めてあげたい——そんな衝動に従った結果がこれだ！　彼の恋心をかき立てる気などなかったのに、悲惨なことになってしまった。

「あなたはひどく具合が悪かったのよ、マーシュ。でもじきによくなるわ。男性が看護婦に好意を持つのは自然なことなの。重い病気の女性が、命を救ってくれたドクターに執着するのと同じね。だけど、そういう気持ちはすぐに消えるわ」

　彼は殺気立った目をして、ひどく興奮していた。

「執着なんかじゃない！　愛しているんだよ！」

「ええ、そうでしょう」テスは淡々と言った。「でも大丈夫。きっとその気持ちは消えるから。わたし、他の患者さんたちのお世話をしないと、マーシュ。あとでまた来るわね」彼女はつれない笑みを見せ、ベッド脇にカルテを残してその場を離れた。いまはこうするしかない。起きたことを無視するしか。彼に執着を断ち切らせなくては。

　その日はずっと、病室の向こうから注がれるマーシュの非難のまなざしを漠然と意識しながら、彼女は機械的に働きつづけた。彼はきっと乗り越えてくれる。彼女はそう自分に言いきかせた。乗り越えるしかないのだ。数日後に彼は退院する。叔父や叔母の待つ州北部の家に帰って、彼女のことは忘れるだろう。忘れるしかない。彼女には、彼に与えられるものは何ひとつないのだから。十四のときから、彼女の抱くすべての考えや感情、彼女の全存在は、マットのものなのだ。たとえ彼がそれを欲しがっていないとしても。

　少なくとも彼女には、苦しみのはけ口がある。看護の仕事と婦人運動の進展のために、生涯を捧《ささ》げよう。マットのことで嘆き悲しんだりはすまい。慈しむべき子供や家庭や夫は、たぶん得られない。彼女の人生は、奉仕と犠牲の一生となるだろう。そしてもしも夜、淋《さび》しくて泣くことがあるとしても、自分以外にそれを知る者はいないだろう。

犠牲は確かに崇高なものだ。彼女は悲しみを覚えながら考えた。きっとそれは、決して手に入らないものの埋め合わせとなってくれるにちがいない。

勤務時間が終わり、テスは更衣室へ着替えに行った。黒のスーツと白いレースのブラウス、簡素な帽子できちんと身支度を整え、部屋を出たとき、彼女は病室の騒ぎに気づいた。

好奇心に駆られ、足早に廊下を歩いていって、足を止めた。ひとりの医師がちょうど顔を上げたところだった。

「死んだよ」彼は言った。「もうどうしようもない」シーツを引きあげかけた手を止め、眉を寄せる。

「おや、これはなんだ？」

医師は、コルクで栓がされた黒っぽい小さな瓶を持ちあげた。栓を抜いて、匂いを嗅ぐ。「アヘンだ」彼は腹立たしげに言った。「ひと瓶、飲んだんだな！」

テスの蒼白《そうはく》な顔は、その心の内を如実に物語っていた。彼女に目を留め、年かさの看護婦が進み出た。テスの表情からマーシュの死が与えたショックを読み取り、厳格な顔をほんの少し和らげている。

「彼は中毒だったのよ、テス」看護婦は言った。

「知らなかったの？」

テスは紙のように白い顔で、言葉もなく首を振った。

「そしてもちろん、こいつをこっそり持ちこんだわけだ」医師が怒りもあらわに付け加えた。「こういう毒物は法で規制すべきなんだよ！　事故の原因は、そもそもアヘンだったんだ。彼はひどく朦朧《もうろう》としていて、馬車が来るのに気づかず、そのまん前にふらふら出ていった。そして今度は、こんな体では仕事もつづけられないし、このいまいましい代物を買う金も稼げないとなって、自分の命を絶ったわけだ」

「じゃあ、つまり……これは……わたしのせいじゃないんですね？」テスは弱々しく訊ねた。

その蒼白な顔を見て、医師は彼女に歩み寄った。

「もちろんだ。きみのせいじゃない」彼は請け合った。「彼が死んだのは、本人の弱さのせいだ」そして医師は行ってしまった。

看護婦がマーシュをシーツで覆うのを、テスはじっと見守っていた。口を大きく開け、目を見開いたままのゆがんだ顔は、断末魔の苦しみを物語っている。彼女は嗚咽《おえつ》を漏らし、向きを変え、走るようにその場をあとにした。病院から、自分自身の罪悪感から、一刻も早く逃れたくて。

6

もう時刻は遅く、外は暗かった。寒さを感じつつ、それでも風には気づかずに、テスは病院の階段に立って、ガス灯の立ち並ぶ通りに目を凝らしていた。遅れるなんてミックらしくない。実際、病院から出てきたとき、彼女を無事に家へ送り届けるという使命に燃えて颯爽《さっそう》と御者台にすわる、あのアイルランド人の姿がないのは、初めてのことだった。

そのときようやくミック・ケネディが視界に姿を現わし、馬たちを巧みに御しつつ、歩道から数センチのところに馬車を止めた。ミックはテスの保護者を自任しており、さかんに彼女の世話を焼いては、「娘が生きていたら、これとそっくり同じことをしてやるんだ」と言う――その娘はまだ幼いうちに亡くなったのだ。彼は食べるためにせっせと働いていて、テスに語ったところによれば、故郷のアイルランド、コーク県にいる父母に送金もしているという。その服装から判断するかぎり、厩舎《きゅうしゃ》代と家賃を払ったあとも稼ぎはいくらか余るようだ。テスはミックが大好きになっていたし、信頼もしていた。シカゴのような大都会では、信頼できる相手などめったに見つからない。

ミックは御者台から飛びおり、馬車に乗りこむ彼女に手を貸した。「まだ家には帰りたくないの」テスは沈んだ声で言った。「よかったら、しばらく町を走ってくれないかしら」

「いいですとも、お嬢さん。いやな夜だったんですね？　無理もない、おれならあんな病人だらけのところで働くのはごめんだ。それじゃあ、ちょいと走りましょうか。そのローブにくるまっていてください。そうすりゃあ、風邪を引かずにすみますからね」

ミックは馬車のドアを閉め、テスは熊の毛皮のローブにくるまった。客からの感謝の印であるそのローブは、以前ミックが〝おれの馬車の誇り〟と言っていた品だ。分厚い黒い毛皮は、テスの胸にモンタナの冬の記憶をよみがえらせた。父に同行して、二輪馬車で居留地への往診に向かうとき、冬の寒さから彼らを護《まも》ってくれるのはこうしたローブだけだった。

固い路面に馬の蹄《ひづめ》があたるパカパカという音に安らぎを覚えつつ、暗闇で目を閉じると、涙が自然に流れ出てきた。かわいそうなマーシュ・ベイリー。あの若者は、彼女さえいれば大丈夫……それですべてが好転する、と思ったのだ。医師は、彼が死んだのはアヘンのせいだと言った。けれどもテスには、そうでないことがわかっていた。彼女に拒絶され、自暴自棄となって、彼は致死量を飲んだのだ。おそらく、恋人でなく単なる優しい看護婦だったことで、彼女を罰したかったのだろう。あるいは、ただ自分の悲劇的な状況から逃れたかっただけかもしれない。それがわかる日は決してこないだろう。マーシュ・ベイリーが彼女の心をつかめなかったのと同じように、彼女もまた、なぜマットが自分を愛せないのか、永遠にわからないのだろうか？　テスは手袋をはめた手で頬の熱い涙をぬぐった。いまにも心が砕けそうだった。看護の仕事は、意志の弱い人や優しい性格の人には向かない。父は何度となく彼女にそう教えた。医師と看護婦は同情心を忘れてはならないが、同時に、常に患者と距離を保ち、感情を抑えておく必要がある。そうでなければ務めを果たすことはできないのだ。「病に苦しむ人たちが、泣き虫の看護婦をたよりにするしかないとしたらどうだろうね？」ジフテリアが大流行したとき、父は彼女をそうたしなめた。死んだ子供を思って、彼女が激しく泣いていたときだ。「強くなるんだ、テス。そんなふうでは足手まといになるだけだぞ」父は娘を抱きしめたり、愛撫《あいぶ》したりはしなかった。どんな慰めも与えようとはせず、厳しかった。「いつまで経《た》っても平気になりはしないさ。だが、仕事の邪魔にならないように心に壁を作らなくてはいけないよ。医療には、強靭《きょうじん》な肉体と冷静な頭脳が求められるんだ。さあ、涙をふいて、こっちへ来てくれ。喉を消毒する間、この若者を押さえていてもらわないとな！」

父の言葉や行動から得た教訓は、客観性を回復する助けとなった。彼女は徐々に落ち着きを取りもどし、家に向かってほしいとミックにたのんだときには、本来の自分にもどっていた。もちろん、何かあったことは、赤くなった目と鼻から一目瞭然だった。

「まっすぐ部屋にもどって、ぐっすり眠ってくださいよ、お嬢さん」ミックは帽子を傾けて言った。

「朝になれば、きっとまた気分が変わってますからね！」

「ありがとう、ミック」彼女は沈んだ声で言った。

「じゃあ、おやすみなさい！」

彼は御者台にもどると、にっこり笑ってうなずき、走り去った。

テスはのろのろと階段を上っていった。すると、ポーチの奥からふいにひとつの影が現われ、目の前に立ちふさがった。彼女は小さな叫び声をあげた。

「何時だと思ってるんだ？」言った。「いったいどこへ行っていた？　まっすぐ家へ帰るように言ったはずだぞ。命を危険にさらしてまで、おれを怒らせたいのか？」

コロンの香りと混ざり合った、鼻を刺す葉巻の匂いを、テスはとらえた。彼は帽子をかぶっていなかった。上着のボタンもかけられていない。下宿屋の長い窓から漏れるほのかな光に照らされた顔は、怒りに満ちていた。

「ミックにたのんで、帰る前に少し町を走ってもらったの」彼女は静かに言った。「長くてつらい一日だったのよ、マット。とても疲れてるから、もう寝させてもらうわ」

そのまま通り過ぎようとすると、鋼のような手が腕をとらえ、テスを引き寄せた。体温が感じられるほど、彼は間近にいた。

「勤務時間は、遅くとも一時間前に終わってるはずだ」彼は容赦なくつづけた。「どこにいたのか知りたいね」

テスは彼の手を振り払おうとしたが、無駄だった。

「あなたに説明する義務はないわ！」

「いいや、あるとも」

マットは彼女をポーチの闇へと引き入れた。両腕がぎゅっと締まり、彼女の体を抱きすくめる。衝撃のあまり言葉が出なかった。その抱擁の意味を必死で考えているうちに、彼の頭が下りてきて、非情な口が闇のなかでしっかりと彼女の口をとらえた。

それは、想像していたファーストキスとはまるでちがっていた。彼は優しくなかったし、特別な心遣いも見せなかった。唇が痛い。彼の腕がうなじをかかえこんでいる。そのため、彼女の頭は彼の上腕の固い筋肉へ強く押しつけられた。抱きすくめられたまま、指が弱々しく彼の袖をつかもうとする。マットとの熱いキスをずっと夢見てきた彼女には、痛みすらも甘美に思えた。

すると突然、力がゆるみ、彼の唇が離れた。闇のなかにぼんやりと浮かぶ彼の顔の輪郭を、テスは見あげた。

マットは大きく荒い息をしていた。彼の空いているほうの手が動くのがわかった。その指が表情を読み取っていくようにテスの顔をさぐり、親指が下唇の曲線をなぞる。彼女は魅せられていた。彼の親指が唇のあいだに入りこみ、リズミカルな愛撫をつづける。彼女の呼吸が止まった。

ゆっくりと唇を押し開かれ、彼女は息をのんだ。彼の頭がさらに下がり、口が親指に替わって、そっと彼女の口を吸った。心臓が激しく鼓動しはじめた。彼の手が頬を、首をなで、やわらかな肌をさまよう。彼女がぐったりすると、彼の口はいっそう執拗《しつよう》になり、優しくさぐって、誘い、刺激しはじめた。

何かとても不思議なことが起ころうとしている、とテスは気づいた。彼女はうっとりしていた。膝の力は抜け、立っていられないほどだ。小さな手は上に伸び、彼の袖をつかんでいる。さらに引き寄せられるのを感じると、腕がごく自然に彼の首にまわった。

彼は少し移動してポーチの手すりにもたれ、テスの体をずらした。気がつくと、彼女は彼の脚の間にすっぽりと入りこんでいた。その未知の接触は衝撃的だった。

彼女はうめき声をあげた。自分のなかに生まれた、めくるめく高ぶりが怖かった。マットの口は、彼女の理性を奪いつつある。それが自分の唇から離れると思うと耐えがたく、彼が頭を起こしはじめると、彼女はその口を追いかけた。彼の体にしがみつきながら、彼女は身を震わせていた。

何かが足りない……もっと何かがほしい。両腕で彼の首を抱きしめる。ふたたび彼女はうめいた。その小さなあえぎは、マットの胸を熱く燃え立たせたようだ。彼は痛いほど強く両腕を締めつけ、口を開いた。彼の舌が唇の内側をさぐっている。彼女は温かい暗がりに彼を入りこませ、さらに求めた。まるで瘧《おこり》にかかったかのように全身が震えている。初めて知る感情の激しさにおののき、彼女は思わずマットに体を押しつけた。彼もまた同じ本能にあおられて、彼女に身を押しつけてきた。

口をむさぼる間も、彼は一方の腕で彼女の体を抱いていた。しかし空いているほうの手は上着のなかにもぐりこみ、彼女の脇をとらえている。その手が上へ上へと向かってくる。彼女は身をこわばらせたが、それは恐れのせいではなかった。彼女はあえぎ、体をねじった。彼の指が求めるものに――すべすべしたやわらかな乳房に出会えるように。上着の内側の、ブラウスの内側の、コルセットのすぐ上で、モスリンに覆われているふくらみに……。

家のなかで足音がして、ふたりはさっと体を離した。マットは、暗がりのさらに奥へと彼女を引っ張りこんだ。ふたりの住人が玄関のドアにはめこまれたガラス板の前を通って、応接間へと入っていった。

マットはテスを抱きしめたまま、なんとか呼吸を整えようとした。テスはいまにも彼の腕のなかでくずおれそうだった。初めて知った情欲に、体はかすかに震えていた。

彼の手が、自分の開いた上着の下のシャツに彼女の頬を押しつけた。テスは彼の鼓動を感じた。マットの指が頬をなで、喉をなでる。やわらかな乳房へもどっていこうとする手を、彼は残された自制心を総動員して押しとどめていた。

テスは興奮しきっていた。混乱していた。夢見心地だった。まるで別の女に体を乗っ取られたかのような気もする。涙がはらはらと頬を流れ落ちた。突然、これまで抱いたことのない強い感情に驚きやとまどいが混じり合い、恐ろしいほどの恥ずかしさへと変わった。自分はマットをあおり、そそのかし、愛の行為へと引きずりこんだのだ。それこそ彼が忌み嫌っていること、少なくとも、自分には求めていないことなのに。彼女は嗚咽《おえつ》を押し殺そうとしたが、無駄だった。

彼の手が、その胸に彼女の顔をぎゅっと押しつけた。「シーッ」彼はささやいた。「泣くんじゃない」

「恥ずかしくてたまらないわ」彼女はつぶやいた。

彼の唇がまぶたに触れた。「ビクトリア朝様式のお堅いしつけは忘れるんだ。きみはモダンな女だろう？　何度もおれにそう言ったじゃないか」

「そこまでモダンじゃないの」彼女は鼻をすすった。

彼は胸の奥で低く笑い、優しくからかった。「臆病者だな。きみは本当にそんなにうぶなのか？　いい子たちはこういうことをしないなんて、本気で信じているのかい？」

彼女はかすかに身をこわばらせた。「もちろんだわ。それにわたしはうぶじゃない。いい子なだけよ」

「きみはうぶだ。これは誰もがしていることさ。おれたちは自制心を失っただけだよ。何も泣くようなことじゃない」

「わたし、あなたをそそのかしたわ……あなたをあおって……」恥ずかしさのあまり先をつづけられず、彼女は言いよどんだ。

「ああ、そうだね」彼は意地悪く考えこむふりをした。「これで一週間は、こっちが威張っていられるな」

テスは身震いした。「あれは過ちよ！」

「過ちという気はしないね」マットは彼女の乱れた髪を整え、帽子がないことに気づいた。嵐のような数分の間に、ピンもろともどこかへいってしまったのだ。「すぐに帽子をさがさないと」彼は言った。

「この脚の震えが止まったら」

「まあ、あなたも？」テスは思わず訊《たず》ねた。「わたしの脚もよ」

マットはふたたび笑った。一瞬、帽子のことは忘れていた。「男とキスするのは初めてだったのかい、テス？」

「そうなの」彼女は告白した。「特に……あんなのは！」

彼女の恥じらいは、彼の保護欲をかきたてた。

「あんなのって？」

テスは彼の胸に顔を埋めた。「わかっているくせに」

彼の手がうなじをなでている。唇が彼女のこめかみをかすめた。「ああ、あの自由な日々だったらな」彼はかすれた声でささやいた。「川辺の草地でいっしょに寝ころんで、他人とでくわす心配もなく、触れ合い、味わい合って、お互いを知ることができたのに！」

彼の声にこもるいらだちに、彼女は思わず笑った。「きっとヘビたちがずるずる這《は》い寄ってきたわよ。それに、蚊の大群に食われてしまったかも」

マットも笑った。「たぶんな」そして彼女の耳たぶに触れ、訊ねる。「少しは落ち着いた？」

「ええ、いくらかは」

彼はテスを放すと、身をかがめて帽子を拾いあげた。「この暗闇ではピンは見えない。何本あったんだい？」

「一本だけよ。真珠がひとつ、ついているの。ああ、去年、父が誕生日にくれたプレゼントなのに。見つかるといいんだけど」

マットはまだ床をさぐっていた。「あったぞ」

彼はピンを拾いあげ、帽子といっしょに彼女の手に載せた。「ちゃんとかぶり直したほうがいい。さもないと、家のなかに入ったあと噂《うわさ》の的になるから」

テスは髷《まげ》を手でさぐり、帽子をかぶってピンを刺した。「きっとわたし、赤い顔をしてるわ」

「だろうな」マットは不遜な口調で言った。

テスは彼の袖をたたいた。「この女たらし」

「ああ、きみは恋の相手に最高だよ」マットは思わずそう口にした。

「二度とあんなまねはしないで」テスはつんとして言った。「罪深い生活にわたしを引きずりこまないでね」

「そんなことをしようなんて夢にも思わないさ」彼はまじめくさって言った。

テスは自分の身なりを気にしながら、明るいところへ出ていった。そこで振り返り、不安げに訊ねる。「どう？」

マットはそばに歩み寄った。いつものようにいかめしい顔つきだが、目だけはちがっていた。「きみ、泣いていたんだな」突然、彼は言った。「それもおれに会う前からだ。何があった？」

テスは吐息を漏らした。「マーシュ・ベイリーがきょう自殺したの」

「なんだって？」

「アヘンをひと瓶も飲んだのよ。もともと中毒だったの。それにほら、脚を切断したから、もうアヘンを買うお金も稼げなくなるでしょう？」スカートのポケットからくしゃくしゃのハンカチを取り出して、彼女は涙をぬぐった。「ああ、いやだわ。どうしても自分のせいだという気がしてならないのよ、マット。わたしが彼を依存させてしまったから……彼は、わたしを愛している気になって……それで結婚してくれと言ったの。きょうの午後のことよ。もちろんわたしは断わったわ。自分の責任じゃないのはわかっているの。でもね、マット……」

彼はテスをぎゅっと抱きしめた。「かわいそうに」そして腕をいっぱいに伸ばして、彼女を見つめた。「そうと知っていたら、怒ったりしなかったのに。きみがおれを怒らせるために、わざと遅く帰ったのかと思ったんだ。きみの身にどんな恐ろしい災難が降りかかっているかと思うと、気が狂いそうだったよ。町なかにひとりでいるわけだし、きみはすでに一度、危ない目に遭っているんだからね」

「わたしは根に持つたちではないわ。あなたを心配させるために遅く帰るなんて、そんなひどいことはしないわよ」テスはためらい、彼の顔を見あげた。「本当にわたしのことを心配してくれたの?」

「そうでなければ、あんな手荒なまねをするほど怒るわけがないだろう?」彼は顔をしかめた。「腕の怪我《けが》のことまで忘れていた。ごめんよ、テス」

「もうたいして痛くないのよ。水曜には抜糸をしてもらえるの。ずいぶんよくなったとドクターが言っていたわ」

「土曜日には話してくれなかったね」

「忘れていたのよ」

マットは漠然とした後悔の念とともに、自分が彼女に何を言ったかを思い出した。「あのときのおれは、無礼だったよな」

「わたしが生意気だったの。あなたは無礼になって当然よ。わたしったら、アイスクリームのお礼さえ言わなかったわ」

「それでも、おれにはきみにあんなまねをする権利はなかった——あのときも、今夜も」彼は歯ぎしりした。「特に今夜は、きみも気が高ぶっていただろうに」

「だから、あんなふうに感じたのかしら」テスは興味深げに訊ねた。「あなたは怒っていたし、わたしも取り乱していたから？」

マットはためらった。「どんなふうに感じたんだい？」

「言葉にするのはむずかしいけど」彼女は言った。「ぞくぞくして、体が火照って、ふらふらして、力が抜けて。あんなふうになったのは初めてよ」

彼が深く息を吸いこむのが聞こえた。「それは欲望だよ。女性の欲望だ……男とベッドをともにしたいという」

「その人と結ばれたいという？」

「そうだ」

テスは床の下にもぐりこみたくなった。「まあ」

「文明はロマンティックな愛という虚構で、欲望を覆い隠しているんだ」マットは皮肉っぽくつづけた。「それを、お上品に見せかけるためにね。一般的に、男は結婚するまで、欲望をあらわにしてはいけないことになっている。ついかっとなって、あんなあつかましいまねをしてすまなかった」

「いいのよ」テスは両腕で自分の体を抱きしめた。「わたしくらいの年ごろの女性はふつう結婚していて、そういうことは知っているんですもの。このままいったら、わたしには一生わからなかったでしょう……それがどんな……どんな気持ちなのか……」

マットの手がうしろからテスの両腕を優しくとらえた。「恥ずかしがることはない」彼は静かに言った。「ショックを与えたのは、悪かったと思う。でも、別に何もなかったんだからね。きみの不名誉になるようなことは本当に一切なかったんだ」

テスはため息をついた。「でもあんな歓《よろこ》びを感じるのは、いけないことなんでしょう？」

マットの両手が下に垂れた。「そのことはもう話さないほうがいいと思うよ」彼は言ったが、肉体は頭の冷静な判断を無視していた。

「ええ、わかったわ。でも興味を持ってしまうの。看護婦として働きだしてもう数年になるけれど、わたしにはまだまだ知らないことがたくさんあるのね」

「きみは結婚すべき人だよ」うしろめたい秘密を胸に秘め、彼はぶっきらぼうに言った。

「愛せない男性と結婚するくらいなら、ひとりで生きていくほうがましよ」テスはきっぱりと言った。

するとマーシュのことがふたたび心によみがえり、また涙があふれてきた。「もうなかに入らないと」

彼女は先に立って歩いていき、玄関のドアを開けた。ちょうどそのとき、マルヘイニー夫人が廊下に出てきた。

テスの顔を見て、夫人は息をのんだ。「おやまあ、いったいどうなさったの？」彼女は声をあげ、テスのうしろにいたマットを疑わしげにちらりと見やった。

「今夜、患者のひとりが自殺したんです」テスは一気に言った。「こんなところをお見せして本当にすみません。でもその人は、まだとても若かったし、それに……」嗚咽が言葉をつまらせた。

「まあ、なんてこと」疑いの色はあとかたもなく消え、マルヘイニー夫人はたちまち同情と気遣いの表情を見せた。彼女はテスの背中に腕をまわした。

「いっしょに台所へ行きましょう。おいしいお茶をいれてあげますよ。かわいそうにねえ。その話をすっかり聞かせてくださいな！」

テスはマットを振り返ることができなかった。気恥ずかしさはいたたまれないほどふくれあがっており、マルヘイニー夫人が現われてくれたのがありがたかった。あんな天国を見せられたあと、この先、マットとふつうに話をすることができるのだろうか？　彼女にはわからなかった。

マルヘイニー夫人の同情には、好奇心がたっぷり含まれていた。外界の現実をまるで知らないこの上品な婦人は、脚を切断した若者の話に夢中で聞き入った。彼が事故の前から人生にうまく対応できずにいたこと、そして障害をかかえて生きることに絶望したことを、テスは話してきかせた。

「お気の毒に」夫人は首を振りながら言った。「しかも、そんなにお若かったなんてねえ」彼女はテスの顔を盗み見た。「病院で働いていると、きっといろいろ……見聞きするんでしょうね。つまり、殿方のこともあれこれわかるんじゃないかしら。ほら、体のことなんかも。あら、いやだわ、変な意味に取らないでちょうだいね」

テスは夫人にほほえみかけた。「わたしたち看護婦は、ドクターに指示されたことをしますけど、病院には男性の雑役係もいるんですよ。男の患者さんが入浴したり……その他の介助が必要なときは、彼らが手を貸すんです。看護婦はいろんな形できちんと護られていますの」

マルヘイニー夫人は胸に手を当てた。「ああ、よかった。そうでしたの。それに、いろいろささやかれているでしょう？　父がよく言っていたわ。女は外に出ることはないんだってね。主人が生きていたころは、うちには洗濯女と料理人がいたんですよ。あの人がどうしても、と言うから」夫人はスカートの皺《しわ》を伸ばした。「わたくしは、都会の新しいやりかたについては何も知りませんけれど」彼女は言いにくそうな顔をした。「商店や病院でまで働くなんて、いいこととは思えませんね」その眉間に皺が寄った。「ねえ、あなた、付き添いなしで夜、外に出るのは怖くないの？」彼女はずばりと訊ねた。

「御者のミックがいますもの」テスは笑った。「あの人はわたしの父と同年配なんです。奥さんと子供を肺炎で亡くされていますの。仕事や集会のときは、いつも彼に送り迎えしてもらっています。ミックは、大きなステッキを持っているんですよ。本人は棍棒《こんぼう》と呼んでますけど。知らない男がわたしに変なまねをしたら、それでやっつけてくれるんですって」

マルヘイニー夫人の目はうるんでいた。「ああ、あなた、さぞお父様が恋しいでしょうねえ？」

「ええ、とても。わたし、何年かの間、看護婦として父の手伝いもしていたんです」テスは悲しげに言った。「母はわたしが幼いころに亡くなりました。父とわたしはとても仲がよかったんです。だから本当に淋《さび》しくて」

「でもあなたには、たよりになるいとこがいるじゃないの」それは質問に近かった。

「わたしたち、本当は遠い親戚なんです」すらすらと嘘《うそ》が出てくることに、テスは自分でも驚いた。「マットとわたしは友達同士でもあるんですよ。彼はとてもよくしてくれました。わたしがここに来て、近くに住むのを許してくれたんですもの。でもわたしは自活しなくてはなりませんの」彼女の口調は厳粛だった。「父にはなんの財産もありませんでしたし、もう身寄りもいませんから」

「まあ、ちっとも知りませんでしたよ」マルヘイニー夫人は仰天した。「あなたが仕事をしているのは、単なる自己主張の手段だとばかり思っていたわ。女性解放を求める立場を明確にするためだろうと」

「残念ながら、それだけじゃないんです。いくら親切でも、マットが養ってくれるとは思えませんもの。わたしはひとりでやっていかなくてはならないんです。看護は、わたしにできる唯一の仕事なんですの」

マルヘイニー夫人は目から鱗《うろこ》が落ちる思いだった。彼女は、テスとその独立心を新たな目で見た。かわいそうに。プライドが高すぎるのね。いとこからさえ、施しを受けられず、食べるためにあんな恐ろしい場所で働いているなんて。マルヘイニー夫人は悲しくなった。彼女自身は十五で結婚し、父親の保護下からそのまま夫の保護下へと移ったのだ。下宿人を置いているのは、収入を得るためでもあるが、同時に人との交流や活気や目的意識が必要だからでもある。自分のことを解放された働く女性だと思ったことなど、一度もなかった。

テーブルに置かれたテスの手を、夫人はそっとなでた。「お気の毒に。あなたのようないい娘さんが、そんなひどい境遇に置かれているなんてねえ。結婚なさっていないのは、そのせいなのね？　持参金がないからでしょう？」

テスは辛辣な答えを噛《か》み殺した。持参金というのはよくても賄賂、たいていの場合は、娘を男に嫁がせるための支払いだ。彼女はその慣習を大いに軽蔑している。東部では金持ち連中が称号めあてに、ヨーロッパの没落貴族に文字どおり娘を売っていると も聞いた。

スー族のならわしでは、男性のほうから未来の花嫁の両親に贈り物をするのだと教えたら、マルヘイニー夫人はなんと言うだろう？　こんな状況でなかったら、自分もマットが婚約の印として父に馬を十頭贈るのを喜んで認めたに違いない。そう考えて、テスはヒステリックな笑いをこらえた。どのみちマットはわたしに結婚を申し込んでなどいないのに！

「ええ」テスはまじめな顔を装って答えた。「持参金はありません」

「でも、心配ないと思いますよ」マルヘイニー夫人は言った。「近ごろは、それでも結婚相手が見つかりますからね。病院の若いお友達のことは本当にお気の毒でした。でもねえ、これから先、その人にどんないいことがあったかしら？　脚が片方ないわけでしょう？　男は肉体的な力なしにはやっていけませんよ。それに、プライドの問題もあるでしょうし。どんな男にとっても、施しを受けるのはつらいことですものねえ」

確かにそのとおりだ。脚のない男に選べる道はほとんどない。救貧院へ入るか、教会や慈善団体の施しを受けるかしかないのだ。そんな生きかたは、男としての自尊心をひどく傷つけるにちがいない。肉体労働で暮らしを立てることは、彼にはまず無理だった。それに、大好きな野球の試合にも、もう二度と出られなかったろう。

「さあ、お部屋に上がってベッドにお入りなさいな。これで少し気持ちが楽になったならいいんだけど」

目の前に開かれている新しい世界を少しも理解していないその老婦人に、テスはほほえみかけた。

「ええ、本当に楽になりました」彼女は嘘をついた。「いろいろありがとう、マルヘイニーさん。おかげさまでずいぶん落ち着きましたわ」

「よかったわ。さっき入ってきたときのあなたときたら、それはもうひどい様子でしたもの。目は真っ赤だし、涙を流しているし、髪もそんなふうで」彼女は少しばかりわざとらしく笑った。「信じられないでしょうけど、一瞬、外で男と抱き合っていたんじゃないかと思いましたよ。でも、馬鹿な話だわ。外にいっしょにいたのはミスター・デイヴィス、あなたのいとこですもの！」シンクに食器を置くために夫人が背を向けたおかげで、テスは顔を見られずにすんだ。

「本当に馬鹿な話」テスはつぶやいた。「おやすみなさい、マルヘイニーさん。どうもありがとう」

「どういたしまして。よくお休みなさい」

「ええ、マルヘイニーさんも」

テスは脇目もふらず足早に廊下へ出て、まっすぐ自室へと上がった。

しかし眠ることはできなかった。口にはまだマットの味が残っていた。全身が、何かを求めて疼《うず》いている。彼女は切望感を覚えた。じっとしていることができなかった。目を閉じるたびに、マットの荒い息遣いが耳もとに聞こえ、彼の手が自分の……。

彼女は頭から枕をかぶった。こんなことを考えてはいけない。何事もなかったふりをするのだ。マットもきっとそうするだろう。彼はかっとなった。そして、ふたりのどちらも予期していなかったことが起こった。それだけのことだ。

あの熱いキスのことも、忘れよう。ポーチの暗がりでお互いを味わったことも。たぶんマットはもう忘れているだろう。長いこと都会で暮らしているのだ。彼にとっては、あんなことは日常茶飯事にちがいない。

顔が熱くなり、彼女はうめいた。マットと他の女のことを想像すると、気分が悪くなる。彼女は目を閉じ、アルファベットを唱えはじめた。そしてついに眠りが訪れた。

7

テスにとって朝が来るのはあまりにも早すぎた。それを思い知らされたのは、朝食をとりに下りて行ったときだ。マットのさぐるような黒い目と目が合うと、彼女は赤くなった。テーブルの向かい側に彼がいると思うといたたまれず、コーヒーカップを持つときも手の震えを止められなかった。ただ彼を目にするだけで、息が苦しくなる。生理的な反応を抑えることができず、彼女は恥ずかしさのあまり泣きだしそうになった。想《おも》いに応えてくれない人を愛することは、なんと屈辱的なのだろう。しかも彼女にはそれを隠すすべもない。

マットのほうは、いつもとほとんど変わらなかった。ちがいと言えばただ、彼女の記憶にあるかぎり初めてコーヒーに砂糖を入れたことと、大嫌いなはずのハムを食べたことくらいだろうか。彼の感情は、ほぼいつもどおり完璧に抑制されていた。昨夜は例外だったのだ。今朝のマットは、少なくとも表面上は、本来の彼にもどっていた。

同時に塩入れを取ろうとして、ふたりの手が触れ合いそうになると、テスの体に震えが走った。思いがけず視線がからみあい、テスはひどく心を乱されて、朝食も半分は手つかずのままとなった。

どうやら、あのささやかなジレンマに対するマットの解決策は、何事もなかったふりをすることらしい。出ていくとき、彼は礼儀正しく彼女にごきげんようと言った。その心は月と同じくらい遠くにあるようだった。

テスは同じ挨拶を返すと、自分の用事に取りかかった。昨夜のことは思い返すまいとした。怒りと情熱のうちに自分を抱きしめた、あのたくましい腕の感触も。

マットの熱い心を、テスは知っている。かつてそばで暮らしていたときは、彼が狩りに出る姿も見たし、川岸の青々と生い茂る夏草のなかで、他の若者たちと球技に興じる姿も見た。楽しそうな彼、沈んでいる彼、傷を負った彼、頑健な彼を、彼女は目にしてきた。そのときどきの彼の気分までわかるようになったし、それは彼のほうも同じだった。他人行儀に振る舞うには、ふたりはあまりにもお互いを知りすぎている。そしていまや、頭で知っているだけではなく、体でも知っているのだ。

キスはほほえみよりもずっと忘れがたい。そのことを、テスはそれからの数日間で、いやというほど思い知らされた。なんの経験もない体にマットが植えつけた不可解な切望感をかかえて、彼女は必死で日々を過ごそうとしていた。

テスの苦悩にもかかわらず、マットのほうは少しも悩んでいるように見えなかった。表向き、いままでどおり穏やかで優しく、ふだんとなんの変わりもない。テスはちがった。だが、平静を装わねばならなかった。

マーシュ・ベイリーの自殺と、マットとの思いがけない情熱のひとときのあと、テスは悲しみに沈んでいて、友人のナンのことはあまり考えなかった。ところが、つぎの木曜日の夜、婦人運動の集会に出かけようとすると、迎えに来たミックの馬車には、意外にもナンが乗っていた。

「まあ、ナン！」ミックに助けられて馬車に乗りこみ、礼を言ったあと、テスは息を切らしながら声をあげた。「もう集会には来られないのかと思っていたわ」

「集会に行くわけじゃないの」ナンは動揺していた。「デニスにまた殴られて、ひどい喧嘩《けんか》になったのよ。

向こうで姉夫婦と待ち合わせているの。公の場なら、デニスも手出しができないから。わたし、そこから姉の家に行くわ」

「どういうこと？　ご主人が自分に手をあげたことはないって、あなた、言っていたじゃない」

ナンは髪をかきあげた。「あれは嘘《うそ》だったの」彼女はあっさりと言った。ひとつひとつの動作に不安と恐怖が表われていた。「主人が怖くて嘘をついたのよ。否定すべきだと思って。いまに彼を変えられるだろうと思っていたの。でも、もうおしまいよ」

「いったい何があったの？」

ナンはやつれた顔をしていたが、同時に意を決しているようでもあった。「この世の終わりよ」彼女は乾いた声で笑った。「でも、いまのわたしには希望がある。生きる目的ができたのよ。おかげで出ていく勇気が湧いたわ。これ以上、彼には手を出させない」

「よかったわ！」

ため息をついて、ナンは身を乗り出した。「ずっとひどい目に遭っていたの。これまでは話す勇気がなかっただけ。だってあなたはよく知らない人だもの。信用できるかどうかわからないでしょう？　わたしはずっと、こそ泥みたいに闇に隠れていたのよ。でもこれからはちがう」彼女はまっすぐテスを見つめた。「あなたに話したいことがあるの。もっと前に言うべきだったことだけど。話したら、嫌われるかもしれない。あなたは、もう友達でいたくないと思うかもしれないわ」

テスは手袋をはめた手をナンの手に重ねた。「何を聞かされようと、わたしたちの友情は変わらないわ」

「わたし、他の男の人と会っているの」ナンは頬を染め、単刀直入に言った。「そんなつもりじゃなかった。彼のほうもよ。ただ自然にそうなってしまって……。ここ数週間、あなたといっしょに集会に行くと言って、その人に会っていたの。デニスにも、もう知られているわ。彼、わたしに黙って、その人を夕食に招いたのよ。わたしは食事を作らされて、ふたりと同席させられて……そしたら、デニスがわたしたちをののしりだして、わたしを殴ったの。それでデニスと……その人が取っ組み合いになって……デニスに脅されたわ。今度、彼に会ったら殺すって。相手の名前は言えないのよ、テス。言わないという約束だから。だけど、その人がわたしを連れ出して、姉に電話もかけて、全部お膳立てをしてくれたの」ナンは肩を落とした。「もう二度とうちに帰る気はないわ。一生怯《おび》えながら暮らしていくくらいなら、恥辱にまみれたほうがいい、ううん、いっそ死んだほうがましだもの。特にいまは耐えられない！　わたしの……その人が、助けてくれると言ったのよ。彼はデニスを怖がってはいないし——実際、デニスをとてもよく知っているの」彼女は膝の上で両手をぎゅっと拳に握った。「デニスは恐ろしい人なのよ、テス」不安げに付け加える。「みんな、彼を見くびっている。だって彼が……あれを……あれを使うとどうなるか、見たことがないんだものね。本人は薬だと言ってるけど、そうじゃない。飲むと、気が狂ったようになるの。今夜、ひどく荒れたのも、そのせいなのよ。でもきっとそれでよかったのね。おかげで自分の本性を隠せなかったわけだし、わたしを嘘つき呼ばわりすることもできなかったわけだから」

デニスが使っているのはアヘンだろう。テスはそう思ったが、口には出さなかった。「お姉さんはちゃんとあなたを護《まも》れるの？」

「ええ」ナンは即座に答えた。「これまでも、何度もわたしを連れ出そうとしてくれたのよ。でも、わたしもまだそこまで追いつめられていなかったから。

いまは必死だけど」ナンは大きな笑みを浮かべた。

「ねえ、テス、わたし、赤ちゃんができたの」

「まあ、ナン」なんと言えばいいのか、テスにはわからなかった。ナンの話は、彼女の人生経験をはるかに超えるものだった。

「デニスの子じゃないの」彼女は少し気まずそうに付け加えた。「わたし、この子の父親を自分の命よりも愛しているのよ。デニスがわたしや赤ちゃんを傷つける前に、逃げ出さなきゃ」

「わたしに何かできることはない？」テスは優しく訊《たず》ねた。

「そんな！　何があっても、あなたの身を危険にさらす気はないわ！」ナンは声をあげた。「あなたは、たったひとりの友達だもの」

「危険なんてないわよ」テスは嘘をついた。本当はすでにデニスの恐ろしい怒りに触れているわけだが、それをナンに知らせる必要はない。自分とナンを護る役は、マットが引き受けてくれるだろう。

「どうもありがとう」ナンは心から言った。「でもこれ以上、あなたを巻きこむつもりはないわ。姉の夫は警察官なの」彼女は笑った。「大きくておっかない警官よ。たとえ薬の力を借りても、彼に手を出したりしたら、たいへんなことになるわ。デニスはぺしゃんこにつぶされてしまうでしょうよ」

「でも逃げ出す前に見つかったら？」

ナンはそわそわした。「だから外で会うことにしたの。でもデニスが追ってきたら、わたしは逃げるわ」

テスは、手袋に包まれたナンの両手を自分の手で包みこんだ。「ねえ、ナン……あらっ？」指に湿り気が感じられた。街路灯の前を通ったとき、彼女はナンの手袋のしみを目にした。その色は赤だった。

「ナン！」彼女は叫んだ。「血が出ているわ！」

ナンはぐいと手を引っこめて、身を震わせた。

「ああ……これ」彼女はためらった。「夕食の鶏を料理したとき、ついたのよ。手袋を調理台に置きっぱなしにしていたから。気づかなかったわ……」

「鶏の血がついたのね？」テスはほっとした。「きっと何もかもうまくいくわ、ナン。わたしはそう信じてる」

「ええ」ナンの疲れた声には、深い悲哀が感じられた。

ナンの姉、イーディスは確かに集会に来ていた。警官の夫、制服姿のブライアン・グリーンもいっしょだ。ふたりは好戦的な婦人たちのなかで、やや居心地が悪そうだったが、集会が終わるまでその場に留《とど》まり、そのあとすぐさまナンを連れ去った。

ナンよりはるかに年上のイーディスは、痩せていて背が高く、厳しい顔をしていた。彼女はちょっと足を止め、テスの手を握って、妹を助けてくれたことへの礼を述べた。

「わたしはなんにもしていませんわ」テスは笑顔で言った。「でもナンは友達ですから。何かお役に立てることがあったら、いつでもおっしゃってくださいね」

グリーン巡査は目を細め、じっとテスを見ていた。「あなたはマット・デイヴィスのいとこのかたではありませんか？」彼は訊ねた。

マットの名を耳にして、テスは頬を染めた。「ええ、そうです」

巡査の青い目が細くなった。「先日の婦人運動のデモで怪我《けが》をされたでしょう？」

テスの顔がゆがんだ。その目は、何も言わないでほしい、と訴えていた。一方、イーディスとナンは、この発言にいぶかしげな顔をしていた。

「あなた、何も話してくれなかったわね」ナンが口を開いた。

「あれ以来、会っていなかったから」これは本当だ。テスはほほえんだ。「乱闘騒ぎがあって、そのときに怪我をしたの。でもたいしたことはなかったわ。もうよくなったのよ」

グリーン巡査は唇を引き結んだ。しかし、彼は言いかけた言葉をのみこんだ。「勇敢なかたですね」「もしまたお困りになるようなことがあったら、お知らせください。わたしがなんとかしますから」

テスは巡査に温かい笑顔を向けた。大柄でいかめしく、ハンサムにはほど遠い彼だが、イーデイスはその腕にしがみつき、うっとりと賛美の目を向けた。

三人が立ち去ると、テスは他の婦人たちに別れを告げて、待っていたミックの馬車に乗りこんだ。その夜は驚きの連続だった。テスはナンの無事を祈った。自分の不安は的はずれではない。ナンの夫がどんなに危険な男か知っている彼女には、それがわかっていた。

家に帰ると、マットがポーチで待っていた。この前のときと同じだ。そう思うと心臓が激しく打ちはじめた。彼女はミックに手を振り、門を開け、マットが支柱にもたれているポーチへとゆっくりと上っていった。

「今夜は時間どおりだね」彼は言った。

「特別なことのないかぎり、いつもそうよ」彼女は淡々と応じた。

マットは片方の手をポケットに入れていた。もう一方の手は、ベストのポケットから垂れた懐中時計の長い金鎖をもてあそんでいる。「じゃあ、今夜は何事もなかったわけだ」

テスは首を振った。「集会はいつもどおりよ。でもナンが来たの」

マットはすぐさま警戒の色を見せた。「ひとりで?」

彼の反応にとまどって、テスは眉を寄せた。「ええ。ご主人を捨ててきたのよ。集会のあと、お姉さんとそのご主人のブライアン・グリーンの家に行ったわ。グリーンさんは大柄なアイルランド人で、警察官なのよ」彼女は笑みとともに言い添えた。

「彼なら知っている」

「ナンはもう安全よ。目を覚ましてくれてよかったわ。明日、お姉さんの家に寄って、様子を見てくるつもり――」

「いや、だめだ」マットはにべもなく言った。「ナンは安全じゃない。彼女に近づけばきみも同じだ。あんな目に遭ったのに、きみはナンの亭主がどういう男かちっともわかっていないんだな?」

彼の語気の荒さに、テスは息をのんだ。「でも、義理のお兄さんもいるし――」

「グリーンは昼間は外で働いているんだよ、テス。姉さんだけじゃ、ナンは護れないだろう。コリアーがそんなふうに妻を逃がして黙っているとは思えない。きっと彼女を殺すぞ。姉さんもいっしょにだ。きみたちはみんな、彼女の敵がどんなやつか、まるでわかっていない」

テスは喉に手をやった。「本当にそれほど危険な人なの?」

その問いに、マットは直接は答えなかった。「彼女は家を出る前に、やつを逮捕させるべきだったんだ」彼は冷ややかに言った。「そうすればチャンスはあった。グリーンは近所の人たちから話を聞いただろうし、彼女がどんな扱いを受けていたか知ったら、コリアーは牢《ろう》に入れられ、二度と出てこられなかっただろう」

テスはナンから聞いた喧嘩の件をマットに話すつもりだったが、いまとなっては、それもさほど重要とは思えなかった。「かわいそうなナン」それまでにも増して心配になり、彼女は沈んだ声で言った。

そしてマットを見あげた。「いまの話からすると、あなたはあのあと、彼女とコリアーのことをいろいろ調べたのね？　何かわたしたちにできることはないかしら？」

マットはためらった。「たぶんなんとかなるよ。彼女も今夜は安全だろう。グリーンが家にいるからな。朝一番におれが警察へ行って、あの管区の当直警官に話をしよう。彼は友人なんだ。グリーンの上司でね」

テスは片方の足からもう一方へ重心を移した。夜気は冷たく、薄い上着は風を防いではくれなかったが、彼との会話を切りあげるのはいやだった。「どうもありがとう、マット」

「きみのために何かするのは少しも苦にならないよ」彼は目を細めて、テスを見た。「きみは友達思いなんだね。ときには、過剰なまでに」

テスは肩をすくめた。「わたしにはあまり友達がいないから。ひとりでも失うわけにはいかないの」

「人気のない友達でもね」昔を思い出し、マットはかすかな笑みを浮かべた。

テスはバッグを両手に握りしめて、ドアに向かった。「わたしたち、いまでも友達なの？」ふいに彼女は訊ねた。マットを見てはいなかった。見るのが怖かったのだ。

彼は長いこと無言だった。答える気がないのだろう。そう思ったとき、彼の気配を背後に感じた。その動きの静かさに彼女は驚いた。かつてマットは、音を立てない歩きかたを教えてくれたが、彼女はそれを忘れていた。彼は忘れていなかったのだ。

「ひとときの愚かな振る舞いのことで思い悩んではいけないよ。おれたちはいっとき、自制心を失っただけなんだ」ついに彼はそう言った。その声にはあきらめがにじんでいた。「それだけのことさ。だからといって、友達でなくなったわけじゃない」

　これ以上にはっきりした言いかたがあるだろうか。彼は、あの情熱的なキスを単なる過ちと見なしているのだ。

　テスはぐっと背筋を伸ばして振り返ると、無理に笑顔を作った。「そうね。もちろんよ」

　だが彼女がドアに向かうと、マットは彼女のウエストをとらえて引き寄せた。上着の生地ごしに、その手は温かく、力強く感じられた。

「いつまでもこだわっていてはいけない」彼はぶっきらぼうに言った。「考えたところでどうなるわけでもないんだ。考えてごらん。ブロンドの美女が、スー族のインディアンを連れてシカゴの町を歩いている光景を」

「よく言うわね。自分の素性を念入りに隠している人が」テスは鋭く言った。

　彼は乱暴に彼女を放した。「おれは隠してなどいない」

「隠してるわ」彼女はなおも言った。「あなたは、自分が何者なのか、どこの出身なのか、みんなが憶測をめぐらすのを見て楽しんでいる。でも決して、本当のことを言おうとはしないじゃない」

　マットの顔にはなんの感情も表われていなかったが、その目はぎらついていた。「この話は前にもしただろう。おれが自分の過去をどう扱おうと、それはおれ自身の問題だ」

「あなたの過去は恥ずかしいものじゃないわ。どうすれば、それがわかってもらえるのかしら」テスは優しく言った。彼が顔をそむけると、彼女はうめいた。「いいえ、だめ」彼の腕をとらえて歩み寄る。「ねえ、マット、そんな態度はやめて！」

　マットの腕は鉄板のように固くこわばっていた。彼はテスを見ようともせず、完全に心を閉ざしており、まるで葉巻店の表に飾ってある木彫りのインデイアンも同然だった。これでは近づくことはできない。

「わかったわ」彼女は、マットの袖をつかんでいた手の力をゆるめた。「あなたの勝ちよ。何も聞かなかったことにしてちょうだい。わたしとは、個人的なことは何も話したくないわけね。肝に銘じておくわ」

テスはマットをその場に残し、背中に注がれる怒りに満ちた黒い目を意識しつつ、家に入った。たぶん彼女は橋を燃やしてしまったのかしれない。それも、もうどうでもいいことだ。彼は自分の立場を明確にした。彼に閉め出されるのがどれほどつらいことか、彼女はいま初めて知った。そう、彼は確かに昔から謎めいていた。だが彼女には、常に優しく接してくれていた。もちろん、当時のテスは、一人前の戦士にとってなんの脅威にもならなかっただろう。思春期の少女は、単に笑わせ、教え、甘やかす対象でしかなかった。ところがいまの彼女は、大人の女性だ。マットは、激情のうちに、彼女に熱いキスを与えた。でも、そんな親密な関係をつづけることはできないらしい。彼には自分の心を危険にさらす気などないのだ。

テスはまっすぐ自室に上がり、上着と帽子をかたづけると、窓辺の小さな揺り椅子にすわった。彼女がシカゴに来たとき、マットは初めて彼女の肉体を意識した。そして、そのことは彼に警戒心を抱かせた。いまやマットは、心の平和を乱す脅威として彼女を見ている。今後はもう、楽しくおしゃべりをしたり、ふざけあったりすることはないだろう。物理的にも、比喩的な意味でも、彼は手の届く範囲内へ彼女を立ち入らせまい。気持ちをかき乱すほど近くへは、二度と寄せつけないはずだ。

そのことは、テスの自尊心と傷つきやすい心にとって、大きな打撃となった。ずいぶん長い間、マットは彼女の人生の大きな部分を占めてきた。そんな人を手放すのは、容易なことではない。しかし彼はテスを求めてはいない。そして彼女が自分の人生の一部となる見込みのないことを、はっきりと示したのだ。

本当にシカゴに来てよかったのだろうか。彼女は自分の直感を疑いはじめていた。モンタナにいたころ友達だったからといって、マットに幸せにしてもらおうというのはフェアではない。絶えず自分が身近にいることがマットの生活にどんな影響を及ぼすか、彼女は考えてもみなかった。もちろん彼は、彼女に対して多少の責任は感じているだろう。テスの父に命を救われたうえ、全快するまで彼女に看病してもらったのだから。彼女のためにできるかぎりのことをすべきだと思うはずだ。でもそれは哀れみであって、愛ではない。彼女とともにいることは、義務であって、歓《よろこ》びではないのだ。

マットは生涯つづく関係を彼女に求めてはいない。とはいえ、長年にわたるふたりの友情がなくなってしまうわけではない。それにマットを愛する彼女の気持ちも、消えはしない。揺り椅子を揺らしながら、テスは目を閉じた。苦悩と欲望が体を隅々まで満たしていく。自分は不当だった。浅はかで、無責任だった。なんとかこの過ちを正さなくてはならない……。

近ごろはいつもそうだが、その夜はよく眠れなかった。ひと晩、罪悪感と自責の念にさいなまれたすえ、翌朝は思い悩みつつ、神経をとがらせたまま、彼女は仕事に出かけた。下宿を出るとき、マットの姿は見かけなかった。ナンの身に何かある前に彼が警察署へ行ってくれるよう、テスは祈った。ナンのことが心配だった。もちろん、マットのことも心配でなかったわけではない。

婦長の視線を強く意識しながら、彼女はせっせと働いた。その人は、どうもテスが気に入らないらしく、その気持ちをいつも露骨に表わしている。部下の看護婦たちの間で〝バラクーダ〟の異名を取るミス・フィッシュは、ベッド脇のテーブルや窓枠の埃《ほこり》をチェックするために白い手袋をはめている。また、すべての器具が使用後、所定の時間きちんと煮沸消毒されているかどうか、入院患者用に漂白されたシーツや毛布が充分な数だけそろっているかどうかにも、ひどくうるさい。彼女のスカートは糊《のり》が利きすぎているため、歩くたびにガサガサと音がするほどだ。その裾からわずかにのぞく編み上げ靴は、きれいに磨かれていて、しみひとつない。頭には、クック郡病院の看護婦全員がかぶる帽子が載っている。彼女は看護婦の誉れであり、きわめて厳しい上司なのだ。

テスは、父の看護婦を務めていたころを、ほろ苦い気分で思い出した。あのころは、口やかましいミス・フィッシュなどいなかったし、患者たちに心遣いと同情を示す余裕もあった。ここでの毎日は、ただひたすらあわただしいばかりだ。彼女はよく、患者たちが混乱のさなかで見過ごされているのを感じた。

ミス・フィッシュが一度で納得しなかったため、再度、器具を数えて長い朝が終わると、テスは静かに病室へともどっていった。そして気がつくと、彼女の目の前にはマットがいた。

マットが制服姿のテスを見るのは初めてのことだった。その清楚《せいそ》な姿を、彼はじっと見つめた。

動悸《どうき》が激しくなっていたが、テスは平静を装った。

「ここに入ってはだめよ」彼女は声をひそめて言った。「あなたを見たら、ミス・フィッシュが癇癪《かんしゃく》を起こすわ」

「誰だって？」

「ミス・フィッシュ」彼女は足早に廊下に出ていきながら、ささやいた。「婦長さんよ」

マットは顔をしかめて、あたりを見まわした。

「きみはここで一日じゅう、何をしているんだい？」

「モンタナにいたころにしていたのと同じことよ。便器の始末をしたり、ベッドを整えたり、熱を測ったり、器具を煮沸消毒したり。あとは、たのまれたときにいろいろ手伝うの」

マットの目が細くなった。「その年齢で、そんな雑用をしているのか」

「他の看護婦たちとちがって、正規の訓練を受けていないもの。わたしには単に現場の経験があるだけ。ここでもそういう仕事をしているの」

「医者の助手はしないのかい？」

「まさか。ミス・フィッシュが聞いたら、卒倒してしまうわ」

マットはしぶい顔をした。「そのミス・フィッシュとやらは、どんな女なんだ？」

テスは彼の背後を見やった。「いまわかるわ」

彼は山高帽を取り、婦長がやってくるとそちらを向いた。そのやつれた顔から、彼は干したプルーンを連想した。彼女は生まれてから一度も笑ったことがなさそうに見えた。

「ミス・フィッシュ」マットは礼儀正しくそう言って、軽く一礼した。

彼が大陸式にその手を取って唇に当てると、ミス・フィッシュは虚を突かれた様子で顔を赤らめた。

「いとこがいつも、畏敬の念をもってあなたの話をしています」彼は感じよく言った。「看護婦たちからそこまで尊敬されるとは、さぞやご立派なかたなのでしょう」

ミス・フィッシュは口ごもり、そわそわと服の袖の皺《しわ》を伸ばした。「口がお上手だこと」そうは言ったものの、口調はいかにも満足げだった。彼女は目に見えてうろたえていた。「急用があっていらしたんでしょうね？」

「ええ、重大な用件です」マットは請け合った。

「そうでなければ、仕事の邪魔などいたしません」

「では、五分だけ時間をあげましょう。話がすんだら、ぐずぐずしていてはいけませんよ、メレディス」ミス・フィッシュは厳しい口ぶりで付け加えた。看護婦たちのことはいつも、身のほどを思い知らせるために姓で呼ぶのだ。彼女はマットに目を向け、驚いたことに笑みを浮かべた。「必要以上に彼女を引き止めないでくださいよ。ここでは家族でも特別扱いできないんです。看護は急を要する仕事ですから」

「承知いたしました」マットは愛想よくほほえんだ。婦長はふたたび顔を赤らめ、テスに短くうなずいてみせると、ぴんと背筋を伸ばして病室へと向かった。

テスの唖然《あぜん》とした面持ちに、マットは笑いをこらえた。

「見事なものね」彼女は言った。「あの感じのいい態度、鏡の前で練習したの？」

「何週間もね」だがつぎに話しはじめたとき、その顔から陽気さはすっかり消えていた。「午前中はずっと警察署にいたんだ。状況が好転するまで待ちたかったんだが、動きがないのでとりあえず来たんだよ」

「ナンのこと？」彼女はすぐさま言った。「彼女、大丈夫なの？」

「大丈夫と言っていいのかどうか」マットは深く息を吸いこんだ。「彼女、留置場にいるんだ」

一瞬、なんのことかわからなかった。テスは混乱して、わずかに首をかしげた。「留置場に？　ナンが？　どうして？」

「第一級殺人の容疑で」マットは単刀直入に答えた。

「今朝、居間でデニス・コリアーの遺体が発見された。首にはさみが刺さっていて、すでに息はなかったそうだ」

8

テスはマットの手が腕をつかんで支えてくれるのを感じた。「落ち着いて」彼は短く言った。「彼女は潔白だ。話してみてすぐわかったよ。グリーンも彼女がやったとは思っていない。だが彼女の姉さんが病気の友達の看病に行き、グリーンのほうは仕事に出ていたから、数時間にわたってナンはひとりきりだったんだ。コリアーが殺された時間帯のアリバイがないんだよ。しかも近所の連中は、昨夜、彼女が家を出る前に、彼を殺すと脅したのを耳にしている」

「なんてことなの」テスは小さな白い帽子が曲がったのを直し、ほつれ毛をかきあげた。「ナンは虫も殺せないわ。そんな人じゃないのよ。彼女は絶対やってない」テスは顔を上げた。「でも証明できるかしら？」

「さあな。グリーンは、むずかしいと言っている。彼女をどこかで見た人がいればまだいいんだが。それでも、だめかもしれない」マットは病室のほうにちらりと目をやった。ミス・フィッシュがあてつけがましく、こちらを見つめていた。

「彼女を助けてあげて」テスは大きな目で哀願した。彼女の手が彼の袖に触れた。「お願いよ」

マットは身をこわばらせ、その手が下に落ちるまでうしろに下がった。「きみからたのまれるまでもないさ」彼はそっけなく言った。「グリーンとそのボスに捜査を依頼されたからね。仮に依頼がなくても、調べるだろうが」

彼女はほっと安堵《あんど》のため息をついた。「わたしも手伝うわ」

マットの眉が上がった。「きみが？」

テスは彼をにらんだ。「わたしは馬鹿でも能なしでもないのよ。聞き込みも尾行もできるわ」

彼女を見おろして、マットは緊張をゆるめ、ふっと優しい笑みを漏らした。頬を紅潮させたテスはいかにも好戦的で、可憐《かれん》だった。大きな緑の瞳は、非難をこめてじっと彼の目を見あげている。彼女は美しい。美しすぎるくらいに。やわらかな唇へと視線が落ち、彼のほほえみは消えた。思いがけない疼《うず》きとともに、あのキスの感触がよみがえってきたのだ。

温かな笑みのすぐあとにマットが見せた冷たいまなざしに、テスはとまどった。「もう仕事にもどらないと。とにかく、できることはなんでもするから。ナンはたったひとりの友達ですもの」

自分はもう友達とも思われていないのか。マットは傷ついた。自分が彼女を遠ざけたことはわかっていたが、ここまでとは思っていなかった。それにもうひとつ、気になることがある。彼にとってテスは唯一の家族なのだ。本当のいとこたちとは縁が薄く、ほとんどつきあいもない。仮に道ですれちがってもわからないだろう。でもテスは彼の過去の一部であり……彼の現在にも大きな部分を占めている。

「そのことはまたあとで話そう」マットは目の前の問題に注意をもどした。ミス・フィッシュをちらりと見やると、彼女は辛辣なまなざしをテスに注いでいた。「婦長が少しおかんむりのようだ」

「そうでしょうね。とても厳しい人だから」

「面倒なことにならないうちに、帰るよ」マットはいったん立ち去りかけて、厳しい表情で振り返った。「いいか、おれといっしょでないかぎり、留置場へは行くなよ。きみの友達のそばには、実に不愉快な犯罪者たちもいるんだからな。あそこはひとりで行くような場所じゃない」

テスはつんと顎を上げた。言い返したかったが、いまはそれにふさわしい時ではない。「そのこともあとで話しましょう」彼女は巧みにかわした。

あきらめのため息をつくと、マットは帽子を傾け、出口へと向かった。

ミス・フィッシュがつかつかとテスに歩み寄ってきた。「忙しくなる前に、予備のヨードホルム・ガーゼを作っておいてちょうだい、メレディス」

「はい、ミス・フィッシュ」テスはうめき声をこらえて答えた。そのガーゼ作りはとても面倒なのだ。まずヨードホルムにグリセリンとアルコールとエーテルを混ぜる。つぎに切っておいた滅菌ガーゼをその混合液につけ、色むらが出ないよう均等にしぼる。作業は周囲を手術室同様の無菌状態に保ち、手早く進めなければならない。その後、ガーゼはひとつずつ丸めて、滅菌されたガラス瓶につめる。これを作る係となった看護婦は、必ずうめき声をあげるのだ。日常業務のなかでも、これほど厄介な作業はない。

「メレディス、正規の訓練を受けようと思ったことはない？」突然、婦長が訊《たず》ねた。「知ってのとおり、ここにはイリノイ看護学校の卒業生が何人か来ているの。みんな、あなたよりいい給料をもらっているのよ。あなたには確かに免状をもらう資格があるわ。お父様のもとで働いた経験もきっと考慮されるでしょうしね」

「いままで考えてもみませんでしたけど」テスは打ち明けた。「でも、そうできれば何よりだと思いますわ。他の仕事に就くなんて考えられませんもの」

「ええ、そのようね。それくらいの年ごろの女はたいてい結婚しているけれど、あなた、結婚の予定はないの？　恋人は？」

テスは瞳を曇らせた。「ええ、ミス・フィッシュ」彼女はものうげに答えた。「予定はまったくありません」これは本当だ。マットは彼女と結婚したがっていないし、彼女は他の誰とも結婚したくはないのだから。

ミス・フィッシュの態度が少し和らいだ。「もしその気になったら、看護学校の理事を知っているから言いにいらっしゃい。推薦状を書いてあげますからね」

テスは笑顔になった。「ご親切にありがとうございます」

「訓練を受けたわけでもないのに、あなたは利口だし、熟練しているわ。たいていの看護婦よりよく働くし。決して怠けないしね。そういう献身的な態度は、ここでは決して見過ごされないの」彼女は、用はすんだとばかりにうなずいた。「では仕事にかかりなさい」

「はい、ミス・フィッシュ」

翌日の土曜日、テスは休みだった。彼女は早朝から応接間でマットが下りてくるのを待っていた。そこにいれば、彼が朝食抜きで事務所へ行くことにした場合も、確実につかまえられる。

案の定、紫檀《したん》のソファに腰かけて数分もすると、階段から彼の足音が聞こえてきた。

テスが応接間の戸口に迎えに出たとき、ちょうどマットは懐中時計を眺めていた。

用心深いまなざしがちらりと彼女に向けられた。

「出かけるのかい？」黒のスーツに白のブラウス、黒いビーズに飾られたつばの広い帽子という彼女のいでたちを見て、彼は訊ねた。

テスはうなずいた。

「どこへ？」

彼女はマットを見あげて、ほほえんだ。「あなたに留置場へ連れていってもらおうと思って。ほら、ひとりで行くなと言っていたでしょう？　でも、もしいっしょに来てくれないと、ひとりで行くことになるの」

マットは彼女をにらんだ。「このところ、きみが頭痛の種になってきたよ」

「それは昔からじゃない？」彼女はそうやり返し、小さなバッグを両手でぎゅっとつかんだ。「何か急ぎの用事があるの？」

「いや、大丈夫だ。しかし留置場は、レディの行くような場所じゃないんだがな」

「だからこそ、ナンに会ってあげたいのよ」

「わかった」マットはあきらめの口調で言った。

「じゃあ行こう。だがまずは朝食だ」

ナンは小さな房にひとりでいたが、男の勾留者たちの何人かは彼女が不安を覚えて当然なほど近くに収容されていた。マットがひとりで行くなと言っていた理由はすぐにわかった。テスは彼がいることに感謝した。特に、看守の血も凍るような冷たい視線にさらされたときは、その存在がありがたかった。

看守が房の扉を開け、テスとマットを通したとき、ナンは狭い寝台にすわっていた。髪はくしゃくしゃで、スカートもブラウスも二日前の晩と同じものだった。

「なんてこと！」テスはそう叫んで駆け寄ると、ナンの前にひざまずいた。「かわいそうに。誰も着替えを持ってきてくれなかったの？」

「姉が持ってきてくれたけど、とても着替えるわけには……」ナンは頬を赤らめ、テスのほうへ身を寄せた。「あの男たちがずっと見ているから」彼女はささやいた。

マットの黒い目が細くなった。「お義兄《にい》さんに話をしましょう。きっとなんとかしてくれるはずですから」

「ご親切にありがとう、ミスター・デイヴィス。義《あ》兄《に》は、潔白だとわかっていても、わたしを疎ましく思っているんです」ナンは目を伏せた。「お腹《なか》に赤ちゃんがいるのを知っているから――それにその子は、主人の子じゃないし。わたしはとんでもない女なんです！」

「およしなさい」テスは優しくたしなめた。「あなたはとんでもなくなんかないわ」

「そうですとも」マットも言った。「われわれがあなたのために全力を尽くしますからね。犯人に心当たりはありませんか、コリアーさん？ご主人を殺すほど憎んでいた人物は？」

「わたしがそうですわ」ナンは膝の上で両手を組み合わせ、みじめな口調で言った。そして弱々しく首を振った。「自分がいちばんあやしいことはよくわかっています。わたしにはデニスを憎む理由がありますもの」彼女は爪をいじった。「あの人、赤ちゃんのことは知らなかったんです。知っていたら、何をされたか。きっと殺されていましたね。主人の友人たちのなかには、犯罪者もいますし……少なくともわたしが見るかぎり、犯罪者ですわ。たぶん主人は、その連中から恐ろしいことをいろいろ教わっているはずです……わたしを殺す方法なんかも」

マットは眉を寄せ、格子に寄りかかった。「ご主人は確か、電報局員のはずですよね？」

「それはまっとうな市民を装うためなんです」ナンは冷ややかに言った。「本当は、何かよからぬことにかかわっているんですわ。札びらを切る身なりのいい仲間もいます。何をして稼いでいるのか、具体的には知りませんけれど」

「彼らが何かヒントになるようなことを言うのを聞いたことはありませんか？」

ナンは髪をかきあげた。「さあ、わたしの前ではあまり話をしないから。たまに、切れ切れに声が聞こえる程度で、ほとんどなんのことかわかりませんでした」

「最近はどうです？　いちばん最後に耳にした会話を思い出せませんか？」

ナンは動揺の色を見せた。「そう、つい先週ですけど、うちの居間は大勢の男に占領されていて……わたしは台所で料理をしていたんです」彼女は心細げにテスを見あげ、それからマットに視線をもどした。「デニスに、みんながビールといっしょにつまむサンドウィッチを……それとサラダを作れって言われて……あの人、ビールを樽《たる》で買うんですよ。まるで酒場の主人みたいに……」彼女は髪を指ですきながら、落ち着きなく視線を泳がせた。

「さぞつらかったでしょう、ナン」テスは同情をこめて言った。彼女は少し前に立ちあがって、いまはマットと並んで立っていた。すばやく視線を投げると、彼がうなずいたので、テスは優しくうながした。「あなたは台所でお料理をしていた。そのとき何か聞いたのね？」

「ええ、そう。デニスがある男の話をしていたの。

マーリーという名前よ……その男が錠の破りかたを知ってるとかって。デニスは〝やつに手伝わせる〟と言っていたわ」

「マーリー？」マットが繰り返した。

「ええ。でもそれが姓なのか名なのかは知りません。シカゴにいる人なのかどうかさえわからないんです」ナンは両手に顔を埋めた。「気分が悪いわ。警察が逮捕しに来たとき、姉は卒倒したんですよ。わたしがやったとは思っていないけれど、やっぱり怯《おび》えているんです」彼女は縁の赤くなった目を上げた。

「ミスター・デイヴィス、無実を証明できなければ、わたしは吊《つ》るされてしまうんでしょう？」

「法廷は、お腹に子供がいる女性を吊るしたりはしませんよ」マットは言った。

「でも気にしないかもしれないわ」ナンはうめいた。「売春宿の女たちと同罪ってことにするでしょうよ。陪審員は男ばかりですもの。きっとわたしを有罪にする」

「さあさあ」テスは優しく言って、ナンに歩み寄り、その両手をしっかりと握りしめた。「そんなふうに考えてはだめ。赤ちゃんのことを考えて、前向きな姿勢でいるの。マットがあなたを救うために全力を尽くしてくれるわ。わたしだってそうよ」彼女は明るい表情になった。「ねえ、ナン、わたしが婦人グループの女性たちを集めるわ。そうすれば支援してもらえるでしょう？　あなたはとても好かれているし、みんな、あなたに人が殺せるわけがないことは知っているもの。でもあなたは男ばかりの法廷で裁かれるのよね。とすると、わたしたちのグループは受け入れられないわね」テスは声に出して考えていた。「でも何かの形で力になれるんじゃないかしら」

「赤ちゃんのことを知ったら、みんな助けてなんかくれないわ」ナンはみじめに言った。

「でもね、メンバーのなかには、すべての子供を親の結婚生活と男の支配下から解き放つべきだと言っている人もいるのよ」

「そうそう。男は繁殖用に飼育して、用がすんだら殺すべきなんだ……」マットがつぶやいた。

「マット！」テスは憤然と叫んだ。

ナンの表情が少し明るくなった。「そうよ、テス。わたしもメンバーのひとりがそんなことを言うのを聞いたわ。もちろん冗談だと思うけど」彼女は急いで付け加え、詫《わ》びるような目でマットを見あげた。

「わたしにはお気遣いなく」マットは言った。「もう何年も、女性解放についてのテスの考えを聞かされていますからね」

「確かにデモの仲間には、かなり過激な考えかたの人もいるわ」テスも認めた。「以前は、アマゾン族のように暮らすべきだと主張するグループもあったの」彼女は顔を赤らめた。「もちろん彼女たちは、男は綱につなぐか檻《おり》に入れるかすべきだと考えていたわ」

マットは笑った。「だろうな。そしてきみも、それが理にかなっていると思ってるんだろう？」

テスは彼をにらんだ。「あなたを入れておくには、ものすごく大きな檻を作らなくてはならないでしょうね」

ナンが視線をめぐらせた。「この檻は充分頑丈みたい」彼女は両手でぎゅっとスカートをつかんだ。

「どうすればいいのかしら？」

「あまり心配しないように」マットはしかつめらしく言った。「われわれがついていますからね。とりあえずは、あなたをここに置いていくしかなさそうです。なんとかなるものなら、お姉さん夫婦がとっくにその方法を見つけているでしょうから」

ナンはうなずいた。「姉たちは判事に嘆願しました。でもこれは重大犯罪なので、保釈は認められないらしくて」彼女はテスに目を向けた。「何冊か本を持ってきてもらえない？　ここにいると怖くなるの。それに時間はあり余っているし。本が無理なら、毛糸と編み針を持ってきてもらえないかしら？」

「やってみるわ」テスは約束した。

「ミスター・デイヴィス、顔を見せてくれるように義兄に伝えていただけませんか？　ここにひとりでいるのは怖くて。それに看守が……あの男、ひどく下劣だし、言うことがどんどんあつかましくなる一方なんです」

マットの目が翳《かげ》った。「そのことはご心配なく。なんとかしますよ。さあ、テス、行こう」

テスは友の細い肩をたたいた。「他に何かほしくなったら、マットかわたしに伝言をよこしてね」

「わたしに、です」マットが訂正した。「テスをひとりでここに来させるわけにはいきませんから」彼は手を上げ、抗議しようとするテスを制した。「そのことで議論する気はないよ」

テスはいまいましげにため息をついた。「人でなし」

「いいえ、ミスター・デイヴィスは人でなしなんかじゃない」ナンが言った。「ふたりとも、力になってくださってありがとう。わたしにはそんなことをしていただく資格はないのに。あなたはあんな目に遭ったわけですものね、テス。わたしのことで怪我《けが》をさせたりしたくなかった。それだけはどうか信じて」

「ええ、わかってる。あなたは友達だもの。あなたを救うためなら、わたし、なんだってするわ」

「もうひとつだけ聞いて」ナンがふいに立ちあがった。「彼を巻きこむのはいやだけど……でも赤ん坊の父親が、犯人さがしの力になれるかもしれない。デニスに殴られたあと、わたしをアパートメントから連れ出したのは彼なの。だから犯人じゃないのは確かよ。でも誰がやったかを突き止める手助けはできるかもしれないわ」

彼女の不安に気づき、マットは周囲に目を走らせて、誰も見ていないのを確かめた。「その男性は誰なんです？」

ナンは顔をゆがめた。「たぶん噂《うわさ》を聞いたことはあるでしょう。シカゴの人の大部分がそうですもの」彼女はまわりに聞かれないよう、マットのほうへ身を寄せた。「本名は、ジム・キルガレンというんです。通称、ダイヤモンド・ジムですわ」

マットは目を見張った。「まさか！」

「知っている人なの？」テスは訊ねた。

「誰だって知ってるさ」マットはつぶやいた。「シカゴの非合法な事業の大部分を牛耳っている男だ。女に売春を強いるような商売だけはしていないがね。町のあちこちに酒場を数軒と、酒の蒸留所を二軒持っている。町でいちばんでかい淫売屋もだ」彼がナンに目を据えると、彼女は赤くなった。「ご主人と彼との間に、何か取引があったんですか？」

ナンは少しためらってからうなずいた。「わたしたち、それで出会ったんです。彼が何度かうちに来たから。一度、彼がいるときに、デニスがわたしを殴ったことがありましたわ」彼女はふたたび腰を下ろした。「そしたら彼がデニスに言ったんです。今度この人に手を上げたら、おまえの死体が川に浮かぶことになるって。でも殺された夜のデニスは、ひどく様子がおかしくて、どんな脅しも効きませんでした。すっかり正気を失っていたんです」

マットの表情は固かった。それを見て、ナンは首を振った。「いいえ、ジム・キルガレンはデニスのことで手を汚したりはしません。もし本当に彼が邪魔なら、金をやってニューヨークかマイアミに追いやり、わたしと離婚させたでしょう。ジムは人は殺さないんです」

「それは確かですか？　命を賭けてもいいくらい

に？」マットは念を押した。

　ナンはため息をついた。「ええ。それと、赤ちゃんのことは、彼もまだ知りません」彼女は身震いした。「わたしは先のことを何も考えていなかった。まずデニスから逃げる。それから離婚する。そのあと、赤ちゃんのことをジムに話して、わたしと結婚するかどうか決めてもらう。考えていたのは、それだけ。彼は一度も結婚したことがないんです。でも、これまでも女はたくさんいたんですよ。わたしなんか足もとにも及ばないような美人ばかり。ああ、なんて破廉恥な話なのかしら！　母はいい娘になるように育ててくれたのに！　いったいどうしてここまで道をはずれてしまったの！」

　まっとうな娘たちが売春宿で死ぬのを何度も見てきたマットは、なんとも答えなかった。

　テスは目をうるませていた。「ねえ、気を落とさないで。わたしたちがなんとかしてあげるから」

「わたしもあなたみたいに強ければいいのにね、テス」ナンは涙ながらにつぶやいた。「わたしときたら、いつも失敗ばかりだわ。デニスといっしょになったのは、彼がとっても優しそうだったから。でも結婚して二週間も経《た》たないうちに、朝食のパンを焦がしたと言って殴られたのよ！」

「その場で鉄のフライパンを振り下ろして頭をたたき割ってやればよかったのに」テスは言った。

「わたしはまだ十七だったの。ちゃんと世話をしないからって、父にもしょっちゅう殴られてたわ。きっとわたしは、男に殴られることに慣れてしまっていたのね」ナンはもの問いたげにテスに目を向けた。「どこの娘もあんなふうに殴られるものじゃないの？」

「わたしは殴られたことはないわ」テスは答えた。「父は親切で優しい人だった。マットもそうよ」彼の顔を見ずに付け加える。

「さて、本当にもう行かないと。仕事がありますので」マットは言った。

「おふたりとも、来てくださってありがとう」ナンはまた言った。目には恐怖とともにあきらめがにじんでいる。その表情は、言葉にされない胸の内を物語っていた。彼女は、絞首台に上がるそのときまで留置場からは出られないと思っているのだ。

マットはテスを先に外へ出し、しばらく看守と話をしていた。出てきたときの表情は険しく、瞳は不穏な色をたたえていた。

「警察は、もっと安全な場所に彼女を収容すべきだったんだ。女性の看守つきでね」彼はそっけなく言った。「あとでグリーンに言って、なんとかしてもらおう。あの看守は下衆《げす》野郎だ」

「何を言われたの?」

「気にするな」彼は歩きながら、テスを見おろした。

「ひとりではあそこに行くなよ」

胸がどきりとした。「ナンは安全じゃないの?」

「もう安全だ」マットは短く言った。彼の黒い目が彼女の目と合った。「あの看守も二度となれなれしいまねはしないだろうよ。警察長官はおれの友人でね。やつが態度を改めないなら、ぶちこんでもらうこともできるんだ。グリーンがそのことをよくわかるように教えるだろう」

「ありがとう」テスは心から言った。

「しかし非常にまずい状況だよ」彼はつづけた。「彼女を絞首刑から救うには、すばやく動かないとな。彼女には旦那を殺す動機があって、事件の夜のアリバイはない。それに彼女は女だ。男の陪審から見れば、これだけで有罪とするのに充分だろう」

「そんなの不当よ!」

「不当じゃないことなんてあるかい?」

角まで来て、通りを渡ろうというとき、テスは足を止めた。「ダイヤモンド・ジム・キルガレンのことはどう思う？」

「彼なら人を殺すかもしれない。だが、はさみではやらないだろうな」マットの黒い目が、彼女の淡い緑の目を見おろす。「あの手口こそ、犯人が女である証拠だよ。これも彼女に不利な点だ」

「もしかしたらコリアーに女がいたのかもしれないわ」

「ありうるね」

「あるいは、誰かがナンを陥れようとしているのか」

「それはないだろう」

「なぜ？」

マットはテスの腕を取り、広い通りを渡りはじめた。彼の手の感触は、テスをつま先までぞくぞくさせた。

「なぜなら相手を憎んでいないかぎり、人をはめようとは思わないものだからさ。ナンは男であれ女であれ、人に憎まれるようなタイプには見えない」彼はテスを皮肉っぽい目で見やり、そのとまどいの色に気づいた。「わからないのか？　頭を使えよ。きみだって、大半の女は好きじゃない。でもナンのことは好きだろう？」

テスは淋《さび》しげにほほえんだ。「ええ、確かにそうね」それぞれのもの思いにふけりながら、ふたりは歩道を歩いていった。

「ダイヤモンド・ジムがコリアーを殺すように誰かに命令したってことは考えられない？」テスが口を開いた。

「可能性はあるが、だとしたら男を送りこむと思うね。それにその場合の凶器は、リボルバーかナイフだ。素手や棍棒《こんぼう》でもおかしくはないが、はさみというのはありえない。ナンを巻きこみたくないのは、誰よりもキルガレンだろう。女の使いそうな凶器をうまい。誰にでも読めるんだよ」

「いまのがわたしの字に対する嫌みなら、言っておくけど、わたしにはちゃんとした字を書く暇なんて一度もなかったんですからね。いつも父の指示を書き留めるのに忙しかったし、父がまたあの早口だから」

マットは、彼女の父親の癖を思い出してほほえんだ。「いい人だったな。お父さんが恋しいよ」

「わたしもよ」テスは心から言った。「モンタナはとても淋しくて、父なしでは耐えられないと思うこともあったわ」彼女は言葉を切って、彼の目を見あげた。「でも、あなたの人生に踏みこんでくる前に、ちゃんと訊《き》くべきだったわね。できることなら、わたしなんかモンタナに送り返したかったんでしょう？　ひっかきまわしてごめんなさい」

マットはひどく驚いた顔をした。「ひっかきまわしたって、何を？」使うわけはないよ」

確かにそのとおりだ。「もしコリアーに女がいて、その女を捨てたなら、それも動機になりうるわ」

「まだ証拠はひとつもないんだ。結論は出せないよ。状況証拠は法廷では効力がない。確かな動機と容疑者を見つけて、それを証明しないとな」

テスは顔を曇らせた。「見かけほど簡単じゃないのね、探偵の仕事って」彼女は手に持ったバッグをぶらぶらさせた。「あなたの事務所を見せてくれない？」

「本当に見たいのか？」

「ええ。あなたさえかまわなければ」

「いいよ。きょうは部下もあまりいない。ほとんどみんな、出払っているから」

「秘書はいるの？」

「ああ。ガーナーといってね、ピンカートン探偵社からついてきたんだ。とても有能な男で、字が実に

「あなたの生活よ、マット」彼女は重々しく言った。「勝手なまねをして、あなたを困らせ、居心地の悪い思いを……」

「何があろうと、おれは困ったりしないさ」マットは言った。「居心地の悪い思いもしていない。もともときみは、夜は家のなかで編み物をするようなタイプの女じゃなかった。何かの運動に加わらなかったら、それこそきみらしくないだろう」

「でもマルヘイニー夫人は、わたしのことをよく思っていないわ」

「おれのこともだよ。だが家賃さえちゃんともらえれば満足だろう。もし追い出されたとしても、別の部屋をさがせばいい。シカゴは大きな町だから」

「ええ、そのようね。ナンのことはどうしましょうか？」

「おれたちで犯人を見つけるんだ」

テスは笑顔になった。「わたしたちふたりで？」

マットは軽く首をかしげて、彼女を見おろした。「かかわるなとおれが言ったら、そうしてくれるのかい？」

「そうはいかないわ」

「では捜査に参加するなら、うちの部下たちと同じように、おれの指示に従うこと」

テスは顔を輝かせた。冒険心を刺激され、ここ何週間もなかったほど溌剌《はつらつ》とした明るい気分になっていた。「オーケー、ボス」彼女は気取って言った。「なんでもお申しつけください！」

9

　マットのオフィスは立派だった。どっしりしたデスクがひとつと、そのうしろに大きな椅子があり、椅子のワインレッドの革は、広い部屋のすべての椅子やソファとおそろいになっている。壁際では大型の柱時計が時を刻んでいて、カーテンのかかった窓にはブラインドもついていた。床にはくすんだ赤の美しいペルシャ絨毯《じゅうたん》が敷かれ、壁には額入りのマットの写真がたくさん飾られている。彼といっしょに写っているのは、シカゴの有力者たちや、シカゴ以外の各地の政治家たちだ。写真のひとつには、なんとルーズベルトが写っていた。

「大統領と知り合いなのね！」テスは叫んだ。その目は写真に釘《くぎ》付けだった。

「ああ。別に友達というわけじゃないが、会ったことはあるよ」

　テスは金メッキの額を手に取り、写真のなかの笑顔の男を見つめた。署名は〝マットへ、テディより〟となっている。彼女は写真をもとの場所にもどした。そのうやうやしいしぐさを、マットは見逃さなかった。

「あなたがどんな人たちと出会ってきたか、あまり考えたことがなかったけれど」テスは他の写真を見まわしながら言った。「きっと長年の間に、有名人の知り合いが大勢できたんでしょうね」

「何人もね」マットは片手をポケットに入れ、往来の激しい通りを窓から見おろした。「どの人も靴を履いていて、朝は髪をとかす。何も特別なことはないよ」乾いた調子で付け加える。

　テスは顔を赤らめた。「わたしって田舎者じみているわよね？　でも、本当にそうなんだからしかたないわ。ほとんどずっと大平原で父とふたり、質素に暮らしてきたんだもの。こんな大きな町には、滞在したこともなかったのよ」

彼は黒い目を細めて、振り返った。「きみはとてもうまく順応しているよ」

テスは顔をしかめた。「そうかしら」

マットは彼女を眺めまわした。そのまなざしは大胆で、ひどく心を騒がせた。「いまのきみと、おれを看病してくれた少女を結びつけるのはむずかしいな」

「あの婦長がよく教えてくれるように、わたしももう若くないしね」彼女はやや苦々しげに言った。

「そういう意味じゃない」マットは眉を寄せ、前に進み出ると、彼女の正面で足を止めた。「きみは前より大人になった。あのころの短気さも影を潜めている」

「自制心を失っても、あまりいいことはないんですもの。それを教えてくれたのはあなたよ」

彼の眉間の皺《しわ》が深まった。「自制心がありすぎるのも問題だ」マットはそっけなく言った。「何かおれに隠し事をしているだろう、テス。昔のきみは、もっと開放的で正直だったがな」

テスは足もとのペルシャ絨毯に視線を落とした。

「わたしの秘密なんか知らないほうがいいわ」声は静かだったが、彼女は憤慨していた。よくもそんなことが言えたものだわ！　心を明かさず……はぐらかし……隠し立てばかりしているのは、彼のほうなのに。

マットはポケットのなかの手をぎゅっと握りしめた。「きみとぼくは友達だった。いまもそうだよ。だが、きみもいまでは一人前の女性だ。それ以上の何かが必要だろう」

緑の瞳に怒りをたぎらせ、テスは彼を見あげた。

「わたしは何も求めてないわ」歯ぎしりをして言う。「ただ絞首刑になりそうな友達を留置場から救い出す手伝いをしてほしいだけ。別にわたしを押しのけることはないわよ。もうこりていますからね」彼女は向きを変え、ドアに向かった。あとに残されたマットは唖然《あぜん》として、言葉を失っていた。彼女は服に留めた小さな時計に目をやった。「急いで仕事に行かないと。事務所を見学させてくれてどうもありがとう。とてもおもしろかったわ」

彼女は礼儀正しく会釈をすると、きっちりドアを閉めて部屋を出た。マットの秘書にも同じように会釈をし、外に向かった。

実際には、仕事に出る必要はなかった。ただマットのそばを離れたかっただけだ。テスは小さな公園に行ってベンチにすわり、石像のまわりのハトたちを眺めた。そばのベンチの男女のように、ハトにやるパンがあればいいのに。彼女は疲れと虚脱感を覚えていた。マットのことで心をすり減らしてしまい、もう胸のなかには何も残っていなかった。彼はあの石像と同じ。どんな感情にも、欲望にも、まったく動かされない。

マットはこの世のどこにも本当の居場所がない男だ。彼女の父が、彼を部族の人々から引き離し、本来属していない世界へ送りこんだことは、本人のためにならなかったのかもしれない。マットは白人として生きている。かつての生活にもどるのは、まず無理だろう。彼にも、後悔と喪失感とともに昔を思い出すことはあるのだろうか？　仮にあるとしても、その思いは胸に秘められている。彼が恐れや夢を誰かに打ち明けることは決してない。

そうして数分の間、手の届かないものに期待するむなしさについて考えたすえ、彼女は立ちあがって下宿へと向かった。マットの協力があろうとなかろうと、ナンを救うために何かしよう。彼女はそう決めていた。また、その方法についても、いくつか自分なりの考えがあった。

翌朝一番にテスは、ナンの住んでいたアパートメントへ出かけた。口実は女権運動集会のちらしの配布だ。それは、ナンの隣人たちの私生活に立ち入る理由にもなった。

最初に訪ねたナンと同じ階のふた部屋には、女性がいた。三つめの部屋には、ひどく感じの悪い男が住んでいて、戸口でテスの行く手をふさいだ。しかしその妻の、地味だけれども人なつこい、笑顔の優しい婦人は、彼女をなかへ通してくれた。

「ハンフリーのことはお気になさらないでね」婦人は手を振って夫を追いやりながら言った。「心筋梗塞の発作のあとで療養しているんだけれど、早く仕事に復帰したくていらいらしているの。あの人は馬具職人なのよ。重労働ではないけれど、ドクターはまだ早いと言って、仕事にもどるのを許してくれなくてね。かわいそうに、夫はじっとしていられないたちなの」

「たいていの男性はそうだと思いますわ」テスは笑顔で答えた。そして婦人にちらしを渡し、グループの目的を説明したあと、ごくさりげなく、そのアパートメントの住人のことに触れた。

「同じ階のコリアーの奥さんのことね？」婦人はそう言って、白髪混じりの頭を悲しげに振った。「とてもいい子なのに、あの旦那ときたら！　婦人グループのことで怒鳴り散らしているのが、うちまで聞こえるんですからね。一度なんか、あの男を止めるためにハンフリーを行かせて、部屋のドアをたたかせたこともあるんですよ。奥さんはしょっちゅう、切り傷やら痣《あざ》やらをこしらえてたし。どうしてあんな男との生活に耐えられるんだか、ほんとに不思議だったわ。あの悪党、虐待のことが人にばれると困るから、顔は殴らないよう注意していたようですよ。それでも何度かは、奥さんの顔に痣ができていたこともあるの。そうしたら、あんなことになって！」

彼女は身震いした。「あの男の悲鳴が聞こえたような気がしたけれど、ハンフリーには様子を見にいってもらわなかったの。遺体が発見されたのは、朝になってからでしたよ。もっと早く見つかってたら、まだ生きてたかもしれないわね」彼女は両腕で自分の体を抱きしめた。「おまわりさんが言ってたわ、わたしが聞いたのは断末魔の叫びだろうって。一生忘れられないでしょうね。あの男、大声であの人の名前を呼んだの。ひとこと、名前だけをね。それから二分としないうちに、恐ろしい悲鳴があがったのよ！」

「誰の名前を呼んだんでしょう？」テスは優しく訊《たず》ねた。

「もちろん、奥さんのですよ！〝ナン！〟って叫んだかと思うと――」婦人は身を乗り出した。「噂《うわさ》によると、凶器ははさみですって！」

「彼女の姿をごらんになった？」テスは急《せ》きこんで言った。

「いいえ。階段で足音がして、ちょっとしてから、表のドアが開く音がしたわ。あの人、ドアを開けっぱなしで出ていったんですよ。姿はちらりとも見てないわ。でも見た人もいるの。その人の話によると、やったのは確かに女ですって。気の毒なミスター・コリアー。いい人間じゃなかったけど、人を殺すなんて言語道断ね。ひどすぎますよ！」

すっかり意気消沈して、テスは立ちあがった。「どうもありがとうございました」

「えっ？　なにが？」婦人はまごついた様子で訊ねた。

そのとき、強いノックの音がした。ハンフリーが応対に出た。最初、彼は喧嘩《けんか》腰だったが、その態度はたちまち一変した。テスが振り返ると、威圧的な雰囲気を漂わせたマットが黙って部屋に入ってくるところだった。

「行こう、テス」彼はひとことそう言った。

「こちらは、わたしのいとこですの」テスは急いで婦人に告げた。「もう行かなくては。お時間をくださってありがとう」

「お会いできてよかったわ」婦人はうなずいて、マットにほほえみかけた。

彼は軽く帽子を傾け、ハンフリーをちらりと見やると、テスの腕をぐいとつかんで部屋を出た。

階段を下り、歩道に出てから、ようやくマットは口を開いた。「よそのアパートメントにひとりで行くなんて、いったいどういうつもりだ？」彼の口調は鋭く冷ややかだった。

テスはマントを体に引き寄せた。マットの声は身を切るような風よりも冷たかった。「そんな言いかたをしないでちょうだい。証人から話を聞いていただけなんだから」彼女は言い訳がましく言った。その表情が沈んだ。「いまの人、コリアーがナンの名前を叫ぶのを聞いたそうよ。そのあと、悲鳴があがったんですって。警察は、断末魔の叫びだろうと言っているの」彼女は重苦しいため息をついた。「ナンは嘘《うそ》をついているのかしら？」

憤りのあまり、マットは口がきけなかった。なんとか怒りをのみこんで、コートのポケットに両手を突っこみ、帽子の縁の下から彼女を見おろした。

「警察は、死ぬ直前のコリアーが、ランプさえ灯《とも》さずに暗い部屋にすわっていたことを立証した。すぐ横には拳銃があった。誰かを待っていたのは明らかだ。やつはその誰かを撃つつもりだったんだ」

口を開こうとしたテスを、彼は片手で制した。

「ちょっと待て。最後まで言わせてくれ。拳銃は発砲されていなかった。やつはそれを椅子の横のテーブルに置いていて、訪問者が着いたときに立ちあがったらしい。暗闇のなかでは相手が誰か見えなかったはずだ。おそらく、それを自分の妻だと思いこんだんだろう。遺体は、ドアのそばの床に横たわった状態で発見されている。頸動脈《けいどうみやく》にはさみが刺さっていた。ほんの何分かで失血死したろう」

テスはマットをじっと見つめて、その先を待った。

彼は重々しい口調でつづけた。「正当防衛とは言えない。襲われたとき、あの男は武器を持っていなかったんだ。ドアは破られてはいなかった。襲撃者は女にちがいない。はさみもそうだが、やつがナンの名を呼んだことからもそれがわかる。犯人の姿は女のものだった。それでやつは勘ちがいしたんだ。わかるだろう？」

「ええ。でもそのすべてがナンの犯行を示唆しているわ」

マットは、テスのマントのボタンを顎までかけていった。「いまだに子供みたいだな。着かたがめちゃくちゃだ」そう言って、最後のボタンを穴に通す。

テスはかすかにほほえんだ。「昔は、いつもそうしてくれたわね。まるでわたしが、あなたの満足がいくようにコートのボタンをかけたことがないみたいに」

「ドレスのボタンもだよ。いちばん上のふたつは、たいていずれていた。きみは鏡というものをぜんぜん見なかったのかい？」

テスはうなずいた。「自分の顔が嫌いだったの。平凡で地味なんですもの」

マットは温かな手で彼女の顔を包み、目をのぞきこんだ。「そのどちらでもなかったよ」彼は静かな声で言った。

「スー族の顔じゃなかったわ」思わずテスはそう口走った。苦々しい口調だった。

彼女はさっと身を引き、どぎまぎしてマットから離れた。

なんと言えばいいのか、マットにはわからなかった。それはあまりにも思いがけない言葉だった。テスは自分の美しさに気づいていないのだろうか？

彼女がスー族でないことなど、彼は一度も気にしたことがない。ある理由から、彼は自分が白人の女を嫌っていて、さまざまな血筋の異国の女性を求めているという噂を流している。しかしテスにその理由を説明することはできない。彼女にはまだ、彼の告白を聞く心の準備ができていないからだ。

「いまのは忘れてちょうだい」荒々しいテスの声に、彼はわれに返った。彼女はマットがついてきているかどうか見もせずに、歩道をずんずん進んでいた。

「わたしはただの小娘だから」

マットはふたたび彼女と並んで歩きだした。「きみはいまも鏡を見ないんだな」

「気を遣っているのは、身ぎれいかどうかだけなの。あとのことはどうでもいいわ」テスはマットにも自分自身にも腹を立てていた。「わたしがお世話する患者さんも、ほとんどの人は具合が悪すぎて、そんなことを気にする余裕はないし」

「なかには、きみを好きになるやつもいるようじゃないか」ややあってマットは言った。「マーシュ・ベイリーがいい例だ。それに、独り者の医者だっているだろう？」ふとそう付け加え、彼はその考えにいらだちを覚えた。

「うちの病院ではそういうことは起きないの」テスはきっぱりと言った。

「別に何かあるとは言ってないだろう」マットは風をよけるために、帽子を目深にかぶり直した。「今後は、証人への質問はこっちに任せてくれ」

「一軒一軒を訪問する立派な理由がちゃんとあったのよ。婦人グループの集会のちらしを配ってまわったんですからね」

マットはしぶしぶながら賞賛の目を向けた。「ほう」

「わたしだって馬鹿じゃないのよ、マット。やみくもに入っていって、〝殺人事件の捜査に来ました。知っていることはすべて話してください〟なんて言ったりしないわ!」

「なるほど」

「いずれにせよ、みなさんとても親切だったわ」テスはちらしの束とバッグをぎゅっと握りしめた。

「ナンがやったのかしら。心配でたまらないわ。誰もが、彼女には充分な動機があると言うんですもの。みんな、あの男が彼女を殴っていたのを知ってるの」

「おれの見かたはまったくちがうね」しばらく間を置いて、マットが言った。「ダイヤモンド・ジムと話してみたいものだな」

テスは息を止めた。「おまえは人殺しだなんて責めたら、きっと撃たれるわよ!」

マットはいらだたしげに片方の眉を上げた。「別に彼を責める気はないよ。それに、いきなり向こうのオフィスに入っていって、尋問するわけにもいかない。彼の主催するチャリティー・パーティーに出ようかと思うんだ。たっぷり献金する人間は、みんな招かれるからね。驚くなかれ、それは孤児院のためのチャリティーなんだよ」

「ひとりで行くの?」

マットは彼女の表情をさぐった。「それではあやしまれる。おれは慈善活動に熱心な人間とは見られていないからな。彼はきっと、何か魂胆があるんじゃないかと疑うだろう。おれが賭博組織について調べていると思うかもしれない。そうなると危険だ」

「じゃあ、どうするの?」

「女性を連れていく」

テスは目をそらし、ねたましさを隠した。「わかったわ」

「いいや、わかってないね」マットはいらだたしげにつぶやいた。「何度も言っているだろう。おれには親しい白人の女性はいないんだ」

この最後のひとことは、多くを物語っている。だがテスには、立ち入った質問をしないだけの分別があった。どうせ電柱に質問するのも同然で、何も答えてはもらえないだろう。

「それなら、男にドレスを着せて、連れていくつもり？」彼女は皮肉たっぷりに訊ねた。

マットは笑顔を見せた。「きみを連れていこうと思ったんだがな」

テスはぱっと頰を染めた。心臓が喉まで飛びあがった。「イヴニングドレスを持っていないわ」

「買ってあげるよ」

テスの瞳が燃えあがった。「冗談じゃないわ！わたしは男性から高価な贈り物をもらったりしない。たとえあなたからでもね。着るものなんてもってのほかよ」

「大人になれよ」マットはいきりたった。「ここでは、おれはきみのいとこなんだ。身内に服を買ってやったって、なんの問題もないだろう」

身内。テスは視線を落とし、路面をじっと見据えた。身内、ね。これ以上、彼から何を望めるだろう？

「それに」マットは彼女の表情に気づきながらも、強いて知らない顔でつづけた。「これは仕事だよ。コリアー殺しの捜査の一環だ」彼はまっすぐ前を見つめていた。「この近くに一軒、店がある。そこの店主の依頼で仕事をしたことがあるんだ。きみもきっと彼女を好きになるよ。たぶんその店なら、きみの気に入るような服があるだろう」

テスはバッグをぎゅっとつかんだ。彼女にはほとんどお金がない。しかしプライドだけはたっぷりあった。「生地と型紙を買って、自分で縫うわ」

「今回はそうはいかない」マットは答えた。「シカゴの連中は、ふだんでも、誰が何を着ているかに敏感なんだ。チャリティー・パーティーの場ではなおさらだよ。着るものに関しては、みんな俗物そのものでね」

彼の高級なスーツとコートと帽子に、テスは目をやった。「そのようね」

マットは彼女の視線を受け止めた。「順応したいんだろう？　だったら、こうならないとな」

「あなたに恥をかかせないよう努力するわ」

「ありがとう」彼は皮肉っぽく言った。「こっちもそう努めるよ」

天賦の気品とファッション・センスと優雅さを備えた彼が、連れに恥をかかせることなどありえないのに。そう思いながらも、テスは黙っていた。それでなくても、いまの彼は虫の居所が悪いのだ。

彼女の思考はナンへともどっていった。そしてついに、テスは最大の懸念を言葉にした。「彼女が本当に犯人だったら？」

「その場合は有罪になるだろうね。しかしそれでも、彼女のためにできるだけのことはしようじゃないか」

長い沈黙のあと、テスは言った。「ありがとう、マット」

彼は街灯の下で足を止め、いかにも高級そうな婦人服の店の前へと彼女を導いた。

「冗談でしょう！」ショーウィンドウのマネキンたちを見て、テスは声をあげた。「マット、このドレス、一カ月分の給料と同じ値段よ……ううん、半年分かもしれない！」

「それなりの金額を払えば、それなりの物が手に入るんだよ」マットは瞬きひとつせずに言った。「おいで」

金持ち専用の店のなかへと、彼はテスを追いたてた。美しいドレスを着て、凝ったスタイルに髪を結いあげたエレガントな女性が、カウンターの向こうから振り返って、ふたりを迎えた。

「いらっしゃいませ、ムシュー・デイヴィス」女性はそう言って、値踏みするようにテスを見やった。

「こちらはわたしのいとこです」マットは前置き抜きで言った。「舞踏会用のドレスが必要なんですが」

「わたくし、マダム・デュボワと申します」女性は笑顔でそう名乗った。「ちょうどいいお品がございますわ。少々お待ちを」彼女は店の奥へ駆けこんでいった。

もどってきたときは、テスが見たこともないほど美しい、白いタフタのドレスを手にしていた。袖とスカートには、レースで縁取られた淡いブルーとピンクのリボンがついている。

「とても美しいでしょう？　あるお客様のためにお仕立てしたものですけれど、そのかたはお太りになってしまって、できあがったときには着られなくなっていましたの」彼女は意地悪そうな笑みを浮かべた。「でもきっとそのかたには、ドレスより赤ちゃんのほうがよろしかったんですわね。さあ、お召しになってみてくださいな、マドモワゼル。奥のほうへどうぞ」

マダムはテスを試着室へと案内し、ドアを閉めて出ていった。

服を脱いで、エレガントなドレスに袖を通すのには、少し時間がかかった。テスは震える手でフックを留め、サイズがぴったりなのに驚いた。

ちょうどそこへマダム・デュボワが現われ、背中の最後のフックを留めた。「これを留めるのにどなたかのお手伝いが必要ですけれど、お宅には他のご婦人もいらっしゃいますわよね？」

「ええ。下宿住まいですので」テスは答えた。「ぴったりですわ！　おかしくありません？」彼女は胴の部分を引っ張りながら訊ねた。「その、ちょっと前が開きすぎじゃないかしら？」

「お客様のようなバストなら、なんの問題もありませんわ、マドモワゼル」美しいドレスをまとった、色白でブロンドのテスは、まるで絵のようだった。その姿にマダムはほほえみ、首を振った。「ご自分ではおわかりにならないでしょう。どうぞこちらへ。ムシューにお見せしなくては……」

「いえ、それは」テスはドレスの胸に両手を当てた。

「ああ、お身内にお見せするのは、きまりが悪うございますわね。そのドレスは、あなたの崇拝者のためでございましょう？　ええ、あのかたには決して申しませんわ」マダムは声をひそめた。「このことはふたりの間の秘密にいたしましょう。そのドレスはお客様のものです。でもまず、お脱がせして、箱にお入れしませんとね。お宅に着いたら、皺にならないようにすぐ吊《つ》るしてくださいましね？」

「ええ」テスは言った。ドレスの感触だけでなく、その美しいラインにも、彼女は夢中になっていた。これは一年分の給料をはたいても、ぜひ手に入れなくてはならない。それを着ていると、美人になった気がした。

　試着室を出ると、マットが辛抱強く待っていた。彼女の髪は少し乱れていたが、それは大きな帽子でほぼ隠すことができた。

「ほら」マットがドレスの箱が入った袋を手渡した。

「自分で持てるかい？」

「ええ」手袋をはめた彼女の手が、誰にも渡すまいとするようにぎゅっと袋の取っ手をつかんだ。

「いっしょに長手袋も入れておきましたわ」マダム・デュボワが言った。「ドレスに合う靴は、お持ちだと思いますけれど……」

「家にあります」テスはわずかに残っていたプライ

ドを見せた。

「でしたら、何も問題はございませんわね。では、ごきげんよう！」

「ありがとう」テスはマダムにほほえみかけ、マットが押さえてくれたドアを通り抜けた。

外に出ると、マットはふたたびテスの腕をつかみ、靴店へと進んだ。彼女がドレスに合った華奢《きゃしゃ》なサテンのパンプスを選ぶまで、彼は納得しなかった。その後、ふたりは帽子の店に寄り、彼はそこで小さなサテンのバッグと髪を飾る羽根飾りの櫛《くし》を買った。

「わたしのために無駄遣いをしすぎだわ」買った品々をかかえ、貸し馬車で下宿屋にたどり着くと、テスはとがめるように言った。

「ぼろを着て舞踏会に出るわけにはいかないんだよ、シンデレラ」マットは言った。

テスは彼のほうを見ようとしなかった。「わたしの靴はガラスではないいし、わたしは十二時になってもネズミにはならないわよ」

「ネズミになるのは、馬車の馬たちだろう？」マットは言った。

彼はテスの荷物を家のなかへ運びこみ、興味津々のマルヘイニー夫人の前を通って、彼女の部屋へと上がっていった。

「舞踏会用のドレスですの」テスはうきうきした口調で夫人に告げた。「マット兄さんが、チャリティー・パーティーに連れていってくれるんです！」

「まあ、そろそろあなたもちゃんとした社交生活を始めませんとね」マルヘイニー夫人はそっけなく答えた。「仕事と婦人運動ばかりではね！」

「まったくです」マットが言った。

彼はテスのベッドに荷物を置き、帽子を傾けると、階下に下りていった。テスの一日は終わったかもしれないが、彼にはまだ仕事があったのだ。

それからの数日間、テスはマットといっしょに出かけることばかり想像していた。それはナンを救うのに必要な行動なのだが、初めての舞踏会のことを思うとわくわくせずにはいられなかった。彼女はドレスをクロゼットにかけ、何度もドアを開けてはそれに触れて、その美しさに感嘆していた。自分が本物の舞踏会に――しかもマットと――行くことになろうとは、思ってもみなかった。

モンタナにいたころは、そんなことは夢物語のように思えた。実際、『シンデレラ』を読んで、よく思ったものだ。ドレスを身にまとい、ハンサムな男性のエスコートで舞踏会に出かけるというのは、どんな感じなのだろう？　モンタナでも、納屋でのダンス・パーティーはあったが、それは本物の舞踏会にはほど遠かった。

彼女は指折り数えて、その日を待った。病院では一心に働き、マットにとって今度の外出は仕事の一環にすぎないのだという事実は思い出すまいと努めた。

そしてついに、夢の土曜日がやってきた。テスは、マルヘイニー夫人にドレスのフックを留めるのを手伝ってもらった。夫人はドレスの美しさに見とれ、そのネックラインの深さにショックを受けた。

「何か上にはおるものがいりますよ」彼女は言った。

「ちょうどいいのを持っているから、ぜひ使ってちょうだい。ミンクなの。このドレスにぴったりだわ！」

「ミンクですって！　でも、いけませんわ」テスは反対した。

マルヘイニー夫人は優しく彼女の腕をたたいた。

「殿方はそういうことにちっとも気がつかないのねえ。外はとても寒いし、このドレスは袖がないようなものでしょう？　いま取ってきてあげますからね」

夫人はドアを閉めて出ていった。テスは髪をなでつけ、マットが買ってくれた羽根飾りの櫛を大きなウェーブのくぼみに差した。鏡のなかの高貴な美しい女性が誰なのか、自分でもわからないほどだった。その色の白さは、マットの褐色の肌を引き立てるにちがいない。彼が自分のあらをさがさないよう、テスは祈った。

マルヘイニー夫人が、彼女の肩をストールでくるみ、値踏みするように見つめた。「とってもおきれいですよ。その真珠もすばらしいわ」真珠のネックレスが首に巻かれると、そのほのかにピンクがかった色に目を留め、夫人はそう付け加えた。

「祖母のものですの」テスは白手袋をはめた手で真珠に触れた。「わたしの自慢の品なんです」

「そうでしょうとも。楽しんでいらっしゃい」

「ええ、そうします。ストールを本当にありがとう。大切に使わせていただきますわ」

「わかっていますよ」

マルヘイニー夫人は手を振ってテスを階下へと追いやった。階段の下では、マットがいらだたしげに行ったり来たりしていた。

「別に遅れてはいないでしょう」テスはやや高飛車な口調で言った。

マットは振り返り、階段に立つテスを見あげた。言おうと思っていたせりふは、すべて喉の途中で止まってしまった。彼女が下まで下りてくる間、彼は何も言わず、ただ黒く荒々しい目でその姿を見つめていた。これまでの人生で、こんなに美しいものを見るのは初めてだ。彼女を抱きあげて、さらっていきたい。はるか遠くへ。他の男がその姿を見ることがないように。彼は大きく息を吸いこんだ。自分がこれほど激しい嫉妬に駆られることがあろうとは、マットは思ってもみなかった。

10

マットの目を見て、ひどく不安になったテスは、最後の段を危うく踏みはずしそうになった。彼女は手すりにつかまって身を支え、そろそろと足を下ろした。

「上にはおるものがなくて」深いネックラインを見せまいとして、さらにストールを引き寄せながら言った。「マルヘイニーさんがこれを貸してくださったの」

「とてもきれいだよ」マットはかすれた低い声で言った。その表情は険しく、目には奇妙な光が宿っていた。

テスはむさぼるように彼を見返した。マットにこんなふうに見つめられるのは初めてのことだ。彼女は空想のなかのシンデレラのような気分になった。

だが数秒後、魔法は破られ、彼がぶっきらぼうに言った。「行こうか」

マットはテスの腕を取り、彼女を外へと導いた。彼は夜会用の服を着ていた。仕立ての美しい黒の燕《えん》尾服《びふく》に黒のズボン、糊《のり》のきいた白いシャツ、そしてボータイといういでたちだ。左手には、シルクハットと銀の柄のステッキを持っている。彼は信じがたいほどハンサムで、エレガントだった。

舞踏会はホテルで開かれることになっていた。呼んであった馬車に乗りこむと、マットは街路灯の揺らめくほのかな光のなかで、テスを見つめた。

彼のまなざしに不安をかき立てられ、テスはそわそわした。

「夜会向けのコートがなかったとは知らなかったよ。当然、持っているものと思っていた」

「だって、そんなもの……」彼女は咳払《せきばら》いした。「今夜が終われば、そういうものを着る機会もないでしょう。フォーマルな場に出ることはないんですもの……それはあなたもよく知っているはずよ」

マットは窓の外へ目をやり、つぎつぎと通り過ぎていく建物を眺めた。あまり彼女を見すぎてはいけない。彼はそう自分に言いきかせた。見れば、なけなしの自制心を失ってしまうだろう。美しく髪を結いあげ、イヴニングドレスをまとったテスの姿は、いまにも彼を崩壊させそうだった。これまでも、彼女はいつも美しかった。色あせた服を着ていてもだ。しかしあまりにもエレガントな今夜の彼女は、彼の独占欲を激しくかき立てた。まるで、テスのほうが彼よりも上流社会になじんでいるかのようだった。自分の生まれに関する彼自身の混乱と相まって、テスの優美さはひたすらふたりのちがいを際立たせ、彼女をより遠い存在にするばかりだった。ずっと胸にしまいこんでいる自らの秘密に、マットはこれまで以上のうしろめたさを覚えた。彼にはテスを独占したがる権利があるのだが、そのことを彼女は知らないし、彼には打ち明けることができない。

テスは思いきり楽しもうと心に決めていた。マットが無関心でもかまわない。自分にダンスを申しこむ男性も、ひとりくらいはいるだろう。そうすれば、マットは好きなように動ける。彼女を無視するのも自由――どうやら彼はそのつもりのようだから。テスの胸はつぶれそうだった。でも、マットの無関心にどれほど自分が傷ついているか、彼に気づかれてはならない。

ホテルは明かりに照らされ、煌々《こうこう》と輝いていた。エレガントな装いの男女がなかへ入っていく。彼らは、お仕着せ姿の御者とそろいの飾りの馬たちが引く、ぴかぴかの馬車で来場しており、少なくともふた組は自動車で来ていた。こんなに大勢の金持ちを一度に見るのは、テスは生まれて初めてだった。実のところ、この世界にこんなにたくさんの金持ちがいることさえ知らなかった。目の前の光景に、彼女はただ圧倒されるばかりだった。

彼女の腕を取り、ホテルのなかへと進みながら、マットがかすれた声でささやいた。「ぽかんとするなよ。みんなただの人間だ」

「こんな人たち、見たことがないわ」テスはすっかり魅了され、うっとりとあたりを見まわした。

「それはそうだろう」マットは辛辣に言った。「インディアン居留地では、贅沢《ぜいたく》なファッションなんて見られないからな」

テスはマットの足を踏みつけ、彼が身をすくめると冷ややかにほほえんだ。

「わたしを置いていったら？　相手くらい自分で見つけられるわ」彼女は悪意のこもった甘い声で言った。「わたしから解放されれば、きっとほっとするわよ！」

メイドがストールを取り去ると、テスの肌があらわになった。マットの視線が、ドレスの深いネックラインに注がれた。挑発的に露出された白い乳房の上部に。彼は思わず息をのんだ。このドレスがこんなにモダンだったとは。これを着た彼女がどう見えるか知っていたら、絶対に買わせなかったのに。彼女はまるでプリンセスのようだ。突然こみあげてきた激しい欲望に、彼は全身が疼《うず》くのを感じた。

マットが口を開こうとしたとき、ハンサムな若者がふたりの間にするりと割りこみ、身をかがめてテスの手にキスをした。この若者は最近まで病院にいた患者で、入院中にテスをさかんにからかっていた男だ。ふたりは親しくなったが、その友情は表面的なものだった。彼の名前はマイケル・ボーソン。裕福な青年だ。

「ずっときみを待っていたんだよ」彼は息もつかず

に言った。「明け方まで踊りまくろう。そしてそのあと、いっしょに星くずの絨毯《じゅうたん》で月まで行こうよ！」

テスはほっとして笑った。マットの黒い瞳に怒りが閃《ひらめ》くのを見たあとなので、救われた思いだった。彼女はレースの扇で若者を軽くたたいた。「口が達者なのね」彼女はからかった。「あなたの言うことなんか、ひとことだって信じないわよ」

「冷たいんだな。肺炎にかかっている間、ずっと看病してくれたのに」彼はマットに目を向けた。「この人がそうなの？」マイケルは一方の眉を上げ、大柄なマットの体をじろじろと眺めまわした。「やっぱりな。まるで殺し屋みたいだ。きっと武器を持っているんだろうね」

「マイケル、やめて」テスが言った。

「マイケル・ボーソンと申します」若者は意地の悪い笑みを浮かべて言った。「探偵をやっている、いとこのマットさんですね？　テスから話を聞いていたので、すぐわかりましたよ。彼女は病院でぼくの看護をし、その後、四歳年下だというだけの理由で冷酷にもぼくに背を向けました。年齢が情事の障害となるとは、ぼく自身は思わないんですが、彼女にはいろいろ条件があるんです。そうだよね、お嬢さん？」彼はテスのほうに笑顔を向けた。

「ええ、この人がいとこのマット・デイヴィスよ」彼女は紹介し、この思わぬ救いに感謝しつつ、マイケルの腕に手をかけた。マットの目をまともに見ることはできなかった。「わたしと踊ってね、マイケル。マットは気にしないわ。ひと晩じゅう、彼を退屈させるのはいやなの」

「喜んで彼を解放してさしあげるよ。どうかご心配なく、マットさん。彼女の面倒はぼくがしっかり見ますから。結婚式にもお招きしますよ！」

マットに答える暇も与えず、彼はテスを連れ去った。ダンスフロアでマイケルに抱き寄せられながら、テスは笑った。しかし、彼が自分の知らないダンスを踊りだすと、二の足を踏んだ。

「このダンスは知らないわ。複雑な踊りかたはどれもわからないの。ごめんなさい」彼女は言った。

「いくつかステップを教えてくださらない？」

「驚いたな。いったいきみはどこで暮らしていたんだい？」マイケルはあっけに取られて言った。

「遥《はる》かなる西部で、医者の父と暮らしていたのよ。納屋でのダンス・パーティーはあったけれど、こんな優雅なものではなかったわ」

マイケルは笑顔になった。「これはワルツだよ。別にむずかしいことはない。基本を教えてあげよう。ほら、こうやって……」

マットは氷のような目でふたりを見ていた。まっすぐ彼らのところへ行って、若者の腕からテスを引き離したかった。ネックラインの深いドレスだけでも、彼はすでにかっかしていたのだ。

近くに人の気配を感じて、マットは振り返った。ダイヤモンド・ジム・キルガレンが火のついた葉巻を手に、深く落ちくぼんだ灰色の目でじっと彼を値踏みしていた。マットと同じくこの男の髪も黒いが、向こうのはウェーブがかかっている。肌の色はマットほど濃くはないものの、褐色だ。顔は大きく、ライオンを思わせ、細い口髭《くちひげ》を生やしていた。タキシードは高級品だった。靴もそうだ。マットはこれまで、こんな間近で彼を見たことがなかった。チャリティーへの寄付などという口実がこの男に通用しないことは、すぐにわかった。

しばらくすると、ダイヤモンド・ジムはさらに近づいてきた。「あんたのことは知っている」彼は言った。「デイヴィスだな？」

マットはうなずいた。

「おれが誰か知っているか？」

再度マットはうなずいた。

ダイヤモンド・ジムは笑った。「自分は寡黙な男だと思っていたが、あんたには負けるな」彼は悔しげに言った。「あんた、口はきくのか？」

「ときには」

「ふむ。訛《なま》りはなしか。世間じゃあ、あんたのことをあれこれ言っているぞ。ロシアの公爵だとか、ジプシーだとか」彼の目が細くなった。「だがちがうな。あんたを見てると、うちのじいさんを思い出すよ。じいさんはクリー族だった」

マットは片方の眉を上げた。「おれはクリー族じゃない」

「確かに。だがインディアンだ」ダイヤモンド・ジムは静かに断言した。「とても頭の切れる勇気ある男――そう聞いている」

「注意していれば、もっといろいろ耳に入ったろうよ。たぶんまったくちがったことがな」

ダイヤモンド・ジムはゆっくりとうなずいた。

「ボウイナイフのことか」

マットは笑った。「最近は持ち歩いていない。実際に見せなくても、評判だけで充分なんでね」

「だろうな」ダイヤモンド・ジムも同意した。灰色の目がさらに細くなる。「あそこにいるあんたのいとこは、ナン・コリアーの友達だろう？　あんたたちが留置場の彼女に会いに行ったと聞いたよ。ふたりで彼女を救いだそうとしているそうだな」

「ああ。彼女はかなりまずい立場にある。旦那との関係のこともあるが、何よりも犯人が女なのは明白だからな」

「例のはさみか」

「そのとおり」

ダイヤモンド・ジムは葉巻を口もとへ持っていき、しばらく考えていた。「ちくしょう」

「それと、もうひとつ」

「その口ぶりじゃ、もうひとつよくない話ってわけだな」

どこまでこの男を信用していいものか、マットにはわからなかった。ナン・コリアーが彼を愛しているのは明らかだだが、このギャンブラーのほうの気持ちは疑わしい。女性を尊重するタイプには見えないし、噂《うわさ》によれば、女遊びもさかんだ。彼には大勢の女がいて、そのほとんどが哀れなナンよりはるかにエレガントであり、教養も豊かで、美しいのだ。

「どうした」マットのためらいを見て、ダイヤモンド・ジムが言った。「さっさとぶちまけちまえ」

「彼女は妊娠している」

ジムは顔をそむけたが、怒りを隠すのには間に合わなかった。彼はふたたび葉巻を吹かした。「あの野郎」低い声で言う。

「なんだって？」

「コリアーのやつだよ」彼は噛《か》みつくように言った。「あんな野郎は、ずっと昔に殺されていればよかったのさ！　もしも彼女が妊娠してるとしたら、それはやつが無理強いしたせいだからな！　彼女はやつに触れられるのをいやがってたんだ！」

周囲の好奇のまなざしを意識し、マットはジムの前に移動して人々の視線をさえぎった。

どうやらジムのほうも、ナンに対して強い想《おも》いを抱いているようだ。マットはここで賭けに出た。

「お腹《なか》の赤ん坊は、旦那の子じゃない」

その言葉にジムの表情が変わった。ナイフの刃のようにぎらついていた灰色の目が穏やかになり、こわばった顔も和らいだ。固く引き結ばれた唇に、ゆっくりとかすかな笑みが浮かぶ。「彼女がそう言ったのか？」ジムは静かに、畏れをこめて訊《たず》ねた。

「旦那の子じゃないと、本人があんたに言ったんだな？」

「彼女がテスに言ったんだ」マットは言った。「おれはテスから聞いた」

ジムは手入れの行き届いた美しい手をポケットに突っこみ、謎めいた笑みを口もとにたたえたまま、じっと宙を見据えていた。

「そのせいでよけいに立場が悪くなるだろうと、本人は思っている」マットは言った。

ダイヤモンド・ジムがこちらを向いた。「連中に旦那の子だと思わせておけば、問題はない」彼はすぐさま言った。「陪審も妊婦を有罪にはできない。そんなことをしてみろ、リンチ集団が裁判所に押し寄せてきて、陪審員はひとりとして生きて帰れんぞ！」

「たぶんな。だが、そもそも彼女はなんの罪も犯していない。留置場なんかにいるべきじゃないんだ」

ダイヤモンド・ジムの目が射るようにマットの目をとらえた。「おれは彼女がやっていないのを知っている。だが、なぜあんたにそれがわかるんだ？」

「長年、悪党どもを見てきた経験からさ」マットは端的に言った。「この仕事をしていると、人を見る目ができるんでね」

「こっちの仕事もそうさ」ジムはにやりとした。

「もちろん、あんたの立場からすれば、おれも悪党のひとりなんだろうが」

「ああ、それどころか地元の名物だ。観光客は湖からあんたを指さしているよ」

「罪のない一般人には手は出さないんだがな。罪がないと言えば――」彼は痰壺《たんつぼ》に葉巻の灰を落とした。

「ナンの潔白はどうやって証明すればいいんだ？」

マットは両手をポケットに突っこんだ。「まだわからんな。捜査中なんだ。部下たちに近所の聞き込みをさせているところでね」

「親切だな」

「いいや、ちがう」マットは正直に言い、テスのほうへ目をやった。彼女はあの若いダンス・パートナーと楽しくやっているようだった。「こうせざるをえなかったんだ。彼女が――」笑っているテスを、いらだちをこめて指し示す。「あのアパートメントの部屋をひとつずつまわろうとしていたんでね。そのうち、悪い男にでくわすんじゃないかと気がかりだったんだよ」

好奇の目が、ちらりとマットに向けられた。「きれいな娘じゃないか。身内とは残念だな」

「身内じゃない」マットはそっけなく言った。「彼女がここへ来たとき、便宜上そういうことにしただけだ。父親が死んで、彼女にはもう誰もいなかったものでね。おれは彼女の一家の昔からの友人なのさ」

「きっとおもしろいいきさつがあるんだろうな」

「おれはスー族なんだ。シカゴにはテス以外、それを知る人間はひとりもいない」

ふたりの男の間で視線が交わされた。ダイヤモンド・ジムは葉巻に目をもどした。「おれは口が固い男だ」ややあって、彼は言った。「何を聞いても人にはしゃべらんよ」

マットは黙っていた。ダンスフロアのテスを見つめるうちに、その目がさらに細くなった。

ダイヤモンド・ジムが葉巻のケースを差し出した。

マットはそれをじっと見つめた。

「別に侮辱しようってわけじゃないぞ」

相手が何を言っているのか、しばらくはのみこめなかった。やがて、葉巻店の入口に必ず木彫りのインディアンが飾られていることを思い出し、マットは笑いを爆発させた。

ダイヤモンド・ジムも笑った。「本物は顔に化粧はしてないんだな。わかってよかった。一本取れよ」

「どうも。上等の葉巻には目がなくてね」

「こいつはハバナ産だ。最高級品だぞ」火を差し出され、マットは身をかがめた。

「ありがとう」

「ここで暴れられちゃ困るからな」ダイヤモンド・ジムはにやりとした。「両手がふさがっていれば、まあ安心だ。あんたがあの……いとこと踊ってる男をぶちのめすこともないだろう」

マットは顔をしかめた。「何を言っている？」

「あの娘を眺めているときの自分の顔を見ればわかるだろうよ」ジムは皮肉っぽく返した。「あんた、あの娘とねんごろになっちゃまずいと思っているんだな？」

マットは目をそらした。「彼女は白人だ」

「あんたもそうさ」ジムは静かに言い、マットの視線をとらえた。「それは必ずしも血の問題じゃないんだよ。あんたは長いこと白人として生きてきた。正直に言ってみろ。昔の生活にはもうもどれないと……」

マットは葉巻を吹かした。「もといたところに留《とど》まっていたら、おれはおそらく殺されただろう」彼は部屋の向こうのテスを見つめた。「そのほうがよかったのかもしれないが」

「馬鹿を言うな」

マットはため息をついた。「いや、そうさ」

ダイヤモンド・ジムは通りかかった女性に会釈した。優雅で洗練された、世慣れた感じの目をした女だ。彼女はジムに熱っぽい視線を送ったが、彼は無視した。

マットの好奇のまなざしに気づき、ジムは肩をすくめた。「あんたは、ナンの赤ん坊の父親が誰か知ってるんだろう？」

マットはうなずいた。

ジムはほほえんだ。その目は温かく、穏やかだった。「数カ月前までは、子供を持とうなんて思ったこともなかったがな。彼女は料理や掃除が好きでね。

皿洗いしながら鼻歌を歌うんだ。それに笑うと目がきらきらするし」彼はきまり悪げにマットを見やった。「これまで数えきれないくらい大勢の女と関係してきたが、どれも一時のお遊びにすぎなかった。だがナンのことは忘れられなかった。ひと目見て、彼女がほしくなったんだ。彼女に対するコリアーの扱いを見れば見るほど、やつを殺して、彼女にいい暮らしをさせてやりたくなった」彼の瞳が一瞬、燃えあがった。「おれはやってない。だが、やってやりたかったよ」ジムはぶっきらぼうに言った。「やつが彼女を殴ったんだ。だから階段の下までぶっ飛ばしてやった。あんたの部下たちからも、報告があるだろうよ。住人の何人かが、やつが転がり落ちるのを見ているからな。もちろん事情を知ってるわけはないが、連中は馬鹿じゃない。おれはナンを表に連れ出して、ホテルまで送ってやった。そして彼女の姉貴に、女どもの集まりに迎えに来てくれ、とメッセージを送ったんだ。そのあとおれは、彼女を馬車に乗せた。ナンもおれも、姉貴たちと落ち合うなら人なかのほうが安全だろうと思ったのさ。姉貴には、何があったか話さないことになった。コリアーに殴られたとだけ言おうとふたりで決めたんだ」

「そのせいで自分がどんな立場に追いこまれたか、わかっているのか？」

「もちろん。おれは第一容疑者ってことになる。もっともおれが誰かを殺す気なら、ちゃんとそいつの目を見てやるがね。それにコリアーを殺すなら、はさみなんかじゃなく、この拳でやるさ」

「正直に話してくれて助かったよ。容疑者リストにあんたが載らないよう手を打ってみよう。あそこの警察署には、何人か友人がいるんだ」

「おれには友人はいない」ジムはぶっきらぼうに言った。「抱きこんでいる連中はいるがな」

「この悪党め」

「そうとも。そうあるべく努力しているさ。ただし、ナンの前では別だが」ジムは深く息を吸いこんだ。「彼女はおれを求めた。おれの金や名前でなく、おれ自身を。そんな女はこれまでひとりもいなかった。こいつはおれにとっちゃ新鮮な経験だよ。愛されるってのはな」

確かに新鮮だろう。だがそれだけではあるまい。この手の男がここまで落ちてしまったわけだから。シカゴに来て以来、マットはダイヤモンド・ジムにまつわる噂をいろいろ耳にしてきたが、そのなかに、甘さや弱さを示唆するものはひとつもなかったのだ。

「ショックかい？」ジムはニヒルな笑みを浮かべた。「まあ、男はみんな、遅かれ早かれ、女の手に落ちるんだろうよ。いいか、ナンが自由の身になったら、おれは彼女といっしょになるつもりだ。家やきれいな服を買ってやるし、子供は大いに甘やかす」彼は顔をしかめ、うんざりした様子で付け加えた。「堅気になるかもしれん。親父《おやじ》のせいで子供がつまはじきにされちゃかわいそうだからな」

マットは笑った。

「いまの話、誰かにばらしてみろ。あんたの死体が、暗い路地で発見されることになるからな」ジムは言った。

マットはただにやりとした。

ダイヤモンド・ジムは片方の足からもう一方へ重心を移した。「ナンを訪ねてやりたいが、これ以上、彼女の立場を悪くしたくはない。おれが行けば、彼女の評判はますます落ちるだろうから」彼はそっけなく言った。「だが胸が痛むよ。彼女は留置場にいるってのに、おれはパーティーなんかに出てるなんてな」

「慈善パーティーだろう」

ダイヤモンド・ジムは大きな肩を揺らした。「ああ、おれの育った孤児院のためのな。あそこは新しい屋根が必要なんだ。それにストーブも古くて、買い換えないと」

マットはジムの顔を見つめ、そこに苦難の生い立ちを見て取った。

「あんた、家族は？」ジムが訊ねた。

マットは首を振った。「父親はリトルビッグホーン川で死んだ。母親と妹たちは、ウーンデッドニーで」その目は、怒りと苦悩で暗くなっていた。「いまのおれには、テスしかいない」彼は彼女をちらりと見やった。

ダイヤモンド・ジムは、葉巻を振ってみせた。

「あれをなんとかしないと、あの娘もじきに失ってしまうぞ」テスは壁際に立っていた。相手役の男は壁に片手をついてその真正面に立ち、わがもの顔に彼女のほうにかがみこんで、さかんにしゃべっている。

「彼女にはやつがいいんだよ」マットは歯ぎしりした。

「そうかもしれん。だがあの娘、おれたちが話している間、何度もあんたを見ていたぞ。あんたが目を離すたびに」

「本当か？」

ダイヤモンド・ジムは惜しそうに首を振った。

「おれなら、ああいう女にあんな切なげな目で見られたら、お互いのちがいなんぞ屁《へ》とも思わんがな。あんたは大馬鹿者だよ」

「なんだって？」

「気をつけな。顔に戦いの化粧が浮き出てきたぞ」

ダイヤモンド・ジムは笑った。マットがなんとか自分を抑えるのを、彼はじっと見守っていた。「あんたはよく寄付をする。だが舞踏会には決して来ない。なぜきょうはここにいるんだ？」

「理由はいろいろある。ひとつは、いま話してくれたようなことを聞くためさ。これであんたを容疑者リストから削除して、本物の殺人犯をさがせるよ」

「そりゃあどうも」

ジムの不快げな顔つきを見て、マットは笑みを浮かべた。「こっちはあんたのことをまるで知らなかったんだ。評判が評判だけに、殺しだってやりかねないと思ってね。ちゃんと確かめたかったんだよ」

「ここに来た理由はいろいろあると言ったな？」

「ああ」マットはあたりを見まわして、ジムのほうへ身を寄せた。「実は、ナンの監視役の看守をなんとかしようとずっと動いているんだ。この話、きっとあんたは気に入らないだろうな」

「さっさと話せ！」

「そいつ、ナンに言い寄っているんだ。彼女の義理の兄貴もおれも、彼女をどこかへ移させようとした。ところがどうにもならない。女の看守だっているのにだ。それで、その看守の息子が、われらが市長と同窓ときてる。どういうことかわかるだろう？」

「それくらいなんとでもなる」ダイヤモンド・ジムは言った。マットは一瞬、この男にまつわる噂をすべて信じそうになった。彼の表情はそれほど凶悪だったのだ。「こっちで手を打とう」

「助かるよ。おれにもコネはあるが、政治的に使えるやつはいなくてね」マットは肩をすくめた。

「あんたはなかなかいい男だな」ダイヤモンド・ジムは言った。「ナンのために働いてくれたことは、忘れないよ」

「テスのためさ」一拍置いて、マットは言った。

「彼女、友達にひどく忠実でね。ナンが好きなんだよ。テスが助けを求めているのに、断わるわけにはいかない。彼女が助けを求めるなんて、めったにないことだからな」

「あの娘をあいつといっしょに行かせる気か？」ダイヤモンド・ジムは、テスとダンスの相手のほうへ顎をしゃくった。

「彼女はそう望んでいるようだ」マットは乾いた声で笑った。「おれは彼女に、弓の射かたを教えてやった。それにスー族の言葉も。当時の彼女は、レディというよりお転婆娘だったよ。その後、おれは遠くへ行き、すべてが変わってしまった」彼はダンスフロアのテスを、いつまでも消えない痛みとともに見つめた。「彼女はわかっていないんだよ。もしもおれと関係し、おれの素性が地元に知れ渡ったら、自分の人生がどうなるか」

「あの娘が気にすると思うのか？」

マットはジムを見つめた。「おれは気にする」

「彼女はいくつだ？　ナンより年上に見えるが」

「二十六だよ」

「ずっと独り身か？」

「結婚したくないんだそうだ。女権拡張論者でね。集会だの、デモだので忙しい」マットは首を振った。「いまは、主義のために一生を捧《ささ》げたいと言っている」

「選択肢があることを知らないのかもしれないぞ」

マットはジムをにらんだ。「知らないわけがないだろう。別の選択肢がすぐ横に立って、彼女の手を握ろうとしているんだからな」彼はテスの相手の男を示した。「やつのうしろにも、たくさんの男が列を作って待ってるだろうよ」

「もちろんこれは、あんた自身の問題だが」ダイヤモンド・ジムは葉巻を吹かした。「もしもあの娘が自分のものだったら、おれは彼女を抱きあげて、外に運び出すね。ああいう気の強い娘には、不意打ちがいちばんなんだ」

「彼女が気が強いとなぜわかる？」

ジムはにやにやした。

「ナンがあの娘の気骨にほれてるからさ。ナンがコリアーとの関係を終わらせることにしたのも、彼女の影響でね。世間がなんと言おうと、女が男の虐待に耐える必要はないと言われたんだそうだ」彼は考え深げに付け加えた。「考えようによっては、それがナンをおれの腕に飛びこませたわけだな。あるとき彼女は、コリアーがどんな乱暴を働くか話していた。そしてつぎの瞬間、おれの膝にすがりついて泣きだしたんだ」その思い出に、ジムの目がきらめいた。

「おれにしてみれば、あんなふうに必要とされるのは、まったく新しい経験だった。それがすべての始まりさ」彼はため息をついた。

「どういうわけか、彼女が人妻だってことは、ちっとも気にならなかった。まるで考えもしなかったよ。おれに言わせれば、コリアーみたいに女房を虐待する男は考慮に値しないんだ。おれたちは愛し合っている」彼は足もとに視線を落とした。「彼女を失うわけにはいかない」

「失いやしないさ」マットは重々しく言った。「彼女は潔白だ。あとはただ、それを証明して——真犯人を見つけるだけだ」

「犯人は女にちがいない」

「おれもそう思う。となると、謎のミスター・コリアーの過去もしくは現在の愛人を見つけ出さないとな」

「やつは麻薬をやってたよ。知っているか？」

「ああ」

「その方面も当たってみる価値があるかもしれない」

「覚えておこう。協力に感謝するよ」

ダイヤモンド・ジムは肩をすくめた。「これは自分のためさ。これまで、おれにはいいことなんかひとつもなかった。ナンとのことは大事にしたいんだ」

マットはそのギャンブラーの顔を見つめて、ほほえんだ。「何かわかったら知らせるよ。とりあえず、例の看守の件をなんとかしてくれ。いまの彼女にはそれがいちばんだ」

「そいつは明日の朝、退職する。まあ見ていろ」

マットは笑みをこらえきれなかった。この男には確かに独特の魅力がある。

黒い瞳がテスの姿をさがし求めて、会場内を見渡した。そして突然、マットは彼女がいなくなっているのに気づいた。さらにあたりを見まわしながら、彼は一歩前に出た。

「あのふたりなら、外へ出ていったよ」ダイヤモンド・ジムが教えた。

マットは痰壺に葉巻を投げ捨て、ドアに向かった。テスを見つけてどうするのかは、まるで考えていなかった。ただ、彼女があの気取った男とふたりきりでいると思うと、我慢がならない。そして彼には、それを黙って見ている気もなかった。

11

あと少しでドアにたどり着こうというとき、若く美しい黒髪の女性がマットの前で足を止めた。彼女は、黒いビーズをちりばめたタフタのドレスをまとっていた。それは、ジム・キルガレンに色目を使っていた女たちのひとりだった。

「あら、あなた」彼女はビロードのような声で言った。「あの探偵さんですのね。わたしを覚えていらっしゃる？」

マットはまじまじと彼女を見つめた。懸命に頭を働かそうとしたが、テスがあの好色な男とともに外にいると思うと、それはたやすいことではなかった。

「いいえ」彼の声は、意図した以上にぶっきらぼうに響いた。

女性は近づいてきて、手袋をはめた手を彼の腕にかけた。「ダフネ・マロリーですわ。ハート・マロリーの娘ですの。父の依頼で、横領の調査をしてくださったでしょう？」

「ああ、そうでしたね」

彼女はほほえんだ。「一度、夕食にお招きしたのに、来てくださいませんでしたわね」そう言うと、見たこともないほど青い瞳で、不自然に長い睫毛《まつげ》ごしに、じっと彼を見つめた。「もう一度お招きしたら、今度は来てくださるかしら？」

マットには彼女を相手にする気はなかった。ところがそのとき、やや乱れた姿のテスが、あの若者をあとに従え、息を切らして入ってきた。彼女は手で顔をあおぎ、まるで連れを待ちかねているように、肩ごしにちらりとうしろを振り返った。それを見てマットはかっとなった。

テスの視線を意識しながら、彼は向きを変え、ダフネ・マロリーの目をまっすぐに見つめた。「踊っていただけますか、ミス・マロリー？」

「ええ、喜んで、ミスター・デイヴィス！」

マットはダンスフロアへと彼女を導き、腰に腕をまわすと、踊りはじめた。それは、テスが見たこともないほど美しいダンスだった。彼女はマットと踊ったことはおろか、彼が踊るのを目にしたことさえなかった。その巧みさは驚きだった。動きがあまりに優雅なので、生まれたときからワルツを踊っているようにさえ見える。洗練された美しい女性と踊る彼の姿に、テスの胸は痛んだ。彼女はたったいま、マイケル・ボーソンの抱擁から逃れてきたばかりだった。知らぬ間に彼をその気にさせていたらしく、気がつくと外へ誘い出され、キスされそうになっていたのだ。

自分たちが出ていくのをマットが見ていればいい、

嫉妬してあとを追ってきてくれればいい。心のどこかにはそんな思いもあった。それなのに彼は、あの美しい女性と踊っている。彼女に心惹《ひ》かれていることは、火を見るよりも明らかだった。

「ごめんよ」かたわらのマイケルがためらいがちに言った。その顔は不安げだった。「さっきの行動は紳士的とは言えなかったね。二度とあんなまねはしないよ」

テスの目が燃えあがった。「二度とあんなチャンスはないわ」彼女は冷たく言い放った。「もう一度、外に行って、誰かもっとふしだらな女性を見つけたら？」

マイケルは息をのんだ。

「わたしの態度が誤解を与えたなら、ごめんなさい」彼女は目をそむけ、いまさらながらあやまった。「ただ楽しくふざけあっているつもりだったの。暗がりでの短い情事へのプレリュードだとは、思ってもみなかったのよ！」

マイケルは口を開きかけたが、ちょうどそのとき、ダイヤモンド・ジムがぶらぶらとテスのかたわらにやってきた。その手には吸いさしの葉巻がある。彼はマイケルに目を向けたが、それは明らかに、相手をほんの小僧っ子のような気分にさせるためのまなざしだった。

「あっちへ行くんだ、坊主」あざけりの笑みとともに、彼はマイケルに言った。「この人はきみの手には負えんよ」

「わかりました」マイケルは即座に言った。残念そうな、詫《わ》びるような視線をテスに投げ、彼は歩み去った。

テスは、町の人々が悪党と呼ぶ男を見あげた。

「あなたは人殺しには見えないわ」彼女は明るく言った。

ひょいと眉を上げて、彼は笑った。「それはどうも！」

テスは小さなバッグをぎゅっと握りしめ、申し訳なさそうに笑った。「すみません、つい口がすべって」

「彼、あなたが出ていくのを見ていましたよ」ダイヤモンド・ジムはそう言って、ダンスの相手以外のものは一切眼中にないらしいマットを顎で示した。「あなたがもどってきたとき、ちょうどあとを追おうとしていたんです」

「本当に？」テスの淡い緑の瞳が輝いた。その目は、ジムが思わず見入ってしまうほど、憧憬と希望とに満ちあふれていた。

「その途中であのご婦人につかまったんですよ」ジムは言った。「しかし、彼の降伏には、入ってきたときのあなたの様子も影響しているでしょうな」

「そういうことじゃなかったんです」

「マイケル・ボーソンのことは知っています」思いがけずジムが言いだした。「処女に目がない金持ちのぐうたら息子ですよ」

テスははっと息をのんだ。その顔が真っ赤に染まった。

ジムは意地悪く笑った。「知っているでしょう？　わたしは悪い男なんです。逃げられるうちに、逃げておくべきでしたね」

「なんて……なんて人なの！」

ショックを受けているテスにジムがにやにや笑いかけているとき、マットがふたりの姿をとらえた。彼はダンスのパートナーからすばやく身を離すと、ひとこと相手に断わるなり、一直線にふたりのほうへ向かってきた。

「ほうら、トラブルだ」ダイヤモンド・ジムがそう言って、いたずらっぽく目をきらめかせた。

「わざとあんなことを言ったのね！」テスは叫んだ。

「シーッ！　彼には黙っていなさい！　どうするか

見てやりましょう」

マットはテスのまん前で足を止めた。いかつい顔にかすかに見られた優しさは、いまやあとかたもなかった。

「この男にはかまうな」マットはスー族の言葉で命じた。「きみの手に負える相手じゃない」

テスは彼をにらんだ。「自分の相手は自分で選ぶわ」彼女もスー族の言葉で答えた。「あのすてきな人のところへもどりなさいよ！」

ダイヤモンド・ジムは大いにおもしろがっていた。唇を引き結び、ふたりを見比べてつぶやく。「それはロシア語じゃないな」

ふたりはそろってジムを見た。テスはさらに赤くなり、マットは顎をこわばらせた。

「彼女に何を言った？」彼は英語でダイヤモンド・ジムに訊《たず》ねた。

「ああ、ただ、ボーソンは処女が大好きなぐうたらの悪党だと警告しただけさ。詳しくは、あんたから説明してくれ。彼女は年の割に幼いな。とてもうぶだ」ジムは「失礼」と言い、料理のカウンターのほうへと歩み去った。

「ずいぶん無遠慮な人ね」テスはひどく動揺していた。「あなた以上だわ！」

「いくら魅力的でも、やくざ者だからな。しかしボーソンについては、彼が正しい」テスのドレスの胸もとをとらえ、マットの目が細くなった。半ばむきだしになった白い乳房の一方に、かすかに赤いあとがついていた。彼は目に怒りをたぎらせて、彼女の目を見据えた。

「彼が……」テスはつぶやき、あたりを見まわした。周囲には人がたくさんいる。これでは、話をすっかり聞かれてしまうだろう。彼女はスー族の言葉に切り替えた。「彼の上着のボタンのせいよ」彼女は短く言った。「ひっぱたいてやったわ！　彼の左の頬を見せてあげたかった」

マットの怒りは消えた。緊張が解けたようだ。しかし、彼がドレスの胸もとからなかなか目をそらせずにいることに、テスは気づいた。

「知りたかったことがわかったよ」マットは謎めいた口調で言い、彼女の腕を取った。「もう帰ろう。遅くなってしまう」

テスがメイドからストールを受け取ると、マットはそれを彼女の肩にかけた。ふたりは招待主とミス・マロリーに急いで別れの挨拶をした。ミス・マロリーは新たなパートナーのかたわらに立っており、最後に一度、残念そうな視線をマットに投げかけて手を振った。

外に出ると、テスはマットの横顔を見あげた。

「まだいたかったんじゃないの？」彼女はそっけなく訊ねた。「彼女が淋《さび》しがるわよ」

マットは答えず、ただテスの腕を取って、貸し馬車へと導いていった。だが驚いたことに、彼が御者に告げたのはふたりの下宿屋の住所ではなかった。それは、まったく別の行き先——ミシガン湖だった。

彼はテスの隣に乗りこむと、座席に背中をあずけて脚を組んだ。その顔はひどく険しく、近寄りがたく見えた。テスはもう口を開かなかった。感情を爆発させてしまったことが恥ずかしい。馬車が揺れながら進む間、彼女の手は、小さなバッグをぎゅっと握りしめていた。その夜はとても寒く、ちゃんとしたコートがないのが悔やまれた。毛皮のストールは実用的というより、装飾用であることがわかった。なぜマットは、こんな時間にミシガン湖などへ行くのだろう？　砂浜を散歩したいとでもいうのだろうか？

目的地に着いてもなお、マットは何も教えてくれなかった。彼は帽子とステッキを座席に残し、彼女が馬車から降りるのに手を貸した。御者にはそこで待つように言い、彼女の腕を取ると、彼は砂浜へと向かった。

「冷えこんでいるから、散歩には向かないわよ」テスは寒さに奥歯を嚙《か》みしめた。

「寒いのか？」マットは足を止め、向き直った。今夜は満月で、月明かりを浴びたその顔に、真剣な表情が浮かんでいるのが見えた。気がつくと、そこは道からも馬車からも見えない場所だった。

「腕が……むきだしだから」彼女は言った。

「腕も胸もだ」彼はそっけなく言った。「あの野郎、きみをじろじろ見ていたよ。胸のあとはボタンのせいだと言うが、おれは信じないぞ。きみはやつに手を触れさせたんだろう？」

テスは息をのみ、かっとなった。「相手が誰であろうと、そんなまねは——！」

「おれにはさせたじゃないか」マットは怒りに駆られて言った。「もう忘れたのか」

彼がテスの肩からミンクのストールをするりと取り去った。気がつくと、それはもう地面に落ちていた。

マットのつぎの行動は、衝撃的だった。テスが息つく間もなく、頭を下げ、彼女の胸の赤いあとがある部分に強く口を押しつけたのだ。

テスは息をのみ、身を固くして、彼の両腕をつかんだ。しかし彼の唇は、彼女を歓《よろこ》びにしびれさせていた。口が開かれ、彼の舌が肌をそっとなぶる。

いきなり、マットは身を引いた。強く美しい両の手がドレスの深いネックラインをさぐっていき、やがて布地をぐいと開いて、乳房をあらわにした。

冷たい夜気のなかで、彼は長いこと、固くなった赤い乳首を見つめていた。それからふたたび頭を下げた。一方の乳首を白い歯の間にそっととらえ、軽く嚙んだ。

テスは怯《おび》えていた。彼の怒りと、その歯の感触に。

それが体の奥に呼び覚ました興奮に。彼女は身震いした。

彼の大きな手が、優しくテスを包みこむ。彼は顔を上げ、彼女の目をのぞきこんで、かすれ声で訊ねた。「痛かった？」

テスは、ええ、と言いたかった。身を引き離して逃げたい。その場に横たわり、彼の唇を引き寄せたい……。

「あなた……噛んだわ」彼女は震えながらとがめた。

マットの手がゆるみ、そっと肌を愛撫《あいぶ》する。その間も、彼の目はショックの色が浮かんだ彼女の顔を見つめていた。彼の指が固い乳首をもてあそぶ。テスは身震いした。マットには、それが寒さのせいではないとわかっていた。

「キルガレンの言うとおりだ」彼はささやいた。「きみはまだ青い」

「青々している……」テスはささやき、ふいに悟った。彼も自分と同じくらい渇きを覚えているのだと。

彼女は背をそらし、身を寄せると、息づまるような期待をこめて彼を見あげた。抗《あらが》う気はなかった。抗いたいとも思わない。今夜はずっと、彼にキスされることだけを望んでいたのだから……。

彼女の緑の瞳が、マットが抱いているのと同じ激しい欲望にきらめいた。「お願い……！」彼女はささやき、彼の首に両腕をまわした。「マット……お願い……もう一度！」

マットの心臓がドクンと打った。温かな手が彼女を包みこみ、引き締まった乳房の下をさぐっていく。唇はそっと彼女の唇に重ねられていた。理性の小さな声に耳を貸すことなどできない。彼はテスに触れており、彼女はその愛撫を許し、彼を求めている。

それは何日も前、ポーチの暗がりで、ふたりがお互いをむさぼったときと同じだった。ただ、いまはかすかな月明かりで彼女の姿が見える。その肉体はすばらしかった。彼女は、彼がこれまで夢見てきたすべてだった……。

マットは彼女の口を囓《かじ》り、つづいて唇を鎖骨の下まですべらせていった。固い乳首を舌がなぶる。ついに彼女が小さく声をもらした。彼の口が開き、その温かな闇のなかにすっぽりと乳首をくるみこむ。舌が愛撫を繰り返し、やがて彼女はのけぞって身を震わせた。

舌は乳首の下側で貪欲に動いている。その愛撫に彼女は思わず声をあげた。

その声は、さらに彼の欲望をあおった。空いているほうの手が、彼女の背を下りていき、ヒップをとらえる。彼女の下腹部が彼の下腹部にぴったりと引き寄せられた。マットはテスの体をゆっくりと上下に揺らし、やがて彼女は彼が固くなるのを感じた。

テスは狼狽《ろうばい》し、彼の胸を押し返そうとした。

彼は顔を上げた。テスの顔には、かすかにパニックの色が浮かんでいた。彼の手はいまも彼女の肌に触れていたが、その瞳を見つめるうちに、手にぐっと力が入った。彼は堤防の壁に寄りかかり、両手で彼女のヒップをとらえて開いた脚の間に引き寄せると、固くなったものを押しつけた。

テスは抗議しようとしたが、彼は容赦がなかった。

彼女は身震いした。その目は大きく見開かれていた。衝撃と驚きと恥じらい、そして何よりも欲望によって。脚の間でゆっくり揺さぶられながら、彼女はマットを見つめずにはいられなかった。

「きみは純真な人だ」マットはささやいた。「だが男の体のことを何も知らないわけじゃない。おれが怪我《けが》をしていたとき、ある朝早く、きみは上掛けをめくって、この体を見たからね。あのときは、まだおれが眠っていると思ったようだが」

テスの顔が深紅に染まった。

「気づいていないと思っていただろう？」彼は静か

に言った。「かなり気まずい出来事だから、話題にするのもはばかられてね。きみはまだほんの子供だったよ、テス。でもおれは、きみに見られて快感を覚えた。信じられないくらいに」彼は共犯者めいた笑みを浮かべた。「その目で見たから知っているね。きみが息をのむのが聞こえたよ。そしてきみは上掛けを取り落として、逃げていった」

「あなたが知っていたなんて思ってもみなかったわ」テスはうろたえていた。

「知っていたさ」彼は厳かに言った。「東部へ行けというきみのお父さんのすすめに耳を傾けはじめたのは、そのときからなんだ。きみはまだ十四だったが、すでに体は一人前の女性だった。おれはその体がほしかった」

テスの唇が開いた。「そんなそぶりは少しも……」

「見せられるわけがないだろう」彼は荒々しくさえぎった。「きみはまだ子供だった。あんな気持ちを抱くなんて、自分が恥ずかしかったよ。おれは自分にできる唯一の方法できみを保護し、その後、シカゴ行きの列車に乗ったんだ」

保護とはどういうことだろう？　テスは考えようとした。しかしマットの手はさらに執拗《しつよう》になり、彼は固くなった部分に彼女をさらに引きつけた。

「これを感じてくれ」テスの紅潮した顔を見つめながら、彼は歯を食いしばってささやいた。「こんな疼《うず》きは初めてだ。それなのにきみが処女とはな！」

「それは……あなたに勇気がないからよ。わたしを抱こうとしないから」テスは乱れた声で言った。

「そのことはわかっているんでしょう？」

「もちろん」彼の声はかすれていた。「ずっと前からわかっていた。でもきみのほうもわかっているはずだ。ふたりの関係に未来はないと」

「なぜ？」テスはうめくように言った。

「なぜなら、白人の世界にいるかぎり、ふたりの間にはちがいがありすぎるからだ。おれはきみに何も与えてやれない」彼は断言した。その目がテスのむきだしの胸に落ちた。彼女の歓びと奔放さを熱く意識しながら、マットは乳房に触れた。「何ひとつ」彼はささやき、彼女を固く冷たい壁に寄りかからせた。「これ以外は……」

彼の手が下に伸び、すべすべしたドレスの縁をとらえた。指がストッキングをするするとなであげていく。ガーターベルトのスナップへ、やわらかなモスリンのズロースへと。

テスは小さく叫んで、思わず彼の手首をつかんだ。しかしマットは意に介さず、喉の奥でうめきながら、ふたたび頭を下げて彼女の乳首を口に含んだ。

テスの手が頭の両脇で拳になった。彼の指がズロースのなかへすべりこみ、彼女は身震いした。自分が濡《ぬ》れているのがわかる。マットもそれを感じているのだと思うと、かすかに気まずさを覚えた。彼の手がわずかに動いた。すると快感が全身を貫き、激しい歓びに彼女は思わず声をあげた。

彼の口が乳首から離れた。マットは秘められた場所をさぐりながら、彼女の目を見つめた。息も絶え絶えの彼女を見守り、その震えを感じた。

「きみはこれまで何も知らなかった。そうだろう？」彼はささやいた。細められた目は熱っぽく、官能的だった。「しかもこれは、おれが与えられる歓びのほんの一部にすぎないんだよ」

テスは答えることができなかった。甘く狂おしい高まりに突き動かされ、彼女は腰を揺らした。彼の手をあおり、駆り立て、さらなる快感を得るために。口を開き、彼の愛撫に合わせて、リズミカルにあえぎながら。彼の顔が険しくなるのが目に映ったかと思うと、全身が硬直し、彼女は身をそらしてすすり泣いた。その快感はあまりに激しく、開いた傷の熱い疼きのようだった。

彼女は震えながら、彼の胸にもたれた。心臓は狂ったように鼓動している。手は支えを求めて、彼の腕をぎゅっとつかんでいた。

テスの耳に彼の荒い息遣いが聞こえた。マットの口が喉に押しつけられ、その手が彼の平らな腹部へと彼女の手を導いていく。そしてさらに下へ、ズボンの生地の上へと。そんな経験は初めてだった——そんな形で男性を感じるのは。

びくりと身をすくめると、彼の指がふたたび動いた。あの快感がさらに激しくなってもどってきた。彼女は思わず息を止めた。

「助けてくれ」マットが切迫した口調でささやき、彼女の手を押さえて、ゆっくりと動かしはじめた。

「だめだ、手を引っこめないで！」彼はうめいた。

「お願いだ、テス、耐えられない！」

マットは彼女の手を、固くこわばった自らのふくらみに強く押しつけた。彼の頬が彼女の頬をかすめる。みだらな言葉をささやきかけながら、彼は震えていた。そしてテスの手を動かしつつ、自分もゆったりしたリズムで彼女を刺激しつづけ、ついにはうめき声とともに絶頂に達した。歓びに身を震わせながらも、彼はうめいていた。その指がふたたび彼女のなかに入ってくる。今度は前よりもっと深く……。

痛みを覚え、テスは声をあげた。

マットが顔を上げて、彼女の目をのぞきこんだ。彼自身の瞳は、陶酔と欲望にかすんでいる。「目をそむけないで」見知らぬ誰かのかすれた声でそう言うと、彼は膝を使って彼女の両脚をさらに大きく開かせた。指がふたたび動きだし、テスは焼けつくような鋭い痛みを感じた。

「マット……何をしているの？」彼女はささやいた。

「わからないのか？」彼はぎゅっと身を押しつけ、ショックの浮かんだ彼女の目をとらえたまま、強く指を動かした。

彼女の口が開いた。まるで、その部分が燃えているようだった。体がこわばり、涙が目を刺す。やがて、ゆっくりと痛みは和らぎはじめた。マットはその部分に触れたまま、彼女の瞳をさぐっていた。

突然、彼が何をしたかがわかった。自分が彼に何をさせたかが。テスの顔が深紅に染まった。口をきくことができない。呼吸することも、考えることもできなかった。

「それほど悪くなかっただろう？」彼はささやいた。その声は優しく、張りつめていた。彼は彼女の目を見つめた。「おれが何をしたかわかるかい？」

言葉が出てこない。テスはただうなずいた。

マットの視線が、彼女の腫れた唇へ、さらに、先の固くとがった乳房へと落ちた。彼の手がそっと動き、テスはひるんだ。マットはドレスの裾からそろそろと手を出し、彼女はあの部分がふたたび濡れているのを感じた。

マットがハンカチを取り出し、それを指に巻きつけてから、もう一度スカートを持ちあげた。その間も、目はテスの顔を見つめたままだ。ハンカチのやわらかな生地が触れると、彼女はまた身をすくめた。

「ごめんよ」彼女の唇に、マットはささやきかけた。

「痛かったろう」

テスは唾をのみこんだ。「わたし、処女を失ったのね？」

「いいや、ちがう、挿入はしていないからな」彼は静かに言った。「それでも、おれはきみの初めての男だ」

彼の手がふたたび動き、スカートがくるぶしへと落ちてきた。

「これでいい」声に優しさをにじませ、マットは言った。「気持ちが悪いだろうが、きれいなドレスを汚さずにすむよ」

そのあと彼は、テスの震えが止まるまで無言で彼女を抱き、そのむきだしの背中をそっとさすっていた。

テスは、彼の背後の暗い湖を見つめた。たったいま自分たちがしたことに衝撃を受け、心は乱れていた。あんな常軌を逸したまねは、これまでしたことがない。確かに、他の女性たちがこの手の体験を語るのを聞いたことはある。避妊の手段を持たない女性の多くは、許婚《いいなずけ》の男性とそうした形で睦《むつ》み合うのだ。けれどもテスは、最愛の人とのそんな行為を、いまのいままで夢に見たことさえなかった。彼女は歓びに打ち震え、マットの胸にさらに身を寄せた。

マットは顔をあげ、彼女を見おろした。彼はそっとドレスを引きあげ、冷たくなった乳房を覆い隠した。それからストールを拾いあげ、砂を払うと、優しく彼女の肩にかけた。

「わたしたち……もう行かなきゃ」テスはぎこちない声で言った。

「あやまったほうがいいのかな？」マットが静かに訊ねた。

テスは首を振って、馬車の待つ方角に向き直った。心は千々に乱れており、平静を装うことすらできなかった。

砂浜をもどっていく途中、彼女は足を止め、マットを振り返った。彼はいつもどおり完璧で、超然としていた。その黒い瞳には、なんの感情も表われていない。

「おれの顔に何をさがしているんだい？」彼は訊ねた。

「後悔。うしろめたさ。恥ずかしさ」

マットはかすかな笑みを浮かべた。「そんなものは見つからないよ。おれは何も後悔していないからね」

「つまり、さつきのことには……何か意味があったの？」彼女は訊ねた。「それともあなたは、わたしを利用してかゆいところを掻《か》いただけ？」

「なんてことを言うんだ、テス、ショックだよ」

「ショックなわけがないわ。からかうのはやめて」

テスの目が彼の目をさぐった。「正直に言ってちょうだい」

「わかったよ。そう、さっきのことには意味があった。きみがおれを求めていたように、おれもずっと前からきみを求めていたんだ。だが混血の子供に関するおれの考えは、いまも変わっていない」

テスは失望を隠すことができなかった。冷えた体にマルヘイニー夫人のストールをしっかり引き寄せ、彼女はふたたび歩きだした。「つまり、スー族の奥さんがほしいということね？」腹立たしげに訊ねる。

「おれは結婚はできない」テスに隠している秘密を思い出し、マットはうしろめたさを覚えた。

「一生ひとりで、幸せなの？」

「きみと同じに幸せだろうよ。きみも結婚したいと思ったことがないんだろう？」

「月をほしがっても無意味ですもの」テスは悲しげに言った。

「きみは最高だよ、テス」マットは言った。「あの情熱、あの激しさ……」

テスは、石のような彼の表情を見あげた。「今夜、あなたは最後までいきたかった。そうでしょう？」

「ああ」彼は正直に答えた。「この先もそう願いつづけるだろう。だが、おれたちに許されているのは、あそこまでだ」

テスの心臓が喉まで飛びあがった。彼女は足を止め、彼に向き直った。「たぶんふたりとも、それで満足できるかもしれないわ」

マットの息が止まった。彼はじっとテスを見つめた。誘惑に背中を鞭《むち》打たれ、彼は叫びだしたくなった。

「やっぱり」すぐさまその表情を読み取って、テスはささやいた。「あなたもそうしたいのね」

「欲望は抗いがたいものだよ」マットは言った。

テスは一歩彼に近づいた。「わたしはベッドのなかで、裸であなたに抱かれたい」彼女はささやいた。「もう一度、あなたを見たいの。傷を負った直後の、あの朝のようなあなたを。顔を見ればわかるわ。あなたもわたしを抱きたいのよ」

彼の顔がこわばった。「テス……」

「明かりをつけたまま、いっしょに寝ることだってできる。愛し合うことだってできるわ……さっきのようなやりかたで、子供ができないように」

「おれが裸のきみを抱いて、あんなことだけで満足できると思うのか？」マットは信じられないと言わんばかりだった。「きっと服を脱がせもしないうちに、おれはきみのなかにいるだろうよ」

テスの唇が開いた。「わたしの……なかに」そのことを想像すると、震えが走った。

「きみのなかに、深く、強く、熱く」マットは歯ぎしりをした。「きっときみをベッドに横たわらせて、ぐいぐいと押しこんで――」めまいを覚え、彼は言葉を切った。自分を迎え入れ、包みこむ、あのやわらかな濡れた鞘《さや》のぬくもりが感じられるようだ。彼は目を閉じて身震いした。「行こう！　さあ早く！」

彼の手が、痛いほど強くテスの腕をつかんだ。彼は半ば引きずるようにして彼女を馬車へと向かわせた。

テスはまるで宙を飛んでいるように感じた。体は彼を求めて燃えていた。ああ、どうしてマットは、自分たちの間に単なる欲望以上のものがあることを認められないのだろう？　ふたりはすでにお互いの一部だ。なのに彼は、すべてを投げ捨てようとしている。それもただ、彼女がスー族でなく、自分が白人でないというだけの理由で。

12

テスはマットに話しかけてみようともしなかった。彼の態度はひどく冷ややかになっていた。次第に深まる冷たい霧のなかを行くその足取りにさえ、とげとげしさが感じられる。小雨が降りだしたころ、ふたりは馬車にたどり着いた。

御者が飛びおりて、ふたりのためにドアを開けた。「遠くまで歩くには風が強いし、寒すぎたでしょう、旦那」御者は笑った。「けど、馬車のなかは、あったかですよ」

マットは彼に下宿屋の住所を告げた。

「どうぞくつろいでらっしゃい」御者は言った。「すぐお送りしますから」

「一刻も早く帰りたいね」マットは言った。彼がテスの隣に乗りこむと、御者がドアを閉めた。

テスは、恥ずかしさのあまりマットに目をやることもできず、自分の殻に閉じこもっていた。マルヘイニー夫人のストールをしっかりと体に巻きつけると、彼女は窓に身を寄せて、外の景色を眺めた。胸には真っ赤なあとがいくつもついている。今度のそれはボタンではなく、マットの貪欲なキスのあとなのだ。

マットは、帽子といっしょに馬車に残してあったステッキをいじっていた。あんなまねをして、どう言い訳すればいいのだろう？　あそこまでやる気はなかったのに。彼は冷静さを失っていた。彼女があんなに間近にいて、自分の愛撫《あいぶ》をあれほど切望していたから、つい一線を越えてしまったのだ。

問題は、テスの味を知ってしまったいま、彼女への欲望がさらに強まったことだった。もっとほしい。

だがそれは論外だ。愛の戯れと、混血の子供を作る危険を冒して交わることとは、まったく別なのだ。

彼には、本当にテスを抱く勇気はなかった。

「やっぱりそうして」もう少しで家に着こうというとき、テスが言った。

マットは眉をひそめ、彼女の疲れきった顔に目をやった。「なんのことだい？」

彼女がこちらを向いた。その目が彼の目を鋭く見つめた。「あやまってちょうだい」

マットはうなずいた。「いいとも。申し訳なかった」

「残念だったわ」テスはふたたび窓の外に視線を向けた。

「わかってくれると思うが、おれたちはああいう形でしか触れ合えないんだ」

テスは目を閉じた。「人があんなことをするものだなんて、夢にも思わなかった」

「制約の多いこの社会では、妊娠を避けたければ、ああするしかないのさ」彼はそっけなく言った。

テスは振り返り、好奇心に満ちた大きな目でまっすぐに彼を見つめた。「あなたは女性を相手に危険を冒したことはないの？」

「おれの知り合いの女たちは世慣れているからね」マットは直接的な答えを避けて言った。「そういう女は、子供ができないようにする方法を知っているんだ」

そんな話は聞きたくない。彼に他の女性たちとの関係を認めさせるのはいやだった。もちろん驚くには当たらない。さっきの出来事を考えても、彼に多くの経験があるのは明らかだ。だが嫉妬は怒りをかき立てた。「残念だこと！　そうした知識が、十二人も子供がいて、それでも奥さんをそっとしておけないろくでなしの亭主を持つ女性たちに与えられていないなんてね！」

マットの黒い目が細くなった。「彼らの場合、お互いへの欲求が強すぎて、禁欲は無理なのかもしれないよ」

テスは頬を赤らめ、彼の視線を避けて、小さなバッグをもてあそんだ。さきほどの記憶が鮮やかによみがえってくる。あの切迫感、あの狂おしさが。彼女は目を閉じた。ベッドに裸で横たわり、マットに抱かれている自分……体じゅうを愛撫する彼の指……彼の唇。

彼女は唾をのみこみ、深く息を吸いこんだ。「いったいいつになったら家に着くのかしら？」下宿がまだ先だと気づくと、いらだたしげにそうつぶやいた。

マットは長い脚を組み、身を固くしてすわっている彼女を見つめた。彼もまた、いましがたの出来事を思い出していた。「こんなことを言うのは、紳士的じゃないだろうが」彼は無愛想に言った。「きみがやめてくれと言えば、こっちも無理強いはしなかったよ」

テスは膝に視線を落とした。恥ずかしさに顔が火照る。「やめてほしくはなかったわ」彼女はそっけなく認めた。「知りたかったの」

「おれもだ」マットも告白した。「あのポーチで少しだけきみを味わったせいで、何週間も夜ごと悩まされていた。頭がおかしくなりそうだったよ」

「わたしも同じよ」なんとか性の知識を得ようと、テスは懸命に彼の顔を見あげた。「あれもあんなふうなの、マット？」声をひそめて訊《たず》ねる。「ベッドでも？　あんなふうに感じるものなの？」

「ああ」薄暗がりのなかで、マットの目が彼女の目をさぐった。少なくともおれはそうだ、と彼は心のなかで思った。

「今度は痛いのかしら？　あなたがあんなことをしたあとだから？」

マットは彼女の瞳を見つめた。「そんなことはないと思うよ」彼は優しく言った。

「あなたと本当に愛し合ってみたいわ。どんな感じか知りたいの」テスは恥ずかしげもなく言い、彼の驚きの目に視線を合わせた。「避妊の方法なら、わたしも聞いたことがあるのよ」彼女は打ち明けた。

「奇妙なやりかたもあるけれど、効果はありそうだわ」

マットは言葉もなく彼女を見つめていた。

「でもたぶん、どの方法にも多少の危険はあるんでしょうね」彼女はため息をつき、彼の表情をさぐった。「わたしはきっと悪い女なのね」彼女は声をつまらせた。「裸になってあなたと寝たくてたまらないんですもの」

マットはぐっと奥歯を噛《か》みしめた。「テス！」

「驚いた？　わたしもよ」テスは疲れた口調で言った。「触れ合ったときの切なさと歓《よろこ》びを思い出すと体が疼《うず》くの」

マットの黒い目が彼女の体を眺めまわした。「あんなことはすべきじゃなかったんだ」

「なぜ？」テスは心から不思議に思って訊ねた。

「わたしは婚約していないし、あなたもそうよ。ふたりとも大人で、不道徳なことは何ひとつしていないわ」

黒い眉が上がった。「マルヘイニー夫人にきょうのことを話して、その道徳性について意見を求めてみようか？」

テスはそわそわして、バッグをぎゅっとつかんだ。

「とにかく不道徳という感じはしなかったわ」彼女は言い直した。

マットは座席にもたれた。「そうだね」ついに彼も同意した。「不道徳という感じはしなかった。神聖にさえ思えたよ」

テスは貪欲なまなざしを彼に向けた。「わたしたち……恋人同士のようだったわ」

「実際、恋人同士なんだよ」

テスの目が悲しげに遠くを見つめた。「そして、それ以上ではないのね」

彼の手が座席の上をすべってきて、彼女の手を取った。「きみはわかっていないんだ、テス。子供という存在によって、どれほど自分の人生が変わるか」

テスは彼の手を見つめた。「でも避妊の方法があるとしたら？　何か解決策が見つかったら、どうなの？」

「そんなのは夢物語さ」彼はそっけなく言った。

「非現実的だし、危険すぎる」

「婦人たちのグループもあるのよ。隠れた組織だけど、彼女たちは避妊を擁護しているわ」テスはささやいた。「たぶんそういう人たちなら、解決策を知っているかも」

マットの顔がこわばった。「解決策は、売春宿の女主人ならみんな知ってるよ」彼はにべもなく言った。

テスはびくりとして手を引っこめ、ショックに目を見張った。

彼は顔をそむけた。「たのむよ、もうやめよう。おれは危険を冒す気はない。それに今夜みたいな行為にふけるのは、ダイナマイトで遊ぶようなものだ。もう二度と、あんなまねをする気はないね」

テスは彼をひっぱたいてやりたかった。ふたりで子供が持てたら最高だろう。結婚できたら最高だろう。なのにマットは、彼女の肉体を楽しみながら、それ以上のものは求めない。彼女の愛も、ともに歩む未来も。彼女は一縷《いちる》の望みを抱いて、シカゴへやってきた。ここに来れば――ふたりが対等な立場で会えば、すべてが変わるかもしれない、と。そんな夢を抱くなんて、なんと愚かだったのだろう。

彼女は窓の外に目を向けた。「いいわ。それがあなたの望みなら」

「ああ」マットは短く答えた。「それがあるべき姿なんだ」

それ以上、言葉は交わされなかった。ふたりはそれぞれの部屋に引き取り、テスはみじめな気分でひりひりする体を洗った。今夜、彼女は生々しい愛のレッスンを受けた。そしてその結果、心を打ち砕かれたのだ。

舞踏会とそのあとの出来事を何度も思い描きながら、眠れぬ一夜を過ごしたあと、テスは階下に下りていった。情熱と陶酔に満ちた初体験に、体はまだ疼いている。多少の違和感は残っていても、肉体はいままで以上にマットを求めているのだった。

しかしマットのほうは、そんな切ない欲望などみじんも感じさせなかった。朝食の席で、ふたりは何事もなかったかのように、単なるいとこ同士として振る舞い、その前でマルヘイニー夫人はべらべらとしゃべりつづけた。ゆうべの舞踏会はさぞすばらしかったでしょうねえ、ミス・メレディスは本当におきれいだったわ……と。

下宿を出て病院に向かおうとしたとき、マットがかたわらに現われ、少し歩こうと誘ってきたのは、ちょっと意外だった。テスは同意し、ふたりはミックに送らなくていいと告げた。彼はにっこり笑ってウインクすると、すぐさま走り去った。

「寄り道するの？」テスは訊ねた。

「いいや。病院の近くに用事があるんだ」マットは興味深げな目でテスを見おろした。「大丈夫かい？」

テスは頭をそびやかした。「もちろんよ」

「傷は……それほどひどくないだろうね？」

テスは歩道のまんなかで足を止め、挑むように彼を見あげた。「あなたはわたしを破っただけよ」彼女は露骨な言いかたをした。「それは一人前の女になるごくふつうの過程であって、心配してもらうほどのことじゃない。ことに、あんな形でしか求めない男の気遣いなんていらないわ！」

「テス！」

「自分が安っぽく思えてしかたがないの」彼女はとげとげしく言った。「あなたはわたしに対して情欲しか感じていない。最初からそうと知っていたら、シカゴになんか来なかったのに！」

向こうから男が歩いてくるのを意識しながら、マットはステッキにもたれかかった。「きみにはおれの気持ちがわかっていないんだよ」

「わかっているのは、あなたの頑固な拒絶が、あなた自身の人生もろともわたしの人生までぶち壊そうとしていることだけよ。あなたはなんとしても、自分の妄想を捨てようとしないんですもの」

「妄想だと！」

「ええ、妄想ですとも！　あなたの恐れにはなんの根拠も――」彼女は口をつぐんだ。向こうからやってきた男が足を止め、マットの顔をのぞきこんだのだ。

男は、瀟洒《しょうしゃ》なスーツを身に着け、マットのによく似た銀の柄のステッキを持っていた。ややあって、彼は笑いだした。

「おやおや！　なんてことだ！　町のまんなかにインディアンがいるとはね！　気の毒な兵士たち！　大平原で射撃の的が一匹も見当たらないのも無理ないさ！　おまえさんたちはみんなそろって、町に逃げてきたんだな！　バッファロー・ビル・コーディのワイルド・ウェスト・ショーで巡業している酋《しゅう》長《ちょう》どもとおんなじだ。おまえさんもショーに出てるのかね？」男は、ステッキをついて身を乗り出した。マットの背筋が硬直し、その目がきらりと光っても、まったく平気な顔だった。「おまえさん、何族だ？」

マットの黒い目が細くなり、鋭い光を放った。その手がテスの手から離れた。「わたしの私生活は、あなたにはなんの関係もないことです」彼は洗練された口調で言った。

男の眉が上がった。「インディアンの分際で、生意気なやつだな」

「通してください」マットは言った。

男はテスを頭のてっぺんからつま先までじろじろと眺めまわした。「こんなやつを連れ歩いて、あんた、恥ずかしくないのか？」彼は吐き捨てるように言った。「まともなご婦人は、インディアンなんぞ相手にしないものだぞ。いったいどうしようっていうんだね？　インディアンの女にでもなるつもりか？」男は自分の悪趣味な冗談に大声で笑った。

考えるより先に体が動いていた。テスはその場でぐいと腕を引き、男の腹のまんなかに鉄拳をお見舞いした。男とマットのどちらが、よりショックを受けたかはわからない。

彼女は痛めた関節をさすりながら、男をにらみつけた。相手は腹を押さえ、口をあんぐり開けて、彼女を凝視している。

「これを教訓にすることね！」テスは怒りをこめて言った。「わたしにそんな口をきいて、ただですむと思ったら大まちがいよ。いまが十二年前じゃないのが残念だわ。あのころなら、その太ったお腹《なか》に拳の代わりに矢をぶちこんでやったところよ！」

男はひどく動転していて、言葉が出てこないようだった。ただ、もぐもぐ口を動かしながら、彼女を見つめている。

そしてテスは、スー族の言葉で静かに言った。あんたは品性下劣な人でなしよ、と。

「なんだって？」男は驚いて息をのんだ。「あんた……スー族の言葉を話すのか？」

「スー族の言葉と英語をね」テスの目は憤りに燃えていた。「それともうひとつ。あの青い軍服の極悪非道な兵隊どもには、スー族のキャンプ一のだめ犬ほどの人間味もないわ！」

彼女は向きを変え、マットの袖をつかんだ。その顔は怒りに青ざめていた。「行きましょう、マット」最後にもう一度、男を見やって言い捨てる。「ブタ！」

マットはおかしさと屈辱感の板ばさみになっていた。振り返ると、男はまだ唖然《あぜん》とした面持ちでふたりを眺めていた。「きみのおかげであいつの朝は台なしだな」

「ナイフを持っていたらよかったわ。鹿みたいに皮を剥いでやったのに。あのたちの悪い、大口たたきの能なし男！」テスの声があたりに響き渡る。例の男がびくりと背筋を伸ばした。彼は踵《きびす》を返して大あわてで逃げていった。

「落ち着くんだ」マットがささやいた。「声が大きい」

「馬鹿な男には我慢がならないの」テスは噛みつくように言うと、強いまなざしでマットを見あげた。「この町には、他にもまだまだああいう連中がいるのよ！」

なおもおかしさと怒りを覚えつつ、マットは足を止め、紅潮したテスの顔を見おろした。彼女の取った攻撃的な行動は、実に痛快だ。ただ気に食わないのは、彼女に護《まも》られたことで自分が無能に思えてしまう点だった。「あの侮辱はおれに向けられたものだよ」彼は言った。「お礼もおれからすべきだったんだ」

テスは片手で彼を制した。「わかったわ。今度、誰かがあなたを侮辱したときは、あなたに殴らせてあげる。わたしが男性の権利を侵害したなんて言わせないわよ」

もう我慢できなかった。マットは頭をそらして笑いを爆発させた。「参ったな！　こういう女性はどうすればいいんだろうね？」

テスは両手を腰に当てて、かすかな笑みを浮かべた。「奥さんにしてしまえば？」

マットは妙な顔をした。うしろめたそうな。居心地の悪そうな。だがその表情はたちまち消え去り、彼女にはその意味を考える暇もなかった。彼は何も言わず、ふいに顔をそむけた。

「ええ、わかってる。白人の女と結婚する気はないのよね」テスは投げやりな調子で言った。「いいの。もうとっくにあきらめているんだから。わたしはオールドミスになるのよ。たぶん、ゆうべのことを心の糧に、残りの人生を女権運動に捧《ささ》げることになるんだわ」

マットは落ち着きなく身じろぎした。「あれは一時の気の迷いだよ」

「でもすばらしかった」テスはかすれた声で言った。「ゆうべはひと晩じゅう、あのことを夢に見ていたの」

マットには、自分もそうだと認める気はなかった。彼は超然と頭をもたげて、歩きつづけた。昨夜の件については、それきり一切口にしなかった。元兵士とおぼしき男との対決についてもだ。さきほどの出来事に、彼の心は大きく揺れていた。これまでの懸念のすべてが混じりあい、不安と苦悩の大きなかたまりとなったのだ。

「クビになった兵士が町に現われて、あなたの血筋に気づいたのは、あれが初めてじゃないでしょう？」病院まであと少しというとき、テスが訊ねた。

「ああ」彼は率直に答えた。「ときどきあることだよ」

「そういうとき、あなたはどうしているの？」

「無視するのさ」彼はあっさりと言った。

「そしてもちろん、相手はあの顔でにらまれるのよね」

マットは顔をしかめた。「なんだって？」

「あの顔よ」テスは繰り返した。「人をピンで刺された虫けらみたいな気分にさせる、落ち着き払った恐ろしい顔。わたし、あなたのあの顔で、男たちがあとずさりするのを見たことがあるの」

マットは答えなかった。彼は歩きつづけた。「でもね」テスはつづけた。「たいていの人は、赤の他人を露骨に侮辱するほど無知でも野蛮でもないわ。そんなふうに腹を立てるのはやめて」

「腹を立ててなぜ悪い？」マットは陰鬱な口調で言って、足を止め、彼女と向き合った。「おれは帝政ロシアのはみだし者か？　それとも身をやつしたスペイン貴族か？」彼はあたりを見まわしたが、その目には何も映っていなかった。「いいや、ちがう。おれはスー族のインディアンだ」それは怒りに満ちた荒々しい声だった。「何があろうと、それは変わらない。何があろうとだ！」

「なぜそれを変えたがるの？」テスは訊ねた。

マットは彼女をにらんだ。「おれが自分の血筋を触れまわったらどうなるか、教えてやろうか？　きっと部下たちにまで、閉め出されるだろうよ！　おそらくいま手にしているすべてを失うはめになるだろう。なぜならおれには、財産を持つ資格がないからだ。それに、投票権すらも。まともに英語を話せない移民たちにさえ与えられている市民権がないおかげでな！　陸軍にいたことのあるやつら、大平原で戦ったことのあるやつらは、おれにとってはいまでも危険な敵なんだ。〝レッドスキン〟が安心できる場所なんて、この国にはひとつもないのさ！」

「あなたの肌は赤くないわよ」テスは指摘した。「とってもきれいなブロンズ色だわ」

「テス！」

「ごめんなさい」彼女は両手を背中で組んで、愛に満ちた優しいまなざしでマットを見あげた。「もしわたしたちが結婚したら、あらゆる手続きにわたしの姓が使えるわ。あなたのプライドは少し傷つくかもしれないけれど、そうすれば法的な問題は避けられるでしょう」

マットはほほえまなかった。その瞬間の彼は、生まれてこのかた一度も笑ったことがないように見えた。

「あなたはむずかしく考えすぎているのよ」テスは言った。「人は現在と同様、過去も受け入れなくてはならない。それなのにあなたは、十二年間、過去を否定しつづけてきた。でも、そろそろそれも限界よ」

マットの胸に苦しみがどっと押し寄せてきた。テスの白い肌と金色の髪を、彼は見おろした。「おれたちはそれぞれちがう人種に属している。おれはモンゴロイド、きみはコーカソイドだ」

「知っているわ。だからなんなの？」

「きみは気にしていないって言うのか？」

テスは真心に満ちたまなざしで彼の目を見つめた。「わたしはこれまでの人生の半分近く、あなたを知っている。でも、ふたりにちがいがあるなんて思ったことは一度もないわ。もちろん」彼女は笑みを浮かべた。「目に見える明らかなちがいは別よ」

他のときなら、そのほのめかしにマットもほほえんだだろう。しかしいまの彼は、あの元兵士のおかげで、神経過敏になっていた。

「だめよ」テスは彼に近づいて言った。「あんな男のことは気にしないで。わたしへの気持ちを無理に抑えたりしないでちょうだい！」

マットは重々しく片手を上げて、彼女の目を見据えた。その表情は、ほんの少しも和らいではいなかった。「それで、もし子供ができたら？　その子はどこに属するんだ？」

「もちろんわたしたちによ」テスは腹立たしげに言った。

マットは荒々しくため息をつき、うなじをさすった。するとその手が、編んだ長い髪に触れ、そこで凍りついた。自分は何者なのかが、はっきりと思い出された。長い髪は、絶えずその真実を告げている。彼は髪を切ろうと思ったことが一度もない。この矛盾はときとして彼を悩ませた。自分はスー族であることを拒否しているはずではないのか？

苦悶《くもん》と憧れを胸に、マットはテスを見つめた。その肉体的魅力に屈して一線を越えてしまうまで、彼はテスへの想《おも》いを心の奥底へ押しこめていたのだ。

たとえ口に出してそうと認められなくても、彼はテスのものだ。昔からずっとそうだったし、今後も永遠にそうだろう。どんな形であれ、他の女性のものになることなど、考えられない。

自らの過剰な反応に、マットは気づいていなかった。元兵士によって自分がネイティヴ・アメリカンだと気づかれたのは、初めてではない。だがそのことが大きな意味を持ったのは、今回が初めてだった。ああした侮辱は、彼にとってはなんでもなくても、きっとテスを傷つける。そして、ふたりの間に生まれる子供たちをも。

ちょうどマットは、黒人の父親と白人の母親を持つ男に依頼された事件を処理したばかりだった。その男は財産を守るために果敢に闘い、結果として、片親は死に、彼は刑務所行きとなりかけた。マットは依頼主になんの非もないことを証明したが、当然与えられるべき相続権を獲得させることはできなかった。

男は世間を恨み、不満を唱えた。その怨念は、テスとの未来に対するマットの不安をさらにつのらせた。混血の子供は、世界のどこにも属することができない。白人と黒人の間に生まれたあの男は、自分をはみだし者、人種もルーツも未来もない者にした両親を呪っていた。それは苦い思い出となり、日ごとにより激しくマットの心をさいなんだ。

テスには、そうした考えがマットを苦しめていることがわかった。だが、彼の不安はただの幻にすぎない。なのにマットは何年も過去から逃げつづけている。もう逃げるのはやめ、振り返って自らの心の闇を見つめるべき時だ。それは本人以外、誰にもできない。彼女にできるのは、彼を支え、励まし、急《せ》かさずに待つことだけだ。なぜなら、いまの彼を見て、自分に対する彼の想いの強さがわかったから。だから責め立てたりせず、じっと辛抱していれば、いつかは……。

「ナンはどうするの？」彼女は唐突に訊ねた。

マットは眉をひそめ、不意打ちを食らったようにテスに目を向けた。実際、それは不意打ちだった。彼は、いま現在のことも、調査中の殺人事件のことも、完全に忘れていたのだ。

「ナンを覚えている？」テスは重ねて言った。「ほら、わたしの友達よ。無実の罪で留置場に入れられて、裁判を待っている人」

マットは両手をズボンのポケットに入れ、なんとか呼吸を整えようと努めた。「ああ」ややあって答えた。「申し訳ない。忘れていたよ」

「いっしょに犯人を見つけなきゃ」テスは言った。

「それはおれが……」

テスは片手で彼を制した。「待って。あれはわたしの事件でもあるのよ。協力すると約束したんですもの。そのとおり実行するわ」

反論したところで無駄だろう。テスの顔を見れば、それはわかった。

「理解してくれてよかったわ」彼女は笑みを浮かべた。「これから仕事に行かなきゃならないけど、勤務が明けたら、会いたい人が何人か――」

「あのアパートメントにひとりで近づいたら、グリーンに言って、不法侵入で逮捕させるからな！」

テスは目を見張った。「まさかそんな！」

「嘘《うそ》だと思うかい？　試してみろよ」

テスは腹立たしげなしぐさを見せたが、マットは気づいたふうもなかった。彼女は腕組みをした。

「ナンのお姉さんと話してみるわ。グリーンだって、それを止めることはできないはずよ！」

「いいだろう。だが彼女だけだぞ」マットはふたたび眉を寄せた。「なぜ彼女なんだ？」

「当然でしょう？　彼女ならコリアーについて、わたしたちの知らないことを何か知っているかもしれないもの。訊《き》いてみる価値はあるわよ」

「まあ、そうだな」

ふたりはまた歩きはじめた。雪がひらひらと舞い降りてきた。テスはそのひとひらを手袋の上にとらえて、ほほえんだ。「雪はいくら降っても見飽きないわ。一度か二度は、早くやんでほしいと思う冬もあったけれど」

「おれもだ」

マットはほほえまなかった。ウーンデッドニーの平原に横たわる凍りついた亡骸《なきがら》を、彼は思い浮かべていた。兵士たちは、遺体の手足を無理やりねじ曲げ、まるで狂った彫刻家の作品のようにして、ひとつの大きな墓穴に放りこんでいた。

マットの表情から、テスは彼の心の目が見ているものを察した。彼女は何も言わなかった。いまの彼の精神状態を思えば、話しかけないほうがいい。その胸中の混乱は、彼が自力で解決するしかないのだ。いくらそう望んでも、彼女が本人の代わりを務めることはできないのだから。

ふたりは病院の前で足を止めた。テスは、帽子の下から淡い緑の瞳で彼を見あげた。「きょうはあなたも忙しいんでしょう？　たぶんもう顔を合わせることはないわね」

マットの目が細くなった。

「どうして？」

テスは肩をすくめた。

「あなたの邪魔はしたくないし」

いかにもさりげないその言葉は、マットに疑念を抱かせた。彼は、大きな帽子の下のテスの顔をじっとのぞきこんだ。

「何を企《たくら》んでいるんだ？」

「今夜は集会があって、家にいないの。帰るころはもう寝る時間だし、あなたも近ごろ仕事で遅いでしょう？　だから、きょうはもう会えないわ。ただそれだけ」

マットは苦しげだった。「さっきのことに対して、おれが過剰反応していると思っているのか？」そう言って、いま来た方角に顎をしゃくった。「きみには、おれの気持ちはわからないんだよ。きみは大半の白人よりは確かに理解があるが、それでも生まれがちがうからな」

その言いかたに、テスは不安を覚えた。彼は、ふたりの間にさらに壁を作ろうとしているのだろうか。「いまのあなたにとって、わたしはそれだけの存在なの？」彼女は小さな声で訊ねた。「白人女のひとりにすぎないの？」

マットは顎をこわばらせた。「そんなことは言っていない」

テスの目が彼の顔を見あげ、視線がぶつかりあった。「今後はもう、あなたの私生活に踏みこんだりしないわ。よその下宿に移ってほしければ、そう言ってちょうだい。シカゴは大きな町ですもの。あなたにとって本当にそのほうがいいなら、お互い顔を合わせなくてもやっていけるでしょう」

マットはショックを受けて、息をのんだ。「そんなことはひとことも言ってないだろう」

「でも目がそう言っているわ。冷静沈着にそこに立っているけれど、内心では欲望をたぎらせている。たとえそう認めなくたって、わたしをベッドに連れこみたくてたまらないのよ」

マットの顔が赤くなった。彼は周囲をこっそりうかがった。「町なかでそんなことを言うんじゃない！」

「なぜ？　人間であることが恥ずかしいの？」彼女は片手を腰に当てた。「わかってるわ。あなたは、わたしたちがしたことを思い出したくないのよね。でもわたしは、ふたりが愛し合ったことを恥じてなんかいない。もしあなたが恥じているなら、それはあなたに問題があるのよ」

「恥じているなんて言ってないぞ！」頬の紅潮がさらに深まった。それに加えて、黒い瞳もいらだちにぎらぎらと光りはじめた。「癪《しゃく》にさわるやつだな！」

テスの眉が上がった。「ほら、怒った！　やっぱり男の世の中なのね。女は立ち去ることも許されない。ただ横たわって、踏みにじられるしかないのよ！」

「おれはきみを踏みにじってなどいない！」

「いいえ、踏みにじったわ。さんざん踏みつけにしてくれた。あなたは白人の妻も、半分白人の子供も、わたしも、ほしくないと言ったじゃないの。ええ、結構よ。それならお好きになさればいいわ、名探偵さん」彼女は大げさに手を振ってみせた。「わたしは出勤して、この腕を認めてくださる誰かを看病しますから」

「舞踏会できみに手を出した、あのきざ野郎みたいな誰かをか？」マットは荒々しく問いただした。

「それもいいわね」テスはぴしゃりとやり返した。

「彼はわたしの肌の色など気にしないもの！」

マットは口を開いた。しかしテスは彼に背を向け、病院につかつかと入っていってしまった。振り返りもせずに。

マットは向きを変え、事務所へと向かったが、頭に血が上っていたせいでうっかり馬車の前に飛び出し、危うく轢《ひ》かれそうになった。

彼は自分をののしった。ぼんやりして、馬鹿をやったからではない。テスに言ったことすべてが悔やまれたからだ。何も言うべきではなかった。あの元兵士も自らの手で殴り倒し、ぶちのめしてやればよかった。それで何が変わるわけでもないが、気分はすっきりしただろう。

それから、テスのしたことを思い出し、彼は笑いを噛み殺した。彼女は確かに癪にさわるやつだ。だが女性でありながら、荒々しい戦士の心を持っている。本人はあんなことを言っていたが、彼女を踏みつけにできる人間などこの世にひとりもいないだろう。

マットは眉を寄せて、空を見あげた。嵐が来るのだろうか？　空には暗い雲が垂れこめ、雪はどんどん激しくなっている。あの下宿で、テスとともに雪に閉じこめられるのは気が進まない。かといって、彼女に引っ越してもらいたくはない。

事務所に着くと、彼はさまざまな任務を部下たちに割り当てた。それからナンのアパートメントへと出向き、テスがまだ接触していない住人たちの事情聴取に取りかかった。

その日の収穫はわずかだった。しかし、それは価値ある情報だった。デニス・コリアーを訪れていた客たちは、どうやら金持ちばかりだったらしい。なかのひとりは特に、ある住人の印象に残っていた。というのも、その人物が小指にとても大きなダイヤモンドの指輪をはめていたからだ。また、住人の婦人の記憶によれば、その男は容姿端麗で、髪は黒く、口髭《くちひげ》をたくわえており、非常に紳士的だったという。

それが何者なのかは、言われるまでもなかった。ダイヤモンド・ジムだ。

すべての住人の話を聞き終えると、マットは留置場に立ち寄って、グリーンと少し話をした。看守は若い男に替わっていた。新しい看守は特に文句も言わず、マットとグリーンを房へ入れてくれた。彼はまた、ナン・コリアーに対して非常に礼儀正しかった。

ナンはふたりを見て喜んだが、まだいくらかしおれていたし、ひどく気をもんでいた。

「あの看守が今朝、急にいなくなったんです」彼女は首を振りながら言った。「どうしてなのかしら。誰も知らないらしいんですけど」彼女はおどおどした笑みを浮かべた。「ほっとしましたわ。ひどく感じの悪い男だったたし、言い寄られて困っていたんです」

この交替の裏に誰がいるかは、マットは漏らさなかった。

「疲れた顔をしているな」グリーンが言った。「何かほしいものはないかい？」

「いいえ、ただ家に帰りたいだけよ」ナンは哀れっぽい表情で言った。「ひどく気分が悪いの。いくら殴られていたからって、なぜ警察は、わたしが人を殺したなんて思うのかしら」

「多くの女性がすることだからですよ」マットは答えた。「わたし自身は、あなたが犯人だとは思っていません。でも、わたしは判事でも陪審員でもありませんからね。それにいろいろ調べたんですが、それらしい動機のある人物は、まだひとりも浮かんでこないんです。愛人さえも見つからないんですよ」

「デイヴィス！」グリーンが怒りの声をあげた。

「本当にそうなんだ」マットは落ち着き払って言っ

た。「残念だがね。他に女がいれば、当然そいつが容疑者になるんだが」

「ええ、あの人は女性にはあまり興味がありませんでしたわ。わたしにさえもです」ナンが淡々と言った。「アヘンやアルコールを楽しむのに忙しかったから」

「彼はどこでそれだけの麻薬を手に入れていたんです?」マットは訊ねた。

ナンはため息をついた。「わかりません。お金はいつもたっぷり持っているようでした。それに〝薬〟も充分に。どこで手に入れているのかは、決して言いませんでしたけれど」

「やつと組んでた、あの金持ちのやくざ者に訊いてみたらどうだ?」グリーンが腹立たしげに言った。「ダイヤモンド・ジムの野郎にさ?」

「キルガレンは、コリアーが使っていたような興奮剤は使わないんだ」マットはすばやくそう言って、ナンの反論を食い止めた。「あの男は一味じゃないよ」

「それは確かなんだろうな?」グリーンが皮肉っぽく訊ねた。

「ああ」マットは答えた。「おれにも暗黒街にコネがあってね、大いにそれを活用しているんだよ」

グリーンは肩をすくめた。「まあ、キルガレンがコリアーを殺したなんてことは、ありそうにないがな。おれはとにかく、ナンと同様に女房のことが心配でね。あいつ、ナンがつかまってからほとんど口もきかないんだよ。なんにもしゃべらず、ただすわって、宙を見つめて泣いてばかりなんだ」

「姉さんは、わたしが吊《つ》るされると思ってるのね。そうでしょう?」ナンが不安げに訊ね、手をもみしぼった。「本当にそうなるのかもしれない。わたしは死ぬのよ!」

「死なせはしません」マットはきっぱりと言った。

「必要とあらば、グリーンとふたりで牢《ろう》破りしてでも救い出しますよ。あなたが無実なのは、わかっていますから」

　それを聞いて、何日ぶりかでナンの顔に笑みが浮かんだ。「お優しいのね、ミスター・デイヴィス」

「いとこはあなたが大好きなんです」彼はあいまいな言いかたをした。

「テスは最高の友達ですわ」ナンがしみじみと言った。「他の人なら、きっと見て見ぬふりをするでしょう。でも彼女は、あくまでも誠実なんですもの。あんなすばらしい人がなぜひとりでいるのかしら。男の人たちは、よほど見る目がないんですね」

　マットは顔をそむけた。「ええ、たぶん。コウモリ同様、まるで目が見えないんでしょう」

13

　ナンの姉は蒼白《そうはく》な顔をし、おどおどした様子で、小さな一軒家にテスを迎え入れた。パンか何かを焼いていたのだろう。両手とエプロンには小麦粉がついていた。

「何かしていないと、気が狂ってしまいそうで。だからケーキを焼いていたんですの」彼女はテスに言った。「どうぞおすわりになって。あなたとミスター・デイヴィスがナンのためにいろいろしてくださっていることは存じあげてますわ。本当にありがとうございます」

　テスは、すすめられた小さなウィングチェアに腰を下ろし、好奇心もあらわに年かさの婦人を見つめた。「ナンとはずいぶん年が離れていらっしゃるんですね」

「十五歳ちがいですの。うちは六人きょうだいでしたが、そのうち四人は子供のときに亡くなっています。家族のなかで残っているのは、ナンとわたしだけなんです」悲しげな目をしてグリーン夫人は付け加えた。「わたしは自分の子供もひとり亡くしています。風邪から肺炎を起こしましてね。だから、残るふたりにはつい過保護になってしまうんですよ」

彼女はため息をついた。「とにかくこれまでは……」声が弱まり、途絶えたのが、テスには少し気になった。

グリーン夫人は、椅子にすわってそわそわしながら、ふたたび顔を上げた。「それで、きょうはどんなご用件でしょう、ミス・デイヴィス？」

「メレディスですわ」テスは訂正した。「マットは母方のいとこですの」彼女は嘘《うそ》をついた。

「ああ、そうでしたの。では、ミス・メレディス。何かわたしでお役に立てることがありますかしら？」

「ええ。わたし、デニス・コリアーを殺す動機のある人間をさがしているんです」

グリーン夫人の顔がこわばった。「あの男は暴力亭主だったんですよ。自分のことしか頭にない乱暴者で、うちの妹を殴っていたんです。いつもいつも」彼女は目を閉じ、身を震わせた。「妹は、虫も殺さないような優しい子でした。なのに、あの男はあんなふうに……あの子を虐待したんです！」

「ええ、存じておりますわ」テスは静かに答えた。「ナンは暴力をふるうような人ではありません」

青い目が、テスの緑の目と合った。「あの男が死んでよかったわ」グリーン夫人は激しい口調で言った。「死ぬ前に苦しんだならいいのに！　たぶんあの男の情婦たちの誰かがやったんでしょう。彼女に幸いあれ、ですわ！」

その言葉にテスは飛びついた。「じゃあ、コリアーには他に女がいたんですか？」

グリーン夫人は顔を上げた。懸命に気を鎮めようとしているようだ。彼女はテスをちらりと見て、それから目をそむけた。「ええ、そうなんです。ナンは知らないけれど、わたしは知っています。ナンのその友達が、ナンが教会へ行ったりうちに来たりしているとき、いろんな女が出入りしていると教えてくれたんですの」

「その女たちの名前をご存じない？」テスは意気ごんで訊《たず》ねた。ついに容疑者が見つかるのかもしれない。「お友達は、その女たちが誰かご存じなかったかしら？」

グリーン夫人は肩をすくめた。「いいえ、知りませんでしたわ。卑しい女たちですよ」さらに身を乗り出してささやく。「売春宿の連中ですの！」

そういう女たちのことを、テスはよく知っていた。彼女たちの多くがさまざまな性病に侵され、病院で死んでいくからだ。その悲劇的な身の上が、つぎつぎと頭に浮かんだ。でも奇妙だ。売春宿の女が、妻の留守中に男の自宅を訪ねるなんて。ふつうじゃない。売春宿に足しげく通う男たちの大半は、妻子ある堅気の市民であり、なんとしても自らの不品行を家族に知られまいとする。

「なぜコリアーは売春宿に行かなかったんでしょう？」テスは疑問を口にした。

「それは……そうねえ」グリーン夫人はなんとか気持ちを鎮め、懸命に考えているようだった。「きっと、ナンにもっと恥をかかせたかったんじゃないかしら。やくざ者の仲間なんかも、しょっちゅう家に連れこんでいたわけですしね」

でも、それでは筋が通らない。テスはそう言いかけたが、グリーン夫人の顔には彼女を思い留《とど》まらせる何かがあった。テスはためらい、それから無理に笑みを浮かべた。

「たぶん真実のすべてを知ることはできないんでしょうね」テスは言った。「大事なのは真犯人を見つけることですわ。そうしないと、ナンが絞首刑になりかねませんもの」

グリーン夫人の顔がさらに蒼白になった。「ええ」彼女は目を閉じ、身震いした。「あのロープはざらざらで痛いそうですね」まるでロープがそこにあるかのように、レースの襟もとに触れながら、ぼんやりと言う。妙なしぐさだし、妙な言葉だ、とテスは思った。

「あっという間のことなんでしょう」彼女は言った。

「ええ、執行人が同情的なら」グリーン夫人は、すがるようなまなざしでテスを見つめた。「妹を吊《つ》るさせるわけにはいきませんわ」

「大丈夫ですよ。わたしたちで真犯人を見つければいいんですから」テスはきっぱりと言った。「コリアーを訪ねていたという女たちをさがすのを手伝ってください」

グリーン夫人は眉を寄せた。「でも、どうやって?」

「お友達に、ありとあらゆる知り合いに訊《き》いてみてほしいとたのむんです。急ぐように言ってください。もうあまり時間がありません」

「他に何かできることはないでしょうか?」

テスは考えをめぐらせた。「今夜、婦人グループの集会があるんです。わたしたちが松明《たいまつ》行進をして、ナンの無実を訴え、彼女に対するコリアーの暴力を世間に公表すれば、効果があるんじゃないかしら。裁判所も注目するかもしれないわ!」

「それはいけません。危険すぎますわ。この前のデモ行進も、結局は暴動になったじゃありませんか。

主人から聞きましたよ。あなたも大怪我《おおけが》をなさったんでしょう？」

「今回は充分に気をつけますから」テスは答えた。自分に傷を負わせたのがデニス・コリアーだという事実は伏せておいた。「それに、いま心配なのは、自分よりナンのことですもの」

グリーン夫人は唇を嚙《か》みしめ、エプロンの膝の上で両手を組み合わせた。「なんて心の広いかたなの。わたしにもあなたのような勇気があったらと思いますわ」

「心配なさらないで」テスは優しく言った。「わたしは大丈夫。ナンはきっと助かります」

「そうなってほしいわ。ああ、どうかそうなりますように！」

放置してあった書類の山を処理したあと、マットは下宿にもどった。着いたとき、玄関の前にはちょうどメッセンジャーがいた。

「これはなんだい？」メッセンジャーに名前を確認され、封をした封筒を手渡されて、マットは訊ねた。

「留置場の女性に、届けるようたのまれまして。二十五セントいただきましたよ！」

「じゃあ、もう二十五」マットはそう言って、若者にコインを投げた。彼はにっこりして帽子を傾け、立ち去った。

マットはメモを読もうと、明るい廊下に入っていった。きっとナン・コリアーからだろう。新しい手がかりでも出てきたにちがいない。

その走り書きを読んだときの彼の驚きは、顔にも声にもはっきり表われていた。メモにはこう書かれていた。〈逮捕されたの。すぐに来て。テス〉

マルヘイニー夫人がタオルで手をふきながら廊下に出てきて、マットの姿に気づいた。

「まあ、ミスター・デイヴィス！」彼が小さく悪態をつくのを耳にして、夫人は叫んだ。「いったいどうなさったんです？」

「いとこが逮捕されたんです」彼はあと先も考えずに言った。

マルヘイニー夫人はへなへなとすわりこんだ。間借り人のひとりが牢《ろう》に入れられ、この下宿屋の名に泥を塗ったという衝撃から彼女が立ち直ったときには、マットはすでにそこにはいなかった。

マットは、テスの鼻先で例のメモを振りまわした。彼女は、うしろめたそうに目を伏せた十数人の女性たちとともに、鉄格子の内側にいた。

「いったい何をしでかしやがったんだ？」マットは荒々しく言った。

「ちょっとあなた！」女性看守のひとりが鋭い声でとがめた。

マットは帽子を傾けた。「失礼しました」憤怒に燃える目でテスの目をとらえたまま、彼は礼儀正しく言った。「いとこが逮捕されるなんて、ショックだったものでつい」

「何がショックなの？」テスは無邪気さを装って言った。「わたしみたいな気性の女は、こういう末路をたどって当然のはずでしょう？」

そのあてこすりに、マットの頬は熱くなった。彼は大きな手でメモを握りつぶした。「おれが下宿を出たとき、マルヘイニー夫人は卒倒寸前だった。今度のことでおれたちはまちがいなく追い出されるだろうよ。あの人は、世間体を異常に気にするたちだからな」

「追い出されたってわたしは平気よ。どのみち、あそこはもう出ようと思っていたの。このデイジーが――」彼女は、自分より少し年上の不器量な女性を指し示した。「いっしょに住もうと言ってくれたから。彼女、学生でね、勉強しているテーマもとってもおもしろそうなのよ。わたしも同じ学校に入りたいくらい」

「いまはそれどころじゃないだろう」マットはいらだたしげに言った。ショックつづきの一日に、彼の頭は麻痺《まひ》しかけていた。「いまから保釈手続きをしてくる。そのあとどこかへ行って、ゆっくり話そう」

「まあ、こんな夜ふけに？」デイジーが高飛車な調子で口をはさんだ。「そんなことをしたら、あなたのいとこの評判が台なしになるんじゃなくて？」

マットは彼女をにらんだ。「わたしのいとこの評判は、あなたには関係ないことです」

「マットったら！」テスは叫んだ。

彼は踵《きびす》を返して、つかつかと出ていった。

「あなたのいとこって、すごく凶悪な顔をしているのね」デイジーが容赦ない口ぶりで言った。「あんな男とは、なるべくかかわらないほうがいいわよ」


テスはまっすぐデイジーを見つめた。「マットのことは放っておいて」彼女はすでに、デイジーとの同居を承知してしまったことを後悔しはじめていた。いつまでもうまくやっていけるわけがない。デイジーは明らかに男を憎んでいるのだから。「それに、同居のお誘いはやっぱり受けられないわ」彼女は言った。「ご親切には感謝しているのよ。でも、マットは家主さんの気持ちを誤解しているのかもしれないし」

「それはないと思うわ」エレン・オハラがおかしそうに目をきらめかせて言った。「よかったら、うちへいらっしゃいよ、テス。ミスター・デイヴィスの訪問も、いつでも歓迎するから」そう言い添えて、彼女はデイジーの冷ややかな顔をちらりと見やった。

「ご親切にありがとう」テスは言った。

エレンは笑った。「いいのよ、あなたが来てくれれば、わが家の退屈な生活に活気が生まれるもの。

妹たちもきっと喜ぶわ。みんな、とっても働き者なのよ。わたしたちはそろって、湖畔の立派なお宅でメイドをしているの」

「召使いってわけね」デイジーがあざけった。彼女は財産家の娘なのだ。

「職業に貴賤《きせん》はないわ。まじめに働くのは尊いことよ」テスは落ち着き払って言った。「それに、仲間を侮辱するなんて女権運動の精神に反しているんじゃないかしら」

そばにいた女性たちの大半が賛同の声をあげ、デイジーはむっつりと黙りこんだ。

マットはほんの数分で、看守とともにもどってきた。

「エレンもいっしょに出してあげて」テスは、かたわらのぽっちゃりしたブロンド娘を示して言った。

「マルヘイニー夫人に追い出されたら、この人がいっしょに住まわせてくれることになったの」

マットはあっけに取られて、テスを見つめた。

「なんだって？」

「エレンよ。彼女の保釈手続きもしてちょうだい」

それ以上ひとことも言わずに、マットは看守といっしょに出ていった。そして彼がふたたびもどってくると、ふたりの女性は釈放された。

「ここを出る前に、ナンに会っていってもいいかしら？」マットの助力にエレンが何度も礼を述べたあと、テスは言いだした。

「まあ、いいだろう」マットは腹立たしげに言った。「どうせもう真夜中だからな。いまさら急いでもしかたがない」

テスは彼に顔をしかめてみせ、彼女とエレンは先に立って、裁判を待つ勾留者たちの区画へと入っていった。

ナンは涙ぐみ、鉄格子ごしにテスを抱きしめようとした。「ああ、よかった！　会いたかったわ！」

あなたは本当の友達だわ！」

「もちろんよ。わたしがなんとかして、あなたをここから出してあげる！」テスは約束した。「元気を出してね。くじけちゃだめよ」

ナンはお腹《なか》を押さえて、ため息をついた。「もう見込みはないんじゃないかしら。義兄《あに》が言っていたけれど、他に容疑者はいないんですって。わたし以上にあの人の死を願っていた人間は、シカゴじゅうさがしてもひとりもいないようなの」

「でもあなたは彼を殺していない」テスは断固として言った。「わたしたちがそれを証明するわ」

ナンはどうにか笑顔を作ったものの、自信なげだった。それは、悲しく淋《さび》しい、途方に暮れたほほえみだった。

エレンは、鉄道の駅に近い、ビクトリア朝様式の広い家で三人の妹と暮らしていた。マットとテスは彼女は言った。「日ごとに恐怖がふくらんでくるの。何かわかったことはある？　それに、なぜまた来てくださったの、ミスター・デイヴィス？」

「わたしはテスの保釈手続きをしに来たんです」マットは苦々しく言った。

「何があったの？」ナンはテスに訊ねた。

「彼女、暴動を煽動《せんどう》してつかまったんですよ」マットが代わりに答えた。

「どうもありがとう！」テスは肩ごしにぴしゃりと言った。

マットは皮肉っぽくお辞儀をした。「どういたしまして」

ナンは唖然《あぜん》としていた。「暴動を煽動したですって？」

「あなたを支持する松明行進を主導して、男による虐待の罪深さについて演説をしたのよ」

ナンは笑い、それから泣きだした。「ああ、テス、彼女をそこで下ろしたあと、熱心な誘いを断わりきれず、お茶を一杯、ごちそうになることにした。

エレンの家はがたがきており、塗り直しも必要なうえ、暖炉以外の暖房装置がないせいでかなり寒かった。しかし雰囲気は家庭的で、隣近所との間も充分離れている。妹たちはエレンとテスとマットを大騒ぎで迎え、逮捕から勾留までの経緯を詳しく話してほしいとせがんだ。別れ際。四姉妹はテスとマットに、ぜひまた来るように言った。エレンは部屋を貸す話を再度持ち出した。テスは礼を述べ、明日の朝、引っ越してくると言った。彼女は早くも、その家をわが家のように感じていた。エレンは親切な人だし、妹たちも明るい性格だった。

「マルヘイニー夫人に追い出されるとはかぎらないよ」新たな貸し馬車で家に帰る途中、マットがそっけなく言った。

「いいえ、きっと追い出されるわ」テスは答えた。「別にかまわないの。むしろそのほうがいいかもしれない」

マットはちらりとテスに目をやった。彼女の顔を見ると、彼はいっそううしろめたい気分になった。テスには、彼が心を閉ざしているように見えた。その目は、ときおり街灯の光によって断たれる、窓の外の闇に向けられていた。

長いスカートの下で脚を組み、彼女はため息をついた。ふたりの心は、これまで以上に離れてしまっている。

「あなたはわたしのことをどう思っているの、マット?」

マットは彼女を見ようとしなかった。「昔と同じさ」

「というと?」

馬車の速度がゆるんだ。「いまはそういう話をしている場合じゃないだろう」彼が言うのと同時に、マルヘイニー夫人の下宿屋に馬車が寄せられた。

「家には難題が待っているんだ」

「マルヘイニー夫人ね」

「そのとおり」

事実、マルヘイニー夫人は顔を紅潮させ、ぶつぶつ言いながら、廊下を行ったり来たりしていた。ふたりが入っていくと、彼女はぴたりと足を止めた。

テスは少しも躊躇《ちゆうちよ》せず、すぐさま進み出た。「わたしの友達が殺人の罪を着せられているんです。でもその人が潔白なのは、確かですわ」彼女はきっぱりと言った。「そこで、わたしたち、ナンを愛するグループは、彼女への支持を表明するために留置場まで松明行進を行ないました。その結果、男たちの手で逮捕されてしまいましたけれど」彼女は挑むように頭をあげた。「あなたには、わたしを追い出す当然の権利がありますわ、マルヘイニーさん。もしそうなさっても、わたしはいっさい文句は申しません。神の目から見て正しいことをするには、勇気がいるものですから。ことにそれが、人間の目から見て正しいことでない場合は」

テスはじっと立って、待っていた。

マルヘイニー夫人は青くなり、つぎには赤くなった。彼女はためらい、エプロンで手をぬぐうと、また何やらぶつぶつ言って、ぴくりと身をこわばらせた。「ミス・メレディス、あなたはわたくしを困った立場に追いこんだんですよ」

「どうして？」テスは問いただした。「わたしが何か不道徳なことをしましたか？」

「とんでもない」夫人は即座に答えた。「でも世間の評判が……」

「わたしのいとこにも、いろいろよからぬ噂《うわさ》がありますわ」テスは指摘した。「しばしば危ない橋を渡っていますものね」

「ミスター・デイヴィスは男性ですからね」夫人は言い返した。「男性は女性よりえらいんでしょうか？　勇敢なんでしょうか？　あるいは、優れているんでしょうか？」

老婦人はいまや、舌がもつれそうになっていた。その顔がゆがんだ。「でも、いま問題なのは、この家の評判で――」

テスは片手で彼女を制した。「もう結構ですわ。わたしは友人の家へ移ります。ただ、明日まで時間をください。朝には、荷物をまとめて出ていきますから」

マルヘイニー夫人はびくりと身をすくめた。「どうか、ミス・メレディス、わたくしの立場をわかってくださいな！」

「もちろんわかりますとも」テスは答えた。「わたしたちふたりが天国へ行くときにも、神様にそう説明なさるといいわ。無実の罪を着せられた同性に対するあなたの思いやりのなさを、きっと神様もわかってくださるでしょう。ちょうど、無実のキリストを罵倒し、盗賊バラバの解放を求めた民衆と同じですものね！」

このひとことを最後にテスは、口をあんぐり開けたマルヘイニー夫人と、テスの雄弁さをうらやむマットをあとに残し、足音も荒く階段を上っていった。自室に入ると、彼女はバタンとドアを閉めた。船を焼いてしまったいま、周囲に気を遣う理由はもうどこにもないのだ。

彼女は帽子とマントを脱ぎ捨て、肘掛け椅子に身を沈めた。突然、心がくじけた。自分は家を失い、愛する人を失ったのだ。その両方が――前科者となるのと同時に――一夜にして起こるとは。もっと弱い女性なら、泣き叫んだことだろう。だがテスは泣くつもりはなかった。彼女にはどんな試練にも耐える力があるからだ。

マルヘイニー夫人は、紙のように青ざめ、やつれた顔でマットを見つめた。「なんだか自分がとてもちっぽけな人間に思えますよ」

「わたしもです。彼女、弁が立ちますね」

「ミス・メレディスを出ていかせるのは、やっぱりまちがっているんでしょうねえ？　だってあの人は、正しいと思ったことをしているんですから。それをこらしめるなんてよくありませんよ」夫人は首を振った。「ああ、ミスター・デイヴィス、わたくしたちの世代は、今どきの世の中にはとてもついていけませんわ。もうやっていけないんじゃないかと心配になりますよ。何もかも変わってしまってねえ」彼女はもう一度首を振り、不安げな目でマットを見あげた。「結局のところ、他の住人のみなさんはミス・メレディスが逮捕されたことは知らないわけだし、あの人は優しくていいお嬢さんですものね。あなたから話していただけないかしら？　わたくしが心からお許しを請うていて、ここに残ってほしいと言っていると」

マットとしては、そんなことは伝えたくなかった。テスと彼の間の緊張感は、限界まで高まっている。一刻も早く彼女を遠ざけないと、自分はまた自制心を失ってしまうかもしれない。理性と感情を両立させることが、彼にはできなかった。とはいえ、彼が考えているのは自分のことではなく、テスにとって何が最善かだった。

「ミスター・デイヴィス？」マルヘイニー夫人が言った。

「ここを出るのはテスにとっていいことかもしれませんよ」マットは自分でも驚くほど厳粛な口調で言った。「彼女は、なかなか人柄のよさそうな四人姉妹のもとに身を寄せる予定なんです。きっと、いい影響を受けるでしょう。若い女性の仲間がいたほうが、本人も幸せかもしれない」

老婦人はほんのしばらくためらった。「わたくし、ミス・メレディスに悪く思われたくないんですけれど」

「わたしからちゃんと言っておきますよ」マットは約束した。「大丈夫。きっとすべてうまくいきます」

マルヘイニー夫人は悲しげにほほえんだ。「そうならいいんですけれどね。正直に申しますわ。自分の決めたことで、こんなに気がとがめたのは初めてですの。力になっていただいて、感謝していますわ、ミスター・デイヴィス」彼女はためらった。「あなたは出ていったりなさらないでしょう？」

「もちろんです」

夫人はふたたびほほえむと、おやすみなさいと言って、自室に引き取った。マットも部屋に上がったが、床には就かなかった。彼はベッド脇の椅子にすわり、あの元兵士の痛烈な言葉を思い返した。

東部へ来て以来、マットは、ダコタ両州やモンタナ州の居留地で彼の親族を悩ませているような人種的偏見からほぼ解放されていた。彼は白人として生き、白人として扱われている。真の自分を否定することで、白人の世界でインディアンとして生きることのあらゆる苦難から逃れてきた。一八九一年以来、彼はここシカゴに隠れている。そして、学校を出たあとは、ごっこ遊びを始め、別人のふりをするようになった。しかしなんのために？　富と名声と人脈を得るためだ。テスがかつて言ったとおり、それらは、インディアンとしてここに留まることをも可能にしてくれる。そう、確かに、バッファロー・ビルのワイルド・ウェスト・ショーとともに旅するインディアンたちも、白人たちのなかでなんとかやっている。しかし彼らのなかに、本当に白人社会に入りたがっている者、見世物であることに満足している者がいるだろうか？

テスは人間というものに大きな信頼を寄せている――マットは皮肉っぽく考えた。だが、自分はまったくちがう。彼は若いころから、極悪非道な人間たちを見てきた。腰巻きを着け、弓と矢筒を持ち歩いていた当時は、テスとその父親は別として、白人の親切を受けたことなどまずなかった。テスは昔と変わらぬ本当の彼を知っている。それを気にしたこともないようだ。それどころか彼女は、常に彼を誇りとしてきた。彼自身の懸念をよそに、いまもその姿勢は変わらない。

ふたりがともに過ごした過去の日々を、テスは深く慈しんでいる。そのことを思い出し、彼はうしろめたさを覚えた。父親がインディアンのなかで働いていたことを、彼女は少しも恥じていない。また、自分がマットを崇拝していることも。彼女は誰をはばかることもなくスー族の言葉を話す。そして、彼を感嘆させるほどの気性の荒さと強い独立心を持っている。

そんな彼女のことを思うと、マットは自分のありかたを恥じ入らずにはいられなかった。彼は真実を恐れているが、テスはちがう。彼女には信念を貫く勇気がある。まったく恐れを知らないのだ。今夜、無実の女性を擁護するため、デモ隊を率いたときもそうだった。彼女は心にかかる者がいれば、その人とともに刑場まで歩いていく。相手がどんな人種であっても、それは変わりない。テスが自分のために同じことをしたとしても、マットは驚かないだろう。仮に、彼への愛がなくても、だ。

マットは立ちあがった。服を脱いでズボン下一枚になり、黒い髪をほどくと、それは腰まで垂れ下がった。彼はドレッサーの鏡に映る自分自身の姿に見入った。こうして髪を下ろし、裸でいると、インディアンであることは火を見るよりも明らかだった。

この姿を見れば、彼の正体を見誤る者はいないだろう。

マットはうめき声をあげた。自分自身が憎かった。テスの言葉が思い出される。彼女は、スー族のものではない自分の顔が嫌いだと言っていた。自らの臆病さを彼は呪った。真実が知れ渡るのがいやなわけではない。しかし、世間がそれを知り、自分とともに暮らすことでテスが侮辱や軽蔑にさらされたら？　自分には耐えられない。彼女もいまは強いし、闘える。だが、いつまでそれがつづくだろう？　やがては打ちのめされるのではないだろうか？　テスはあんなにも明るく、美しく、勇敢だ。そんな彼女の気丈さが、インディアンの夫への無情な侮辱によってくじかれると思うと、たまらない。また、これだけ長くシカゴで暮らしたすえに、自分が居留地にもどることも考えられない。何があろうと、もう二度とスー族としては生きられないのだ。心の奥底では、そのこともわかっていた。

マットは鏡から目をそむけ、テスがここを去る明日のことを考えた。今後は、毎日彼女と顔を合わせることもない。ああ、テスを失うのは、どんなにつらいことか。それに、きっと心配にもなるだろう。彼女は友人たちとともに、町の彼方《かなた》にいるのだから。

もしもデニス・コリアーのような敵がまた現われたら？　彼女もまったく無防備なわけではない。かつてマットが身を護《まも》るすべを教えたからだ。しかしテスの身を案じる彼の気持ちは、前にも増して強くなっていた。

小さくドアをたたく音に、マットはぎくりとした。彼は戸口へ歩いていって、細くドアを開けた。

「マット？」

そこにはテスが立っていた。髪は下ろし、シルクのネグリジェの襟もとに、化粧着をしっかり引き寄せている。

マットはドアを大きく開け、左右の廊下を見渡してから、すばやくテスを引き入れた。ドアを閉めると、目を細めて彼女を見おろした。

「なんの用だい？」彼は短く訊ねた。

テスの目が彼を愛撫《あいぶ》する。彼女は、細く引き締まったその肉体、長い髪を解き放ったその姿に魅了されていた。

「十二年前と同じね」テスは郷愁をこめて言った。「すてきだわ」

彼はぐいと頭をもたげた。「なんの用なんだ？」

いまいましげにそう繰り返した。うっとりとした彼女の視線に、体は反応している。それを気づかれたくはなかった。

「ナンのお姉さんから聞いたことを話すのを忘れていたの」彼女は言った。

マットは彼女をにらんだ。「明日まで待てないのか？」

「明日はもう、わたしはここにいないわ。少なくとも、話をする時間はないでしょう。それに、あなたも早朝から会議なんでしょう？」

マットはうなずいた。

「長居はしないから」

そう願いたかった。体は欲望に疼《うず》きはじめている。

彼は手振りで肘掛け椅子をすすめた。

「あなたはすわらないの？」テスが訊ねた。

「そんなに長くかかるのかい？」彼は皮肉っぽく言った。

テスはため息をついた。「いいわ、手短に言うわね」彼女は、グリーン夫人から聞いた売春婦の件と、その女たちの身元を調べてみるという夫人の約束について語った。

マットは眉を寄せた。「いいや、それはありえない」しばらく考えたすえに、彼は言った。「おれもコリアーの夜の外出について調べてみたんだ。やつの行き先は、売春宿じゃなく、アヘン窟だった。それに、男は自宅に売春婦を連れこんだりしないものだよ、テス」

「そうかしら？　もしかしたら、ナンに恥をかかせたかったのかもしれないでしょう。なのに、なぜそう言い切れるの？」

「そんなことをすれば、アパートメントの管理人にばれて、放り出されてしまうからさ。それに、コリアーみたいにアヘンで朦朧《もうろう》としている男は、女性を抱くことはできない」

「どういうこと？」

「そういう状態では、立たないということだよ」

「まあ」

「知っているはずだぞ。きみの友達のベイリーもアヘンをやっていたんだろう？」

「ええ、でもあなたの言うような影響を見る機会はなかったから」彼女はあっさりと言った。「男性の裸は、あなたのしか見たことがないのよ」

マットの黒い目が、彼女の顔からゆるやかなウェーブを描くブロンドへ、さらに化粧着のまとわりつく体へと下りていく。「他に何か話したいことは？」彼は訊ねた。その声は緊張を帯びはじめていた。

「あとは、イーディス・グリーンが妹のことでひどく取り乱していたということだけ。あんなにナンを想《おも》っているなんて、胸を打たれたわ。わたしにはきょうだいがいないから」

「そうだったね」

テスの淡い緑の瞳が、手のように彼をさぐった。そこにこもる切望は、彼女の脈拍同様にはっきりと見て取れた。自らの気持ちを悟られまいとして、彼女は立ちあがった。「じゃあ、もう行くわね」その声はかすれていた。「邪魔するつもりはなかったの。もう寝るところだったんでしょう？」

「いいや」彼は言った。「寝るときは何も着ないんだ」

「まあ」

沈黙が落ちた。室内の空気は張りつめている。テスは、マットから目をそらすことができなかった。

「これがどんなに危険なことかわかってるのか？」マットは荒々しく訊ねた。

言葉が出てこない。彼女はただうなずいた。

「きみに見てほしい。ああ、たまらない気分だ！」彼は苦悶《くもん》に満ちた声で言った。

そう言いながら、両手をズボン下のボタンにかけた。ボタンがはずされ、それは床に落ちた。彼は勃起していた。その肉体は、彫像のように美しい。テスははっと息をのみ、恥じらうことなく彼の姿を見つめた。

彼はほっと息を吐き出した。そしてベッドに行き、カバーの上に髪を大きく広げて大の字に横たわった。体は硬直し、情欲にかすかに震えている。

テスは、ためらいと渇望を同時に感じつつ、目を見開いてベッドに歩み寄った。「どうしてあげればいいの？」

マットは頭をめぐらせ、黒い瞳をきらめかせて彼女の目を見つめた。「きみの望みどおりに」

両手が震えた。彼女は化粧着をするりと床に落とし、ネグリジェの肩ひもに手をやった。

「それはいけない」

テスは身震いしながら、唾をのみこんだ。「わたしを見たくないの？」

彼の顎がこわばった。「見たいとも。だがそれは危険すぎる」

「お願い」マットの目を見つめながら、彼女は肩ひもをはずした。「お願いよ。そうさせて。どうしても、そうしたいの！」

マットは眉を寄せたが、拒絶はしなかった。彼女のほっそりした体から薄い布地がするすると落ちていく。その体のあらゆる曲線が彼の前にさらされた。

彼はしばらく目を閉じ、震えていた。

「この先へ行けないなら、わたし、死んでしまうわ」テスは声をしぼり出すように言った。

マットは甘い敗北のうちに、ほっとため息をついた。「おれもだよ」彼は両腕を差しのべた。

テスは震えながら歩み寄った。マットがその裸体を引き寄せて覆いかぶさり、脚と脚をからませながら強く抱きしめた。大きくふくれあがった欲望の証《あかし》が、彼女の腹部に熱く押しつけられた。

「ああ」彼と抱き合ったまま、上になり下になりしながら、彼女はうめいた。ふたりの体がこすれあい、離れていく。肌が触れ合う歓《よろこ》びに、ふたりは陶然としていた。明かりはすべてついていたが、恥ずかしさはなかった。彼の肉体はすばらしく、彼女の目はその美しさを楽しんでいた。

彼が少し体を離し、長いこと見つめたすえに、乳房に顔を寄せてきた。そのときでさえ、彼の動きはゆったりと優しく、ひとつひとつの動作が、快楽のささやきだった。

テスは彼に身を寄せた。昨夜、あの浜辺で彼が与えてくれたものを求めて。マットは彼女の願いを優しく受け入れた。それも、息も止まるような親密なやりかたで。彼の唇が、乳房からやわらかな腹部を通って、腿の内側の敏感な部分へと移ってきた。その間ずっと、彼女は夜の静けさのなかで歓びの声をあげまいと、拳を口にあて、小さくうめいていた。

マットの長い髪が黒雲のように体のまわりに広がり、その口がふたたび上へもどってきて、テスの唇をとらえた。筋肉質の長い脚が、彼女の両脚の間に割りこむ。キスをしながら、彼は指を巧みに使って彼女の快感をかき立てた。じらし、さぐり、探究し、やがて彼女は背を弓なりにして、彼の手によって嵐のようなエクスタシーに達した。

だがそれでもまだ充分ではなかった。彼女の苦悶に満ちた瞳が彼の目と出会う。彼は彼女の手を自分自身に押しつけ、ゆっくりと動かしはじめた。

「きっと……方法はあるわ」彼女が小さくうめくように言った。「ああ、あなたがほしい。あなたのすべてが。お願いよ！」

「テス！」

彼女はいま、マットの下になり、ぴったり体を密着させている。彼は意志の力を、抗《あらが》う力を失っていた。彼女が脚の間で動いている。すっかり魅了され、彼はただ、苦悩のうちにその姿を見守っていた。

彼女が腰を浮かせ、目と唇で優しく哀願しながら、彼の硬い太股《ふともも》を引き寄せた。

そして彼は……彼女のなかにいた。目を閉じて、そのやわらかさを感じ、充足を求める女らしいぬくもりとうるおいを感じていた。

肉体を切り立った崖の上に留めたまま、彼は彼女の瞳を見つめた。

白く長い脚が彼の脚にからみつく。テスは腰を持ちあげた。おののきながら。そして、自分のなかに硬いものが入ってくるのを感じながら。喉が鳴り、その唇が開かれた。彼女は息も絶え絶えだった。彼は闘おうとはせず、ただ……見つめている。

彼女の力は弱すぎた。さらに腰を突きあげようとしても、体が震えるばかりだった。彼女は唇を噛みしめ、すすり泣きを漏らした。彼は進みも退きもせず、じっと体を浮かせている。

もう遅い――マットはあきらめた。自分がもちこたえられなければ、彼女は妊娠するかもしれないが、いまさらどうにもならない。

かすかな笑みとともに、彼女の視線をとらえ、彼は体の緊張を解いた。そしてそれと同時に、彼女を深く貫いた。テスははっと息をのんだ。ひと晩前の行為にもかかわらず一瞬の痛みがあり、初めての侵入に筋肉がぎゅっと硬くなった。

彼女の反応を感じながら、マットは左右に体を揺らした。テスは身をこわばらせ、両手を彼の背に食いこませた。

「痛かっただろう」ゆっくりと体を動かしながら、彼はささやいた。「でも、もう大丈夫だ。おれの腰に脚を巻きつけてごらん」

マットの目の熱い輝きと、にわかに貪欲になったその肉体とに魅せられ、彼女は言われたとおりにした。彼は少し荒っぽい、小さな鋭い動きで彼女をとらえて、夢中にさせた。

「叫んではいけないよ」彼が上からささやきかける。「あのときの声はまちがえようがないから」

ふたりの下で、スプリングがぎしぎしと鳴っている。テスは歓喜と不安の入りまじった目でマットを見つめた。

「そうだ」彼はささやいた。「ふたりの立てる音はどんどん大きくなっていく。特に、きみがもだえはじめたらね。そしてきっときみはもだえるよ、テス」

マットが少し体を離すと、彼を失うのを恐れて、テスは小さく声をあげた。

彼はベッドから起きあがり、彼女を抱きあげた。その表情は張りつめ、瞳は燃えていた。

「きみはドアを開け放った居間ででも、おれに抱かれるね」彼は目を細め、彼女の震える体を値踏みするように見つめた。「そしておれもなんの抵抗もなく、きみをそこで抱くだろう。この衝動がどれほど激しいものか、どれほど抑えがたいものか、わかったろう？　おれは警告しようとしたが、きみは耳を貸さなかった。だからおれたちはいっしょに、その結果を受け入れなくてはならないんだよ」

「あなたがほしいの」彼女がすすり泣くように言った。

「あげるよ」彼はかすれた声で言った。「おれのすべてを。きみが受け取れるだけ。おれがもちこたえられるかぎり」

マットはやわらかな敷物の上に彼女を下ろしてから立ちあがった。満たされぬ欲望に、彼の体は張りつめ、わなないている。荒く息を吐くと、彼はドアへ歩いていって、鍵をまわし、掛け金をかけた。

それから夢見心地でテスのほうへもどってきた。その目には、彼のために開かれた脚、硬くなった乳房が映っていた。彼女は慎みなど忘れて、エクスタシーへの期待に早くも震えている。それを求めるあまり目はくらみ、両手は彼を求めて揺れていた。

マットが入っていくと、彼女は身を震わせ、すすり泣いた。

彼の長い指がやわらかなヒップに食いこみ、彼女をぐいぐい引き寄せた。その荒々しい動きが、さらに切なさをかき立てる。両腕を頭の上に投げ出し、テスは体をのけぞらせた。かすれた哀願の声をあげながら、彼女はマットの目を、彼が自分を奪うさまを見つめていた。

テスがこれほどの奔放さ、これほどの情熱を見せるとは、マットは夢にも思っていなかった。彼女は彼の鋭い突きに合わせて腰を動かし、唇を強く噛みしめて喉から漏れる叫びを抑えている。マットは彼女の上で、彼女のなかで、激しく動きつづけた。筋肉を波打たせ、官能的なリズムを刻んで、自らの肉体とともに彼女の肉体をなぶりながら、熱いまなざしを彼女に注いでいた。

満たされぬ欲求に、テスはすすり泣いた。なんとか歓びのきわみへ至ろうとし、どうしても達することができずにうめいた。彼は胸の奥で低く笑いながら、突いては引き、ひねっては揺さぶった。彼女は高みまでのぼっては、ふたたび落下し、自分を押しあげるつぎのうねりを待つしかなかった。

「ああ……」彼女は声を振りしぼり、震えながらのけぞった。「来て……来て……お願い！　お願いよ！」

「叫ぶんじゃない」マットは荒々しくささやいた。

つぎのひと突きは、激しく、強烈だった。彼女は一気にクライマックスまでのぼりつめたが、立ち直るまもなく、ふたたび大きな波に乗せられた。それはぐんぐん盛りあがっていき、ついに彼女は叫びを押し殺すためにマットの肩を噛んだ。体は抑えようのない痙攣《けいれん》にとらわれ、それがふたりの全身を震わせていた。

彼女が失神する寸前、マットはようやく欲望を解き放った。その瞬間、自分はこのまま死ぬのだと思った。目を閉じて、何度も身震いするうちに、酷使された筋肉が痛みだした。

ふたりはそのまま横たわっていた。部屋は冷えきっているのに、体は汗まみれだ。どちらの髪も濡《ぬ》れていた。テスはふつうに呼吸することもできなかった。あの嵐の間に、体のあちこちが壊れてしまったように思える。彼女はマットにしがみついた。彼が行ってしまうのではないかと思うと、怖かった。

「どうした？」彼が耳もとにささやきかける。

テスはさらに強くしがみついた。「離れないで」

「そんな気はないよ」

テスは緊張を解き、官能の歓びとともに、彼が体を揺さぶるのを感じた。その動きに刺激され、彼女は思わず身震いした。

「おれを感じるかい？　奥のほうに？」彼がささやきかける。

「ええ！」

「おれも感じるよ。やわらかな濡れた繭みたいだ」彼の唇が、耳をかすめた。「また頭が働くようになったら、こんなことをさせたきみを絶対に許せないだろうな」

「かまわないわ。いまこの瞬間に死んでもいい。そうすれば、二度と離れなくてすむでしょう。わたしたちは永遠にひとつになれるのよ」

その言葉にマットは動揺を覚えた。彼はテスの髪をなで、頭を起こしてその目を見おろした。深い満足感。彼女は満ち足りていた。

彼は激しい独占欲に襲われた。ふたりがどれほど親密に結びついているかを確認するため、上体を起こして下腹部に目をやった。

彼の視線を追い、テスが息を止めた。

その興味深げな表情に、彼女にも見えるよう、彼は少し腰を浮かせた。

「男と女だ」彼はささやいた。「雄と雌。男女がどんなふうに交わるか見てごらん。どんなふうに結ばれ、どんなふうにひとつになるか」

魅入られたような彼女の目が、彼の目を見あげた。

「ええ。どんなふうにひとつになるか」

マットの顎がこわばった。ふたたび視線を落とし、彼は腰を動かした。ゆっくりと、彼女の体のさざなみを見守り、ふたりの共有したエクスタシーをまた燃えあがらせながら。もう一度、腰を動かし、彼は歯を食いしばった。

もうしたくはない。やめるつもりだった。しかし……彼は強くひと突きした。もう一度。さらにもう一度。彼女の顔を見守りながら、激しい欲望に突き動かされて、その体を奪った。

「そうよ」テスは腰を浮かせ、とぎれとぎれにささやいた。「ああ、そうよ、もっと！」

彼女はたちまち恍惚《こうこつ》となり、マットはその顔を見つめた。

「だめだ……目を……閉じるな！」彼は荒々しく言った。

はっとして、彼女は目を開けた。その瞬間、快感にぐいと体がのけぞった。彼女が絶頂に達するさまを、彼は見守った。そして数秒後、彼女の見守るなかで彼も自分を解き放った。

それは信じがたいほど深い交わりだった。彼が身を震わせながらくずおれると、テスは驚異の念に打たれながら、その長い髪をなでた。

「わたしたち、お互いを見ていたわ」テスの声がかすれた。「まっすぐに……じっと見つめ合っていたのよ！」

「自分がそのときの女性を見たくなるとは思ってもみなかった」マットはぶっきらぼうにささやいた。「達する瞬間のきみの目を見たよ。とても美しかった」

「あなたも」テスはささやき、彼にしがみついた。「ああ、わたしたち、これからどうすればいいの？」

「おれにもわからない」彼はものうげに言った。そして仰向けになったので、テスは半ば彼の上に覆いかぶさる形になった。彼女の与えたエクスタシーによって、彼の体はまだ疼いていた。呼吸することさえ、ままならなかった。

「わたしは後悔していないわ」テスはささやいた。「決して後悔しない！」

「おれもだ。とてもすばらしくて、神聖だった」彼は静かに言った。「これまでの人生で、いちばん美しく、驚くべき体験だったよ」

テスは、汗ばんだ広い胸に頬を寄せてほほえんだ。「ありがとう。お世辞でもうれしいわ」

マットは彼女を仰向けに寝かせ、真剣な目で見おろした。「いいや、本気で言っているんだ。あんなすばらしい交わりのことで嘘をついたりはしないさ」

テスは彼の目をさぐり、そこに独占欲と誇らしさ、いまだに消えない欲望の名残りを見て取った。それにそこには、他にも何かがあった。暗くて温かい何か、彼がこれまで決して見せたことのないものが。

それがなんなのか、彼女にはわからなかった。

彼の手が、優しく、さぐるように体をなでていく。

「これできみは完全におれのものだ。あらゆる意味でね」

「あなたもわたしのものよ、マット」

「きみにはわかっていないんだ。このことには、ふたりがいま分かち合った激しい情熱以上の意味があるんだよ。もっとずっと大きな意味が」

テスは彼の瞳を見つめた。「どういうこと？」

マットは深々と息を吸い、しばし目を閉じていた。

「きみに告白しなくては」ややあって、彼は言った。「何年も先延ばしにしてきたんだが、こんなことをしてしまっては、もう待てない」

テスから離れて立ちあがると、彼はナイトテーブルの水差しとボウルのほうへ歩み寄った。ボウルに水を注ぎ、タオルを二枚そこに浸してからしぼる。それから敷物にすわって、タオルの一枚をテスに渡した。

マットは体の汗をぬぐい、テスも同じようにした。

「出血した？」彼は訊ねた。

テスは顔を赤らめた。「いいえ。あのとき、したから」

マットは優しくほほえんだ。「だから今回は、ふつうの場合よりずっとよかったんだよ」

「ええ、わかるわ」テスはタオルを脇へやり、賛美のまなざしで彼を見つめた。裸の彼は、美術館の彫像のように美しかった。

「何も着ていないきみもきれいだ」マットは笑みを浮かべてささやいた。

テスはため息をついた。「わたしに告白しなくてはいけないことって、なんなの？　何かいやなこと？」

「そうじゃない」マットはベッドに寄りかかり、彼女を抱き寄せた。やわらかな乳房が彼の胸に押しつけられた。「いっしょに山に登った日のことを覚えているかい？　オールドマン・ディアが、そこへおれたちに会いに来ただろう？」

「ええ」テスは目を閉じ、つぶやくように言った。彼女は愛されているのを感じ、安心しきっていた。いつまでもこの親密さがつづいてほしかった。「覚えているわ」

「彼とは偶然会ったわけじゃないんだ。おれが呼んでおいたんだよ」

「そうなの？」

「彼はシャーマンだし、おれの親戚だったから。あれは、きみが上掛けの下のおれを見たすぐあとのことだったろう？」

テスは少しどぎまぎした。「ええ、それも覚えている」

マットはほほえんだ。その手が、テスの湿った髪をなでた。「おれは心配だったんだ。ふたりの間に何かあったらどうしようかと思ってね。きみとの距離を保つよう精いっぱい努力してはいたが」彼はため息をついた。「もしかすると、今夜のことを予知していたのかもしれないな。とにかく、おれはきみを護りたかった。その方法はひとつしかない。オールドマン・ディアがそれをしてくれた」

「なにをしてくれたの？」

「彼が執り行なった儀式を覚えているかい、テス？　あのころ、きみはまだスー族の言葉が流暢《りゅうちょう》ではなかったが」

「ええ」

「あの儀式について、おれはなんの説明もしなかった」

「そうね。どうしてなのかと思ったわ」

「きみには知る必要がなかったからさ。シャーマンのしたことは、きみの世界においては拘束力がない。あの儀式はおれの世界でしか意味がないんだ」ここで彼は言い直した。「当時おれの知っていた世界でしか、ということだね。だがふたりの間に何かあった場合は、あれできみを護ることができたろう」

「どうして？」

マットはためらった。彼の手が、テスの髪のなかで止まった。「シャーマンがおれたちを結婚させたからだよ」

14

自分は頭がおかしくなったのだろうか？　テスはしばらく何も言わなかった。やがて、マットが言ったことの意味が少しずつのみこめてきた。

彼女は茫然《ぼうぜん》として彼を見あげた。「シャーマンがわたしたちを結婚させたですって？」

マットはうなずいた。「スー族のならわしに従ってね。おれには、きみのお父さんに贈る馬はなかったが」冗談混じりに言う。「通常の求愛の儀式も行なわなかったしな。オールドマン・ディアは、きみに対するおれの気持ちを知っていた。スー族の娘たちは、当時のきみくらいの年で結婚する。もう少し若いことさえあるんだ。年齢こそ若かったが、きみはもうすっかり一人前の女性だったし」彼の目がむさぼるようにテスを眺めまわした。「いまと同じくらい成熟していたよ」

「でもあなたは決してわたしに手を触れなかったわ」

「ある夜、きみが入浴しているのを見ていたことがある。恥ずかしい思い出だが。きみはおれがそこにいることに気づかなかった。きみの体を見て、おれはこれまでこんな美しいものは見たことがないと思ったよ。いまもそうだ」

「それなのにあなたは、あなたの体を見たわたしに罪の意識を抱かせておいたのね！」

マットは笑みを浮かべた。「おれたちはあんな昔からお互いを求めていたんだな。長くいっしょに過ごせば、ふたりを押し留《とど》めていた鎖がちぎれるのは当然だったんだ。浜辺で触れ合ったあのとき以来、おれは……おれにはわかっていた」

「後悔しているの？」

マットは首を振った。「きみも後悔することはないよ。白人たちは、法的に結婚していない男女がこういう関係になることを非難する。だがスー族の法では、きみとおれは十二年前にすでに結婚しているんだからね」

テスは腹立たしげに息を吸いこみ、彼をにらんだ。

「じゃあ、あなたは姦通《かんつう》罪を犯してきたわけね」

マットは片方の眉を上げた。その目は愉快そうに輝いている。彼は言い訳はしなかった。「おれたちの結婚のことを、きみはまるで知らなかったんだ。それに」彼は皮肉っぽくささやいた。「きみがさっきみたいな快感を味わえたのは、おれの積んだ経験のおかげかもしれないぞ」

テスは頬を染め、彼の腕のなかで体を丸めた。

「ちょっと怖かったわ。あんなふうに感じるなんて」

「そうだね」マットは彼女を引き寄せた。「おれもあんな経験は初めてだ」

テスは頬をすり寄せた。「抱き合ったまま眠ってもいい？」

マットの心臓が飛びあがった。「おれもそうしたいよ。そうしたくてたまらない。でも、おれたちのしたことは、この社会では許されないことなんだ」

「それにあなたは、わたしたちが結婚していることも、どんな形で結婚したかも、人には言いたくないのね？」

マットは答えなかった。性の歓《よろこ》びで不安は忘れ去られていたが、いまこうしてテスを見ると、恐れが一気によみがえってきた。彼は眉を寄せ、ふいにその力強い大きな手をテスのやわらかい平らな腹部にあてがった。

テスは背筋を伸ばすと、彼と目を合わせた。マットが何を考えているかはわかっていた。「そんなに心配なの、マット？」

彼の目には苦悶《くもん》の色があった。その手が優しく動く。彼は何も言わなかった。

テスは彼を見つめた。マットの子供がほしくてたまらない。妊娠したら、彼はどうするだろう？　処理のしかたを知っている、どこかの世慣れた女のもとへわたしを送り出すのだろうか？　彼女の顔がゆがんだ。

マットは彼女の目を見て、その表情に気づき、眉を寄せた。「どうしたんだ？」

「あの女たち」テスはためらいがちに言った。「あなた、言っていたわね。彼女たちは、赤ちゃんの堕《お》ろしかたを知っているって……」彼女は唇を白くなるほど噛《か》みしめた。

「そんな……」彼は急いでささやき、彼女の腹部に強く手を当てた。「そんなことは、絶対にさせないよ！」彼女がそのことに触れただけで恐怖を覚えたという口調だった。

動揺はいくらか収まったが、それでもテスはまだ不安だった。彼はずっと、白人女性との子供はほしくないと言っていたのだ。自分はそんな彼を責め、その恐れを少しも汲《く》まずに、自らの願いを成就させた。いまになって初めて、彼女は罪の意識を覚えた。

「そのときはそのときさ」マットは淡々と言った。「今夜のことを悔やんだりは絶対にしない。おれはきみがほしくて、どうにかなりそうだったんだ。何があろうと、踏みとどまるのは無理だったろう」

「わたしもよ。でも、もしもわたしのせいで後悔するようなことをしてしまったのなら、ごめんなさい」

「おれはきみの腕に抱かれて昇天したんだ。後悔するわけがないだろう？」彼は静かに言った。「それにきみもそうだった」

テスは目を閉じ、彼の胸に頬を寄せた。「これからどうするの？」

マットは答えなかった。どう答えればいいのか、わからなかった。ふたりはともに、大きな危険を冒した。彼の分別、彼の願いに反して。しかし、テスを責めるわけにはいかない。自分も彼女と同じくらい強く彼女を求めたのだから。それに、あの大地を揺るがすようなエクスタシー。あれは、いつも夢に見ていたとおりのものだった。その結果は、どんなものであれ、受け入れなくてはならない。彼はただ、何事も起きないよう祈るばかりだった。

ふたりはしぶしぶ服を着た。テスは戸口まで行って、苦悩のまなざしでマットを振り返った。

「心配しなくていい」彼は静かに言った。「一歩一歩進んでいこう」

「マルヘイニー夫人は、わたしを追い出したがっているわ」

「そうでもないんだよ。だが、やはりきみはここを出たほうがいいな」ふたりが使った敷物に、マットは目をやった。「この先も同じことが何度も起こるだろうからね。そのうち見つかって、恥をかくはめになる」彼はささやいた。「日が昇るのと同じで、それは避けられないことだよ」

テスはゆっくりと息を吸いこんだ。「そうね」静かな喜びを感じながら、彼の顔に、その体に視線をさまよわせる。「たとえわたしが出ていっても、あなたの生活から完全に切り捨てたりはしないでしょう？」

「あたりまえじゃないか」重い雰囲気を変えようとして、マットはほほえんだ。「おれたちには、解決すべき事件もあるしな」

「そうよ！」テスの息が止まった。「たいへん。ナンのことをすっかり忘れていたわ！」

マットの唇の端がきゅっと上がった。「そうだろうな。あの状況ではね！」

テスはいたずらっぽい笑みを浮かべた。「そうね、何かに集中するのはむずかしかったわ。あの状況では」

「さあ、人に見られる前に、部屋にもどるんだ。この恥知らずなお転婆娘」彼はからかったが、それは愛の言葉のように聞こえた。

「あなたに言われたくはないわね」

マットはにやりとした。「おやすみ」

テスはスー族の言葉で挨拶を返し、最後にもう一度、賛美のまなざしで彼を見てから、ドアの鍵を開けた。廊下の様子をうかがい、そっと部屋を出ると、急ぎ足で自室にもどった。鍵をかけ、彼女はドアに背中をもたせかけた。脚は震え、心臓は高鳴っている。マットは床の上で、明かりを煌々《こうこう》とつけたまま、自分を抱いたのだ。心の高ぶりに、いまもまだ息がはずんでいた。もう一度、抱かれたい。何度でも。

だが彼女は、もうここを出ていかなければならない。

欲求が満たされたいま、マットはそのことをどう思っているのだろうか？

明日、朝の冷たい光に照らされたとき、彼はどんな気持ちになるのだろう？　こんな夜ふけに、挑発的な身なりで部屋を訪れた彼女に、怒りを覚えるのでは？　あるいは、妊娠の危険性について不安を抱くのでは？　子供ができなかったら、彼女を自分の人生から少しずつ閉め出し、押しのけるかもしれない。彼女に対して、彼はどんな感情を抱くのだろう？　ふたりはどうなるのだろうか？

身を横たえても、眠ることはできなかった。ついさっきまでは情欲に麻痺《まひ》していた頭が、いまは恐ろしいほど冴《さ》え渡っていた。

翌朝、いちばん上等なスーツを着こみ、スーツケースを手に階下へ下りていったとき、この先自分がどうなるのかテスには予想もつかなかった。彼女は持てる勇気を総動員し、誰にも不安を悟られまいと気丈さを装いながら、食堂の入口まで進んだ。

マルヘイニー夫人が、いかにもうしろめたそうに皿から顔を上げた。

「貸し馬車を呼ぶのに電話をお借りしましたわ」テスは夫人に声をかけた。食卓を囲む人々のなかにマットの姿がないのに気づいて、彼女はがっかりした。

「今週の家賃のなかに、その代金も入れておきました」そう言って、マルヘイニー夫人に封筒を差し出した。

夫人は立ちあがって廊下に出てきた。不安なときの癖で、両手はエプロンに埋められている。

「このままうちにいていただいても、ちっともかまわないんですよ」彼女は小声で言った。「他のみなさんは誰も、何があったか知らないわけですしね。でもミスター・デイヴィスは、あなたはお友達のお宅へ移ったほうがいいと思っておいでのようなんです。どうかわたくしを悪くお思いに……」

「何をおっしゃるの」テスは言った。この気の毒な夫人を昨夜、手厳しく非難したことが悔やまれた。「こんなによくしていただいて、悪く思うわけがないでしょう？　ゆうべはひどいことを言ってすみませんでした。どうか許してくださいね」彼女は言い添えた。「あんなえらそうな言いかたをする気はなかったんですけれど」

「いいんですよ。お友達がたいへんなことになって、あなたはその人を助けようとなさってる。ちゃんとわかってますからね。でも、本当にここを出ても大丈夫なんですか？」

「ええ、大丈夫です。エレンも妹さんたちも、とてもいい人たちですもの。きっと仲よくやっていけますわ。さようなら、マルヘイニーさん」

「さようなら、ミス・メレディス」

馬車は外で待っていた。ミック・ケネディがテスの荷物を運び、さらに彼女が乗りこむのに手を貸した。

「どちらへ？」彼は愛想よく訊《たず》ねた。

テスはエレンの住所を告げた。

「はいよ。ミス・オハラのとこだね」彼は笑顔で言った。「あそこのお嬢さんがたなら、みなさん知ってますよ。あんないい娘さんたちは、シカゴじゅうさがしたっていやしません。悪い噂《うわさ》なんか、まるっきりないしね」

「わたしが悪い噂を立てることにならなければいいけれど」テスは慎《つつ》ましく言った。

「お嬢さんが？　まさか！　冗談言っちゃいけない」ミックは笑ってドアを閉め、御者台に飛び乗った。

テスは首を振りながら、ため息とともに座席にもたれた。ミック・ケネディは何も知らないのだ。これまで彼女にまつわる悪い噂がどれだけあったかも、この先さらにありそうなことも。彼女は腹部へ手をやると、目を閉じて夢を思い描いた。生まれのちがいにもかかわらず、自分とマットに未来があるのをこれほど確信したことはない。

エレンはテスを見て大喜びだった。テスは自分の部屋をもらったが、新しい環境になじむ時間はほとんどなかった。エレンやその妹たちもそうだが、テスも出勤しなければならなかったからだ。

「もちろん、わたしたちの仕事は、あなたのほど立派なものじゃないけどね」エレンはふざけて言った。「でもしかたないわ。あなたはわたしたちより教養があるんだもの」

「よしてちょうだい」テスは言った。「わたしのほうが教育を受ける機会に恵まれていたの。ただそれだけのことよ」

「とにかく、来てくれて本当にうれしいわ」エレンは優しく言った。「あのマルヘイニー夫人があなたのやってることを知ったら、きっと騒ぎになると思っていたのよ。お堅いものね、あの人。下宿屋だって、どうせ修道院みたいなんでしょう?」

「あの人はとってもいい人よ」テスは言った。「マットがチャリティーの舞踏会に連れていってくれたときは、ミンクのストールまで貸してくれたの」

「まさか!」エレンは声をあげた。「とても信じられないわ」

そのストールをまとっていたときに何があったかを思い出すと、頬がほのかに染まったが、テスは急いで心を鎮めた。行ってきます、と明るくエレンに声をかけ、彼女は病院へと出かけた。

朝食の席にマットがいなかったことが悪い兆しでなければいいのだけれど。テスはそう願い、ふと思い出した。そういえば、彼は、今朝は早く出勤しなくてはならないと言っていた。彼女は笑顔になり、鼻歌を歌いだした。あとは、どうにかしてナンを牢《ろう》から解放し、マットを過去と向き合わせて、さらに婦人参政権を獲得することができれば、人生はすばらしいものになる。とりあえずは、三つの願いのうちふたつだけでもかなえば、上々だ。

マットが早く出勤したのは、スタンリーをつかまえるためだった。彼はあの若者のために、探偵としての高度な技術と大きな勇気が求められる任務を用意していた。スタンリーは有頂天になった。ついにボスが、万年筆のインクの補充以上に危険な仕事を任せてくれたのだ。

しかし、新たな任務の内容を知ると、彼は意気消沈した。

「売春宿へ行けっていうんですか?」スタンリーは哀れっぽい口調で訊ねた。「でも、ミスター・デイヴィス、ぼくは母親に約束したんです――」

「そこで何かしろと言ってるわけじゃない」マットはいらだたしげに言った。「ただ、いくつか質問をするだけだ。コリアー殺しで新しい手がかりが出てきてね。あそこの女たちと彼とのかかわりを調べてほしいんだよ」彼は、悪名高い娼家《しょうか》がある方角を顎で示した。

「それで、あの――」スタンリーは唾をのみこんだ。「お客を装って、ですか?」

堪忍袋の緒が切れかけた。「探偵を装って、だよ、スタンリー」マットはそっけなく言った。「きみはいかにも実直そうで、こう言ってはなんだが、少しも威圧感を与えないからな」

スタンリーはボスに警戒のまなざしを向けた。

「なぜご自分で行かないんです?」

「以前、あの売春宿である男が撃たれてね。そのとき、おれはあそこの女主人がその場にいたことを証言しなきゃならなかったんだ。おれが行けば、あの女はすぐに気づいて、娼婦たちにどんな情報も一切やるなと言うだろうよ」

「さっき、危険な任務だとおっしゃいましたよね」

スタンリーは裏切られた気分でつぶやいた。

マットは彼の肩をたたいた。「実際、そうなんだ」しかつめらしく言う。「考えてもみろ。レイプされるかもしれないぞ」

スタンリーはものすごい目で彼をにらみつけた。

「それに撃たれるかもしれないし」マットは付け加えた。「用心棒は銃を持っているからな。絶対に危ないまねはするなよ」

若者の顔が輝いた。これなら探偵らしい。「精いっぱいやりますよ。それで、何がお知りになりたいんですか？」

「デニス・コリアーが常連だったかどうか、なじみの女がいたかどうか、そしてこれがいちばん大事な点だが、その女を家に招《よ》んだことがあるかどうか、だ」

スタンリーはほっと息をついた。「むずかしい仕事だな。でもやってみましょう」ネクタイと山高帽を直し、颯爽《さっそう》たる笑みを浮かべると、彼は売春宿に向かった。

マットは周囲に目を光らせ、外でスタンリーを待っていた。その界隈《かいわい》が物騒なのは確かだし、売春宿の用心棒は、マットのことでこりて探偵を嫌っている。スタンリーに怪我《けが》をさせるわけにはいかないが、情報はどうしても必要だった。

十分が経過した。マットは時計に目をやった。ここまでは何事もなしか。彼は心のなかでスタンリーの成功を讃《たた》えた。そのとき、通りの少し先で騒ぎが起こり、娼家の裏階段で立てつづけにドスンドスンと音がした。

最悪の状況を想定しつつ、マットは路地を駆け抜け、途中、洗濯物の下がった物干し綱に突っこみそうになりながら、建物の裏手へと走った。

スタンリーは裏階段を落ちてきたところだった。あちこち打って、ふらついている。そして、銃を手にした大男がすぐそのあとから追ってくる。スタンリーにもはやチャンスはない。女たちが窓から身を乗り出していた。彼女たちが女主人の指示どおりの証言をすることを、マットは知っていた。

心臓が早鐘のように打ちはじめた。万が一に備えて携帯していた、ふところのボウイナイフに手が伸びる。持ってきてよかった。マットはすばやくナイフを抜いた。だが、まずは用心棒が本気かどうか確かめてからだ。

「この虫けらめ、うちの女どもとは、無料《ただ》じゃ話はできねえんだよ。よけいなことを嗅ぎまわりやがって。いますぐあの世に送ってやるぜ！」

「やめろ」マットは言った。落ち着き払った不穏な声だった。

「なんだと？」用心棒はゆっくりと言い、マットに銃を向けた。

用心棒が撃鉄を起こした瞬間、マットはさっとナイフを投げた。それは空を切って飛んでいき、用心棒の上着を貫いて肩にぐさりと刺さった。男の息が止まる。銃弾が宙に向かって放たれ、拳銃は地面に落ちた。用心棒は苦しげなうめきとともに肩を押さえた。

スタンリーはあんぐりと口を開け、つかつかと近づいてくるマットを見つめていた。マットは拳銃を遠くへ蹴飛ばし、用心棒を突き倒した。そして、相手の胸をブーツの足で踏みつけ、ボウイナイフをぐいと引き抜いた。

その切っ先を、彼は倒れた男に向けた。一瞬、もう一度ぐさりとやりそうに見えた。

「たのむ、やめてくれ！」用心棒は悲鳴のような声をあげた。「こっちはただ仕事をしていただけだぜ！」

スタンリーは息をつめていた。目は、ナイフを構えたボスに釘《くぎ》付けだ。まるで初めてこの男を見るような気がした。ここ数年、自分が仕えてきたあの気短で寡黙な男は、見知らぬ他人と化していた。顔の形、目の形、その冷たい光、ナイフを扱う慣れた手つき。そのすべてが、まったくなじみのないものだった。スタンリーは瞬時に悟った。この男は、追放されたロシア貴族でも、ジプシーでも、アラブの王子でもない。さっきのは、何度か見に行ったバッファロー・ビルのワイルド・ウェスト・ショーで目にしたのと同じ技だ。ボスの謎の素性については、もう疑いの余地はない。

「大丈夫か、スタンリー？」マットは用心棒に目を据えたまま、訊ねた。

「は、はい」スタンリーはよろよろと立ちあがり、震える手でぎこちなく帽子をつかみあげた。

マットは身をかがめ、傷を負った男の上着でナイフの刃をぬぐった。その目が冷ややかに相手の目をとらえた。「運のいいやつだな」ささやくように言う。「以前のおれなら、銃を向けられた時点で、おまえを殺していたよ」

彼はすっくと立ちあがり、ナイフをするりと鞘《さや》に収めた。倒れた男からなおも目を離さずに、スタンリーに来いと合図し、マットは路地を引き返していった。

スタンリーはかなりの距離を保って、そのあとにつづいた。気は動転し、体は傷だらけで、少々ボスにびくついてもいた。

往来のさかんな道に出ると、マットは足を止め、鋭い目で若者を見やった。「本当に大丈夫なのか？」

スタンリーは勇気を振りしぼって口を開いた。

「はい、ミスター・デイヴィス」

「何があった？」

「ミスター・コリアーのなじみの女を見つけて——」彼は声をつまらせた。「彼女と話していたんです。ただ話していただけですよ。そうしたら、あの男が飛びこんできて、何かほしけりゃ金を払えと言ったんです。二十ドル払うか、出ていくかだって。だから、出ていこうとしたら、いきなりぼくを小突きまわしはじめたんですよ」

「当分は、誰も小突きまわしはしないだろうよ」

「でしょうね」スタンリーは少し怯《おび》えた顔で、鞘に収められたナイフを見やった。「あんなふうに人がナイフを投げるのをシカゴで見たのは初めてですよ。ビル・コーディの巡回ショーではよくやっていますけど」

「そうかい？」

スタンリーには喉まで出かかっている質問を口に出す勇気がなかった。そこで代わりに、自分のつかんだ情報を報告することにした。「ミスター・コリアーは、リリーというその女のなじみ客でした。いつも彼女に手を握らせて、妻がどんなにひどい女かを話してきかせていたそうです。肌には触れようとしなかったようですよ。ただ話をするだけで。でもその女は、彼の家に行ったことはないそうです。それに他の女たちは、彼とは一切関係していません。かかわったのは、リリーだけです」彼は暗い顔になった。「彼女、まだ十七だそうですよ。美人じゃないけど、どことなく品のある娘で。かわいそうな子なんです。ミスター・コリアーのことは好きだったと言ってました。他の男とちがってあれこれ要求しないから、歯を食いしばって耐えなくてもすむんだそうです」彼は顔を赤らめた。「なんだか気の毒になってしまいました」

「あそこの女たちは全員、気の毒だよ」マットは淡々と言った。「奴隷と変わりないんだからな。あの娼家の女主人は、ひどく強欲でね。女たちのことなんかまるで考えちゃいない。大事なのは金だけなのさ。それで彼女たちが病気になると——最終的にはたいていそうなるんだが——無一文で放り出すんだ」

「警察はなんとかできないんですか？」

「あそこを閉鎖することはできる。そうすれば、女主人はよそへ移って、そこで別の店を開くだろうよ。あの手のものを求める男がいるかぎり、それを与える女はいなくならない。これがこの町の現実だ」

「まあ、そうでしょう。でも悲しいことですね」

マットは腑《ふ》に落ちない様子で眉を寄せていた。

「どうもおかしい」彼は言った。「コリアーは自宅に娼婦を連れこんでいると聞いたんだが。きみのつかんだ情報は、その話と食いちがっているな」

「他の店の女だった可能性はありませんか？」スタンリーが訊ねた。「あるいは、娼家で働いている女ではないとか？」

「さあな。調べてみないと」

「ぼくにやらせてもらえます？」

マットは思わずにやりとした。いかめしい表情がくずれた。「まだこの仕事にこりないのか、スタンリー？」彼は優しくからかった。

スタンリーは笑みを浮かべ、赤くなった。「ええ。もともと向いているみたいです」

「では、その線はきみに追ってもらおう。だが、まずおれが、最初の情報提供者からもっと話を聞いてみるよ」

「仕事を任せていただいて、ありがとうございます。さっきはふがいなくて、すみませんでした。階段から落ちて、頭がぼうっとしてしまったもので」彼は言い訳がましく付け加えた。

「おれも階段から突き落とされたことは何度かある。

よくわかるよ」

　若者はうなずいた。そしてさらに何か言いたそうな表情で、マットの顔を見つめた。

「まだ何かあるのか？」マットは訊ねた。

　スタンリーはいったん口を開いたものの、いまの仕事への愛着と、ボスの素性を詮索することのリスクに思い至った。彼はにっこりした。「なんでもありません。オフィスにもどって、汚れを落としてきます」

「よし」

「ありがとうございました！」

　マットは歩み去る部下を見送った。スタンリーは明らかに混乱していた。あのナイフの使いかたをボスがどこで習得したのか、推理したのは確かだ。しかし彼は、そのことについて何も訊《き》かなかった。それは恐怖からではない。スタンリーは、マットを怒らせないよう用心はしているが、彼が暴力をふるうとは思っていないのだから。だとしたら、なぜ彼はひとことも言わず、この件をやり過ごしたのだろう？　マットは長々とその問題を考えつづけた。

　テスのこと、昨夜のことを、彼は思い出した。自分が帰っても、彼女はもう下宿にはいないだろう。彼は早くも淋《さび》しさを覚えていた。でも慣れるしかない。これからは毎日彼女に会うことはできないが、それはおそらくいいことなのだ。突然の関係の変化に彼が順応するまで、ふたりは少し距離を置く必要がある。今後、どう対処すべきなのか、彼にはわからなかった。わかっているのは、なんとか道を見つけなくてはならないということだけだ。いまとなってはもう、テスを手放す気はないのだから。

　彼女とは公の場で会いたかった。彼らの関係が変わった以上、ふたりきりになるのは危険すぎる。マットは、テスの勤務が終わる寸前に病院へ行き、ミックの馬車に向かって階段を下りてきた彼女に近づいていった。

彼の姿に気づくと、テスはぴたりと足を止めた。帽子の広いつばの下で、その目が輝くのがわかった。

歩み寄りながら、マットもほほえんだ。彼女に触れはしなかった。切ない想《おも》いを隠しきれずに、ふたりはただじっと見つめ合った。

「元気かい?」彼は訊ねた。

「ええ。エレンの家も快適よ。みんな、いい人たちだし」

マットはうなずいた。「それはよかった」

「ナンの件ね? 何かわたしにできることがあるの?」テスは訊ねた。

「まあね。売春宿でコリアーの相手をしていた女を見つけたんだ。問題は、彼女がやっと寝ていなかったことでね。どうもそこには、彼と関係を持っていた女はいないらしいんだよ」

「不思議ね。ナンのお姉さんは、コリアーには大勢、女がいたと言っていたのに」

「それは確かな話なのかな」マットは考え深げに言った。「単なる憶測なんじゃないか」

「わたしには、確かな話に聞こえたけれど。あの人が嘘《うそ》をついてるとは思えないわ。妹がどんな扱いを受けているか知っていたからこそ、あの人はコリアーを憎んでいたわけだもの」

「おれたちは、見当ちがいの方向を見ているのかもしれない」マットの目が細くなった。「キルガレンに訊いてみよう。彼は町じゅうにコネがある。もっと大きな売春組織のことがわかるかもしれない。コリアーの女関係については、ナンの姉さんより彼のほうが詳しいだろうし」

「その件で気がかりなことがあるの」彼と並んで歩道を歩きながら、テスがささやいた。「あなた、言っていたでしょう? アヘンを使っているときは、デニス・コリアーは女性に対して——何もできないって。でも、アヘンを使っていないとき、彼はいかがわしい仲間たちのためにあれこれやっていたらしいの」

「最初は、キルガレンの下で使い走りをしていたんだ」マットは教えた。「だが、そのうちアヘンの売買にも手を染めてね、その後、あの悪魔の薬を使うようになり、キルガレンからもらう金だけでは欲求を満たせなくなったんだろう。それで、もっと金を稼ぐために、電報で入ってくる現金輸送の情報を流すようになったのさ。きみも強盗団のことは聞いたことがあるだろう？」

「もちろんよ。あの男は、いろいろな犯罪にかかわっていたのね」テスは肩をすくめた。「でも、殺したのはやっぱり女性にちがいないわ」悲しげにつづける。「ナンがやったと思っているわけじゃないけど、でもわたし、実はあなたに話していないことがあるの」

マットは足を止めた。「どういうことだ？」

「デニスが殺された夜、彼女の手袋に血の飛び散った跡があったのよ」

彼は大きく息を吸いこんだ。「どうして最初に言わなかったんだ？」

「あなたが、いま考えているのと同じことを考えると思ったから。それが理由よ！」テスは腹立たしげに言い返した。「血がついていたなら、もちろん有罪——あなたはそう思っているんじゃない？　でも、それは鶏を料理したときのものだって、彼女、言ってたわ。あなただってご存じよね！　鶏も殺されたあとは血を流すのよ！」

マットはたじろぐことなく彼女を見つめた。「彼女はなぜ生きた鶏を使ったんだ、テス？」彼は重々しく訊ねた。「鶏なら市場で買えたはずだよ。ちゃんと血を抜いてあるやつをね」

15

「なんてことなの」テスはうめいた。まるで両肩にものすごい重みが加わったような気がした。事実、彼女はがっくりと肩を落としていた。「ああ、そんな！」

「時間はあるかい？」ふいにマットが訊《たず》ねた。

「ええ、もちろん」

マットは、手袋をはめた彼女の手を取った。「おいで！」

ミックがふたりを警察署まで送ってくれた。マットは、そこで待つようにミックにたのんだ。デニス・コリアーの遺体を発見した警官と話がしたかったのだが、その警官は親子喧嘩《げんか》の通報を受けて出かけていた。マットは、その場所を教えてもらうまでねばり、当直の警官に礼を述べると、テスの手を引っ張って、ふたたび外へ出た。

彼はミックに、その警官がいるはずの家の住所を告げた。

「乱闘のまっただなかに入っていったりしないわよね？」テスは息もつけないありさまだった。

「必要がないかぎりね」マットは黒い目をいたずらっぽくきらめかせ、テスを見やった。「おれが戦いのなかで身を護《まも》れないとでも思っているのかい？」

「そういうわけじゃないけれど、この町の人は始終、武器を持ち歩いているみたいだから。病院に担ぎこまれてくる、ナイフや銃の犠牲者の数ときたら……」テスははっとした。ウーンデッドニーのことを思い出したのだ。「ごめんなさい。こんな話、持ち出すつもりじゃなかったの」

「そんなに気を遣わないでくれ」彼は優しくたしな

めた。「あの恐ろしい思い出とも、もう向き合えるようになったからね」

「でも、それ以外の過去とは向き合えないのね」

「そっちはいま努力しているところだ」マットはしげしげとテスの顔を見つめた。「きみは本当に気にしていないんだね？」彼はふいに訊ねた。

「あなたがスー族だということを？　もちろんよ」

彼女はたじろがず、恐れも見せず、まっすぐ彼の目を見つめていた。マットは笑みを浮かべた。「なぜ？」

「だって、あなたは、白人が進出してくる何百年も前から、その土地で暮らし、お互いに慈しみ合ってきた、誇り高い部族の出なんですもの」テスは悲しげにほほえんだ。「白人の母親が子供をたたくのを見て、あなたの部族の人はひどく驚いていたわ。スー族の子供たちは、決してたたかれないのよね。年長者を敬うことや、善悪の区別は教わるけれど、ベルトや平手で打たれることはないんでしょう？」

「そのとおりだよ」

「それに、スー族の人たちはなんでも分け合うわ。いちばん貧しい人が、いちばん敬われていた。なぜなら彼らは、困っている人のためにすべてを手放す人たちだから」彼女は首を振った。「スー族の人たちにとっては、物質的なものはあまり重要ではないのね。でも白人は、自分の富を誇示せずにはいられない。大きな家や豪華な調度や高級な服を手に入れたがる……そして、そのまわりでは、幼い子供たちが飢えているのよ」

「まるできみのほうがスー族みたいだな」マットは皮肉っぽくつぶやいた。

テスは彼をにらんだ。「わたしは心がスー族なの。そしてあなたは、見た目が白人なのよ」

マットの眉がぴくりと上がった。テスの声には激しい怒りが感じられた。

どう答えたものか考えているうちに、馬車が歩道に寄せられた。一軒のアパートメントの外に、警察の馬車が止まっていた。すさまじい騒音や何かがぶつかるような音が、建物のなかから聞こえてくる。

「暴動のような騒ぎね」テスが言った。

「たぶん本当にそうなんだろう」マットは馬車を降り、ミックに金を払うと、テスが降りるのに手を貸した。そしてふたりは、階段へと向かった。

「お嬢さん、なかへ入っちゃだめだ。危ないよ！」警察の馬車から男が叫んだ。

テスはむっとした顔で彼を見やって、歩きつづけた。

「ねえ、その娘さんを止めてくれませんかね？」男は今度はマットに声をかけた。

マットは笑った。「もしも彼女を止めたら、誰がおれを護ってくれるんだい？」

警官は自分の耳が信じられないという顔で、ぽかんとしてその場にすわっていた。テスはくすくす笑った。マットも笑った。

「だからわたし、あなたが好きなのよ」ふたりでアパートメントに入っていきながら、テスはささやいた。「何もできない子供みたいに、わたしを扱わないから」

「きみが何もできない子供じゃないのはわかっているからね。ウィンチェスター銃でおれを撃とうとしていたシャイアン族を、矢で射抜いたのは誰だい？」

「あのころは自由でよかったわ」テスはなつかしそうに言った。ふたりは玄関ホールで足を止めた。騒音はいくらか静まりつつある。「わたし、ビル・コーディの一座に入らないかって誘われたのよ。ほら、こういう人間は、めずらしいでしょう？　弓矢が使えて、完璧にスー族の言葉が話せる若い娘なんてね」

「そんな話、聞いてないぞ！」

「あなたは訊ねなかったもの。それにわたし、ずっと思っていたの。いつかあなたもシカゴに嫌気がさして、もどってくるだろうって。でもそうはならなかった」

「あそこには悲しみが多すぎる。いやな思い出がありすぎるからね」それから、彼は驚くようなことを付け加えた。「オールドマン・ディアはビル・コーディの仲間に加わったんだよ。一座がシカゴ公演に来ていたときは、よく会っていたんだ。彼の話によると、おれが去ったあと、パインリッジ居留地はひどい状態だったらしい。あの大虐殺以来、部族のみんながスー族であることを恥じるようになったというんだよ。まるで、〈大いなる精霊〉が、あんなふうに白人の大勝利を許したことで、みんなを失望させたみたいに。それにもちろん、シャーマンたちも術を用いることを禁じられた。あとのことは、きみも知ってのとおりだ。価値ある人間でいるためには、白人でなくてはならなかった。だからスー族は、自分たちにはなんの価値もないと感じたわけだ」

「あなたもそう感じているの？」

マットはうなずいた。しかし、テスを見おろしたとき、その表情、その目には、何か別のものがあった。

「でも何かが変わったのね」

「ああ」

「何が？」

「きょう、うちの若い調査員が、おれの血筋のことを訊《き》きたいのをぐっとこらえたんだよ。でもそれは、おれが怖かったからじゃない。畏敬の念のせいなんだ」

「どういう意味？」

「実は今朝、おれを撃とうとした用心棒にナイフを投げつけたんだがね」マットは笑った。「その調査員は、ひどく感心していた。ところが彼は敬意のあまり、何も訊けなかったんだ。想像がつくかい？」

テスは笑みを浮かべた。「ええ、もちろん。わたし自身、子供のころからずっとあなたに畏敬の念を抱いていたもの」

マットは妙に気取った無造作な様子で、唇をすぼめた。「おれもビル・コーディの一座に入るべきかもしれないな。どうやら彼は、世間に戦士たちの姿を見せることで、部族のみんなに誇りを取りもどさせているようだから」

「安っぽいショーよ」

「教育的なショーだよ」マットは訂正した。「それに政府を困らせているし」意地の悪い笑みとともに、そう付け加える。「昔の戦いの酋長《しゅうちょう》たちが、有名になろうとしているわけだからね」

「それなら、わたしもあのショーを認めざるをえないわね」テスは言った。


マットが口を開きかけたとき、顔に痣《あざ》や切り傷を作った三人の大男が、玄関ホールに飛び出してきた。さきほど奥にちらりと見えた警官が彼らに、止まれ、と叫んだ。

「やるかい？」マットが訊ねた。

「もちろん」

マットは先頭の男を足で引っかけ、頭から壁に突っこませた。テスは二番目の男に膝蹴りを食らわせ、相手が苦痛に体を折り曲げると、再度、膝を蹴りあげた。男は気を失って床に倒れた。

最後のひとりがあわてて足を止めたちょうどそのとき、警官が銃を手に玄関ホールによろめき出てきて、撃鉄を起こしながら、大声で警告を発した。

男は両手を高く上げ、床に伸びているふたりの男と、彼らを倒した男女とをぽかんとした顔で見つめた。

「ご協力に心から感謝します」警官はあえぎながら

マットに言い、額の深い切り傷を押さえた。

「いや、わたしが始末したのはひとりだけです」マットはテスを指し示した。「二番目のやつは、彼女がやっつけたんですよ」

警官はまじまじと彼女を見つめた。「このかたが？」

「わたしは老練なインディアンの戦士なんです」テスはまじめくさった顔で言った。

「こっちはさほどの年じゃないが」マットはゆったりと笑みを浮かべて、ささやいた。「彼女なら、いつでもわたしを投げ飛ばせますよ」

どこまで信じたものかわからないまま、警官は笑った。彼が馬車の男たちに声をかけると、彼らはやってきて、三人の男を引きずり出した。

「救急車も必要だ」警官は、御者役の男に言った。

「あの連中、気の毒な親父《おやじ》さんをもうちょっとで殺すところだったんだ」

「呼びにやります」

「わたし、付き添い看護婦なんですけれど」テスが言った。「何かお手伝いしましょうか？」

「ええ、お願いします！」

彼女は怪我《けが》人のもとへ案内された。その男は切り傷や打ち身を負い、脳震盪《のうしんとう》を起こしていた。テスができるだけの処置をしている間に、マットは警官に話しかけた。

「署のほうで、あなたがこちらにいるとうかがったんです」名前を名乗り、テスを紹介したあと、彼はここに来た理由を説明した。

「知りたいのは、あなたが着いたとき、コリアー家の台所がどんな状態だったかです」マットは単刀直入に言った。

奇妙な質問に警官は一瞬あっけに取られたが、すぐに気を取り直した。「そうですね、ずいぶん散らかっていましたよ。ナン・コリアーがそこで鶏をさばいたあと、茹《ゆ》でた残りの羽根やら何やらを流しに置きっぱなしにしていたもので。本人の話だと、鶏は近所の人からもらったんだそうです。その人は、そいつを絞めてくれたんですが、下ごしらえはまだだったとかでね。彼女は、その夜に来たお客のために、鶏をさばいて料理したんですが、そのあと大急ぎで婦人運動の集会に出かけたので、かたづけをする暇がなかったのだと言ってました。あまり本当らしくない話ですが」

そう、本当ではない。キルガレンから聞いたことを思い出しながら、マットは思った。あの男は、デニス・コリアーを階段の下までぶっ飛ばし、ナンを連れ去って、彼女の姉夫婦の助けを求めたと言っていた。だからこそナンには、その前に台所をかたづける余裕などなかったのだ。そしてこのことは、ナンがテスに言ったとおり、手袋の血が鶏のものであることを裏付けている。マットは悪態をつきたくなった。事件は少しも解決に近づいていないが、ナンに残された時間はあとわずかだ。裁判は来週なのだから。

彼は最後にもうひとつ質問をしてみた。「コリアーが奥さんの留守中に、娼婦《しょうふ》たちを家に連れこんだという話を誰かから聞いていませんか？」

「いいえ」そう答えたあと、警官はちょっと考えこんだ。「娼婦ではありませんが、事件の夜、コリアーが悲鳴をあげた直後に、アパートメントから女が走り出てくるのを見たという人はいました。でもその女は黒っぽい服を着て、帽子をかぶっていたそうです。目撃者によると、骨張った顔の痩せた女だったとか」彼は肩をすくめた。「コリアー夫人とは別人のようですね。しかしご存じでしょう、目撃者というのはあてにならないものなんですよ」

「ええ、知っています」マットは頭のなかで、目撃された女の容貌にあてはまる顔をさがしていた。テスのほうが彼よりも早かった。ふたりの目と目が合い、彼女はさっと青ざめた。思いついた人物は、いまのいままで、殺人の疑いをかけようとは思ってもみなかった相手だったのだ。

だがテスは、警官の前では何も言わなかった。馬に引かれた救急車が到着するまで、彼女はひたすら怪我人の手当てをつづけた。病院から来た二名の職員は、テスを知っていた。彼らはテスに笑顔を見せ、礼儀正しく挨拶すると、被害者を担架に乗せて運び去った。

「ご協力ありがとう」マットは警官に言った。

「こちらこそ」警官は、用心深い、まだどうも信じられないという目でテスを見た。「ご存じでしょうが、警察は、あの事件でコリアー夫人をつかまえたんですよ」彼は言った。

「ええ、知っていますわ」テスは答えた。そして警官にごきげんようと言い、マットの手をつかんで外へ引っ張りだした。

「何か思い出したんだね？」建物から充分に離れると、マットは訊ねた。

「ええ、そうなの！　ねえ、マット、覚えていない？　あの警官がいま言っていた外見にぴったりの人がいるでしょう？」彼女の目は大きく見開かれ、きらきら輝いていた。「デニス・コリアーを憎んでいて、彼が死んでうれしいと認めている人よ」

「ああ、わかってる」マットはほっと息を吐き出した。「ナンの姉さん――イーディス・グリーンだ！」

「そのとおりよ！」テスは叫んだ。「彼女は見当ちがいの方向へわたしたちを向かわせた。偽の手がかりを与えて、ナンのつぎに強い動機があるのが自分だという事実から、こちらの注意をそらせたんだわ」

「彼女はそんなに非情な人なんだろうか」マットはゆっくりと言った。「自分の身代わりに実の妹を絞首台に送るような人なのかな」

「きっとあれは、とっさにやったことなのよ。たぶん、コリアーに殴られたか、ナンをつかまえて殺すと脅されたかしたんじゃないかしら。最初から殺すつもりで、あそこへ行ったとは思えないわ」

「同感だ。では、探偵さん、これからどうしようか？」

「グリーン夫人のところへ行きましょう。なんとか白状させるのよ！」

「グリーン巡査も家にいるんだろうな」マットは首を振った。「ああ、気の毒に。きっともう立ち直れないだろう。あの年だからね」

「彼女もいい弁護士がつけば、刑を免れるかもしれないわ。狡猾《こうかつ》な毒ヘビを殺してはいけないなんて法はないんですからね」テスは冷ややかにつぶやいた。

マットは何を思ったのか、楽しそうにくすくす笑った。

「何がおかしいの？」

「おれたちの部族語では、おれたちは〝ラコタ〟というんだ。〝友の同盟〟という意味だよ。しかし白人はおれたちを〝スー〟と呼ぶ。一説によると、これは〝敵〟という意味なんだそうだ。何語かは知らないがね。また、別の説では、これはオジブワ語の〝ナデュウィスウ〟を縮めた言葉で、〝狡猾なヘビ〟という意味だと言われているんだ」

「そんな話、一度もしてくれなかったわね」

「おれは狡猾なヘビじゃないからね」マットはにやりとした。「だがコリアーはまさにそれだよ。それに、われわれもグリーン夫人の力になれるかもしれない。おれの知り合いに、恐ろしく腕の立つ弁護士がいてね。テキサスに住んでいるんだが、おれがたのめばこちらに来て、彼女の弁護を引き受けてくれるだろう。キューバで、ルーズベルトの義勇軍にいたころ、いっしょだったやつなんだ」

テスは息をのんだ。「その話も初めて聞いたわ。あなたがキューバに行っていたなんて！　パパも話してくれなかった。パパは知っていたの？」

「ああ。きみには黙っていようとふたりで決めたんだよ。きっと心配するだろうから」彼はあっさりと言った。

「心配すると確信していたわけね？」

マットは振り向き、老成したまなざしで彼女を見おろした。「きみが十四のとき、おれはきみが自分に恋をしているんじゃないかという疑いを抱いた。やがてきみは成長したが、結婚はしなかった。お父さんは、きみが始終おれの話をしていると言っていた。おれがシカゴに来て何年も経《た》つのに、だ。お父さんも、きみがおれに恋しているんじゃないかと疑っていたよ。きみがシカゴに来るのは、別にいやではなかった。ただ、ふたりのちがいのことが気がかりだっただけでね。おれは昔からそうしてきたように、きみを護ってきた。でもきょう、ようやく気づいたよ。きみを護る必要などなかったんだ。きみには本物の戦士の心があるんだから」テスの驚きの表情を見て、彼はほほえんだ。「わからないかい？　おれには、駅に迎えに行くのを断るという手もあった。きみにそばにいてほしくなかったなら、別の町の仕事を見つけてやることだってできたんだよ。教会のホームへ連れていけば、どこでも喜んできみを住まわせてくれただろう。でもおれはそうしなかった。そうだろう？」

テスは首を振り、ため息をついた。「じゃあ、わたしにそばにいてほしかったのね？」

「愛しているからね。知らなかったのかい？」

小雪が舞っていた。気温はかなり下がっており、テスの温かなウールのコートも用をなさないほどだった。綿の靴下のなかで、足はかじかんでいる。それでも彼女は、その場にじっと立ち、いとしい彼の顔を一心に見あげていた。

「そうでなければ、オールドマン・ディアに結婚の儀式をたのむわけがないだろう？」マットはささやき、優しく彼女の頬に触れた。「それに、十二年も禁欲生活を送るわけもない」

「禁欲生活ですって？」テスはあえぎながら声をあげた。「でも、あなた言っていたじゃない……！」

「おれは、世慣れた女たちとの出会いがあったと言ったんだ」マットは愉快そうに言った。「実際、出会いはあったからな。彼女たちを抱きしめたし、キスもしたし、愛撫《あいぶ》もした」彼は笑みを浮かべた。「だが寝たことは一度もない。だっておれには妻がいるんだからね！」

テスはマットの胸をたたき、彼の体を揺さぶって、怒りの声をあげた。すると彼は人目もはばからず道のまんなかで彼女を抱き寄せ、その唇に息も止まるようなキスをした。


彼が腕をほどいたとき、ふたりは通行人たちの辛辣な視線にさらされていた。だが、みんながみんな憤慨していたわけではない。何人かはあからさまに楽しんでいた。

「さあ、とにかくグリーン夫人の家に行って、できるだけのことをしてみよう。おれたちには時間があるが、ナンにはないんだからね」

マットがテスの腕を取り、ふたりは並んで歩きだした。しばらくすると、彼の指がしっかりと彼女の指にからみついてきた。テスは思った――これはわたしを地上につなぎ留めておくためなのではないかしら？　彼がもし手を放したら、彼女は幸せのあまりふわふわと宙に舞い上がっていたことだろう。

グリーン夫人は不審げな表情で彼らを家に迎え入れた。居間へ通されたふたりは、コーヒーをすすめられて、いただきますと答え、少し前に仕事からもどったばかりのグリーン巡査と挨拶を交わした。彼は慇懃《いんぎん》に応対したものの、とまどいを隠せない様子だった。

夫人がコーヒーを運んでくると、マットは立ちあがって盆を受けとった。夫人の手は震えていた。彼女はおざなりな笑みを浮かべて夫の隣にすわり、マットはサイドテーブルに盆を置いた。

「注いでいただけませんか、ミス・メレディス？」イーディス・グリーンは、緊張した声で言った。

「このところなんだか神経過敏で。困ったものね」彼女は神経質に笑った。

テスはその役目を引き受け、全員にコーヒーを配ってから、自分のカップとソーサーを膝の上に載せた。

「こう言っちゃなんだが、よその家を訪問するにはいささか妙な時間だね」グリーンが言った。

「残念ながら、これは社交的な訪問じゃないんだ」マットは重々しく答えた。「いろいろと調べた結果、コリアー殺しの容疑者が浮かんできたんだよ。というより――」彼はわざとさりげなく付け加えた。

「犯人がわかったんだ」

「おいおい！」妻が膝一面にコーヒーをこぼしたのを見て、グリーンが叫んだ。

夫人は手にやけどを負っていた。ナプキンでさっとその手を隠すと、彼女は追いつめられた目をマットに向け、緊迫した声で訊ねた。「どうしてわかったんですか？」

「近所の住人が、あのアパートメントからあなたが走り出てくるのを見ていたんですよ」

「嘘《うそ》だ！」グリーンが怒鳴った。

しかしマットは、片手を上げ、強い視線をちらりと向けて彼を黙らせた。「聞いてください。あなたが冷酷な殺人を犯せるようなかただとは、わたしも思っていません」マットは急いでつづけた。「それに、裁判であなたの弁護を引き受けてくれそうな弁護士も知っています。彼ならあなたを救えるでしょう。コリアーは卑劣な男でした。そのことは誰もが知っています。それに、妹さんが頻繁に殴られていたことを証言する人間は、大勢いるでしょう。あの男がどんな人間かは、それで陪審員もわかるはずです」

グリーン夫人は、涙と嗚咽《おえつ》で息もできないほどだった。恐ろしげに見つめる夫の前で、ナプキンを目にあてがい、彼女は泣き伏した。

「妹を絞首台に上らせる気はありませんでした。そうなったら、告白していたでしょう。どうか信じてください」夫人は激しく泣きじゃくった。「わたし、怖かったんです。怖くてたまらなかったんです！」

「そんなに怖がることはありませんわ」テスが言った。「何があったか、すっかり話してくださいな」

おどおどした目で申し訳なさそうに夫を見やりながら、夫人は涙をぬぐい、なんとか気持ちを落ち着かせて、ようやく話しはじめた。

「あの集会に来たときのナンは、それはひどい状態で、可愛《かわい》い顔も痣だらけでした。デニスに、必ずつかまえて殺してやる、と脅されたそうで、この家に来るのさえいやがっていましたわ。あの子は、わたしたちが巻きこまれるのを恐れていたんです」夫人はうつろな笑みを浮かべた。「わたしたちはあの子を説得しました。でもうちの人は――」彼女は夫を目顔で示した。「仕事にもどらなくてはなりませんでした。そしてこの人が出かけたとたん、ナンはひどく怯《おび》えだしたんです」

ここで夫人はひと呼吸置いた。「わたしはあの男に会いに行き、二度と暴力をふるわないと約束するならナンを帰してもいい、と言いました。もちろん本気じゃありません。ただ、時間を稼ぎたかっただけですわ。あの男は、ひどく酔っているようでした。

ナンが帰ってこないなら、銃を持って、あの子を撃ち殺しに行くと言うんです。ただの脅しとは思えない口ぶりでした。わたしはひどく怖くなりました。でも、馬鹿なことはやめるように、説得できるかもしれないと思ったんです。あの男をおじけづかせ、妹から手を引かせることができるかもしれないと。たいていの人間は、本気で話せば、ものの道理がわかるものでしょう？」彼女は悲しげに付け加えた。

「酔っぱらいに理屈が通じるもんか。馬鹿なことをしたもんだよ！」グリーンが唸《うな》るように言い、妻の手をぎゅっと握りしめた。

「いまでは自分でもそう思うわ。でも、あなたには何も言いたくなかったの。もしもあなたが代わりに行けば、あの男に殺されるかもしれないと思ったから」グリーン夫人は深く息を吸いこんだ。その顔は青白かった。「わたしはアパートメントをあとにしました。でもそのあともう一度もどることにしたんです。部屋の玄関は暗くなっていました。とても暗かったので、あの男はわたしだとはわからず、大声で〝ナン？〟と呼びかけました。あの声なら踊り場まで聞こえたでしょう。わたしはドアを閉めて、そこに寄りかかりました。膝はぶるぶる震えていました。口のなかはからからで、あの男の名前を呼ぶのがやっとでしたわ。そのときあの男が動いた拍子に、あれが見えたんです」

「何がです？」マットがうながした。

「拳銃ですわ。あの男は拳銃を持っていたんです。居間のテーブルに載っていました。あの男は忍び笑いを漏らして、おまえを始末してやる、でもその前にまず、おまえがあの金持ちのギャングにしてやってることを、自分にしてもらう、と言いました。あの男はまだ、わたしをナンだと思っていたんです。酔っていましたから。泥酔状態だったんですよ」

「それで？」テスがうながした。

グリーン夫人の目は苦しげだった。「あの男が立ちあがって、こちらへ向かってきたんです。そしてわたしをののしりはじめ、拳を振りあげました。殴られたら終わりだということはわかっていました。そのとき、ナンの裁縫箱がいつもどおり、ミシンに載っているのが目に入って……。わたしはそのなかをさぐって、はさみをつかみました。こちらが身をかがめてかわしたので、あの男の拳はドアに当たりました。あの男は悲鳴をあげ、わたしはただ……」彼女は唾をのみこんで吐き気をこらえると、目を閉じて身震いした。「めちゃくちゃにはさみを突き出したんです。あの男は悲鳴をあげながらよろよろとあとずさりして、倒れました。どこを刺したか見る余裕もありませんでした。わたしはただ、ドアを開けて、その場から逃げだしたんです」彼女は唇を噛《か》みしめ、すすり泣いた。「殺す気なんてありませんでした。ただ、かわいそうな妹を救いたかっただけなんです。神様がご存じですわ！」

テスはそのかたわらへ行き、紫檀《したん》のソファに並んですわると、年上の女性を抱きしめた。彼女は優しく、夫人を揺すりはじめた。

「すぐに告白すべきだったんです。ナンが逮捕されたそのときに」夫人は泣きじゃくった。「でも、主人や子供たちがどんな目で見られるかと思うと、とても怖くて！　本当に苦しかった。すべて終わって、ほっとしましたわ」彼女は悄然《しょうぜん》とつづけた。「わたしは吊《つ》るされたってかまいません。人を殺したわけですから。罰を受けるのが当然です」

「あなたはヘビを殺したんです」マットが言った。「勲章を授かるべきですよ。どうかご心配なく」彼はグリーン巡査に自信ありげな笑顔を向けた。「知人の敏腕弁護士に電報を打って、弁護を依頼するよ」

「その弁護士に、家内を救うことができると思うか?」グリーンがかすれた声で訊ねた。

「ああ、まちがいなく」マットは請け合った。「これは明らかに正当防衛だからな。それに、コリアーの卑劣な性格と奥さんの立派な人柄について証言する人間なら、二十人は見つかるだろう」これは本当だ。それらの証人は、キルガレンが手配するにちがいない。なんといっても、イーディスはまもなく彼の義理の姉になるのだから。

グリーンはまだひどく心配そうだったが、それでも表情がほんの少し明るくなった。「なあ、おまえ」彼は言った。「そろそろ警察署へ出向いたほうがよさそうだね」

グリーン夫人は目をぬぐいながら、うなずいた。彼女はテスに涙に濡《ぬ》れた笑顔を向けた。「とても残念ですわ。これまでは、動物を傷つけたことすらなかったのに」

「コリアーは動物以下ですからね」マットが冷ややかに言った。「当然の報いを受けたまでですよ。あなたと妹さんが巻き添えを食ってしまったのは、確かに残念ですが」

「本当にお優しいかたね、ミスター・デイヴィス」夫人は言った。

「では、その知り合いの弁護士に、電報を打ってもらえるか?」グリーンがマットに訊ねた。

「ああ、明日の朝一番でな」マットはそう約束し、テスとともに立ちあがった。「おれたちも署までいっしょに行こう。コリアー夫人をホテルにお連れして……」

「その必要はない」グリーンがぶっきらぼうに言った。「彼女にはここに来てもらう。うちの家族だからな」

「あなたも優しいかたですのね、グリーン巡査」テスが静かに言った。

グリーンはかすかに顔を赤らめた。「まあ、ナンはいい娘ですよ。赤ん坊のことやら何やらありますがね」彼はぎこちなく言った。

「ナンとその赤ん坊については、ちょっと驚くことがあると思うが」マットがつぶやくように言った。「でもおれから話すのはやめておくよ。ショックはひと晩にひとつでたくさんだろう」

ナンは釈放された。そこには喜びとともに悲しみもあった。なぜなら、彼女に代わってその房に実の姉が入ることになったからだ。ナンはテスとマットに篤《あつ》く礼を述べ、すっかり気落ちしている義兄とともに家へ向かった。

姉の子供たちの世話は自分がするから、とナンは言い、やがて生まれてくるわが子のことを思ってほほえんでいた。

「キルガレンはこれからどうするんでしょうね？」寒風の吹きすさぶ警察署の外で、テスはマットに訊ねた。

「すぐさまナンと結婚するだろうよ。彼女の喪が明けるのも待たずにね」マットは笑った。「彼の立場ならおれもそうする」

「あなたが？　この頭の固いミスター・デイヴィスが？」

マットは、わかってないな、とばかりに彼女を見おろした。「おれもいくらか頭がやわらかくなったと思うよ」彼はほほえみながら、そう打ち明けた。「たぶん、いま自分の殻を破ろうとしているところだな」

「まあ、わくわくするわ」テスはからかった。

マットは手袋をはめた彼女の手を取り、唇に押しつけた。「エレンの家まで送るよ。そのあと、いくつかかたづけることがある。一週間くらい会えないかもしれない」彼は急に真顔になった。「おれを信じていてくれ、テス。きみをがっかりさせはしないから」

「そんな心配、したこともないのに」彼女はとまどった顔で言い、それからほほえんだ。「愛しているわ」

マットはほっとため息をついた。「おれも愛している。この先ずっとふたりでやっていきたいよ」

「息子や娘もいっしょにね」彼女は不屈の精神でそう付け加え、マットの反論を待った。

だが彼は何も言わず、ただほほえんだだけだった。エレンの家までの会話は楽しかったが、愛をささやくようなものではなかった。マットはドアの前でそっと彼女にキスをして去っていった。

一週間後、マットはメッセンジャーを使って、病院のテスに《シカゴ・デイリー・タイムズ》紙の社交欄を届けてきた。

彼女は足を止め、まずその紙面トップの大部分を占める大きな写真を眺めた。そこに写っているのは、オグララ・スー族の男たち。ワイルド・ウェスト・ショーのシカゴ特別公演に出演中の面々だった。スー族の長たちのなかには、ふたりの小酋長と、オールドマン・ディアというシャーマンがいた。そして、町の探偵マット・デイヴィスも、羽根飾りの礼帽までかぶって正装し、部族の誉れそのものといういでたちでその中央に。

記事にはこう書かれていた。「名高いシカゴの探偵マット・デイヴィスが、サウスダコタ州のオグララ族の同志らとともにポーズを取った。デイヴィス氏は、一八九〇年十二月三十日、ウーンデッドニーでスー族が大敗を喫すまで、数々のインディアン戦争で白人たちと戦い、レイヴン・フォローイングの名で知られていた。デイヴィス氏は、自らの祖先について誇らしげに語り、部族の仲間やビル・コーディと数時間にわたって部族語で語り合った。コーディ氏が娯楽ショーではなく教育的興行と呼ぶ、ワイルド・ウェスト・ショーのつぎの公演は、ニューヨーク・シティーで行なわれる」

記事はさらにつづき、ヨーロッパ巡業の計画など、コーディ一座の活動のことが詳しく述べられていた。テスは、誇らしさと喜びでいっぱいになって、写真を見つめた。その下には、インクの太い文字でこう書かれていた。〝この男と結婚してくれますか?〟

勤務の最中だったが、これでクビになるかもしれないなどということは、考えもしなかった。テスはバッグをつかむなり、看護婦の帽子をかぶったまま、エプロンをはためかせて病院を飛び出し、通りかかった馬車を呼び止めた。その手にはまだ新聞が握りしめられていた。

クリスマスはもう間近で、街路灯から家々の玄関までありとあらゆるものが楽しげに飾り立てられていた。だが、町を飾る陽気な花輪などテスの目には入らなかった。彼女はただひたすら、早くマットの事務所が見えてこないかと窓の外に目を凝らしていた。ついに夢がかなった。これは奇跡だ。いったいなぜ彼は、あれほど大々的に自分の血筋を公表する気になったのだろう? 彼女は誇らしさのあまり、はちきれそうだった。

真昼の往来をかいくぐり、ついに馬車はマットの事務所に到着した。彼女は御者に持っていた小銭を全部渡すと、建物に飛びこみ、階段を駆けあがった。

上のロビーでは、スタンリーが新聞を眺めていた。テスの手の新聞を見ると、彼はチェシャ猫のように大きな笑みを浮かべた。「すごいことですよね?」

彼は叫んだ。「ぼくはわかっていました。少なくとも、そうじゃないかと思っていたんです。でも、敬愛するミスター・デイヴィスのプライバシーを詮索するわけにはいかないでしょう? 考えてみてください。あの人はインディアンの部隊を率いていたんですよ！　それに、オグララ族には立派な文化と伝統があるんだそうです。クレイジー・ホースはオグララ族ですし、一八七〇年代に白人の攻撃を食い止めたあのレッド・クラウドも、そうなんですよ！」

「ええ、本当に立派な部族よ」テスは同意した。

その声はマットにも届いていた。彼は自分のオフィスの戸口に出てきた。帽子はかぶっておらず、見事な黒髪はほどかれている。これまでは自宅でしか――そして夜にしか――見せなかった姿だ。そんなことを思い、テスは思わず頬を染めた。それは威風堂々たる姿だった。

「この格好はどうかな？」彼はスー族の言葉で訊ねた。

「ワチア・カ・チャ・イ・ベドゥシ・ギエン・チエ」テスは答えた。「あなたを見るとうれしくなる」

「おれもきみを見るとうれしくなるよ」マットは英語でそう返した。

「驚いたな！　スー族の言葉が話せるんですか？」スタンリーが感嘆の目でテスを見つめた。

「そうとも」マットが言った。「それに、弓矢も使えるし、鹿の皮も剝がせるし、裸馬にも乗れる。モンタナにいたころ、おれが教えたんだ」

「ああ、おふたりはいとこ同士でしたね。じゃあ、あなたもスー族なんですか？」スタンリーは礼儀正しく訊ねた。

「おれたちはいとこ同士じゃないんだ」マットが言った。「あれは、人に詮索されないための作り話でね。実はな、スタンリー、テスはおれの妻なんだよ」

「ええ、そうなの」テスもそう応じ、ふたりは見つめ合った。そのまなざしの熱さはスタンリーが気恥ずかしくなるほどだった。

「でもそれは、スー族のなかでだけよ」テスは付け加えた。

「シカゴできちんと式を挙げるまではね」マットは笑いながら言った。「花嫁を引き渡す役はスタンリーにやってもらおう。引き受けてくれるかい？」

スタンリーは目を見張った。「いいんですか……そんな大役を？　ぼくなんかに？」

マットは親しみをこめて彼の肩をぴしゃりとたたいた。「きみはいい青年だよ、スタンリー。それに将来的には、もっといろいろ仕事を任せるつもりなんだ。力があることは充分わかったからな。きみはわが探偵事務所の誇りだよ」

スタンリーは顔を輝かせた。「ありがとうございます！」

「こちらこそありがとう、スタンリー」

若者は喜びに頬を紅潮させて、足早に自分のオフィスへ引きさがった。テスはマットとともに彼のオフィスに入った。マットはドアを閉めると、そこに寄りかかって、じっと彼女を見つめた。

「答えはイエスだね？」彼はそう言って、テスがまだ手に持っていた新聞を目顔で示した。

「ええ！」

彼は歩み寄ってきて、ちらりと新聞の写真に目をやった。「ずいぶん写りがいいだろう？」

「ええ、とってもハンサムよ」テスはささやくように言った。「でも長い髪があってもなくても、わたしはあなたを愛しているわ」

マットは笑みを浮かべた。「よかった」

テスは記事を掲げた。「なぜこんなことを？」

「きみが、過去から逃げるむなしさを教えてくれたからさ」マットは簡潔に答えた。「きみは何があっても決して逃げない。おれもかつてはそうだった。ところが、ウーンデッドニーで起きたことのせいで、くじけてしまったんだ。だが意を決して振り返り、心の闇を見つめてみたら、そこには実体のない影しかなかった」彼はテスを引き寄せた。「おれたちの子供は、特別だろうね」そうささやいて、驚いて見あげる彼女の顔へ顔を寄せた。「たくさんほしいと思っているんだ……」

テスはもう何も言えなかった。彼の唇の下でその唇が開き、彼女は力いっぱい、彼に抱きついた。ふたりの間にはきっと美しい子供が生まれるだろう、と彼女は思った。マットを過去と和解させたことに、わたしはこれからの一生、毎日感謝するにちがいない。

雪が窓ガラスをたたいている。風はヒューヒューと唸っていた。テスには、はるか遠くからの音が聞こえるような気がした。太鼓のリズム、かがり火のはぜる音。太古の文明の灰のなかから、気高き民が立ちあがろうとしている。彼らの声が、歳月を超え、長い道のりを超えて、はるかな未来へと美を吹きこんでいる。

いつかふたたび、オグララ族は誇り高き部族となるだろう。教養ある男女から成る国を築き、偏見と闘い、この世における正当な地位を要求するだろう。女性たちもまた、そうなるにちがいない。これは自然の摂理であり、彼女がレイヴン・フォローイングとともに幸せになるのと同じように確かなことだ。そしてふたりは、その夢をかなえる戦いの先兵となる。彼女の胸はいっぱいだった……愛と、そして希望とで。

エピローグ

シカゴ

一九三八年、晩秋

テスが夫の手をぎゅっと握りしめると、彼はちらりと振り返って笑みを見せた。ふたりは、彼らの娘――二番目の子供――が、イリノイ州で初めて公職に就く女性として宣誓する姿を見守っていた。法廷弁護士であるその兄は、彼女の隣に立っている。彼は、少数民族、ことにスー族の権利のために闘うことで有名だ。色黒で整った彼の容貌は、その場にいる女性たちの崇拝のまなざしを集めている。彼の妹の美しさもまた、男たちを魅了していた。今年も雪の多い寒い冬になるのだろう、風が吹き荒れ、窓はガタガタ揺れている。しかしその音は、テスにとっては快い音楽だった。

わたしの激しい気性もすっかり穏やかになった。テスはそんなことを思いつつ、過去を思い返していた。いまかたわらにいるこの男性と結ばれたこと、そして、ふたりのすばらしい子供に恵まれ、彼らが成功を収めたことを。彼女とマットはあの年、クリスマスの週のうちに式を挙げ、それからずっと幸せな結婚生活を送ってきた。もちろんマットは、ときおり保釈手続きをして、テスを留置場から解放しなければならなかった。だがそれも、一九二〇年代初頭までのこと。一九二〇年、婦人に参政権を与える憲法修正案が上下両院を通過すると、そんな警察署通いの頻度は激減した。そして、一九二四年、インディアン市民権法が可決され、アメリカ合衆国領土内で生まれたすべてのネイティヴ・アメリカンに市民権と参政権が与えられると、テスが逮捕されることはそれきりなくなった。彼女が部屋の向こうに目をやると、そこには、いまやすっかり善良な市民となり、この二十五年はダイヤモンド・ジムと呼ぶ者もないジム・キルガレンが、最愛の妻ナンとともにすわっていた。ナンの姉のイーディスは、マットの紹介した有能な弁護士のおかげで、謀殺罪を免れた。故殺罪で有罪判決を受けた彼女は、いまも執行猶予中の身で、はるか遠い南部で暮らしている。

かつてマットは、ふたつの世界の架け橋となる子供を持つことをどれほど恐れていたことか。それを思い出して、テスはほっとため息を漏らした。これまでの長い年月を通じて、彼の不安はすっかりぬぐい去られていた。

「あなたときたら、わたしたちの子供は不幸になるだけだと思っていたんですからね」テスは夫をからかった。背が高くすらりとした彼らの娘は、いましも聖書に手を載せて、就任の宣誓を行なおうとしている。

テスと同じく、白髪がちらほら見られるマットは、優しく彼女の手を取って、静かに笑った。「きみのほうは、彼らの将来を少しも案じていなかったね」彼は妻の手をさらに強く握りしめ、皺《しわ》が寄った顔の緑の瞳をいとおしげにのぞきこんだ。「子供たちや他のみんなを食事に連れていく前に、教えてくれないか？　おれと結婚したことで、何か後悔している点はあるかい？」

テスは眉を寄せて考えこんだ。彼の黒い瞳と出会うと、その淡い緑の瞳がいたずらっぽくきらめいた。「後悔なんてひとつもしていないわ。でもね――」

「なんだい？」

テスはまわりに聞こえないよう彼に身を寄せ、耳もとでささやいた。「もう一度、過去にもどって最初からやり直せないのが悔しいわ！」

マットの目が燦然《さんぜん》と輝いた。そしてその輝き以上にすばらしいのは、胸が痛くなるほど優しい彼のキスだった。神の前に集まった人々——たくさんの記者やシカゴの大物政治家たち——が、熱烈なキスを交わすこの年配のカップルをまじまじと見つめたが、本人たちはまるで気にしていなかった。彼らの娘も同じだった。彼女は楽しげに笑い、知事と握手をすると、舞台から下りてきて両親に合流した。息子のほうは、おかしそうに片方の眉を上げ、最前列の美しい娘とこっそり笑みを交わしながら、その娘のところへ歩いていった。

「確かあなたは、ご両親はどちらもスー族だと言っていたわよね？」娘が言った。

彼は愛情あふれる目を輝かせながら、両親を見やった。「そうだよ」

「でもお母様は、色がとても白いし——」

「母がスー族だというのは、肌の色じゃないんだ。その心なんだよ」

さらに説明しようとしたとき、マットの力強い腕にかかえられたまま、テスが彼に手を振ってきた。彼女は初恋に胸を焦がす若い娘のように笑っていた。実際、その心は恋する乙女そのものだった。

マットはさらに妻を引き寄せた。一瞬、平原を疾走していく馬の蹄《ひづめ》の音や、かがり火のまわりでドンドンと響く太鼓の音、歌い手たちの哀調を帯びた裏声が、聞こえたような気がした。古い時代は永遠に過ぎ去った。いまや人類は翼なしで空を飛び、映画は西部開拓の苦闘の歴史を書き換えつつある。しかし目を閉じると、風のささやきが聞こえる。それは、勇気ある行為、部族の人々の平和、果てしない自由について、彼に語りかけてくる。彼の子供たちが、それらを知ることは決してないだろう。しかし彼とテスは、古い時代を生きてきたのだ。

「何を考えているの？」テスが静かに訊《たず》ねた。

マットは目を開けて、彼女を見おろした。「祈りの歌のなかから起こる太古の声の響きを思い出していたんだよ」

　テスは彼に身を寄せ、その胸に頬を押しつけた。「いつか」彼女はささやいた。「太古の声が、またわたしたちに歌いかけてくるでしょう。そうしたら、わたしたちは馬に乗って平原を駆け抜けるのよ」

　マットはテスの額に優しくキスをして、彼女を抱きしめた。「いっしょにね」

　テスはほほえんだ。「もちろんいっしょによ。神様は決してひとつの魂を引き裂きはしない。そして、わたしたちの魂はひとつですもの」

　テスの白髪混じりの髪に、マットは頬を寄せた。同じことを強く感じていながら、それを言い表わす言葉が見つからなかった。しかし言葉などいらないのだ。テスはいつもわかってくれているのだから。

　テスの頭の向こうでは、彼らの息子と娘が冷やかすような笑みを浮かべている。だが、マットは腕をゆるめようともせず、ただふたりにウインクしてみせた。

ゼウスにさらわれた花嫁

アン・ハンプソン

元教師。旅行好きで、各地での見聞をとり入れて小説を書きはじめたところ好評を博し、ついに教師を辞め執筆活動に専念することにした。物語の背景として選んだ場所へは、必ず自分で足を運ぶことをモットーとしていた。70年代から活躍し、シリーズロマンスの黎明期を支えた作家の一人。

主要登場人物

タラ・ベネット……………看護師。
デイヴィッド・ロスウェル……タラの婚約者。
スー……………………………タラの同僚。
レオニデス・ペトリデス………実業家。愛称レオン。
エレネ・フルール………………レオンの元恋人。ファッションモデル。
ニコ・カレルギス………………レオンの友人。
ペライア、スタマティ…………レオンの屋敷の使用人。

1

電話の声に耳を傾けるタラ・ベネットの顔には、穏やかな満ち足りた表情が浮かんでいた。フィアンセのデイヴィッドは毎日欠かさずこの時間に電話をかけてくる。君は僕のもの、僕だけのものだってことを忘れないようにと彼はからかう。男性患者に少しでも気を許したらただではおかないからな、と。

「いまはどんな連中がいる?」デイヴィッドは知りたがった。

「ゆうべ遅くに車の事故があって、新しい患者が二人入ったわ。ひとりはギリシア人で、とにかく態度が大きいらしいの。私はまだ顔も見てないけれど、スーがそうとう腹を立てていたわ。自分は神だとでも思っているのかしらって」そのギリシア人の病室から戻ってきたときのスーの怒りようを思い出し、タラは笑った。

「どんな男なんだ?」

「ハンサムだそうよ、スーによると。年は三十二歳ぐらい。だけど、本人ははっきり言わないんですって」

タラは再び笑い、スーが年齢を尋ねたときの、そのギリシア人の返事をフィアンセに伝えた。その男性はひどく高慢な態度でスーを見すえ、言い放ったそうだ。

「〝おまえには関係ない、無駄な質問はやめてさっさと仕事をしろ〟ですって!」

「どうやら怪我《けが》も大したことはなさそうじゃないか」デイヴィッドが指摘した。

「ええ。でも、事故そのものがひどかったから、当直のドクターはレントゲンを撮るように言ってるの。

対向車線をはみ出してきた車にぶつかって、道路に投げ出されたらしいわ」

デイヴィッドはそこで不意に話題を変えた。

「そうだ、メアリーから金曜日に夕食に誘われていたんだった。君と二人で家に来ないかって。ジョンがようやく帰国できることになったそうだ」

「すてき！　じゃあ、私たちの結婚式に出られるのね？」

「そうなるだろう。二年も海外に飛ばされていたんだから、たっぷり休暇がもらえるはずだ」デイヴィッドは少し間をおいてから続けた。「あと九日で僕たちは夫婦だ。タラ、とても待ちきれないよ」

喜びで胸がいっぱいになり、タラは一瞬、言葉が出てこなかった。そして会話に差し挟まれる沈黙の中で、二人はともに深い思いを未来にはせた。その未来はどこまでも赤い薔薇《ばら》とワインの色で彩られている。デイヴィッドの兄が式に出られるようになって、本当によかった。タラには身内がひとりもいないので、近しい親戚はデイヴィッドのほうにしかいない。しかもその数は少なく、両親と兄、それに高齢の伯母が二人いるだけだった。

「そろそろ行くわね」しばらくして、タラは言った。「スーの勤務時間が終わるから、引き継ぎをしないと」

「じゃあ、くれぐれもそのギリシア人には気をつけて」デイヴィッドはからかうような口調で警告した。「ギリシア人の好色ぶりは有名だから」

「大丈夫、そのギリシア人は例外みたい。いまスーが戻ってきたけれど、しかめっ面をして、問題の病室のほうを指さしているわ」

「スーが腹を立てるなんて、よほどのことなんだろうな」

「ええ、彼女は本当に穏やかで、看護師の鑑《かがみ》のような人だから」

「君もだよ、タラ。じゃあ、また今夜」

電話の切れる音がした。

「本当に傲慢で、いけ好かない男!」

スーの言葉にタラは一瞬、絶句した。スーが患者をそんなふうに言うのを、これまでただの一度も聞いたことがない。

「私はそれを引き継ぐのね」タラはようやく言葉を返した。「楽しみとはとても言えそうにないわね」

「本人は退院したがっているんだけれど、ドクター・ジェイムソンに様子を見るよう厳しく言い渡されているの」

「でも本人が退院を希望しているなら、無理に引き留めることはできないでしょう?」

「ドクターは内臓損傷の可能性を気にしているみたい」

数分後、タラはコーヒーとビスケットをのせたトレイを持ってその病室に向かっていた。心拍数が不快なまでに上がっているのに気づいて、タラはドアの手前でためらった。

ギリシア人は窓際に立って外を眺めていた。その後ろ姿に、タラはしばし目を留めた。なんて背が高いのだろう。肩幅は広く、腰は引きしまり、アスリートさながらに鍛えられた体には、贅肉《ぜいにく》はいっさい見当たらない。男性がゆっくりと振り返り、ちらりと横顔が見えた。古典的な輪郭が、美術館で見たギリシア彫刻を思わせた。圧倒されそうな力強い顎のライン、鷲《わし》のくちばしのような鼻……。

そうして男性が正面を向いたとき、タラの神経はびくんと跳ねあがった。漆黒の深みをたたえた瞳と……鋭いまなざし。その目が彼女をとらえたかと思うと、ゆっくりと見開かれて、射抜くような視線を向けてくる。男性は一瞬、信じられないものを目にしたかのように茫然《ぼうぜん》としていた。

「あの――コーヒーを」タラはそう言ったきり、トレイを手にその場に立ちつくした。脚に力が入らず、頭が混乱していた。部屋を電流のようなものが駆けめぐり、張りつめた表情で立つその男性と彼女の間を行き交っている。タラはただぼんやりと、褐色の肌と険しい頬骨、ギリシア人らしい広い額、自然なウエーブを描いて無造作に後ろにかきあげられた豊かな黒髪を見ていた。そういえばスーも、彼のことをハンサムだと言っていた。

タラは首を振り、そんな考えを押しやった。目の前の男性はハンサムと呼ぶには表情の険しさが先に立ち、気位の高さが透けて見える。

確かにこんなに引きつけられる顔は初めて見た……それに、こんなに怖い顔も。そう、彼はハンサムなんかじゃない。少なくとも私の考えるハンサムとは違う。それに引き替えデイヴィッドは……確かに身長はこんなに高くないけれど、もっと柔和で優しい風貌で、まっすぐで正直な目をしている。唇もふっくらとして、親しみを覚えさせる。こんなに薄くて酷薄そうな感じはしない……。けれどこの男性の唇には官能を呼び覚ます何かが潜んでいて、タラは思わず、細かな震えが背筋を駆けおりるのを感じた。絶対に二人きりになりたくない人だった。

男性は無言のまま、なおもじっと彼女を見ている。タラの頬にほんのりと赤みが広がり、彼女は唇を噛《か》んだ。どうして私は口をきくこともできず、テーブルにトレイを運ぶこともできないの？

ギリシア人の男性がようやく口を開いた。けれど沈黙が解けてほっとしたのもつかの間、かすかになまりのあるその声で、タラはたちまち得体の知れない不安に襲われた。

「おはよう。君は日勤の看護師なのか？」男性はまたしても彼女をじっと見つめた。「名前は？」

タラは唾をのみくだした。頭の中が混乱し、ぐるぐるまわり始めた。この人の声はどうしてこんなに不安をかきたてるの？　話した言葉はわずかでも、平易な言葉の裏に何かが潜んでいるような気がする。

自分の名前をささやくように告げながら、タラは頬がさらに赤くなるのを感じた。男性が再び声を発し、穏やかな優しい口調で彼女の名前を繰り返した。

「タラか……」黒い瞳は彼女の狼狽《ろうばい》に気づいているようなのに、そのことには触れなかった。「トレイを置けばいい。いや、そこではなく、この小さなテーブルに」

タラは身をこわばらせた。男性が示したテーブルは、彼が立つすぐそばにある。そんなに近くに行くなんて！

「いつもはここに置くのよ」タラは言い、大きいほうのテーブルへなんとか歩きだした。男性が無言でうなずいたことに、彼女はいくぶん驚いた。何しろ彼には異国の支配者のような傲慢な雰囲気が漂い、指示を繰り返されたら従わざるをえない気がしたからだ。

タラがトレイを置いて上体を起こすと、また彼の声が響いた。低く、どこか命令口調で……不吉な響きさえ帯びている。

「こっちへ」

手のひらが汗ばむのを意識しながら、タラは男性を見つめた。首を振り、抵抗できない自分の弱さにたじろぐ。患者に対するときのいつものきびきびした態度はどうしたの？　勤務中にいつも使っている毅然《きぜん》とした声は？

「私は、もう行かないと……」男性に怖い目で手招きをされると、タラの言葉は途切れた。

「こっちへ来てくれ、タラ」ごく穏やかな声にもかかわらず、そこに潜む力にタラはたじろぎ、そわそわとあたりを見まわして一歩ドアに近づいた。こんな話はスーから聞いていない！　「こっちへ来てくれないか、タラ」

その声は依然として静かだったが、タラはなぜか機械じかけの人形のように彼の命令に従い始めていた。けれど、はっと我に返って足を止め、自分を引き寄せる奇妙な磁力に抵抗した。「もう行かなくてはならないの、ミスター・ペトリデス。あと一時間ほどでドクターが来るわ」すると、意外にも彼はうなずいた。諦めて医師を待つことにしたらしい。

「三十分後にトレイを下げに来ます」

「言ったはずだ」病室を去ろうとするタラに、ギリシア人の男性が言った。「こっちへ来てくれ」

タラは怒りに目をきらめかせて、勢いよく振り返った。「どんな理由がおありか知りませんけど、ミスター・ペトリデス、あなたの要望には驚かされるわ。患者は普通、看護師にそんな命令をするものでは――」また言葉が途切れた。今回は男性が動いたせいだった。

彼の意図に気づいたときは、もう手遅れだった。タラが逃れるより先に、男性はネコ科の動物を思わせるしなやかな動きで自ら近づいてきた。手首をつかまれ、硬い男性の体と手首から伝わる熱気を感じる。はじかれたように顔を上げると、男性の唇が自分の唇に重なり、容赦なく奪われていた。どんなにもがいても無駄だった。男性は無抵抗の相手を扱うように、やすやすと彼女を押さえつけた。燃えるような荒々しいキスは永遠に続くかのようだった。タラはもうもがくのをやめ、彼の唇で自分の唇が強引に押し開かれる間も抵抗さえしなかった。彼はやがて体を離し、タラをつかんだまま、その顔を探るようにじっと見た。

「君は喜んで降参した」彼がささやく。「僕たちは最高にうまくいく――」

「ばかなことを言わないで！」タラは体をひねって、男性の手から逃れようとした。「この……悪魔！このことはただちに報告しますから！」怒りと気まずさで顔が真っ赤になった。なぜなら〝降参した〟という男性の言葉は間違っていなかったからだ。あれ以上は力が続かなかった……。どんなに言い訳をしたところで、事実は変わらない。

私は降参した……。屈辱と自己嫌悪の念が押し寄せてきて、デイヴィッドのことがまず頭に浮かんだ。彼の信頼を裏切ってしまった。スーのことも浮かんできた。スーのときには、こんなことはなかったようなのに……。

「いまのすばらしい出来事を、君が本当に報告するとは思えない、タラ」そう言いながら、男性は激しく上下する彼女の胸に見入っている。「君も僕と同じくらい楽しんだはずだ――いや」そう言って、彼は片方の手で制した。「否定するんじゃない。僕のキスが本当にいやなら君は抵抗を続けたはずだ」

「自分の男としての魅力をずいぶん過信しているようね」男性の頭に巻かれた包帯が目に留まり、タラは一瞬、もしかすると怪我のせいで頭がおかしくなったのかと思った。けれど、すぐに打ち消した。いいえ、怪我のせいなんかじゃない。持って生まれた過剰な欲望をコントロールできないだけ。かわいそうに、彼の妻はきっと身も心も服従させられるんだわ。もし妻がいればの話だけど！

「だが実際」タラの皮肉に、ギリシア人の男性は応じた。「女性は僕が関心を示すと喜ぶ。君もきっと――」

「ばかばかしい！」タラは相手を遮ってにらみつけた。「ここを出たら真っ先に報告しますから」そう宣言すると、威厳を保つには少し速すぎる歩みでドアロを目指し、小走りで通り抜けた。

なんていやな男！　本当に、事故で永遠の眠りに就いてくれなかったことが、とても残念でならない。

トレイの回収はほかの看護師に代わってもらった。相手は狼《おおかみ》のような男だから、と警告の言葉を添えて。

「なるほど、ちょっかいを出されたのね？」その看護師はにやりとした。「男性病棟での思いがけない出来事のひとつよね。いいわ、そのギリシア人が少しでも妙なことを言ってきたら、キス泥棒って言ってやるから」

ほどなくその看護師がトレイを手に戻ってくると、当然ながらタラは結果が気になった。

「どうだった？」相手の落ち着いた表情を目に留め、タラは尋ねた。

「ひと言も口をきかなかったけど。とても淡々としていて、心ここにあらずって感じだった。黙ってうなずいて、本を一冊手に取っただけ」

タラはとまどい、眉をひそめた。「変ね」彼女はひとりごとのようにつぶやいた。「スーにも言い寄りはしなかったようだけど」

「きっとあなたにひと目ぼれしちゃったのよ」その看護師は笑って言い、勤務を終えて帰っていった。

タラは顔をしかめた。私はなぜ、あのギリシア人のことを病院に報告しなかったのだろう？

その晩、タラはデイヴィッドと落ち合い、ロイヤル・オークへ食事に出かけた。キャンドルのともされたテーブル越しに彼を見ながら、知らず知らずのうちにデイヴィッドの屈託のない表情と例のギリシア人とを比べていた。あの外国人の顔がたえず意識の中に侵入してくることにいらだちを覚え、彼女は顔をしかめた。デイヴィッドがそれを見とがめて、問いただした。

「仕事が大変だったのか？」タラは反射的にうなずいた。「例のギリシア人はどうだった？　君にも傲慢な態度をとったのか？」

タラはごくりと喉を鳴らした。病室での出来事をありのままに話したら、デイヴィッドはどんな反応をするだろう。後ろめたさがこみあげると同時に、怒りが沸いた。私に非はなかった。それでも、愛する男性に対して不実だったというういやな感覚は拭えない。もっと抵抗するべきではなかったのだろうか。そもそもキスは防げたのでは？　こうして振り返ってみると、あんなふうに屈してしまったことがひどく奇妙に思えてならない。そう、もっと断固として抵抗するべきだった。後ろめたさを感じるのは当然のことだから。

デイヴィッドが何か話している。そういえば、まだ彼の問いに答えていなかった。ほの暗い照明が頬の赤みを隠してくれることを願いつつ、彼女はフィアンセの顔を見つめた。

「それほどでもなかったわ」答えながらも、実際にはその逆だったことが強く意識された。「ただの礼儀を知らない患者よ。前にも話したことがあるでしょう？」

「そうは言っても、気持ちがめいることもあるだろう」デイヴィッドはナイフとフォークを手に取り、ステーキを切り始めた。「その男はまだ入院しているのか？」

タラは首を振った。「今日の昼過ぎに退院したわ」

「別れの挨拶はあったのか？」デイヴィッドは笑みを浮かべた。

「いいえ。挨拶なんて願いさげよ」退院の場面に居合わせないよう細心の注意を払ったことは、黙っていた。

「だったら、めでたくおさらばできたわけだ。タラ、僕としては、結婚後は仕事を辞めてもらえるともっとうれしいんだが」

「私もそのつもりよ」タラは答えた。「でも、しばらくは我慢してね、デイヴィッド。家族が増える前に家具だってちゃんとそろえたいし、そのほかにもいろいろと」

「わかったよ、ダーリン」デイヴィッドはにっこり笑った。「君の言うとおりだ」

翌朝タラが出勤すると、守衛に幸せ者だと言われて豪華な薔薇の花束を渡された。

「人違いよ」答えながらも、タラは花束を受け取った。「なんてきれいなの！　きっと本当に幸せだった患者さんがいるのね。よほど愛されていたんだわ」茎の長い薔薇の花が三十本近く、きれいにアレンジされてセロファンに包まれ、幅の広い銀色のリボンで結ばれている。「カードを見せて」

「ほら、君宛てだ」守衛は言い、新たな好奇のまなざしを向けた。「君の崇拝者からだ。名前はレオニデス」

レオニデス……。タラの体に力がこもった。あのギリシア人に違いない。よくもこんなまねを！　彼女は怒りをこめてカードをにらみつけ、反応をじっと見守っている守衛の手前、細かく引き裂きたくなる衝動をやっとの思いで抑えつけた。

「ありがとう、ビル」さりげなく聞こえるように祈りつつ、タラは言った。「きっと患者としての感謝のしるしね。こんなことにお金を使ってほしくないのに」彼女は肩をすくめた。「もちろん善意からなのはわかるけど」

「もちろんね」ビルはつまらなそうに調子を合わせた。「だがまあ、花はきれいだ。かなりの散財だっただろうが」

タラの胸の内では怒りがふつふつとたぎり、できれば花を投げ捨ててやりたかったが、もちろん彼女はそんなことはしない。それどころかあまりにきれいだったので、つい時間をかけて病院の庭から摘んできた緑の葉と組み合わせて、大きめの器に生けておいた。誰がもらったのか、そして誰からもらったのか皆が知りたがったが、タラとしては絶対に教えるつもりはなかった。スーがさんざん訴えてまわったせいで、いまではスタッフ全員がそのギリシア人のことを知っている。嘘《うそ》をつくのははばかられたけれど、結局タラは、花は守衛から受け取り、カードは行方知れずになってしまったとだけ話しておいた。実際には、カードはごみ箱に入っている。

ほどなく電話がかかってきて、タラは呼ばれて行った。レオニデス・ペトリデスだと相手が言う。薔薇は気に入ってくれたか、と。タラは即座に電話を切ったが、気がつくと体が震えていた。どうしたらいいだろう？　デイヴィッドに打ち明けることも考えたけれど、なんとなく不安に駆られた。

結局、ギリシア人の常軌を逸したような行為にはかまわないでおくことにした。どうせすぐに飽きるだろう。ところがその晩、タラがナース寮を出てバス停へ向かうと、道の半分も行かないうちに本人が現れた。

「私の前に現れないで！」思わず彼女は叫んでいた。

「これ以上つきまとったら警察に保護を頼むわよ！」

「そう言わないで」彼は道路脇に止めてある車を示した。「中で話そう。断っても無駄だ、タラ」彼女が異を唱えようとするのを見て、彼は尊大な態度でつけ加えた。「僕たちには話し合いが必要だ、わかるだろう？　僕たちの道は交差した。このまま互いの人生から消えてしまうわけにはいかない。頼むから車に乗ってくれないか――」

「私のことをそこまでばかな女と思っているの？」押しのけて先へ進もうとするタラの前に、男性は立ちふさがった。ナース寮の窓から見られていないかと気になり、タラは後ろを振り返った。「どうして話し合いが必要だなんて思うのか、わけがわからないわ。お願いだから通してちょうだい。いまからバスに乗るんだから！」

「どこへ行くんだ？」かすかななまりを帯びた声は穏やかだったが、高圧的な響きは隠せなかった。

「僕が送ろう」

「いまからフィアンセに会いに行くのよ！」タラはかっとなって答えた。「だからそこをどいて！」

「君のフィアンセ――」彼はタラをじっと見つめた。愛らしい顔を縁取るブロンドの髪は長くまっすぐに伸びているが、先のほうではねているのがかえって魅力を添えている。丸みを帯びた知的な額を、短く切りそろえた前髪が美しく飾り、こめかみにかけてカールしていた。「フィアンセ……だって？」

うつろな声にとまどい、タラはしばし怒りを忘れ、問いかけるように見つめ返した。

「結婚するのか？」

「そうよ」ぞんざいに答えたのち、タラは奇妙な居心地の悪さを覚えた。うっかり誰かの足を踏んでしまったときのような、そんな感じだった。「だから、ミスター・ペトリデス、そこを通してもらえないかしら。そろそろバスが――ほら、来たわ」木立の間にバスが見えてきたので、彼女は慌ててつけ加えた。

「だめだ！」有無を言わさぬ声だった。彼の顔は険しく張りつめ、残忍とさえ言える表情が浮かんでいる。「僕が送る」

タラは諦めるしかなかった。「バスを逃しちゃうじゃないの」泣きたい気分だった。こんな奇妙な外国人につきまとわれるなんて。「フィアンセが心配するでしょう？　どうしてこんなにつきまとうの！」

「気づいていないのか？」男性がそっと尋ねた。

「気づいていない？」タラはかぶりを振った。デイヴィッドのことが気がかりで、とてもそれどころではない。彼は行き先のバス停で待ってくれていて、タラが降りたら車で拾うことになっている。ここまで迎えに来てもらってもいいのだけれど、彼女がバスで町まで出るほうが二人で過ごす時間が長くなる。

「いったい何に？」

「いや、気にしなくていい。車に乗ってくれ。フィアンセのもとまで送ろう」

その言葉に偽りはないように聞こえた。そして奇妙なことに、タラは彼の言葉を信じた。「わかったわ」

車に乗る際に肘に手を添えられたことが癪《しゃく》に障る。タラは身を硬くし、背筋を伸ばして座っていた。初対面のときの男性の行為を考えると、はたして本当に信じてよかったのかどうかわからなくなる。

「君と話し合いたいんだが、タラ」しばらくして男性が口を開いた。「そのフィアンセとは急いで会う必要があるのか？」

「行き先のバス停で待っているのよ」

「だったら数分は時間がとれる。バスはいつでも追い越せる」そう言うなり、彼はタラの返事を待つことなくハンドルを切り、並木に挟まれた田舎道に入った。

四月の初めで、夕闇が迫りつつあった。タラは心臓がきつく締めつけられるようだったが、抗議したところで相手が聞く耳を持たないことはわかっていた。

レオニデス・ペトリデスは道端の草の上に車を寄せた。「君はそのフィアンセと結婚してはいけない」彼はいきなり言った。「君たちは互いに運命の相手ではない」

「いったい何を言いだすの？」タラは激しい怒りに駆られた。「私のフィアンセに会ったこともないくせに……」彼女は言葉を止め、もどかしげにため息をついた。「あなたは常軌を失っている。最初に警察に保護を頼めばよかった」

男性は少し驚いたように彼女を見つめた。「僕が何をしたというんだ？」

「キスをして、花を贈って、電話をかけてきたでしょう？　そして今度は無理やり車に乗せて……」相手の目がおもしろがっているのに気づき、タラはまた言葉を切った。

「そんなことのために警察が保護に応じてくれると思うのか？　いまも無理やり車に乗せたわけではない。そうだろう、タラ？　君は自らの意志で乗った。フィアンセのもとへ送り届ける約束は守るが、それは話し合いがすんでからだ。君がいつまでも怒ってそんなことを言い連ねるのでは埒《らち》が明かない。君がもし本当にそのフィアンセに会いたいと思っているなら、もっと友好的な態度で僕の提案に応じることを勧めるよ」

「提案とは、ミスター・ペトリデス？」

「僕の名前はレオニデスだ」彼は穏やかに告げた。

「薔薇に添えたカードに書いてあっただろう？」彼は横を向いて体をずらし、タラの横顔を見つめた。

「友人たちにはレオンと呼ばれている」

「私はあなたの友人ではないし、今後友人になるとも思えない。だからミスター・ペトリデスでけっこうよ。私のことはミス・ベネットと呼んで」彼女はさらに続けた。「その提案というのをさっさと口にして、早くフィアンセのところへ連れていってちょうだい」口調は穏やかだったが、心臓は異常な速さで打っていた。自分が奇妙な未知の世界に……煉獄《れんごく》のような場所に置かれて、何か劇的なことが起こるのを待たされている気がした。

そして実際、劇的なことが起きた。そのギリシア人はいたって穏やかに、彼女に結婚を申しこんだのだ。

あとになって思い出すにつれ、そのときなぜ自分が彼の顔を見つめたままぼんやり座っていたのか、なぜ車のドアを開けて逃げ出さなかったのか、タラにはまったく理解できなかった。あたかも彼が自分の磁力を利用して、言いたいことをすべて話すまで彼女を引き留めていたかのような感覚だった。そして彼の話とは――僕は君によい暮らしを与えてやれる、ギリシアのヒドラ島に立つ白とブルーの美しい屋敷に住み、使用人にかしずかれて、使いきれないほどの生活費を与えられて暮らすことができる、君もすぐに贅沢に慣れるだろう、といった内容だった。とめどなく続く彼の言葉をタラは遮ることもなく、よくもこれだけありえないようなことを次々語れるものだとあっけに取られていた。おそらく一種の恍《こう》惚《こつ》状態に陥っていたのかもしれない。こんな空想じみた状況が現実であるはずがなかった。

「さっきからずいぶん静かだな、タラ」しばしの沈黙ののち、彼はなんらかの反応を引き出そうと試みた。

タラは彼の顔を見つめた。つややかな褐色の肌、先のとがった力強い鼻筋、突き出た顎。彼のような男性はどんなときも我が道を突き進み、大方の人間を意志の力でねじ伏せることができるのだろう。自分にはそんなまねは通用しないと示すように、タラは急いで答えた。

「私は八日後に結婚するのよ、ミスター・ペトリデス――」

「八日後だって！」

ペトリデスが振り返り、黒い目が鋭く光った。恐怖がこみあげ、タラは思わず片手で喉元を押さえた。この男性は私を求めている。それは間違いない。そのために結婚を申しこむほどに。そして話の続きを口にしながら、いまにも私のフィアンセを殺しかねない表情をしている。

「八日後に結婚などありえない。その相手が僕でないかぎり！」

まぎれもない恐怖にはっきりととらわれて、タラはとっさに行動に出た。男性に邪魔をされる前に車から飛び出し、走って幹線道路に出たのだ。狭い道で車をUターンさせるにはしばしの時間を要し、おかげで彼が幹線道路に出てくるころには、タラは木立の間にしゃがみこんで身を潜め、スピードを上げてバスの進行方向を目指す彼の車をうまくやり過ごすことができた。

2

純白のウエディングドレスは非の打ちどころがなかった。花嫁の付添人のスーは一歩下がると、支度を終えたタラを眺めて感嘆のため息をついた。

「なんてきれいなの！　こんなにすてきなあなたを見たのは初めてよ」

賛辞に頰を赤らめつつも、タラ自身、愛する男性のために完璧な花嫁になれた気がしてうれしかった。もうすぐ私は彼のものになる。彼の妻に。永遠に。

「私だって最高に幸せよ！」鏡をのぞいて、タラはため息をついた。「あと一時間――たぶん一時間と十五分で――私はミセス・デイヴィッド・ロスウェルになる」

体が不意に張りつめ、言葉がどことなく不自然になった。頭の中にいきなり浅黒い顔が浮かび、耳の中でレオン・ペトリデスの名前がこだました。ミセス・レオン・ペトリデス……。もしかすると、そうなっていたかもしれない。

「タラ、どうかしたの？」スーの心配そうな声が響き、ありがたいことに耳の中にこだまする名前を追いやってくれた。「そんな浮かない顔をして」スーは言ってしまったのを打ち消すように首を横に振り、つけ加えた。「その、なんとなくそんなふうに見えたものだから」

「何を言いだすの。私はいちばんの幸せ者よ」その声は自分の耳にもうわずって聞こえた。

タラは、またギリシア人のことを考えていた。車から逃げ出したあの日から数えて三日目の晩、彼は再びタラの前に姿を現した。彼女はその晩もデイヴィッドと出かけ、寮の玄関まで送ってもらった。彼女は正面の階段に立ち、手を振って彼を見送った。そして車が見えなくなった次の瞬間、あのギリシア人がいきなり腕をまわしてきて、声をあげる隙さえ与えず、二度目のキスを奪ったのだ。

無理やり……。そのときの自分の混乱ぶりがよみがえり、頬が燃えるように熱くなった。最初の情熱がおさまると、レオニデスはタラの体を引き離し、ほの暗い照明の下で彼女の表情を探っていた。にもかかわらず、彼女は助けを呼ぼうともしなかった。

彼は勝ち誇ったように静かに笑い、無抵抗の彼女を暗い庭へいざなった。そこで再び彼女を抱き寄せ、強引に唇を押し当てて、彼女がとっさに抵抗すると、片手で胸を包みこんで、優しく、けれど強引に愛撫《あいぶ》して、彼女の抵抗を難なく封じた。頭では抵抗しながらも、タラの体は屈服していた。それも、デイヴィッドに対しては考えたこともないような形で。

けれど、デイヴィッドにはもともとあんなふうに誘惑されたことがない。石でできているのでないかぎり、あの誘惑に勝てる女はいないだろう。そしてもちろん、私は石でできているわけではない……。

タラはそのとき、それまで自分の中に存在することさえ知らなかったものをいくつか経験した。あらがいようのない恍惚《こうこつ》感に浸り、ほとばしる情熱に身を任せていた。彼の愛撫は繊細で、こまやかで、タラのあらゆる感覚に働きかけて欲望を目覚めさせ、すんでのところで最後の行為を懇願するところだった。彼の腕の中にいれば、ほかのことはどうでもよかった。目もくらむような至福の時間の中で、デイヴィッドはぼんやりとした影でしかなかった。

レオン・ペトリデスに名前を呼べと命じられ、タラはすぐに従った。二人は結ばれる運命なのだと言われ、そのとおりだと認めた。婚約を解消しろと命じられると、そうすると答えた。彼女は彼のなすがままで、ギリシアの神の力に翻弄される無力な女だった。雲間から差しこむ月明かりが彼女の顔を照らすと、彼の勝ち誇った静かな笑い声がまた響いた。

〝僕は君の主人だ〟彼はささやいた。〝君は僕のもの。身も心も。僕の島へ来て妻となり、永遠に幸せに暮らす。君もきっと、島のとりこになるだろう。道路もなければ、車もない。丘があり、谷があって、パティオに立てば、どこを向いても穏やかな青い海に囲まれている。髪には花、首には宝石〟彼の唇が近づき、タラの唇を優しく奪った。タラはあらがうことなく差し出した。彼に抱きしめられ、自らも彼を抱きしめた。そしてようやく離してほしいと頼んだとき、あなたの妻になると、タラは本気で約束していた。

けれど一夜が明けて病院勤務の現実に返ると、彼女はたちまち正気に返った。自分のしたことが恥ずかしく、泣いて許しを乞いたくなった。これまでデイヴィッドが大切にしてくれた無垢《むく》な心を、永遠に失ってしまった。私はもう、彼の〝かわいい女の子《ダーリン・ベイブ》〟ではなくなってしまった。

私は〝異国の愛〟という強いワインを飲んでしまった。それでいて、心の中ではあのギリシア人を深く憎んでいる。なぜよりによって私の前に現れたのか……。運命だと彼は言った。だとすれば、彼を私のもとに送りこんだ運命を呪いたかった。これまでずっと人生は穏やかで、デイヴィッドとの関係は刺激に欠けるかもしれないけれど、優しさに満ちた愛の行為もすべて含めて、とても満ち足りていた。けれどレオンとは、さながら情熱の業火に焼かれるようで、猛《たけ》り狂う嵐の中でほかのすべては吹き飛ばされて、刹那の喜びのことしか考えられなくなる。

タラはレオニデスのことを頭の中から締め出した。二度とさいなまれることのないよう、デイヴィッドには毎晩電話をかけてと頼み、部屋の前まで送ってもらったあとは、すぐに建物に入るよう心がけた。

レオンとはホテルで会う約束をしていたが、もちろんタラは守らなかった。何度か病院に電話があったが、交換手に取り次がないでと頼んだ。

そうしてレオンとはそれ以上会うことなく結婚式の当日を迎え、タラはようやく身の安全を噛《か》みしめていた。さっきスーにも言ったように、あと一時間と十五分で彼女はデイヴィッドの妻になる。

「タクシーが来たわよ、タラ」スーの声に我に返り、タラは椅子の上から白とピンクのカーネーションの花束を取りあげた。花嫁を花婿に引き渡す役は、友人の兄であるジェイクが引き受けてくれることになっている。タクシーで待つ彼の隣にタラが乗りこむと、ジェイクは笑顔で迎えた。

「なんてゴージャスなんだ！　デイヴィッドは幸せ者だ。僕が先にいただいておけばよかったよ」もちろん冗談だ。タラも笑った。彼女は幸せだった。レオンのことは頑として頭の中から締め出し、ゴールデン・ライオンで予定している披露宴と、それに続くハネムーンのことだけを考えた。

しばらくして、なんとなくタクシーがゆっくりすぎる気がして、タラはジェイクにそう告げた。

「そうだな」ジェイクも答えた。「僕を迎えに来たときに、どうも車の調子がよくないと運転手もこぼしていた。でも、式には間に合うだろう」そう言って、彼は腕時計をちらりと見た。

けれど人通りのない道に差しかかったとき、タクシーは何度かがたがた揺れたかと思うと、やがてついに停止してしまった。ジェイクは顔をしかめた。運転手が車から降り、後部座席に近づいてきてドアを開けると、タラも不安になった。

「すみません、エンストです。ちょっとボンネットを開けてみます」

タラは運転手の顔をじっと見た。流暢《りゅうちょう》な英語だけれど、完全ではない。黒い目に黒い髪、ブロンズ色の肌。どこの出身だろう。

「心配ない」タラの表情に気づいて、ジェイクが慰めた。「ちょっと試してだめだったら、すぐに別のタクシーを呼んでくれる」

そして実際、そうなった。

とにかく時間内に教会に着かねばならず、タラはせかされるまでもなく、別のタクシーに乗り替えた。運転手も緊急事態だと察知しているようで、ドアを開けるのは元の運転手に任せて、自分は運転席に座ったままだった。

車に乗りこみながら、タラはてっきり、ジェイクが反対側から乗るだろうと思っていた。ところがいきなり背中を押され、彼女はシートにうつ伏せになった。ドアが乱暴に閉まって急発進し、たちまちスピードがあがる。一瞬めまいがして、何が起きたのか理解できなかった。とっさに思い浮かんだのは、さらに遅れてしまうということだけだった。何しろ運転手は後戻りして、ジェイクを拾わなければならないのだから。

「もうひとり乗せるのを忘れているわ——」

「大丈夫、君はくつろいで座っていればいい、タラ」

ゆったりとしたその声に、たちまちタラの心臓は跳ねあがった。吐き気がこみあげる。

「これからの道のりは長い——」

「降ろして！」タラは叫び、無意識のうちに彼のシートの背をたたいた。「止めて！　いますぐ！」

レオン・ペトリデスはかぶっていた帽子を脱ぎ、隣のシートに放り投げた。窮屈な帽子から解放されていかにもほっとした様子で、片手で髪を梳《と》かしつける。「くつろぐように言っただろう」声は穏やかでも、明らかに命令口調だった。「スピードが出ているから、ドアは開けないほうがいい」

「かまうものですか！」タラは窓の外に目を向けた。時速百キロ近くは出ている。「窓を開けて叫ぶわ」彼女は言い直し、必死に脱出の方法を考えた。なんて浅はかだったのだろう。てっきり彼を出し抜いたと思っていた。まさかこんなに大胆な行動に出ようとは。「こんなことをして、逃げおおせるとでも思っているの？」彼女はわめいた。「きっともう警察が動いているわ。あの共犯者だって間違いなく逮捕されて——」

「まあ」レオン・ペトリデスが静かに遮った。「それは君の希望にすぎないさ。さっき手伝ってくれたのは僕の下で働いている男だ。君が僕との約束を破る気だとわかった時点で、タクシー会社に送りこんでおいた。君をさらってギリシアの家に連れて帰ろうと思ってね。君の友人が事態をのみこむより先に、彼も即刻あの場を去っている。僕たちがブリッドポートに着くころには、すでに船に乗っているだろう」

「船？」タラはうつろな声で繰り返した。「私を……船に乗せるつもりなの？」手に持った美しいブーケに視線を落とすと、もはや涙を抑えているのは不可能だった。「お願いだから、私を降ろして」とうとう彼女は泣きだした。「こんなふうにさらって逃げたりして、いったいどうなると思っているの？捕まって刑務所行きよ。怖くないの？」

「怖がっているように見えるか？」レオンはむしろ、おもしろがっているようだ。「僕がどうするつもりかって？　妻を手に入れるんだよ、タラ。僕と結婚すると約束しながら、言葉にそむいた娘をね」柔らかな口調とは裏腹に、そこにはぞっとするような激しい怒りが潜んでいた。

「あなたとなんか結婚しない！」タラは叫んだ。「絶対に！　私はデイヴィッドと結婚する。何をしたって止められないわ！」恐怖に駆られて彼女はわめいた。それに引き替え、目の前の男はあくまで落ち着きはらい、自信に満ちている。重罪を犯している事実など、まったく意に介していない。「気は確かなの！」相手が黙っているので、タラはますます怒りを募らせた。「無理にギリシアに連れていくなんて絶対に不可能よ。いったいどうやって――」

「だから船でと言っただろう」レオンが遮り、引きしまった褐色の手を上げてあくびを抑えた。「いったん船に乗ったら、君も諦めて行儀よくしてくれることを願うよ。さもないと船室に閉じこめて、航海の間じゅうそこにいてもらうことになるからな」彼は車の速度を百三十キロ近くまで上げた。「僕たちは運命によって引き合わされた。宿命に逆らうものではない、タラ。これは生まれる前から定められていたことなんだ」

「ばかなことを言わないで！」

「言葉には気をつけることだ」彼は警告した。「僕は無礼な口のきき方をされることに慣れていない。

君も早く学ぶことだ。罰を受けたくなければね」

タラは奥歯を噛みしめた。その瞬間、怒りが恐怖をかき消した。

「私があなたに敬意を払うなどと一瞬でも思うなら、あなたはばかよ。それも救いようのない大ばかよ！誰が犯罪者に敬意を払うの？　誘拐犯なんかに？」

「僕の妻は僕に敬意を払わねばならない。僕と関わりのあるほかの全員がそうであるように」

「あなたはいったい何者なの？」タラは思わず知りたくなった。

「君の夫……そして主人だ」

命の危険がなければ、タラは彼をぶっていただろう。なんとか逃れる方法があるはずよ。彼女は必死に考えた。するとあることに気づいて、心臓が大きく跳ねた。

「そうよ、パスポートよ！」彼女は勝ち誇って声をあげた。「パスポートがなければ遠くまで連れていけないはずよ……」声が途切れ、目が大きく見開かれる。タラが話すそばでレオンがポケットから何かを取り出し、彼女の目の前に掲げた。「まさか……盗んだのね……でも、どうやって――」

「僕の部下が……さっきのタクシーの運転手が、君の部屋に侵入した。実に簡単だったそうだ」レオンはパスポートをポケットに戻し、運転に集中した。

木立が飛ぶように過ぎる中を、車は海岸を目指し、風光明媚《めいび》なブリッドポートの小さなリゾートへと走り続けた。そこには彼の船が待機している。でも、絶対に逃げてみせる。人目だってあるはずなのに、どうやって無理やり船に乗せるというの？

3

港に着いたときにはすでに暗くなっていた。タラは周囲を見まわす余裕もなく片手で口をふさがれ、クルーザーへと追い立てられた。あっという間の出来事で、車の中でひそかに考えていた作戦はすべて無駄になり、タラはチーク材の板を張りめぐらせたキャビンの中にぞんざいに押しこまれた。

船には寝台が七つあってクルーもそろっている、と誘拐犯は彼女に告げた。メインキャビンは高級ホテルにも匹敵する豪華な造りで、タラにあてがわれた部屋にも造りつけのワードローブがあり、その横にはかわいい洗面台ユニットまでそろっていた。ベッドに触れると柔らかく、白いブランケットの上には青いレースカバーがかかっている。

タラはその上に座った。本来ならいまごろは晴れて結婚し、幸せに輝く花嫁となってハネムーンに向かっているころだ。そう思うと涙がこみあげ、これ以上考えるのはやめようと思ったが、気がつくとまた同じことを考えていた。

あのあとどうなったのだろう？　もちろんジェイクはすぐさま警察に通報したに違いない。けれど私はいまも発見されず、もしかするとこのままずっと発見されないのかもしれない。だって私を誘拐した犯人とこのカターナ号と――ドーセット州の波止場に係留されていたこの豪華クルーザーの持ち主と、結びつける手掛かりは何ひとつないのだ。

タラはレオニデス・ペトリデスと最初に会ったときのことを思い出した。どうして、あのときデイヴィッドに話さなかったのだろう……。結局、誰にも話していない。彼女を知る人たちに警察が事情聴取をおこなっても、レオニデス・ペトリデスの名前は決して浮かびあがってはこないだろう。私はなんてばかだったのだろう。

いまにして思えば当然、あのギリシア人につきまとわれて困っていたことを訴えるべきだった。なのに、私はひたすら黙っていた。

ドアの開く音に気づき、タラは振り返った。レオンが立っていた。片手をドア枠に添え、もう片方の手をポケットに入れている。チーク材と同じ褐色の顔には皮肉な笑みが浮かび、同じ表情が黒い瞳にも映し出されている。なんて威厳に満ちた姿だろう。そして、尊大な顔立ち。まるで古代ギリシアの貴族だわ……。レオンの黒い目が動き、純白のドレスに包まれた彼女の全身をゆっくりとなぞった。

「司祭が乗っていないのが残念だった」彼はからかい、部屋の中に入ってきた。「乗っていればすぐにでも挙式できたのに。何しろ君はすっかり用意ができている」

タラの目にまたも涙がこみあげかけた。脅すべきか、泣いてすがるべきか。けれど相手の顔に映った容赦ない表情を見上げ、彼女は沈んでいく心で悟った。私が何をしようと、何を言おうと、彼の態度は変わらない。

「どうするつもり？」やっとの思いできくと、さもばかにしたようなまなざしが返ってきた。

「ばかげた質問だ。どうするつもりかは充分承知だろう」彼は笑いとばしたあと、不意に黙りこんでから、また続けた。「これほど名誉ある目的を持つのは人生で初めてかもしれない。僕は君と結婚するつもりだ」うなだれて座るタラの華奢《きゃしゃ》な体にさっと視線を走らせ、彼は彼女の両手にしばし目を留めた。内なる不安と恐怖を紛らすために、彼女はしきりに両手を組んだりほどいたりしている。「もっと喜んでみせたらどうなんだ。そんな悲劇に打ちひしがれた顔をするのではなく」なまりのある声が険しくなり、怒りを物語るかのように鼻孔がかすかにふくらんだ。「笑えと命じなければならないのか？　それとも自分の意志でそうするか？」

タラの白い頬を涙が伝った。「お願い、帰して」彼女は懇願した。「私を家に帰して。お願いよ！　警察には黙っていると約束すれば、帰してくれる？」

「そんな頼みを聞くぐらいなら、こんなまねはしない。そう思わないか？」

「あなたには人の心がないのよ！」タラは両手をより合わせ、それからこいねがうように開いて差し出した。「私は結婚するはずだった。いまごろはデイヴィッドと結婚して……ハネムーンへ向かっているはずだったのよ。お願いだから、私を自由にして……愛する男性のもとへ行かせて」

タラの苦しみに満ちた懇願にも動じることなく、レオンは傲然と立ちはだかっている。黒い目をきらめかせ、容赦ないまなざしでじっと彼女を見ている。

タラはふと、この前彼と目が合い、催眠術にかかったように言いなりになったときのことを思い出した。

「君はその男を愛しているつもりなんだろうが、請け合ってもいい、愛してなどいない。その男と結婚しても、悲惨な結果に終わるだけだ。僕はむしろ君を救ったんだ。いずれ感謝する日が来る」

「感謝なんてするものですか！」タラは涙にむせぶ声を絞り出した。「あなたになんの権利があるの？　よその国からやってきて、私の人生に立ち入る権利があるっていうの？」

「立ち入るだけではない」彼は穏やかに告げた。「これからは僕が管理する」

タラは思わず息をのんだ。なんという思いあがりだろう。たとえ神でもこれほどまでの横暴はありえない。怒りがみるみるふくれあがり、恐怖も、不安も、絶望も――あらゆるほかの感情をかき消した。

「出ていって！　私にかまわないで！」彼女はほとんど叫んでいた。

レオンは軽く笑い、片手を伸ばして彼女の手首をつかんだ。

「元気がいいな。女はそれくらい元気のあるほうがいい」タラが手を振りほどこうとすると、手首をつかむ彼の手に痛いほど力がこもった。「ただし」レオンは笑いながら続けた。「誤解のないよう言っておく、タラ。僕は妻の言動に度を超えた自由を認めるつもりはない。ギリシアの家庭では昔から男が主人と決まっている。そして僕はギリシア人だ」彼はタラを見つめ、涙の跡に顔をしかめた。「わかったか？」

唇まで色を失っているにもかかわらず、タラは妙に落ち着いていた。ここではただ怒りをぶつけるより、威厳を保っていたほうが彼には効果があるような気がした。「わかったわ。でも私はあなたの妻ではない。だから、ギリシアの伝統も関係ないわ」

レオンはまたしても声をあげて笑い、タラの華奢な体を抱き寄せた。そして、さらに自分の硬い体を押し当て、彼女の顎を上に向けた。彼女の嫌悪の表情を楽しむかのように、ゆっくりと彼の唇が近づいてきた。

「そんな顔をして、僕を憎むふりをしていられるのもいまのうちだ。あと数秒で、僕のキスに体を震わせ――」

「体を震わせ？」タラは口から泡を飛ばさんばかりの勢いだった。「思いあがるのもいいかげんにして！」

「だが君のこれまでの反応を思えば、ベッドでも充分に応えてくれるはず――」

「やめて！」タラは再び彼を遮った。ふくれあがる怒りに支配され、威厳のことなどすっかり忘れていた。怒りの原因は、いまいましくも認めざるをえない事実のため、彼の言うことが当たっているためだった。「放して――いくらこんなことをしても、あなたの妻にはなりませんから。絶対に！」

「では愛人になってもらう」彼はあっさりと言い返した。「僕はなんとしても君を手に入れる、タラ。だから君も諦めたほうがいい」そう言うなり彼はタラに腕をまわし、唇で彼女の唇にそっと触れた。

　タラはしばらく耐えていたが、あらがうのは難しかった。引きしまったしなやかな体がセクシーに動き、巧みに唇を奪われ、所有欲もあらわな強引な両手に愛撫《あいぶ》される……。レオンの手が片方の胸をそっと包んだ。甘く言い聞かせるような指の動きはもはや耐えがたく、タラはいつしか、彼との結婚を約束したあの晩のように、自ら体を押しつけていた。

　ようやく彼が手を離したときには、タラはもう何も考えられず、ただうなだれて、すすり泣いていた。


　レオンが小さくため息をもらした。「船に司祭が乗っていないのがつくづく残念だ」

「乗っていても関係ないわ」タラは激しく言いつのった。「結婚なんてするものですか」

「断ったところでさほど意味はない」

　タラは彼を見上げた。拘束はすでに解かれ、その気になれば彼女は身を引き離すこともできる。

「私は無理やり祭壇に向かわされるのね？」タラは彼の目をじっと見つめたが、硬い表情からは何も読み取れない。「銃口を突きつけられて？」

　彼は短く笑った。「そんなメロドラマのような展開にはならない」

「じゃ、どんなことを強要するつもり？」尋ねながら、タラは故郷に思いをはせた。デイヴィッドは心を痛めているに違いない。それに私をかわいがってくれた彼の両親も。デイヴィッドの義姉のメアリーとも、とてもうまくいっていたのに。予定の時間を過ぎても花嫁が現れず、教会で起こったはずの不安と動揺についても考えた。そこへジェイクが現れて、私が誘拐されたという、信じられない知らせが伝えられる……。

タラは改めて自分を呪い、ギリシア人につきまとわれている事実を隠していたことを後悔した。

「妻という名誉ある地位を拒むなら」レオンの慇懃《いんぎん》な声が響いた。「さっきも言ったように、愛人になるしかない」

タラはふとあることを思いついた。藁《わら》にすがるようなことかもしれないが、もしかしたらうまくいくかもしれない。

「だがおそらく」彼は続けた。「君は結婚を選ぶだろう。君がそうではない不名誉な状況に甘んじるとは思えない」

「私は妻にも愛人にもならないわ！」

「勇ましい言葉だ。だがこの状況ではあまり効果がない。その気になれば、僕はいまこの場で君を奪うこともできるんだぞ」

レオンの言葉と見透かすような視線に顔を赤らめつつも、タラは意を決し、さっき思いついたことを口にした。

「こんなことをして、本当に逃げおおせると思っているの？　あなたにつきまとわれていたことを誰に話していないとでも？」本当らしく聞こえるように祈りつつ、タラは声をあげて笑った。「フィアンセだって知っているし、同僚の看護師だって。警察がちょっと事情聴取をすれば、必要な手掛かりはすぐに手に入るのよ。ギリシアに着くと同時にあなたは逮捕され、裁判にかけられて、何年も刑務所で……」レオンが完全におもしろがっていることに気づいて、彼女の声は急速に勢いを失った。そして彼の口の端から静かな笑い声がもれるのを見て、ついに言葉は尽きた。

「お嬢さん」レオンはおもしろがるように言った。「君はつくづくわかりやすいな。いまの話はほんの数秒前に思いついたんだろう」

「違うわ！」タラはなおも言い張った。「全部本当のことよ。警告を無視して、後悔しても知らないから」

「いい思いつきだが、君はついさっき、警察には黙っているから解放してと懇願したばかりじゃないか。警察がすでに僕を追っているなら、そんな約束は意味がない」タラを見下ろし、彼はいかにも落ち着きはらった口調で指摘した。「それに僕は、あんなふうに僕にすがるのが君にとってどれほど耐えがたいことかも知っている。法の力ですぐに救出されると思っているなら、あんなまねはしないはずだろう」

「あなたが憎い」タラは声を震わせた。「できるものなら殺してやりたい！」

「おそらくいまこの瞬間はそうだろう」レオンは気にするそぶりもなく認めた。「だが、もう少したてば、まったく違う気分になっているさ。僕の手にかかれば簡単なことだ」

悔しさに歯を噛《か》みしめるタラを残して、彼はいったん部屋を出たが、ほどなく三つの箱を抱えて戻ってきた。彼はそれをベッドの上に置いた。

「着替えるといい。ずっとウエディングドレスで過ごすわけにもいかないだろう」タラの表情に目を留め、彼はからかうような笑みを浮かべた。「僕が服を買いそろえておいた。君の気に入りそうな外着と、僕の気に入った下着をね」

タラは不快感をあらわにした。「店の中に……下着を売っているところに入ったの？」

レオンは笑い、そういうことには慣れていると請け合った。「過去につき合った女性は皆、この種の贈り物を期待していたからね」

「ずいぶん多くの女性とつき合ったようね」

「確かにかなりの数になる」レオンはうなずき、ベッドのほうに視線を向けた。「箱を開けないのか？」

「ええ、開けないわ！」

レオンの口元に力がこもった。「開けるんだ」

「開けるものですか」タラはあくまでも反抗した。「あなたの贈り物なんて欲しいとも思わない。別のお友達にあげたらいいわ」

レオンの目が脅しを含んで細くなった。「言うとおりにしろ。同じ言葉を二度言わせるんじゃない」

「言葉ではなく、命令でしょう！」

「いまはばかげた言い争いをする気分じゃない。いいから言われたとおりにするんだ、いますぐ！」

タラは首を横に振った。彼の威圧するような態度に、怖い気持ちが先に立つ。「あなたからの贈り物なんて欲しくない」タラはすぐに手首をつかまれ、小さな悲鳴をあげた。

「言われたとおりにしろ！」彼は声をとどろかせた。「どうせ君は言うことをきくしかない。だったら痛みと屈辱を味わう前に、自分から従うほうが身のためだろう」

声に含まれる警告は、タラにもはっきりと伝わった。彼女はぎこちなくベッドに向かい、リボンを解いて、ひとつ目のふたを持ちあげた。

「中身を出すんだ」レオンが有無を言わさぬ声で命じる。「君もうれしいと感じるはずだ！」

タラが言われたとおりに薄紙を開けると、透けた生地のネグリジェが出てきた。彼女はそれをベッドに放り投げ、レオンに向き直った。「私を逃がして」小さな声で必死に訴える。「私があなたに何をしたというの？　お願いだから私を自由にして」

けれどレオンはすでにかぶりを振っていた。タラは絶望に駆られ、両手で顔を覆った。ところが実際に泣きだすより先に、レオンがほとんど優しいとさえ思える動きでその手を払い、彼女を腕に抱き寄せた。

「そんなに思い悩まなくてもいいんだ。これは決して君が思うほど悪い状況ではない。いまは逃した結婚と相手の男のことしか考えられないだろうが、僕の妻になれば、そんな思いはすぐに消える。君の夫になるべき相手、君と愛を交わすべき相手は僕だと、君自身も納得するはずだ」彼はタラの顎を上に向け、頬を軽くたたいた。「元気を出して。めそめそする女ほど僕をいらだたせるものはない。ほかの箱も開けてごらん。いや……その箱にはもっと入っているんだった。まずはそれからだ」

タラは彼を見やり、従うほうが賢明だと判断した。箱の中からは複数の下着とさらなるネグリジェ、それにレースのペチコートが出てきた。命じられるままに次の箱も、そして最後の箱も開けた。彼女は中に入っていたものをベッドに並べた。ドレスが二枚、スカートが二枚、ブラウスが三枚、そしてビーチで着るような服、あるいは豪華クルーザーのデッキで着るような服が数枚。すべてにパリの高級ファッションブランドのラベルがついている。タラは顔を上げ、レオンと向き合った。

「どうやらあなたはお金持ちのようね」

「確かに金は充分にある」彼はぞんざいに応じた。

「きっと充分にありすぎて堕落したのね」タラがさっと言い返すと、またしても彼の目が脅しを含んで細くなった。

「気をつけるんだな」ひどく穏やかな声で言う。「君はまだ、僕のいい面しか見ていない――」

「いい面ですって?」タラは声をあげ、思わず笑いだした。「あきれた。これがいい面なら、確かにほかの面は見たくないかも」

レオンが近づいてくるのを見てタラはあとずさりしたが、ほどなく脚がベッドに触れた。

「君が挑発するからだ。わからせてみせようか?

それとも、もっと別のやり方で思い知らせてやろうか？」彼はタラを乱暴に引き寄せるなり、答える隙も与えずに唇を押し当て、彼女の体を弓なりにした。

無駄と知りつつ、タラはもがいた。レオンの両手が彼女の体をさまよい始める。唇は残酷に彼女を求め、体はエロチックな動きで彼女を誘った。タラは頭でも体でも抵抗したが、抵抗を続けるには彼はあまりにも巧みで、あまりにも自信にあふれていた。

彼は降伏を求めて耳元でささやき、唇を使って愛撫した。押しのけようにも、両手はすでに背中でつかまれている。その手を彼の首にまわせと命じられ、タラは従った。続いてキスを命じられたときも、彼女は再び従った。レオンの笑い声が響き、彼女は悔しさを噛みしめた。やがて体を離したとき、彼の目は勝ち誇り、さも愉快そうに笑っていた。

こみあげる怒りに、タラは唇をなでられて指をとっさに噛んだ。レオンの顔が痛みにゆがむ。信じられないものを見たような目で、彼がにらみつけてくる。タラは彼から逃れようとしたが間に合わなかった。レオンの恐ろしい形相を目にした次の瞬間、彼女は髪をつかまれ、容赦なく引き戻された。タラは痛みに声をあげた。

「よくもこんなことを……。やられたらやり返すまでだ！」レオンの両手が首に触れたかと思うと、そのまま喉を包みこんで、ゆっくりと力をこめてくる。見開かれたタラの目に映る恐怖を見て、彼はようやく気がすんだようだった。両手を首から外して言う。「これはほんの警告だ。二度とばかなまねをするんじゃない」

「あなたが憎い」血の気を失った顔で、タラはささやいた。「絶対に殺してやる」

レオンは彼女から離れ、ぞんざいに服を示した。「サイズが合うかどうかドレスを着てみろ」彼は命じ、ドレッサーのそばの椅子に腰を下ろした。

「どうしても着ろと言うなら、ひとりにしてもらえないかしら」タラはかすれた声で訴えた。

「どうして気にする必要がある？　どうせ数日後には結婚するんだ」

「いやよ！」タラは激しく首を振った。「無理強いしても無駄よ。そんなことを引き受ける司祭がいるはずがないわ」

「僕たちは数日中に結婚する」レオンは繰り返し、また片手を振って服を示した。「そのブルーの服を……それを着てみせてくれ」

タラは目に憎しみを浮かべ、その場に立ちつくした。

「こんなふうに命令して、いったい何がうれしいの？　私をフィアンセから引き離し、人生をめちゃくちゃにして……」嗚咽《おえつ》のせいで言葉が途切れ、涙がこみあげる。「いっそ死んだほうがましよ！」タラはわめいた。「私を自由にして。あなたが憎い、死んでしまえばいいと思っているくらいなのに、そんな女を欲しがるなんてありえないわ！」

「言っただろう、そんなふうに感じるのはいまだけだ」レオンは椅子に座ったまま長い脚を前に伸ばし、姿勢を楽にした。「過ぎたことをくよくよ考えるのはやめて、未来に目を向ければいい」

タラは彼に背を向け、歩きながらドレスを手に取った。「私に未来なんてあるものですか」打ちひしがれてつぶやく。「あなたにとらわれているかぎり、望みはないわ」

レオンが立ちあがった。「五分後に戻る。君がそのブルーのドレスを着ていることを期待する」

タラは彼が部屋を出ていき、ドアを閉めて鍵をかけるさまを見守った。ほどなく声が聞こえてきたのは、おそらくクルーに指示を伝えているのだろう。船が動きだし、舷窓から外をのぞくと、街の明かりが遠のいていくのが見えた。絶望とむなしさに、一瞬、心臓が止まったような気さえした。

　いったいどうやって逃げ出せばいいの？　最終的には逃げられるにしても、その前にいろいろなことがあるに違いない。またしても涙がこみあげてきたが、タラは涙を押し戻し、唇を引き結んだ。泣いたところでどうにもならない。それより気持ちを強く持って……何がなんでも抵抗を貫くほうが効果はあるに違いない。そうすれば彼だって、私を誘拐したことを後悔するようになるかもしれない。

　タラはウエディングドレスを脱いでベッドの端に置いた。数時間前にこれを着てスーにファスナーを上げてもらったときから、なんという変わりようだろう。あのときはまだ人生はすばらしく、どこまでも赤い薔薇《ばら》とワインの色に輝いて見えた。とても現実とは思えない。こんなところで異国の船に乗せられて、とらわれの身になっているなんて。デイヴィッドは私の身にいったい何が起きたのかと、死ぬほど心配しているに違いない。きっと警察にしつこくつきまとい、もしかするとジェイクのことも責めているかもしれない。それに、式のために集まってくれたみんなも……。

　それ以上考えられなくなって、タラはもっと役に立つ、なんとか脱出することに意識を集中した。

　レオンが戻ったときには、彼女はすでにドレスを着ていた。彼の視線がタラの体をさまよい、あらゆる曲線を確認した。彼は満足そうにうなずいた。

「実に魅力的だ。色もぴったりだし、目の色にも合っている」彼はベッドの端に置かれたウエディングドレスに目を留めた。「そのドレスは邪魔だな。いっそ海に捨ててしまえばいい」

「海に捨てるですって？」タラはかぶりを振った。目に涙がにじむ。「そんなこと絶対にするものですか！」

「だったら僕がやる」

レオンはつかつかと歩いてくるなり、流れるような美しいドレスをつかみ取り、手近な箱に詰めてふたをした。彼はそれを脇に抱え、ドアへ向かった。

「おなかがすいただろう。夕食はサロンでとる予定だが、念のために言っておく。クルーは全員ギリシア人で、君がどんなにわめこうが、頼みこもうが、無視するように指示してある。もし君がなんらかの脱出方法を考えているなら、そんな幻想は、いまここで僕が打ち砕いておく」

「ひとつだけあるわ」タラは挑むように見つめ返した。「海に身を投げればいいのよ」

「拾いあげればすむことだ」レオンは冷ややかに言い返し、そんなことをしても後悔するだけだ、思いきり引っぱたいてやるとつけ加えた。

「食事の用意ができたら、カルロスが知らせに来る」彼は腕時計に視線を落とした。「たぶん十分かそこらだろう。場所も彼が案内する」

「私は何も食べない――」

「言われたとおりにするんだ」レオンはぞんざいに遮り、またしても彼女を残し、部屋から出ると鍵をかけた。

4

鏡に映った自分を見つめて、タラは泣きたくなるのをぐっとこらえた。本当ならデイヴィッドと食事をするはずだった。そして、その後は……。

唇から深いため息がもれた。彼女は誘拐犯のことを考えた。そして、殺してやりたいという自分の言葉を思い出した。殺すとは言わないまでも、怪我《けが》をさせることは可能だろうか。頭に思い浮かんだ冷酷で具体的な方法に、タラは我ながら驚いた。それでも彼の動きを封じることさえできれば、逃れるチャンスはあるはずだ。

部屋のドアをノックする音が響き、続いて鍵をまわす音がした。肌の浅黒い、ずんぐりしたギリシア人がドア口に現れ、不快な笑みを浮かべた。

「ミスター・レオンに、ダイニングサロンに案内しろと言われました」

男に案内されて歩きながら、タラは自分が空腹なのに気づいた。そして空腹のままでいてもなんの得もないことにも気がついた。いずれにせよ、食事を拒むことは許されないだろうけれど。

サロンは最高に贅沢《ぜいたく》な造りになっていた。松材を用いた壁は見事な光沢を放ち、造りつけの調度品とともに、コーナーにはカクテルキャビネットまでしつらえてある。テーブルには輝く銀の食器とグラスが並び、サイドボードにのった皿からは、なんとも食欲をそそる香りが流れてくる。レオンはネイビーブルーのスラックスの上に白い麻のジャケットを羽織り、いちだんと洗練された姿でキャビネットのそばに立ち、手にしたボトルのラベルを読んでいた。彼はタラの姿を認めるなり、手を振って使用人に合図した。

「座ってくれ」彼はタラに促した。「食事はできているが、その前に何か飲むか？」

タラは首を横に振った。「けっこうよ、ありがとう」

「食事に合うワインもある。どれでも飲むといい」

タラは断ろうとして口を開いたが、レオンの表情に気づいてそのまま閉じた。口元に力がこもり、目が細められている。同じ表情はさっきも見た。

椅子を引かれて腰を下ろしながら、タラは銀の燭台《しょくだい》にともされたキャンドルと美しく飾られた花に目を留めた。

「準備は万全ってところね」彼女はつい、皮肉をこめて指摘した。

「船上でとるロマンチックなディナーのために？」レオンの目は、かすかにおもしろがるような輝きを帯びている。「そのとおり。君はまだ会っていないが、エリアスが花を飾り、キャンドルを用意して――」

「きっと常備してあるんでしょう？　過去にもお手軽な女性を何人も乗せてきたのでしょうし」

「お手軽という言い方はやめてほしい」レオンはむっつりと返した。「女友達と親密な食事をともにしたのは事実だが」

彼はタラの向かいに座り、長い脚をテーブルの下に伸ばした。彼が手をたたくと、すぐさま男性がひとり現れた。

「最初の料理を頼む、エリアス。それとディミトリにワインをつぐように言ってくれ」

「クルーは何人乗っているの？」尋ねながら、タラはこの状況を意外なほど穏やかに受け入れている自分に驚いた。確かにおなかはすいているし、食事もむしろ楽しみだった。もちろん目の前の男性との相席は死ぬほどいやでたまらないけれど。

「三人だ。このサイズの船を動かすには少ないが、確実に信用できる者に絞る必要があったのでね。今回の船旅で起きたことについても、彼らなら絶対に口外しない。最初のタクシーを運転していたのがディミトリだ」

「そうだったの？」タラの口元に力がこもり、目がうるんだ。「あのとき少しでも疑っていれば……」

「だが、どうやって？　君は結婚式のためにタクシーを予約し、そのタクシーが到着した。どうしてそれを僕の使用人が運転していると疑える？」

タラは答えなかった。いずれにせよ本人はこの場でワインをついでいる。そこへエリアスがスモークサーモンを運んできた。ディミトリがレオンにギリシア語で話しかけた。

タラはとっさに当てこすった。「どうせ自分がいかに首尾よく誘拐を手助けしたか話しているんでしょう！」

男が振り返り、タラのほの白い顔から主人の顔へ、黒い目を移した。

「私は旦那様のご指示に従っただけです」彼は静かに、タクシーを運転していたときと同様の見事な英語で話した。

「もういい、ディミトリ」レオンはさらりと手を振り、使用人に退出を促した。褐色の顔にしわを寄せて笑みを浮かべ、愉快そうに眺めていたエリアスが最初に出ていき、ディミトリがそれに続いた。

「彼らは法を犯しても気にしないの？」向かいに座るレオンをにらみつけ、タラはすかさず尋ねた。

「彼らは命令に従うだけだ」彼は横柄に答え、黒い目で彼女の顔をじっと見つめた。「そして君にも従ってもらう。二度と僕の使用人にあんなふうに話しかけないことだ。威厳を損なう。僕の妻として、僕以外の相手に威厳を損なうような態度はつつしんでもらう。わかったか？」

怒りのせいでタラの頬は燃えるように熱くなった。

「むしろあなたに対してだけは絶対に、威厳を損なうようなまねはしないわ！」タラは白いテーブルクロスに片手を置いていた。気がつくとその指を、レオンがナイフの刃でこつこつとたたいていた。タラはとっさに声をあげた。痛みというよりショックのせいで、目に涙がこみあげた。

「これに懲りて口をつつしむことだ」彼はタラの皿に目をやり、続いて彼女の顔に視線を戻した。「涙をふいて、サーモンを食べるんだ」

タラはハンカチを取り出した。優雅なレースのハンカチは、スーがウエディングドレスの袖に忍ばせてくれたものだ。スーが半ば冗談っぽく、半ば真面目に告げたことが思い出された。

〝花嫁が感極まって泣いてしまうのはよくあることよ。だから念のためにこれを渡しておくわね〟

ハンカチを目に当てたとたん、とてつもなく大きな塊が喉にこみあげ、目をふくどころか涙がとめどなくあふれてきた。

テーブルの向こうからレオンのあきれた声が聞こえてくる。

「今度はいったいなんだ？　まったく君という娘は、一生泣いているつもりか？」

「だって……泣きたいことが山ほど……あるからよ」タラは泣きじゃくり、気がつくとハンカチは使い物にならなくなっていた。膝にナプキンがのっていたので、彼女はそれを手に取った。すると驚いたことにレオンがそばに立っていて、彼女を優しく立ちあがらせ、自分のハンカチで彼女の目をふいた。

我ながら奇妙なことに、タラは礼を述べていた。

「ありがとう……」

レオンは彼女の顎を上向かせ、顔を近づけて、キスをした。

「座って、気持ちを落ち着けて」彼は優しく言った。

「四、五分もすればエリアスが戻ってくる」

タラは席に戻った彼を観察した。さっきまでの硬い表情が消えたように見えるのは、本当に消えたのか、それとも視界がぼやけているせいだろうか……。それでもわざわざここへ来て涙をふいてくれたのは、やっぱり親切心だったとしか思えない。だとしたら、なんて両極端な性格なのだろう。彼にあんな優しい一面があるとは夢にも思わなかった。

そうしてタラはしばらく黙っていたが、やがてふと気になった。「私のウエディングドレスはどうしたの？」

「聞いてどうする？」レオンはあっさりきき返した。

「どうもしないけれど、できればとっておきたいと思って」

「なんのために？　僕との結婚式ではあれは着ない」

有無を言わさない口調からは、さっきの優しさは片鱗《へんりん》もうかがえない。やっぱりあれはたんなる気まぐれだったのだろうか。いまのレオンの怖い顔つきを見るかぎり、彼の中に優しい部分があるのが信じられない。

「理由はうまく説明できないけど」ありがたいことに嗚咽《おえつ》はおさまり、タラはつっかえずに答えられた。「やっぱり自分のウエディングドレスは、手元に置いておきたいから」

「そんなのは気をめいらせる感傷にすぎない。ドレスはすでに魚とともに海の底だ」レオンは言い、残酷にもつけ加えた。「君には似合っていなかった。それなりにかわいくはあったが、どうしてあんなのを選んだんだ？」

「なぜって、気に入ったからよ！」タラはどなった。怒りを抑えようとすると、またしても泣きだしそうだった。よくも私のウエディングドレスを！「世の中のたいていの女性には、自分のウエディングドレスは自分で選ぶ権利があるのよ！」

「本当にあれが気に入ったのか？」レオンはさもあきれたと言わんばかりに首を振り、顔をしかめた。「どうやら教育が必要そうだ。信じがたいほど想像力が欠けている。色とデザインを正しく選べば、女王の風格を備えることだって可能なのに。その髪も切ったほうがいい。そこまで長い髪はあまり好みではない。君のフィアンセはその髪に顔をうずめるのが好きだったのか？　僕としては、それもいいが、どうせならもっと温かく誘惑的な部分に顔をうずめたい」黒い目がタラの胸に向かい、痛ましいほど赤くなった彼女の顔に気づいて、皮肉な輝きを帯びる。

「あなたはただのけだもの――」

「言葉に気をつけるんだ、タラ」レオンが静かに遮った。「さっきは手だったが、この次ナイフが当たるのは別の場所になるぞ」

タラの顔はますます赤くなった。このまま席を立って出ていきたいと思ったが、身の安全を考えて思いとどまった。

長い沈黙のあとに、彼女は尋ねた。「服についてのあなたの言葉からすると、女性にはいつも自分好みのものを着せているようね。私もあなたの操り人形になるの？」

レオンはタラの指摘をおもしろいと感じたようだが、理由は彼女にはわからなかった。

「僕の好みは完璧だから」彼はあっさり言い返した。「僕のモデルたちが操り人形かどうかについては……まあ、ある意味ではそうかもしれない。僕は糸を引き、彼女たちはそれに合わせて踊る」

あまりの尊大ぶりにたじろぎ、タラはしばし茫然《ぼうぜん》と彼を見つめた。

「私を踊らせるのは絶対に無理ですから」やっとのことでタラは言い返した。「あなたがどういう女性とつき合ってきたのか知らないけど、その人たちは明らかに勇気がなかったようね」自分が平静を取り戻しつつあることが、タラにはうれしかった。おかげで彼に弱い部分を見られないですむ。そもそも彼女は決して弱い人間ではない。大病院で看護師として働いてきた経験上、ほかでは得られないたくましさを身につけたと自負している。

「確かに彼女たちには勇気がなかった」レオンは認めた。「それに引き替え君は、ずいぶん泣きはしたが、ガッツはある。僕にさらわれたのが損ではなく得だったことを君が潔く認めさえすれば、僕たちは最高にうまくいくはずだ」彼は硬いまなざしでタラの視線をとらえたまま、ロールパンが入った銀のバスケットを差し出した。「カルロスが船の厨房《ちゅうぼう》で焼いた焼きたてだ。あの男は器用で、なんでもできる」

「雇い主の陰謀に加担して犯罪に手を染めることもね」タラは抑えきれずに言い返した。

「まったく、その毒に満ちた舌をなんとかしないと、またしても指をたたかれる羽目になるぞ。何度警告を受ければ学習するんだ？」

レオンの手にはナイフが握られ、その目はテーブルクロスに置かれたタラの手に注がれている。タラはとっさに手を引っこめたものの、レオンの笑い声を聞きながら悔しさに唇を噛《か》みしめた。彼女はグラスを手に取り、中身を飲んだ。

「あなたが暮らしているというその島までは、どれぐらいかかるの？」

「しばらくかかる」彼は漠然と答え、それからふと考えて言い添えた。「だがコルフ島に友人の司祭がいる。式は彼が挙げてくれるだろう。前に命を救ったことがあって、恩を返すためならなんでもすると口癖のように言っていたから」

「だからといって、そこまでするかしら」

「彼なら何もきかずに式を挙げてくれる」

「つまり、その人も犯罪者というわけね。教会を隠れ蓑《みの》に」

「彼はきわめて敬虔《けいけん》なクリスチャンだ」

「でも魂がどうなろうと気にしないんでしょう？」

レオンはさも愉快そうに笑いだした。

「なるほど、君にはユーモアのセンスもあるようだ。まったく、いとしいタラ、僕たちはそうとううまくやっていけそうだ。君といると、ほかの女性を全員束ねたより楽しい」

彼はいまもおもしろがっている。タラはからかわれているのだろうと思ったが、見ると、酷薄そうな唇はリラックスしてセクシーなカーブを描いていた。

彼女はふと、スーが彼をハンサムと評していたことを思い出した。確かに見る者によっては魅力的と映るかもしれない。

タラはまたしても、無意識のうちに彼をデイヴィッドと比べていた。デイヴィッドは親切で優しく、とりたてて自己主張が強いなどということはない。たいていはタラの好きにさせてくれたし、彼女にはそれが心地よかった。デイヴィッドのキスは優しく敬意が感じられ、抱擁はゆったりとして、彼女への気遣いが伝わってくる。

それに引き替え、この悪魔のようなギリシア人は、傲慢で、自信過剰で、自分のことをゼウス神だとでも思っているようだ。実際に私に暴力まがいのことをして、この先も本気でそうするつもりでいる。それも、誰が主人かを私に思い知らせるためにだけ。彼のキスは残酷で、愛撫《あいぶ》は容赦がなく、話し方ばかりか声そのものまで、私の意志を折り曲げようとするみたいに横暴で高圧的だ。

「何を考えている、タラ？」

レオンの声に思考を中断され、タラは彼を見上げた。彼は長い指の間にグラスを挟み、かすかな皮肉を帯びた笑みを浮かべて彼女を見ている。

「なんとなく僕のことのような気がするんだが」

「そのとおり」タラは皮肉をこめて答えた。「なんて不快な人だろうと考えていたの」

「それでも君は僕と結婚すると約束した」彼はさらりと指摘した。

タラは頭皮まで真っ赤になった。

「あなたとの結婚なんて、一瞬たりとも考えるものですか」彼女は否定した。

「嘘《うそ》つきだな。君はあの晩、フィアンセとの結婚は間違いだ、いまからでも本人にそう伝えると約束した」

「あのときは頭がぼんやりしていて……」タラは痛々しく言いよどみ、手元のグラスを持ちあげて中身をひと息に飲みほした。

「ぼんやりしたのは愛のせいで――」

「くだらない！」

「厳密に言えば、君の頭がぼんやりしたのは欲望のせい、僕の愛撫のせいだ。あのとき君は僕とベッドに入ることしか頭になかった」

「どこまでもうぬぼれ屋なのね！　あなたなんか大嫌い！」

「本当のことを話すからか？」レオンは彼女の顔を見つめたままグラスを口元に運び、少しだけ中身を飲んで、再びコースターに戻した。「君は臆病なのさ、タラ。自分も僕と同じくらいセックスが好きで、満たされたいと感じている。そう認めるのが怖いんだ」

「やめて……黙って！」タラは自分の耳を両手でふさぎ、彼をにらみつけた。「聞きたくない。聞くものですか！」そして勢いよく立ちあがるなり、ドアに向かって駆けだした。だがレオンに行く手を阻まれた。彼はタラの腰をつかむと、そのまま彼女の体を持ちあげ、硬い体に抱き寄せた。「放して――」

言葉の続きはレオンのキスで無残に押しつぶされた。

彼の腕に力がこもり、柔らかな胸が固い胸板に押しつけられた。タラは呼吸を求めてあえぎ、誘惑に満ちた強引な唇がようやく離れたところで、大きく息を吸いこんだ。

　レオンは彼女の腰をつかんだまま、腕の長さの分だけ体を離した。燃えるようなまなざしには、くすぶる欲望がはっきり見てとれた。彼は私を求めている……自分でもどうしようもないほど強く！　次に来るべき事態を思い、恐怖が押し寄せてくる。情けなど乞うまい、泣いてすがったりなどするまいと、タラは目を閉じた。

「認めるんだ！」欲望に揺らぐ声で、レオンが命じた。「あのとき僕と結婚したいと感じていたと。あの時点で行動を起こしていれば、僕と結婚していたと。あの場で君を奪っているべきだった。そうすれば君も、自分の欲望を思い知っただろう」

　レオンの両手がタラの腿を這《は》い、彼女の体に命を吹きこんだ。彼はそうやって彼女の感情に働きかけ、巧妙に屈服を誘っている。

「僕が欲しいと認めるんだ。いまこの瞬間にも、僕が欲しいと！」なんて傲慢な声。タラが体をひねりかけると、レオンの両手はあっさり腰の位置に戻った。

　次の瞬間、タラの体はぴったりと彼に合わさった。震える唇は求めに応じて素直に開かれ、純粋な喜びが背筋を駆け抜ける。彼の首に腕をまわせと命じられ、タラは再び従った。靄《もや》にかすむ意識の底から、レオンが主張する夜の記憶がよみがえった。そしてほどなく、彼女は同じ瞬間を生きていた。せわしなく動くレオンの硬い体が、胸を愛撫する温かい指の感触が、彼女の背筋を下へとすべるもう片方の手の誘惑が、タラの興奮をあおっていく。

「認めるんだ」かすれた声でレオンが繰り返した。

　タラの中にもはや抵抗の意志はなかった。抵抗したいとも思わなかった。レオンに命じられるまま、どんなことにも従う覚悟ができていた。彼もいまはそのことを知っている。覚悟はできた。私は彼の妻になる。タラは声に出して認め、レオンもそれを聞いた。

「コルフ島に寄ろう」ドアの外から聞こえるディミトリとエリアスの話し声に気づき、レオンはタラから手を離して席に着くように告げた。「すぐにでも結婚しよう、タラ。そうすれば君の欲望はすべて満たされる」

5

予想どおり、レオンは彼女の部屋を訪れた。だが、彼と結婚すると口にしたときから食事が終わるまでの間に、タラはすぐに正気を取り戻した。確かにあのギリシア人には私の欲望に火をつける力がある。そして彼に説得された私自身の弱さも認める。でも、もう二度と彼に揺れたりしない。どこまでも彼と闘ってみせる。どんな衝動も抑えてみせる。

ドアの取っ手がまわる音がした。タラの顔は依然として青ざめているが、気持ちは完全に落ち着いていた。振り返ると、ドア口にレオンが立っていた。上背のある堂々とした体と褐色の肌に、射抜くようなまなざしの黒い瞳。薄い唇に浮かぶ笑みは勝ち誇っているようでも、おもしろがっているようでもある。

「支度はまだか？」レオンは黒い眉を上げた。「僕がメイド役を引き受けようか？」

言いながらレオンがドアを閉めるころには、タラは早くも彼の磁力を感じ始めていた。彼はいったい私に何をしたのだろう？　どうしてひとりの男性にこれだけの力が備わっているの？　出会った女性は誰もが、彼の力の前にひれ伏さなければならないの？

「その……結婚については気が変わったの」タラはなんとか説明を試みた。意外にも声は落ち着いていた。「あなたが何をしに来たのか知らないけれど——」

「タラ」レオンはごく優しい口調でたしなめた。「無邪気な子供じみたまねはやめるんだ。さっきのあの出来事のあとでそんなそぶりが理屈に合わないことぐらい、自分でもわかっているはずだ。あの時点で君をベッドに運んでいれば、いまごろはもう僕のものになっていた」

「僕のもの？　ギリシアの女性はみんな夫の所有物というわけ？」

「既婚女性の場合はそうだ」彼は穏やかに答えた。「常識だろう？」

「あなたがそう思っているだけでしょう？」タラはなおも食いさがった。「そんなことが西欧の常識でないことくらい、よくわかっているくせに」

「男女の平等を求めているのか？」レオンはかぶりを振った。「君にはない。僕の家では僕が主人だ。それを忘れれば、妻であろうと痛い目を見ることになる」さらりとした口調だが、高圧的な響きは聞き逃しようがない。

「出ていって」タラは力なく告げた。「休みたいの」

「疲れたのか？」表情がかすかに揺らいだが、冷たい仮面に覆われた顔からは何も読み取れない。

「ええ、疲れたわ」

「だがこれがハネムーンなら、疲れたとは言わないだろう」

　タラの体がはじかれたように動いた。目の前に立つこの悪魔に拉致されて、まだほんの数時間しかたっていないとわかって、目に涙がこみあげてくる。本当ならいまごろは……。

「出ていって」タラは叫んだ。「ここにいてほしくない！　その顔も、ギリシア人のその傲慢な態度も、我慢がならないの」

　なのに、レオンが近づいてきたので、タラは可能なかぎりあとずさったが、ほどなく脚がベッドに触れた。

「欲求不満なのか？　だが、もうそんな必要は――」

「欲求不満？」タラにはわけがわからず、きき返した。

「ずっと前から楽しみにしていたセックスを取りあげられたと感じているんだろう。僕もそんな経験は二、三度ある。せっかくの情熱をくじかれては、確かに少々がっかりだ」レオンはさらに一歩近づき、そこで止まった。

「よくご存じだこと」タラは噛《か》みつくように言い返し、時間を稼いだ。

「もちろんだ。女心はよく変わる。その気になったかと思えば、やめると言う。男にとってそんな拒絶は挑戦と映るが、かまうに値しない場合もある」

　タラは彼を見つめた。ひょっとして私をからかっているのだろうか。タラは顔を赤らめ、あえて何も言わずに黙っていた。

「だが心配ない。僕なら立派に花婿の代わりが務まる。というか」彼は言い添え、ゆっくりと近づいてくる。「本当は僕のほうがいいと、君もひそかに思ているはずだ」

「自信過剰の……うぬぼれ屋ね！」

レオンが間近に迫り、アフターシェーブローションの香りがした。清潔で健康的な、雨のあとの松林を思わせる香り。彼が片手を上げたので、タラはてっきりぶたれるのだろうと、たじろいだ。けれどレオンはその代わりに、顎を強くつかむなり、顔を近づけて固く閉じた唇にキスをした。

「怒っているときの君はとても魅力的だ。不思議なもので、もっと怒らせたいとも思う。だが、その一方で、君をひざまずかせたいとも思う。君は刺激的だ、タラ。初めて見たときからそうだろうと思っていた」レオンは彼女を放し、自分も体を離した。

彼の手が顎から離れると、タラは不意に寂しくなった。もっとそばにいて、唇に触れてほしい……。

わずかに間をおいて、彼女は言った。「お願い、もう行ってもらえないかしら」

「だが君は僕と結婚すると約束したばかりだ」彼は指摘した。「もう待つ必要はないだろう。いますぐハネムーンを始めても――」

「結婚に同意したのは二時間も前よ」タラは彼を遮った。欲望を映すレオンの目が彼女の顔から首筋へ、さらに胸のふくらみへと向かうのに気づき、怖くなって大きく目を見開く。「気が変わったのよ。あなたと結婚なんてするものですか！」

「なるほど、だがこうすればフィアンセのことは忘れるだろう――」

レオンはすばやく彼女を抱き寄せるなり、固く閉じた唇を探り当て、強引に押し開いた。タラは身をよじり、ありったけの力で抵抗したものの、惨めな敗北に終わった。心臓の鼓動が勢いを増しているのに気づき、タラはおびえた。彼女は残酷な抱擁に、痛みと同時に喜びも感じていた。レオンの情熱はすっかり高まり、とどまるところを知らず、キスは燃えるように熱い。こうなる前に負けを認めるべきだったと、彼女も本当は知っていた。

「ようやくおとなしくなったな」レオンはつぶやき、温かく柔らかな唇を彼女の胸に押し当てた。「君がどんなに意志の力を働かせようと、僕にとっては勝利の喜びが増すだけだ」顔を上げ、情熱に色を増したタラの瞳を勝ち誇った表情で見つめる。「結婚について気が変わったなどと言いながら、本当は変わっていないんだろう？」言いながら、レオンはドレスのファスナーを下ろした。

彼の指が背中に触れるのを感じ、タラは身を震わせた。官能の網に完全にからめ取られて、この瞬間のまばゆい誘惑のこと以外、何も考えられない。こんなに激しい感情に見舞われたことは、これまで一度もなかった。汗ばむ額に巻き毛が張りついている。体じゅうの血が熱く脈打ち、デイヴィッドが百万光年のかなたへ去っていく……。

「違うのか？」

レオンに問いただされて、タラは顔を上げ、揺るぎない声で答えた。「ええ、レオン、あなたとの結婚について、私の気持ちは変わったわけではない」

「君は僕と結婚したい――さあ、言うんだ」

「私はあなたと結婚したい」

ドレスが彼女の体から離れ、レオンの視線にさらされて、頬が赤く染まっていくのが自分でもわかる。

「君はなんて美しいんだ」レオンは彼女の唇と顎のラインを指でなぞり、羽毛で触れるようにそっと胸までたどっていく。ブラのストラップがすべり落ち、こぼれた胸のふくらみを手で受け止めた瞬間、彼のまなざしが欲望に輝いた。

タラの頭の中をさまざまな場面が駆け抜けていった。彼はこれまで何人の女性の胸をこんなふうに見下ろしてきたのだろう。その女性たちが自分と同様、レオンの強烈な意志と欲望にさらされて力を奪われていくところが見え、最後にデイヴィッドの姿が見えて、ホテルのベッドルームで、彼の優しい腕の中に飛びこんでいく自分の姿が見えてきた。

半裸の体が恐ろしい勢いで震えだし、さっきから目の奥にたまっていた涙があふれてきて、タラは何も見えなくなった。

「今度はどうしたというんだ！」

怒った声だったが、黒い目に映る怒りは私の気のせいなのかもしれない。タラはそんなことを思った。彼はヒステリックに泣きじゃくるタラの肩をつかんで揺さぶった。

「しっかりするんだ！　我慢にも限界がある。さっきはうれしそうにしていたのに、いまはめそめそ泣いている。しっかりしろ！」

タラは目をこすったが、レオンは靄《もや》の向こうにいるようにしか見えなかった。だが少なくとも、彼の欲望は鎮まったようだった。声を出そうとすると、いつもの声が出た。彼女は胸の内を正直に伝えることにした。

「私にとって、これがどんな状況だかわかる、レオン？　今夜はハネムーンのはずだった。たとえこの先どんな喜びが待ち受けていようと、私とデイヴィッドにとって生涯忘れられない夜になるはずだった」涙に輝く目で、タラは訴えるように彼を見つめた。「なのに、すべてはかなわず、私はこうして別の男性にとらわれている。その男性は私を愛しているわけでもないのに、私の婚礼の日を暗黒と絶望の日に変えて、私の大切なウエディングドレスを……女にとっては宝物なのに、レオン、あなたにはわからないでしょうけれど……」

大きなすすり泣きがこみあげ、言葉が途切れて、タラは激しく身を震わせた。

「あなたに誘惑を感じないと言えば嘘《うそ》になる……あなたは私に心にもないことを言わせる力も持ってい

る……その……あなたと結婚したいとか」

タラは再び訴えかけるように彼を見上げた。けれどこのとき、張りつめたその顔に、荒々しさはなかった。そして何かの感情の発露を思わせるように、首筋の一点が脈打っていた。

「私が結婚したいと言ったとして、あなたは本気でそう思うの？　私はほかの男性を愛しているのに？　お願い、怒らないで！」レオンの表情が変わったのに気づき、タラは叫んだ。「お願いよ……これ以上とても耐えられない。あなたにも、それぐらいわかるでしょう？」

ほっと安堵《あんど》したことに、レオンの顔をよぎった怒りはすぐに消えた。彼は再びタラの言葉に耳を傾けようとしている。

「あなたがどう思おうと、私の心は壊れる寸前よ。ここが……本当に痛むの、レオン」彼女は自分の胸に手を当て、強くたたいている心臓の鼓動を感じた。激しく上下する胸に置かれた震えるその手を、レオンは身動きを封じられたように黒い目でじっと見ている。「これ以上私を傷つけないで」彼女は懇願した。「出ていって。私をひとりにして。あなたに少しでも何かを感じる心があるなら、私の言うことを聞いてくれるはずよ」

レオンがベッドの裾のほうへ歩いていき、自分が買ったネグリジェを手に取った。それを広げて渡され、タラは驚きながらも黙って袖を通した。さっき彼女を揺さぶった褐色の手が、今度は腕を優しくつかみ、タラを自分のほうに向けさせる。タラはいまも涙で濡《ぬ》れた目で彼を見上げた。彼はネグリジェの襟元のリボンを結び、続いてボタンを留めた。その目は暗く、底知れない。張りつめた、それでいてどこか親密な、奇妙な時間が二人をとらえた。タラの目からこぼれる涙を拭って彼は言った。

「ゆっくり休むといい、タラ。休めるかどうかはわからないが……。明日はもっと気分がよくなっていることを祈る」レオンはドアロへ向かい、扉を開けた。「おやすみ」ぶっきらぼうに言う。「これ以上泣かないように努力してくれ」

そう言い残して彼は去り、残されたタラは精根尽き果て、いっそ死とともにすべてを忘れてしまえたらとさえ感じていた。

予想にたがわず、眠りは訪れてくれなかった。それでも自分の置かれている状況が予想よりはるかにましなことは、タラにも理解できた。レオンが残酷で無神経なことに変わりはなく、この先もきっとそうに違いないけれど、彼は決して恐ろしいレイプ魔などではなかった。暗く長い夜、船のエンジン音だけが響きわたる中で、タラの脳裏をさまざまな思いが去来した。

中でも最もありえないと思えたのは、レオンのとった行動だった。あんなに欲望と情熱を高ぶらせながら彼が自制してみせたのは、ほとんど奇跡と言ってよかった。彼は相当の自制心の持ち主に違いない。あのときタラを奪おうと思えば、阻むものは何もなかった。それに彼女自身も最後には欲望に屈していたかもしれない。

彼女はさらに、自分が失ったものについて考えた。教会での結婚式。お祝いの鐘の音に誘われて、輝く花嫁を見に集まってくる女性や子供たち。私の最高の一日……生涯でいちばん、何度も思い返す日になるはずだった。

式のあとは、町一番のホテルでビュッフェのパーティを予定していた。ケーキカットの瞬間をカメラマンが撮影し、記念のアルバムに載せることになっていた。そして乾杯。みんなの心からの祝福を受け、その後、服を着替えて空港へ向かい、飛行機でスコットランドへ行くはずだった。私たちのハネムーンに出かけるはずだった……。

デイヴィッドはどんな気持ちでいるだろう。彼もきっと横になっても眠れずに、かなわなかったことについてあれこれ考えているに違いない。船のキャビンという暗い牢獄《ろうごく》の中で、タラはデイヴィッドの名を声に出して呼んだ。どうか私の声が彼に届きますように。いまも愛していると、いつかきっと彼のもとへ帰ると、どうか彼に伝わりますように。

次に彼女の思いを占めたのは逃亡のことだった。レオンがそんなに長く監禁を続けるとは思えない。彼は私を自分の妻にするだろう。それについては諦めがつき始めていた。でも最後には必ず逃げてみせる。そのチャンスが彼との結婚の前に訪れますようにと彼女は祈った。

翌朝、タラが起きて着替えをすませたところへレオンが訪れた。タラの全身をざっと見渡し、彼は顔をしかめた。

「寝ていないようだな」彼は白いスラックスとネイビーブルーのブレザーに着替えていた。胸ポケットに錨《いかり》のバッジがついている。この長身で洗練されたクールな声の持ち主が、ときおり顔をのぞかせるあの獣のような男と同一人物とはとても信じられなかった。

「ええ。でもどうせ眠れるとは思っていなかったから」レオンの首筋がぴくりと動いたことに、タラは気づいた。

「ギリシアに、いいことわざがある」レオンが手を伸ばし、彼女の手を取った。「ギリシア人がかつて雄弁で名をはせたことは、君も知ってはいると思うが」

タラはとまどった。あの傲慢な態度はどこへ行ったのだろう。あの嘲るような表情は？

「どんなことわざ？」彼が黙っているので、タラは顔を尋ねた。

「〝いさかいのあとには調和が訪れる〟さ。君と僕も調和を築こう、タラ。そのほうがお互い居心地よく過ごせる」

タラの口元は震えた。レオンの変わりようにひどく動揺していた。彼の態度の変化によって、優しいまなざしに、調和を築こうという申し出。彼の態度の変化によって、募りに募った惨めな気分が少しだけ和らいだような気がした。

「私は……あなたがそうしたいのなら」タラは答え、自分の手をつかんでいる彼の手に視線を落とした。

「そうしたい」その声には奇妙な抑揚があった。

「約束のしるしにキスを……」顔を近づけるレオンにタラは首を横に振ったが、それもつかの間で、二人の唇が触れ合った。穏やかな……優しいとさえ言えるキスだった。

タラは心臓のあたりに得体の知れない痛みを感じた。出会った状況が違えば、彼を好きになっていたかもしれないとさえ思えた。

「あなたという人が理解できない。なんと言うか……今朝はずいぶん感じが違うのね」

黒い目が考えこむような表情を帯び、眉間にしわが寄った。どうやら複雑な感情にとらわれているようだ。次に彼が口にした言葉も、そのことを裏づけていた。

「僕自身、生まれて初めて自分が理解できない」どこか怒っているような、自分自身にいらだっているような口調だった。「支度ができたなら朝食に――だめだ、〝おなかがすいていない〟とは言わせない」彼は戒めたが、決して意地の悪い感じではなかった。

「君が好むと好まざるとにかかわらず、必ず何かを食べさせる」

誘拐されてから初めて、身の安全が少しは感じられたような気がして、タラはおとなしく従った。

レオンは〝調和を築く〟というさっきの協定を尊重するつもりらしく、その後も変化は続いた。彼は毎晩、おやすみを言い、タラを寝室まで見送ったあとも、つきまとって苦しめるようなことはしなかった。ときどき、彼女の顔から悲しみと緊張が消えていることを期待するかのように、彼に見られているのを感じた。一度だけいらだちを抑えられない様子で、彼女に笑えと命じたことがあった。しかたなく笑ってみせたあとで、それでも私の気持ちと置かれている状況は変わらないと、タラは指摘した。

「君はかなり頑固だな、タラ。君がどう思おうと、僕は君を悲惨な結婚から救ったのさ」

タラはいらだった。「どうしてあなたに、デイヴィッドと私のことがわかるの？」

「君を満足させられるのがどんな男か、僕にはわかる」

「その男性は間違ってもあなたではないわ」タラは断言した。

「どうかな。ひとたび僕と結婚すれば、本当の体の喜びを味わうことになる」

「すると……するとあなたは、気が変わったわけではなかったのね」タラは落胆した。

「何について？」二人はデッキに立っていた。レオンはショートパンツにサンダルを履いて。タラは彼に着るように言われたビキニを着て。

「もしかしたら私を帰してくれる気になったのかと思っていた」

「ありえない。君を手に入れるためにどれだけ苦労したか。これは君の運命だ。君は僕の妻になり、僕の息子の母親に――」

「いやよ！　あなたの子供なんて、とんでもない」

黒い目でじっと見つめられ、タラはしかたなく目を伏せた。

「たとえそうでも、君には僕の子を産んでもらう」レオンは容赦なく申し渡した。「子供のない結婚では重要なものが欠けてしまう」

「重要というのは、何にとって？」レオンの声の調子が気になって、タラは鋭く彼を見やった。高圧的な口調だったが、どこか深い意味がありそうな気がした。

「この結婚の成功にとってさ」彼が答えるまでに一瞬の間があり、言おうとしたことと口にしたこととが違うのではないかという印象を与えた。もしかして彼は、〝結婚の幸せにとって〟と言うつもりではなかったのだろうか。タラはそう思うと、本人に尋ねた。

「幸せは、結婚にとって重要な要素だと思わないの？」

　そうきいたあとの奇妙な沈黙は、おそらく三十秒ほども続いたのではないだろうか。彼はいったい何を考えているのだろう。新たな何かを発見できそうな気がして、タラの胸は期待にふくらんだ。けれど、その感覚はすぐに消えた。

「明日、コルフ島に寄港する」彼は話題を変えた。「僕も島に上がって、友人の司祭を連れてくる」

　タラの心は沈み、全身が冷たくなってきた。

「そんなに近くまで来ていたなんて、ひと言も聞いていないわ」

「知らせる必要がなかった」レオンはさらりと返した。「港に寄るたび、君が逃亡への期待に胸をふくらませていたことはお見通しだ。君のほうも、僕にぬかりのないことは充分にわかっただろう。そして港にいる間は、僕のクルーが四六時中見張っていることも。コルフにいる間も、君はキャビンに閉じこめて鍵をかけておく」

　タラは落ち着きなく両手をよじった。「あなたとは結婚したくない」ささやくように言い、乾いた喉にごくりと唾をのみくだす。「お願いだから私を自由にして。あなたのことは誰にも話さないと約束する――」

「不在中のことはどう説明するつもりだ？」レオンは彼女の言葉を遮り、おもしろがるように目を輝かせた。

「何か考えるわ」タラは激しく言い返した。「記憶をなくしたとでも……なんとでも」

「ばかなことを」レオンは小さな子供でも諭すように言った。「君は誘拐されたんだ、忘れたのか？」

「たぶん一生、忘れないと思うわ！」

「そのうちきっと、一生の中でもきわめて幸運な出来事と思えるようになる」レオンはあっさり返し、片手を口に当ててあくびをこらえた。「式では、僕がリスボンで買ったドレスを着てもらう。色といい、スタイルといい、君にぴったりだ。それでどうだ？」彼は思い出したように最後の質問をつけ加えた。

タラは黙って首を振った。自分の本当の花嫁衣装のことが思い出された。何度か寸法合わせを繰り返し、完璧にフィットしていたあのドレスは、いまは海の底に横たわっている。レオンが買ったそのドレスは……燃料補給のために立ち寄った港でほかの服とともに彼が買ったコーラルゴールドのそのドレスは、完璧を絵に描いたようなドレスだったけれど、それが自分のウエディングドレスと告げられたとたん、タラは気に入らなくなった。

「いいわ」返事を待たれていることに気づき、タラは曖昧に答えた。「どうしても私を自由にする気はないの？」レオンが顔をしかめて首を振るさまを目にし、タラは彼が答える前に声を張りあげた。「その司祭という男を連れてきても無駄ですからね。私がその男を脅しつけてやる。いくら私を監禁しても、舌まで見張ることはできないはずよ。どんな義務をあなたに負っているか知らないけれど、挙式なんて絶対にできないように、恐怖のどん底に突き落としてやる！」

レオンは依然として落ち着きはらっている。

「そこまで抵抗するなら、彼を呼ぶのはやめよう」

彼は静かに告げた。

「そうなの？」

「君には愛人になってもらう」

タラは黙った。自分の下す選択がおのずと決まってくるからだ。この無慈悲なギリシア人がひとたび高圧的な態度に出れば、脅しても騒いでも無駄なことはわかっている。

「私には選択の余地はない……あなたと結婚するしかないのね？」誰かが誰かを無理やり結婚させるなんて、ありえない。でも、これは紛れもない現実だった。結婚か、さもなければ……。結婚を選ぶしかないというわけね。でも、自由になれるチャンスが訪れるまで、私はただ逃げることだけを考えるわ。

6

タラがヒドラ島を初めて目にしたのは、輝く夕日の中でだった。ギリシア中部のサロニコス湾に広がるセイレーン群島のひとつであるその島は、穏やかな波間に人魚のように浮かんでいた。タラは自分がいま置かれている状況にもかかわらず、これから過ごすことになる場所に興味が湧いてくるのを感じた。

レオンの話によれば、かつては勇猛な海賊が住みついていたけれど、近年は多くの作家や芸術家、船のオーナーたちが住むようになったという。丘の中腹に並ぶ豪邸には以前から裕福な人々が暮らし、レオンの屋敷もそのひとつとのことだった。彼自身も船を所有しているけれど、本当の関心は別にあり、独自のデザインで有名なファッションブランドのハウス・オブ・ヘラは自分が経営していると、彼は説明した。

本人がさりげなく打ち明けたその情報を得て、タラは〝モデルたち〟という彼の言葉や、自分の趣味は完璧だという主張に納得した。レオン自身も数々のドレスをデザインし、ハウス・オブ・ヘラを世界的なファッションブランドに育てあげたという。彼に芸術的な一面があるとわかり、タラの側にも意外な変化が起きた。たとえばその事実を知ってから、彼のことを以前ほど人間みのないモンスターのようには感じなくなっている。

それでも、タラの唯一の関心事が逃亡であることに変わりはなかった。島に上陸すれば、チャンスはあるかもしれない。

手すりのそばに立つタラのもとに、レオンが近づいてきた。

「もう少ししたら、僕たちの家を教えよう」

僕たちの家……。タラは身を硬くし、不安のあまり胸がざわついた。彼の言葉にはどこか断定的な響きがあり、彼女の未来がすでに決定され、どうあがいても変えられないような気がしてきた。私は夫の所有物。私はその家にとらわれて、あとはただの奴隷と化してしまうのでは。タラは絶望に駆られてレオンを振り返った。

「僕たちの家じゃないわ。あなたの家よ!」

「どうしたというんだ?」レオンの声が鋭くなった。「この期に及んで、まだ逃げることを考えているのか?」

「このまま諦めたら、かわいそうな女になりさがってしまうもの。もちろん、逃げる努力はやめないわ」

一瞬、レオンは怒りを爆発させそうになったが、意外にも、きつく結んだ口元の線と鋭い眼光はすぐに消えた。

「そのうち僕に感謝する日が来ると言っただろう。おそらくすぐに子供も生まれる。あるいはすでに育ち始めているかもしれない。そうなれば君も諦めて、自分の立場を受け入れるだろう」

子供ですって？　タラは奥歯を嚙《か》みしめた。すでに情熱の夜を幾晩か過ごしてしまったことを思えば、そのことについていままで一度も考えなかったのが不思議なくらいだった。ああ、神様、どうかそんな事態だけは避けられますように。そんなことになれば、逃亡などとても望めない。レオンは決して私が子供を連れていくことを許さないだろうし、私だって子供を置き去りにしては行けない。

「そうならないよう祈ってる」タラは声を震わせた。「あなたは忘れているようだけど、私はほかの男性を愛している。私を妻にしたところで、後悔するだけよ。請け合ってもいい、絶対に後悔するから！」

「そして、首尾よく逃げおおせたら、僕を警察に突き出す——そう言いたいのか？」レオンの声とまなざしは、氷の冷たさを帯びている。

「そうよ」タラは少しもひるまず言い返した。「最初に逃がしてくれれば黙っているつもりだった。でも、もう遅い。あなたも、あの悪徳司祭も、二人一緒に刑務所行きよ！」

「あの男が何をしたというんだ？　式の間、君はわめくどころか声ひとつたてなかった」

「あなたが脅したからよ。あの結婚がどこか不自然だってことぐらい、普通に考えれば誰だってわかるわ」

「彼は法にそむくことは何もしていない」レオンはなおも主張した。「彼のことは放っておくんだ。たとえ逃げおおせたにしても」

「つまり逃亡は不可能ではないと認めるわけね？　勇気が湧いてきたわ。希望を与えてくれてありがとう！」

レオンはしばらく黙って島を眺めていたが、やがて彼女を振り返った。

「僕の願いがかなえば、君はすぐに子供を産む。そうなれば、まず逃げることはなくなるだろう」

目に涙がこみあげるのを感じ、タラは顔をそむけた。これまでずっと彼の望みはかなってきた。今回の望みにかぎってかなわないと考えるのは楽観的すぎるだろう。

「さっきも言ったように、私はあなたの子供ができないように祈ってる」

「お互い健康に問題はない」レオンは静かに返した。「つまり順当にいけば、君は一年以内に僕の子を身ごもる」タラが黙っていると、レオンは彼女の顎を強くつかんで自分のほうに向けた。「君には僕の子を産んでもらう、タラ。わかったか？　僕は君の主人だ。いまこの瞬間から、君の人生は僕が管理する。君は僕が決めた数だけ、何人でも子供を産むんだ」

「つまり、私はあなたの奴隷ってわけね！」あまりの屈辱に、怒りが炎となって燃えあがり、タラは激しく言い返した。「絶対に逃げてみせる！　永遠にとらわれの身にしておけると思ったら大間違いよ」

レオンがさっと体を離したので、タラは震える手で自分の顎に触れた。惨めさと絶望の涙がまつげを濡《ぬ》らした。彼は自分の強みと私の弱みを知っている。もし私が本当に妊娠したら、私は彼のもとを去れなくなる。

彼女はレオンが去っていく姿を見やった。彼は歩き方さえ傲慢だった。誇り高い貴族を思わせる。その誇りとともに受け継いだおぞましい性格は、きっと一生変わらない。タラはふと、最初の晩に彼が見せたつかの間の変化のことを思い出した。当然ながら力ずくで奪われるだろうと思ったのに、泣いて情けを乞う彼女を見て態度を和らげ、驚いたことにキャビンから出ていった。あのときの彼は声も態度も優しくて、心から彼女を気遣っているように見えた。

そして続く何日かは、彼女との間に調和を築くという言葉を彼は守り続けた。コルフ島に近づいて司祭に挙式を頼むと言いだし、またもやいさかいが生じたあのときまで。式を挙げた夜にはタラが力のかぎり抵抗したことで、不和はさらに広がった。だが彼は彼女を完全に支配し、服従させた。以来、タラは一度も嫌悪のそぶりは見せていないが、精神的な抵抗を続けているのは彼も気づいている。

君の抵抗など僕の信念の前では無に等しい。レオンはそう言って彼女を嘲った。君も僕と同じくらい僕を求め、満たされる瞬間を楽しんでいるのだと。彼の口にする一言一句が真実だと知るタラは、悔しさに身がよじれる思いがした。そして彼が傲慢にも、君をこんなふうに喜びの高みへ導くことは、デイヴィッドには無理だと指摘したときにも、それが真実だと認めざるをえなかった。

「あれが僕たちの家だ」

気がつくと、レオンが再びそばに立っていた。ジャングルに棲《す》む獣を思わせる、あのしなやかな足どりで。彼が指さしたのは、サロニコス湾の青い海と港に面した広い高台に立つ壮麗な屋敷だった。

「すてきな眺めなんでしょうね」言葉少なに答えながら、タラは思った。こんなにすてきな場所に愛する男性と来られたら、どんなに幸せだっただろうと。

「気に入るといいんだが、タラ。これからは永遠にあそこが君の家だ。新しい環境に慣れるよう、君も努力するといい」

「もちろん私を監禁するんでしょうね。どんな手を打つつもりか知らないけれど、あなたのことだからきっと計画があるんでしょうね。そしてもちろん、あなたの計画は必ずうまくいく」タラは苦々しげに締めくくった。

「使用人には、君が神経症のせいであちこちさまよいたがると伝えておく。君に万一のことがあってはならないから、つねに目を配るようにとね。うちには庭師が二人いるから、外にいる間は彼らが見張るし、家の中にいる間は、ペライアという君専属のメイドが見張っている。君が敷地の外へ出ることのないように」

タラは彼をじっと見つめた。怒りに顔が赤らむ一方で、称賛の念も禁じえなかった。「あなたの頭のよさにはつくづく感心するわ。もし私が使用人たちに、こんなのはみんな嘘《うそ》っぱちだと言ったらどうなるの？」

レオンの目が皮肉な表情を帯びた。「長年仕えた僕よりも君の言葉を信じると？　君がふらふらとさまよい歩くのを、自分の働き口を危うくしてまで見ぬふりをする者が、彼らの中にひとりでもいると思うのか？」

タラは疑念に目を細め、彼の表情を注意深く観察した。「つまりその人たちは、あなたが命令さえすれば盲目的に従うと？　命令の意味を考えることもなく？」

「ああ」レオンはうなずいた。「僕に雇われているんだからな。島で仕事を得るのは容易ではない。だから人々は、いまある仕事にしがみつく。大丈夫だ、タラ。君は手厚く世話される。君がさまよい歩くのを放っておく者はひとりもいない」

タラは深く息を吸った。「本当に一日二十四時間、毎日見張っていられると思うの？」

レオンの口角がおもしろがるように上がった。「そのうちかなりの時間は、僕が自分で見張ることになるだろう」彼はゆっくりと言った。「ディナーの時間から翌朝の朝食までは、僕がお相手を務める」

頬がみるみる赤くなるのを感じ、タラは敵意のまなざしを向けた。「私の看守長というわけね！」

「気をつけて。君の夫はあまり忍耐強いほうではない」レオンはごく穏やかに告げると、タラにはそれ以上何も言わせず、再びその場を立ち去った。

タラは港とそこに浮かぶ船に注意を戻したが、ほどなく思考がさまよい始めた。いまこの瞬間、デイヴィッドはどうしているだろう。私の身に起きたことをあれこれ想像して、苦しんでいるのではないだろうか。レイプ、拷問、死……。私の遺体発見を伝えるニュースを、耐えがたい思いで待っているのではないだろうか。彼のことだから、きっと最悪の事態を恐れ、日に日に希望をなくしているに違いない。あの運命の日から、もう二週間以上になる……。

私が結婚したことはデイヴィッドにも知られてしまうだろうか。もし私が逃げおおせたら、そう、結婚など無効になり、レオンは刑期を務めることになる。いまどきの刑務所は待遇がずいぶん手ぬるくなってしまったことが残念だけれど！

レオンの戻ってくる姿が見えると、タラは本気で彼を痛めつけてやりたくなった。

「ずいぶん考えこんでいるようだな、タラ」彼がくつろいだ様子で話しかけてきた。

「ええ」タラはうなずいた。「あなたが海に落ちて鮫《さめ》に襲われるところを想像して楽しんでいたの」

「君はそれほど血に飢えているようには見えないが」彼は笑って言い返し、このあたりの海には鮫はいないとつけ加えた。

「そのうちきっと私にも運が向いてくるわ」タラはむっとして言葉を返した。

「どうだろう、僕としては一カ月もすれば君がなじんできて、いまの発言を撤回するほうに賭けるがね」

いつまでもうぬぼれてるがいいわ！　タラはレオンに背を向け、彼が去ってくれることを願った。ところが次の瞬間、いきなり両肩をつかまれ、再び彼のほうに向かされた。怒りにゆがむ情け容赦のないその表情に、タラは身も心も激しくおののいた。彼女の瞳は恐怖に打ちひしがれて黒ずみ、口元もわないていた。

「二度と僕に背を向けるな！」レオンはどなりつけ、容赦なく彼女を揺さぶった。「もっと敬意を払うことを学べ。さもないと――」

タラは何度も唾をのみくだし、悪魔に捕まったかのような恐怖に負けまいとした。恐ろしさに心が麻《ま》痺《ひ》し、ちゃんと考えられない。

「放して」タラは訴えた。「肩が痛いわ！」

「今度僕を怒らせたら、肩の痛みだけではすまないからな！」

タラのまつげで涙が光った。レオンは手を離したものの、険しい表情は変わらない。タラは謝罪を強要されるのではないかと思ったが、ありがたいことに彼はそれ以上何も言わず、黙って島を眺めている。沈む夕日が淡い金色の輝きを空に残し、長くゆらめく薄雲に反射していた。ここでは昼の終わりと夜の始まりをつなぐ狭《はざ》間《ま》の時間がなく、すぐに闇が下りてくると、前にレオンが話していた。空にはすでに星が見え始め、紫がかった真珠色の薄闇の中に、三日月もうっすらと姿を現しかけている。

船が波止場に着くころにはすっかり暗くなり、あたりには人影ひとつなくなっていた。レオンに腕を強くつかまれ、物音ひとつたててもすぐに船に引き返して、皆が寝静まるまで船室に閉じこめておくと脅され、タラの望みは完全に打ち砕かれてしまった。

岩に挟まれた狭くて急な坂を歩いて登り、ようやく屋敷にたどり着くと、男性の使用人が扉を開け、笑顔で主人を迎えた。けれど、その黒い目がタラに向けられた瞬間、笑みはすっと消えた。

「僕の妻だ、クレアンテス。タラ、うちの使用人だ」

男の口がぽかんと開き、それから慌ててしゃべりだした。「奥様だなんて、ミスター・レオン！　ミス・エレネは――」

彼はそこでなんとか言葉を止め、自分の失言に気づいて恐怖にも似た表情を浮かべた。タラが夫をちらりと見ると、口元に力がこもり、目が怒りにぎらついている。

「ようこそ……キリア・レオン――ミセス・レオン」クレアンテスは言葉につかえ、恐る恐る主人の顔をうかがった。

いまの失言で、クレアンテスは苦境に立たされたというわけね。タラは察した。さっき言いかけた女性は誰だろう。レオンが私と結婚したことで捨てられるの？　もっとも、私がいるからといって、レオンがほかの女性とつき合うことを気にするとも思えないけれど。

クレアンテスが脇にどいて二人に道をあけ、再びしゃべりだした。天井の高い玄関ホールは花やタペストリーで飾られ、モザイク張りの床には美しいペルシア絨毯《じゅうたん》が敷かれて、アンティークの家具がそこかしこに配されている。

「レオン様がとうとうご結婚なさったとあれば、皆大喜びでございます。きっと多くの子宝に恵まれて……すみません！」

「地獄に落ちれば！」タラは怒って言った。

「地獄に？」クレアンテスは途方に暮れて両手を投げ出し、説明を求めてレオンの顔を見つめている。

「どういうことでしょう？」

「ミセス・レオンは疲れている。ペライアを呼んでくれ。寝室に案内させよう」

「かしこまりました、ミスター・レオン。すぐに呼んでまいります！」

クレアンテスはくるりと向きを変えるなり、駆けだす勢いでキッチンへ向かった。レオンが妻を連れて帰ったという驚くべきニュースを伝えに行くのだろう。

「もう少し口をつつしむことを学んだらどうだ」クレアンテスが聞こえないところまで離れるのを待って、レオンはぴしゃりと言った。「前にも警告しただろう！」

「だけど使用人に子宝の話なんてされたくないわ！」タラも怒りをぶつけた。「私にプライドがないとでも思っているの？」

「僕の国では結婚といえば自然に子宝という発想に結びつく。ギリシア人は率直にものを言うだけだ。君もじきに慣れる」

「けれど、率直に話すのはギリシア人の男だけでしょう？」タラの目が挑むように光った。「何しろ女は口をきいてはいけないんだもの。横暴な夫に虐げられて」

「まったく、君がそうしむけているんじゃないか！」レオンはいらだたしげに歯を噛みしめた。「ペライアを呼びにやっていなければ、この場で引っぱたいていたところだ」

タラは黙ってため息をつき、周囲に目を向けた。何か別のことに集中して神経をなだめようと思った。壁にかかった古い絵と聖画が目に留まったが、そこにペライアが現れ、数分後には、タラは白とゴールドで統一された天井の高い広い部屋に案内されていた。カーテンは太陽を思わせる金色で、ベッドの上掛けと絨毯にも同じ色が使われている。ベッドのヘッドボードをはじめとして家具の上部はグリーンのベルベットで覆われ、詰め物がされていた。壁はすべて白で、すべてが目に心地よく、抑えた趣味のよさが感じられる。

バスルームには手触りのいい厚手のタオルをはじめ、バスフォームからパウダーまで、世の中の女性が欲しがりそうなものはすべてそろっていた。レオンはいったい何人の女性をここへ連れてきて泊めたのだろう。タラはつい考えずにはいられなかった。続いて彼女はゆっくりと、隣室との境に立ちはだかるドアに目を向けた。耳をそばだてたが、夫はそこにはいないようだ。あるいは、物音をたてていないだけかもしれないけれど。ふいに心の奥底から、すすり泣きのようなため息がこみあげてきた。こんなところに監禁されて、愛する男性を思いながら、誘拐犯の欲望を耐え忍ばなければならないなんて！

耐え忍ぶ……。レオンとの愛の行為を楽しんでいないと思うのは、自分に嘘をつくことになる。彼は強力な力で私を引きつけ、巧妙に誘惑をしかけて、我がもの顔で私を支配する。私はどんな女になってしまったの？　夫となったその人物と出会って以来、何度この問いを繰り返してきただろう。私はもともともっと奥手で、過度に情熱的な男は苦手なはずだった。そしてデイヴィッドと出会ったときには、彼こそが運命の人だと直感した。

なのにいまの私は、デイヴィッドとはまったく違った、野蛮でさえある異国の男との愛の行為を楽しんでさえいる……。

自分でもあまりにも不可解だった。そしていま彼女は身を硬くして、隣室へと通じるドアの取っ手をじっと見ていた。ゆっくりと、音もたてずにまわっている。こんなに音もなく動けるなんて、とても人間とは思えない。でも、ドアには鍵がかかっていて、彼はまず、それを開けなければならなかった。

レオンが入ってくると同時に、タラは後ろを振り返った。そこにペライアがいることを願ったが、メイドはすでに立ち去っていた。

彼はドア口で立ち止まった。背後から差す明かりのせいで顔が影になり、いつも以上に悪魔のような様相を呈している。張りつめた顔のライン、首筋の筋肉、くぼんだ頬、ギリシア人らしい広い額。恐るべき男……。けれど同時に、タラは不思議な力が湧いてくるのを感じた。力のかぎり闘ってみせる。どうしてここまで、彼の言いなりにならないといけないの？

「こっちへ来るんだ」レオンが命じ、自分の足元近くを指さした。

「いま景色を眺めているの」タラはカーテンの開いている窓のほうへ寄った。

「暗いのに？」レオンは皮肉たっぷりに眉を上げた。

「ばかなことを――」

「ちゃんと見えるわ」タラは彼の言葉を遮った。

「目が悪いわけじゃないもの」

「だがこの暗がりでは大して見えない。もちろん崖には明かりがついているが……」

「なんの用かしら？」タラはいっそう窓に近づいた。

「僕はこっちへ来いと言ったんだ。タラ、君に少しでも分別があるなら、僕が黙って反抗を許す男でないことぐらいとっくに学んでいるはずだ。僕に従え。いますぐ！」

レオンの意図に気づき、タラは震える息を吸いこんだ。彼はキスをするつもりだ。私の体を愛撫《あいぶ》し、持てるテクニックを駆使して、私の抵抗を封じるつもりでいる。

それは結婚して以来、毎夜のことだった。そして彼はさも満足げに笑い、彼女も同じぐらい求めていると言ってあざ笑う。タラの逃亡についてどうせすぐに諦めると見くびっているのも、結局はそのせいだ。たとえ妊娠の事実がなくても、彼はずっとタラを閉じこめ続けるだろう。力によってではなく、愛人として彼の魅力にあらがえない彼女自身の弱さによって。正直に認めれば、タラは怖かった。彼と同じぐらい、自分自身が怖かった。

レオンはいまも警告のまなざしをこちらに向けて

いる。時間を稼ぐために、タラは話題を変えた。

「服はどこ？　顔を洗って着替えたいわ」

「すぐに運ばれてくる」彼は再び足元を指さした。

「こっちへ来るんだ。いますぐ！」

タラの心臓のリズムが激しく乱れた。首を横に振ったにもかかわらず、気づいたときには彼のほうに歩きだしていた。

「私は……」

「従うことにして正解だったな」レオンが険しい声で言う。「あと少し遅ければ、忘れられない罰を与えるところだった」

「暴力をふるうつもり？」

「君を服従させるのさ。これからも、ずっと！」

レオンは近づいてくるなりタラの手首をつかみ、震えている彼女を乱暴に引き寄せた。体がぶつかった瞬間、タラはかすかな痛みを覚えた。けれど、彼の唇の残忍さに比べれば、そんなものは無に等しかった。エロチックに彼女の唇を探り、決して口を開くまいとする彼女の努力を無にしていく。タラがもがくと、レオンは笑って彼女の両手を片手でつかみ、背中で押さえた。

「さあ、どうする？」レオンはあざ笑った。タラの無力と、その無力を憎む燃えるような怒りを、明らかに楽しんでいる。

「殺してやりたい」なんとかそれだけ口にしたところで、またもや固い唇がぶつかってきて、言葉の続きを押しつぶしてしまう。

「君はどうしようもない山猫だ」レオンはからかった。「あくまで人に飼いならされようとはしない」

その手がタラの胸に移り、荒々しい愛撫によって、言うことを聞かせようとする。そうすれば彼女がやがて燃えあがることを知っている。

そして、火がついたタラの体は愛撫に激しく応えていく。この憎むべき異国の男は、なんとたやすく私の欲望を刺激し、痛いほどの喜びを私の体にかきたてていくのだろう。自分に備わったその力を、レオン自身が知り尽くしていることが、タラの怒りをますますあおった。

彼の腕の中で自分の背中が反り、体の力が抜けていくのを、タラはどうしようもなく感じていた。またしても私は負けた。怒りの涙がこみあげてきて、それでもなお、彼女の体はぴったりと彼に合わさり、いまや自らも誘っている。そしてほどなく、もう抵抗もできないまま情熱の渦の中へとのみこまれていってしまう……。

7

タラは噴水のそばに立ち、ギリシアの海へと続くオリーブ畑の斜面と、その向こうにくっきりと見える水平線を眺めていた。端のほうで二人の庭師が仕事をしていることは知っていたので、数分後に家の中から出てきた夫に、どんなに見張ろうと必ず逃げてみせると息巻いた。

「そんなに嚙《か》みつかなくてもいい」レオンはゆっくり言うと、かすかに眉を寄せた。「思い知らせてやってもいいんだぞ」

「また脅し？」タラは肩をすくめ、気にしないふうを装った。「もう慣れてしまったわ。結婚してもう三週間よ、忘れたの？」

レオンの黒い目が、彼女の赤くなった顔を探った。「君のように頑固な女は初めてだ」長い沈黙のあとで、彼は言った。

「私があなたの……魅力に屈しないから？」レオンが黙っているので、タラはからかうようにつけ加えた。「あなたを見ても恋に落ちない女がいるとわかって、さぞプライドが傷ついたでしょうね。これまでいったい、いくつのハートを傷つけてきたの？」

「君はとっくに僕の……」レオンはそこで言葉を止め、さらに顔をしかめた。「君と僕の間には最初から欲望が存在した。君も心の中では何度も認めているはずだ。体の喜びでは僕のほうがデイヴィッドよりはるかに多くを与えられる」

「だけど、あなたを愛しているわけではないわ」タラは弁明した。

「いまはそうだが、時間はたっぷりある」

「私に愛されるかどうかなんて、あなたにとって重要なことなの？」

レオンは肩をすくめた。「とりたてて重要なわけではないが、そのほうが人生は快適になるだろう。君もそんなに口うるさく言わなくなるだろうし」

タラは奥歯をきしらせた。「あなたと出会うまでは、こんなふうじゃなかったわ！」

「だろうな。そんな態度では男は寄ってこない。そのデイヴィッドも、すんでのところで逃げおおせたわけだ。本人は自覚しているかどうか知らないが」

タラは深呼吸をし、なんとか怒りを抑えつけた。これまでずっと自分を落ち着かせようと努力はしてきた。冷ややかな落ち着いた態度をとることで、レオンを慌てさせることができるのではないかと期待して。けれどそのたびに失敗して、感情をあらわにしてしまう。

レオンはこれまでに二度、彼女を強く揺さぶった。そして何度か、平手打ちを見舞うと脅した。それでも実際にはそこまで自制心を失ったことはない。おそらく威厳を損なわないよう、つねに意識しているのだろう。そしてほとんどの場合、その威厳はうまく保たれている。

タラは二人の庭師に目を向け、自分の考えに没頭した。ここから逃げ出すチャンスはあるだろうか。夫にはいろいろと仕事があるに違いない。アテネにはいつ出かけるのだろう。私のことは置いていくと言っていた。もちろん連れていけば見張ることができなくなるからだ。逆にこの小さな島では簡単にそれができ、私は毎日、二十四時間監視されている。

レオンが彼女を見やり、その視線をたどった。

「君はつくづくわかりやすい人だ」彼はからかうように言った。「僕のもとから逃げる考えを放棄する気はないのか？」

「絶対にないわ」タラは激しい口調で言い返した。

「いっそあの二人が崖から落ちて死んでしまえばいいと思うくらい」

「それで本当に僕から逃げたとして、何を失うことになるのか考えたことはあるのか？」夫はいつものように彼女の弱さを皮肉った。

「あなたのそのうぬぼれを見る機会よ」考える前に口走っていた。罰を受けずにずんだのは、庭師がいてくれたおかげに違いない。

レオンの黒い目が怒りにぎらつき、口元に力がこもる。「口の減らない女だ！　奇跡でも起こらないかぎり、そのうち鞭《むち》で打ちすえられると覚悟しろ！」

握りしめた拳は、タラの首を絞めたがっているようでもあった。彼女は身震いし、これからはもっと気をつけるようにと肝に銘じた。

「あなたのそういう……愛人として自分の魅力を何度も強調するところが我慢ならないのよ」沈黙を埋めようとして、彼女は小さくつぶやいた。

「必ず僕に屈してしまうことを思い出すからか？」レオンは再び平静を取り戻し、彼女を皮肉って楽しんだ。「心の底では君も僕との結婚を望んでいた――」

「結婚はあなたが無理強いしたのよ。よくもそんなことが言えるわね。私はほかの男性を愛しているのよ！」

「いや、違う」レオンはきっぱりと否定した。「本当にそうなら、別の男の腕に抱かれて喜べると思うか？」

頬が真っ赤に染まるのを感じ、タラはうつむいた。「それはただ……そのことについてだけで……」

レオンが笑って彼女の言葉を継いだ。「結局は、僕の魅力に勝てないわけだ」

タラが顔を上げると、彼は皮肉の笑みを浮かべて彼女を見ていた。

「いつかきっと」彼女はささやくように告げた。「自由になってみせる。あなたの言う、その魅力から」

「自由になどなれないさ」レオンは挑むように言い、目を細くしてじっと彼女を見つめた。「病室で君を目にした瞬間、運命が君を与えてくれたとわかった。いつまでも変わることなく」彼はタラの手を取り、指輪に視線を落とした。「自由になれると思うのか？」レオンが繰り返すのを聞きながら、タラは自分の意志を超えた何かに支配されるのを感じた。

「いいえ」声が震え、長いため息のような、すすり泣くような声になる。「私は決して自由になれないわ、レオン」

「いい子だ。これで君も落ち着いて、自分に与えられたよき人生を受け入れられる」

タラは涙でかすんだ目を向けた。「私には人生と呼べるものなど何もない。幸せはすべてあなたに奪われてしまった。現在も、未来も」

レオンの両手が再び固く握られた。けれど今回は怒りというより、内なる葛藤の表れのように思えた。首筋の血管が脈打っているのがわかり、タラはじっと見ていた。そして視線を転じると、こめかみに日差しが当たり、白髪交じりの髪が銀色に輝いているのが見えた。彼は三十二歳だと言っていたけれど、見た目はもっと年上に見える。きっと放蕩《ほうとう》生活を送ってきたせいよ。タラはそう結論づけた。

レオンが振り向き、一瞬、彼女の目を見た。眉間にしわが寄り、何か言いたげに見えたが、結局、気が変わったようで、険しい顔をしたまま立ち去った。残されたタラはひとりむなしく立ちつくしていたが、胸を刺す奇妙な痛みは、とらわれの身でいる境遇のせいというよりは、自分をそんな境遇に追いこんだ男のせいであるような気がしていた。

しばらくして、タラは庭をぶらつき始めた。芝生の端で忙しく草を刈っていた庭師が、熊手を手にさりげなく歩きだした。彼はもう片方の手でポケットから数珠を取り出し、かちゃかちゃと鳴らし始めた。鼻歌でも歌うような低い声が、かすかに聞こえてきた。

タラの口からため息がもれた。自分は自由になれないと、たったいま夫に告げたばかりなのに、早くも自由になることを考え始めている。彼がそばにいると、まるで催眠術にかかったようになってしまう。糸を引かれた操り人形さながらに、すべては彼の意のままだ。私を恍惚《こうこつ》の高みへと連れ去るあの巧みな愛の手ほどきとあいまって、そのうち完全にとらわれの身になってしまうのではと――そんなふうに考えて、ときどき自分でも怖くなる。確かに私自身、この結婚から得るものもある。もちろん、彼も充分それに気づいている。ひとたび気持ちが高まると、私は完全に彼の意のままとなる。何を命じられても応えてしまう。この身を彼に任せることで、私自身が満たされていく。

しかもその間、デイヴィッドのことは頭の片隅にもない。人生の一時期をともにしただけの、もはや自分にとって取るに足りない存在のように思えてしまう。

それでも明るい日の光の下で夫の呪縛が解かれると、デイヴィッドのことが思い出された。それに、二人でこつこつと準備を整えてきた家のことも。選びに選んで買った家具や、絨毯《じゅうたん》にカーテン。配色や耐久年数について、それぞれ長い話し合いを重ねて購入した。あのころは本当に楽しかった。タラは懐かしさとともに振り返った。手に手を取って店を巡り、二人で作りあげるすてきな家で一緒になる日をともに思い描いていた。

それがいまは……。もしうまく逃げられたとして、私はデイヴィッドと元どおりうまくやっていけるだろうか。その前に、まずは離婚だわ……。

でもギリシア人は離婚を潔しとしない。それにもし子供ができていたら？　いいえ、タラは慌ててささやいた。いいえ、子供だなんてありえない。でもレオンはあんなに自信たっぷりに、すぐにでも子供ができると信じている。そんなことになれば、逃げ出す希望はついえてしまう……。

「そんなことを考えてはだめ！」タラは声に出してささやいた。「逃げることだけを考えるのよ。ここにいる時間が長くなればなるほど、妊娠の可能性は高くなるのだから」

タラはその晩、食事の間もほとんどずっと逃げることだけを考えていた。彼女のうわの空の理由をレオンは誤解したと見え、険しい表情でぴしゃりと言った。

「いいかげんにあの男のことは忘れろ！　君はすでに僕の妻だ。さっさと諦めたほうが身のためだ」

「忘れられるわけがないでしょう？　デイヴィッド

は私が夫に選んだ男性なのよ。彼となら幸せになれる、一生愛し続けることができると信じてね」

「幸せになれたはずがない！　僕がどれだけのものを与えたと思っているんだ。どうして満足できない？」

「結婚には愛がなければならない。だから満足できないのよ！」

レオンはいらだたしげに息を吸った。「君たちイギリス人はまったくもって感傷的だな。ではきくが、その愛とやらはいったいどれだけ続くんだ？」

「死ぬまで続くのよ。あなたたちギリシア人には理解できないでしょうけど。愛と慈しみは結婚のいちばん大切な要素だわ」

「体の相性は重要ではないとでも？」

「ある意味では……重要だけど」

「ある意味では？」レオンのまっすぐな眉がかすかに上がった。「僕たちの結婚では、体の相性は重要な要素でないと、君は心から言えるのか？」

「私たちの結婚では、むしろ唯一の要素ね」

「物質的な側面は？　君がいま手にしているものは――つまり僕から逃げないと約束すれば与えられるものは、世の大半の女性が大喜びするものだ。僕ならありとあらゆる贅沢《ぜいたく》を与えてやれる。この家にしても、そう認めざるをえないだろう。一緒にアテネに行くようになれば、贅沢なフラットに住んで、自分の車も持てる」

「それでも愛はないわ」

「ではきくが、君の友人のうちいったい何人が愛のために結婚し、君の思い描くロマンチックな幸福を手にしている？」

タラは言葉につまった。あるときスーと、知り合いの夫婦の離婚や破局について話したことがあった。結婚するのが怖いとスーは言い、タラは、大丈夫、私とデイヴィッドの愛は一生続くからと言った。

「さあ」レオンが挑むように言い、タラの思考を遮った。「答えてもらおうか?」

「長続きする愛だってあるわ」彼女はかたくなに言い張った。

「だが、幸せな結婚をしている友人は思いつかないというわけだ」レオンの抑揚をつけた声には皮肉がにじみ、目はおもしろがるように輝いている。「君がどう反論しようと、このギリシアに答えがある。僕たちは体の喜びと子孫の繁栄のために結婚する。村ではいまも親が結婚を取り仕切る。子供たちより親のほうが何が大事かよく心得ている――」

「やめて! そんな結婚、考えるのも耐えられない」

「愛など忘れることだ」タラの言葉を無視し、レオンはなおも続けた。「そして手持ちのもので満足する。実際のところ君がその口うるさい態度を改めれば、僕たちはとても幸せに暮らせる」

「あなただって、私に愛されたいと言っていなかったかしら」

「そうなれば人生がもっと快適になると言っただけだ。〝愛〟とはいっても、小説などに出てくる大げさなもののことを言っているわけじゃない。そんなものは――」彼はいらだたしげに肩をすくめた。「まったく意味のないものだ」

「あなたは人生で多くのものを失うことになるわ」そう言い返すと、タラはさらにつけ加えた。「それでも、あなたは官能の喜びさえあれば満足なんでしょうけど」

「どこまでも口の減らない女だ」レオンが静かに言った。「はたして僕は、いつまで君の毒舌を許せるかな」

タラは答えず、二人はしばらく無言のうちに食事を続けた。それでも夫が彼女を興味深げに眺めているのは知っていた。タラは日差しの下で過ごしたせいで肌が焼け、髪の色も抜けてきた。大きな目には悲しみが宿り、物思いにふけっていると、口元がときどき震えるようにかすかに動く。彼女はふと、レオンの眉間が一瞬曇ったのに気がついた。彼は何か考えごとをしているようだ。

「来週あたり、ちょっとしたディナーパーティを開こうと思う」レオンが唐突に宣言した。「そろそろ僕の麗しき妻を披露してもいいころだ」

「私がその人たちに助けを求めるかもしれないわよ」タラは驚いて彼を見つめた。「かまわないの？」

「お嬢さん、君が誘拐されて無理やり結婚させられたなどという話を、僕の友人たちが真に受けると思うか？　少し頭がおかしいと思われるのがおちだろう」

タラは奥歯を噛みしめた。もちろん彼の言うとおりだ。激しい憎しみがこみあげてくる。彼は私が絶対に逃げられないと確信しているようだけれど……いつかきっと見返してやる。

ディナーパーティの数日前、レオンがドレスを持ってきてベッドに置いた。てっきり女友達が残していったものかと思い、タラはどこで手に入れたのかと問いただした。彼女の疑念は明らかに顔に出ていたのだろう。レオンは笑って答えた。

「自分の妻にそんなことはしない、タラ。愛人にならあったかもしれない。だが、君に対しては絶対にない」

「私には敬意を払うと言いたいの？」タラは注意を引かれた。

レオンは一瞬、返事を口にするかどうか迷っているようだったが、結局、早口でぶっきらぼうにこう答えた。「過去に出会ったどんな女性に対するよりもね」ドレスを示し、タラに話す余地を与えずにつけ加える。「サイズはほかのと同じだ。村で買ってきた」

「村で？」タラは眉間にしわを寄せた。「村にドレスを売るような店があるの？」

「裁縫師がいる。マルガリータといって、僕がデザインしたものを彼女が縫った」タラの驚いた表情を見て、彼は笑みを浮かべた。「君が逃げないと約束すれば、村へ下りることを許可してもいい」

「そんな約束、絶対にするものですか――」タラはふと言葉を止め、目を見開いてレオンを見つめた。

「私を……信用するの？　もし約束したら？」心臓が胸を強く打った。約束すれば自由につながる……。ひいてはこの島から逃げ出すチャンスにも……。アテネ近郊のピレウス港からはつねにフェリーが行き来している。テラスからもそれは見える。

彼女の胸中を読んだと見え、レオンは黒い目を隙なく細めた。「もし約束したら、タラ、君は約束を破らない」

タラはとまどい、顔をしかめた。「どういうこと？」

「僕は君を信用する」レオンはあっさりと告げた。

「私を信用するって……それほどまで？」彼女は信じられずにかぶりを振った。「あなたがそんなに愚かだとは思えないわ」

「君は僕を裏切らない」レオンは自信たっぷりに宣言した。「君が逃げないと約束するなら、僕は喜んで信用する」

タラは答えなかった。頭の中がくるくるまわっている。私を信用する？　とても信じられない。たとえ私が約束し、そのうえで破ったとしても、決して不名誉にはならないし、それぐらい彼も承知しているはずなのに。私にはそうする権利があるし、絶対そうするに決まっている！

でも……本当に？

「どうする？」夫が静かに促した。

タラは彼の顔を見つめ、首を振った。

「いいえ」彼女は不本意ながら認めた。「そんな約束はできないわ」

「それではまたの機会に」レオンはあっさり言い、裁縫師のことに話を戻した。「マルガリータの店は波止場の端にある。彼女はまさに針の魔術師だ。うちの会社に引き抜きたいと本気で考えている」彼はそこで奇妙な間をおき、最後につけ加えた。「ディナーパーティではエレネにも会うことになる。うちのトップモデルだ」

「そうなの……」タラの背筋を奇妙な悪寒が走った。

「彼女もギリシア人なの？」

「父親がギリシア人で母親はイギリス人だ」

レオンはさりげない動きでドレスを手に取り、美しい刺繍《ししゅう》の施された生地をプロの慣れた手つきでなでた。その光景に、タラはうっとり見入った。目の前の男性は、傲慢で近寄りがたいふだんの彼とはまるで違う。彼はドレスから妻のほっそりとした体へ視線を移し、続いて彼女の顔と髪を吟味した。

「もっと早くに髪を切っておけばよかった」レオンは顔をしかめた。「明日、美容師を呼ぼう」

タラの目に怒りの炎が燃えた。「断るわ。あいにく私はいまの髪形がとても気に入っているの」

タラの怒りなどまるで意に介する様子もなく、レオンは首を振って指摘した。「だが似合わない。僕のイメージする君にそぐわない。とにかく、このイブニングドレスには合わない」

「僕のイメージする君ですって？」タラはあっけにとられた。「私をなんだと思っているの？　主人の歓心を買うためだけに存在する、魂の抜け殻のような奴隷？　考え直したほうがいいわ」彼女は声をつまらせ、言葉を継いだ。「自分の着るものをあなたに指図させるつもりはありませんから」

「なんて山猫ぶりだ」レオンは穏やかに返した。

「これまでだって僕が用意したものを着ているだろう」

「ほかに着るものがなかったからよ」

「君にはつねに、僕の選んだものを着てもらう」レオンは容赦なく告げた。「ただし逃げないと約束するなら、アテネに連れていって一緒に店をまわってもかまわないが」

つねに僕の選んだものを着てもらうですって？　怒りのせいで頬が燃えるように熱かったが、タラは最大の努力を払って自分の舌を抑えつけた。

ディナーパーティの夜、タラはシャワーを浴びて体を乾かし、ネグリジェを着て、さっきワードローブの中から選んで出しておいたドレスを手に取った。なのに、続いてもうひとつのドレスのほうへ行くと、やはりそちらのほうが完璧だと認めざるをえなかった。

カーネーションピンクのそのドレスには刺繍が施され、その模様の下から草色の裏地が透けて見える。胴の部分は胸元が大きく開いて体の曲線が強調され、スカート部分はウエスト位置にたっぷりとひだが取られている。今朝髪を切ったあとに、タラは実際にそのドレスを試着していた。そして、やはりこれを着ることになるのだろうかと気弱になりかけていた。

何しろそれ以上に自分に似合う服はないだろうと思えたからだ。レオンほどの才能があれば、どんなファッションブランドでも成功するに違いない。

「絶対に着るものですか！」タラは声に出して宣言し、椅子の背にかけてあるもう一方のドレスのもとへ移動した。「彼に指図はさせないわ」

彼女がドレッサーの前に立っているところへ、レオンが入ってきた。淡いグリーンのリネンのスーツに白いフリルシャツを着た姿は、輝くばかりにすてきだった。けれど彼は部屋に入るなり立ち止まり、我が目を疑うように彼女の姿を見つめた。

「いったい何があった？」彼は問いただした。「あのドレスに何か問題でも――」

「問題なんて何もないわ」勢いを増す心臓の鼓動が耳の奥で響き、自分に腹が立った。「ただ着ない。それだけよ。こっちのほうが好きだから」

「君は……」レオンは部屋を大股で横切ると、怒りをみなぎらせた顔でタラの前に立ちはだかった。

「いますぐ脱ぐんだ。それはイブニングドレスではない！」

「それぐらい私だって知ってるわ！」

「あのドレスはどうした？」声はやや静かになったが、いまも怒りに震えている。

「ワードローブの中よ」タラはごくりと唾をのみこんだ。体は震えていても断固として闘うつもりだった。「あれを着る気はないわ」

「着るんだ！」怒りにくすぶる目で、レオンは言った。「自分で脱ぐか？　それとも僕が脱がせるか？」

タラは青ざめ、あとずさった。「私に触れないで」彼女はよろめいた。ぶたれるのではないかと恐怖に駆られる。「私は――」

レオンの大きな手がさっと動くと、ドレスが胸元から裾に至るまでいっきに裂けた。タラが逃れる間もなく、彼はその布をはぎ取った。気づいたときには、彼女は下着とストッキングだけの姿でその場に立っていた。

「さっさとあの服を取ってこい！」レオンはワードローブを指さした。「取ってくるんだ、タラ。さもないと……」

怒りにさいなまれながらも、タラは彼の言葉に従うしかなかった。これ以上怒りをあおれば、本当にぶたれそうな気がした。

「これは……着たくない……」ドレスを手に、彼女は声を震わせた。

「着るんだ」

タラは再び従った。怒りの涙がまつげを濡《ぬ》らした。

「それでいい。あと数分でゲストが到着する。支度に時間をかけすぎないように」それだけ言うとレオンは出口へ向かい、ドアを抜けて姿を消した。

「彼が憎い……殺してやりたい！」タラは両の手に顔をうずめ、さめざめと泣いた。「この先いったいどうすればいいの？　いったいどうすれば……。あぁ、デイヴィッド、あなたにメッセージを届けることさえできれば……」またしても涙がこみあげたが、夫への恐怖が勝り、彼女は目を拭った。

なんてひどい顔！　それにこのドレス。レオンがデザインしたそのドレスは確かにすてきかもしれないけれど、彼女の体のあらゆる線を映し出し、スカート部分まで、歩くたびに腿を強調する。

再び怒りがこみあげ、理性をも自制心をも上まわった。こんな服、絶対に着るものですか！　今度こそ絶対に負けない。震える指で服を脱いだ彼女は、必死に縫い目を裂こうとしたが諦めてドレッサーのもとへ行き、爪切りばさみで生地を切り裂き始めた。

レオンが再び部屋に入ってきたとき、彼女はネグリジェ姿のままだった。

「まだ準備ができていないのか――」

彼は深く傷ついたように顔をゆがめ、言葉を切った。切り刻まれたドレスを見つめ、信じられないと言いたげに首を振っている。タラは彼に何をされようともうかまわず、ドレスをつかみ、レオンの顔の前で振った。

「私は着ないと言ったでしょう。本気よ！　自分で選んだ服を着るわ。だから、あなたも受け入れるのね」

レオンの怒りはいっきに燃えあがった。ジャングルに潜む獣のような機敏さで、さっと近づいてきたかと思うと、次の瞬間、タラを激しく揺さぶり始めた。彼は自分の息が切れるまで、延々と彼女を強く揺さぶった。ネグリジェがはだけて肩からずれ落ち、彼女はまたしても半裸の姿で彼の前に立っていた。

「いったい何を着るつもりだ？　ほかにふさわしい服などないだろう！」彼は歯嚙みして腕時計に目をやった。

タラはいまにもくずおれそうになりながら、夫に対する初めての勝利に興奮を嚙みしめていた。

レオンはワードローブのところへ行き、そこに下がっている服をざっと見渡した。その間ずっと部屋には沈黙が垂れこめ、外のオリーブ林で鳴く蟬《せみ》の声だけが響いていた。

ようやく振り返ったとき、レオンはターコイズブルーのイブニングドレスを手にしていた。タラには充分に魅力的に思えたが、彼にとっては、ゲストを迎える今夜のパーティにはふさわしくないのだろう。

「しかたがない。これを着ろ」

タラは従った。もはや闘う気力は残っていなかった。それでも心の内では、自分がなしとげたことへの喜びを嚙みしめていた。これで夫も、私を完全に意のままにはできないと悟ったに違いない。

8

タラが階下に行くと、ちょうど玄関のドアが開くところだった。レオンも玄関ホールに立ってすでに二、三の客を迎えていて、そばでは使用人のスタマティが若い男女を中へ入れ、ドアを閉めて、女性からミンクのショールを受け取っている。彼女の非の打ちどころのない美しさに、タラは目を奪われた。夫が話していたモデルに違いないと、すぐにわかった。すらりとした長身に、均整のとれた体つき。見事な曲線のひとつひとつを引き立てる完璧なドレス。その姿はまさに女性美を極めていると言っていい。

タラはとっさに自分のドレスを見下ろし、きびすを返して逃げ出したくなった。

あのドレスなら……私を美しいと信じる夫が私の容姿を最大限に引き立てるためにデザインしたあのドレスなら、充分に見栄えがしたのに。いまなら夫の気持ちが理解できた。逆にいまは、自分のために作られた見事なドレスをわざと台なしにした、あのときの自分が理解できない。

美しいモデルから妻へと視線を移す際に、レオンの目が一瞬、鋭くきらめいたことにタラは気づいた。

「エレネだ」彼は冷ややかに告げた。「こちらは妻のタラ」

片手を差し出すエレネの黒い目が、ちらりとタラのドレスに向けられた。彼女が何を思ったのか、少なくとも表情からはうかがえなかった。

差し出された手を握った瞬間、タラは凍りついた。女性の態度から、憎しみとさえ呼べそうなひそかな敵意が伝わってきたからだ。

「はじめまして」エレネはそれだけ言うと、すぐにまたレオンを振り返った。「なんて魅力的な方かしら。私たち全員がびっくりよ。あなたから電話で知らせを聞いたときには、とても信じられなかった」

エレネの言葉に、レオンは気のない笑みを返しただけだった。彼はエレネの今夜のエスコート役、ニコ・カレルギスに妻を紹介した。漆黒の髪にダークブラウンの目をした中肉中背のその男性は、がっしりしたタイプのハンサムだった。二十八歳にしてクルーザーを二隻持ち、ギリシア本土に広大なオリーブ畑を所有しているという。タラと握手をする際、彼は少し長めに手を握っていた。そして彼と視線が合った瞬間、タラは得体の知れない不思議な感覚に包まれた。まなざしといい、豊かな唇に浮かんだ笑みといい、特別な親しみが感じられた。

「お目にかかれて光栄だよ、タラ」ニコは心のこもった口調で言い、エレネとレオンに目を向けた。

「いったい君はどうやって、この最強の独身主義者の鎧《よろい》を射抜いたんだ？」

タラは頬を染めつつも黙っていた。少なくとも頭のよさと趣味のよさのせいではないようね、とでも言いたげなエレネのまなざしが意識されてならなかった。

五分後に別の夫婦が到着し、居間で食前酒を飲んでいた一同のもとに案内されてきた。アグニとロウキス・アマクシスは年配の夫婦で、先に着いていたジュリアとクリスタキス・ミタス夫妻と同様、充分に好感の持てる相手だったが、タラはなんとなく気後れがし、周囲で交わされる会話の聞き役に徹していた。

「まったく、一大センセーションだ」タラに紹介されたロウキスは、笑みを浮かべて彼女の目をのぞきこんだ。「レオンが結婚するとは。しかも友人の誰にもひと言の前置きもなく」

レオンやエレネが英語をきちんと話すのに対し、

アマクシス夫妻はなまりが強かった。二人は知り合って長いのか、とアグニが尋ねた。その際、皆とやや離れて座っているエレネのほうにちらりと視線が向いたのを、タラは見逃さなかった。

「いや、二人ともいわゆるひと目ぼれでね」アグニの問いにレオンはよどみなく答え、少し間をおいてから妻を見やった。

タラは不信の念に目を細くし、その言葉を聞いていた。彼はひと目ぼれかもしれないけど、私はひと目で嫌いになった。

「そんなわけで」彼は愛想よく続けた。「結婚するしかなかったのさ」

タラにはエレネの口元に力がこもったように見えた。彼女は椅子に座ったまま身を乗り出し、慣れた手つきでゴールドのシガーケースから紙巻きタバコを取り出した。レオンがすかさず立ちあがり、ケースとセットのライターを手に取って火をつけた。タラは二人の目が合い、しばし見つめ合うさまを目撃したが、どちらの表情も読むことはできなかった。

ディナーパーティは滞りなく進んだ。タラの向かいに座ったニコは、主人のレオンが差し向ける険しい視線を気にすることもなく、しばしば彼女を独占した。タラのほうは夫の視線に充分に気づいていたが、かまわずにニコと歓談を続けた。六人のゲストの中で、彼がいちばん好感が持てた。

パーティがお開きになるころには、二人の間にはある種の絆《きずな》のようなものが芽生えていた。もちろん出会ったばかりの段階では漠然とした印象にすぎないが、それでもタラは、彼とはまた会うことになるだろうと確信できた。それも、おそらく二人だけで……。

予想どおりレオンは機嫌を損ね、二人きりになると同時に、どうしてニコに独占を許したのかと問いただした。タラはすぐにエレネのことを思い浮かべた。エレネもたびたびレオンを独占し、自分とタラの容姿の差を微妙なしぐさで彼にアピールしていた。そのときタラはどういうわけか、怒りに血のたぎる思いがした。レオンとモデルの親しげな関係に、まさか嫉妬を感じたわけではないのに。

「社交的にふるまおうと思っただけよ」タラはぞんざいに答えた。

「ほかの客にもそうするべきだろう」レオンは怒りにくすぶる黒い目で彼女を見すえた。「君はニコの相手しかしていなかった」

「どうせ私のすることはすべて気に入らないんでしょう？」タラは言い返した。「どう、気に入ったことがあったかしら？　言ってみて、数えてあげるから――」

「気をつけるんだ、タラ」夫はそっと警告した。

「僕はいま機嫌がよくない」

「ニコは話していて気分がよかったわ。とくにあなたのお友達のエレネと比べると」タラは夫の表情の変化を見逃すまいとしたが、仮面のような顔からはなんのヒントも得られなかった。

「エレネのことが気に入らなかったのか？」その声は奇妙な響きを帯びていた。

「そうよ。私をばかにしていたもの」

「それは君のドレスが――」

「あなたが買ってきたんじゃないの！」

「今夜のような場面で着るために買ったわけじゃない」彼はぴしゃりと返した。「ドレスというのはその場にふさわしいものでなければならない。君はそのことを学ぶべきだ」

「くだらない！　人は誰でも自分の気に入った服を着ればいいのよ」

「君は僕の妻として、正しい服を着ることを期待されている。そのためには正しいスタイルと、色と、裁断が必要なんだ」

「あなたは専門家ですものね。でも私はこんな環境に連れてこられるまで、看護師として働いていたにすぎなかった。こんなところ、大嫌い！」

「嘘《うそ》をつくな」レオンはあっさり切り捨てた。

私もそんなふうに感情をコントロールできればいいのにと、タラは願わずにいられなかった。「そろそろ寝るわ」彼女は言い、続くレオンの言葉で髪の根元まで真っ赤になった。

「その積極性は好きだがね」

タラは奥歯を嚙《か》みしめた。「できればひとりで！」

「それも嘘だ」彼はささやくなり、タラがあとずさりするより先に抱き寄せ、彼女の顔を上に向けて唇をむさぼった。

長い間をおいてから、彼は言った。

「確かに、そろそろベッドに入る時間だ」


タラは寝室の窓辺に立ち、黒い水平線をぼんやりと眺めた。あの水平線のかなたに私の故郷がある……。イギリス、そしてデイヴィッド……。

彼女の思考はさまよい始め、ふとエレネの言ったことが思い出された。ディナーのあとで、たまたまソファで二人きりになったときのことだ。

〝レオンがこんなふうに結婚を急ぐなんて、誰も想像もしなかったわ〟

それはよく言えば率直な、実際にはぶしつけな発言だったが、タラは不思議と気にならなかった。レオンにとってエレネは明らかに、トップモデルというだけの存在ではなかったはずだ。二人には体の関係があったに違いない。タラはディナーパーティのときのほかのゲストの態度を思い出した。彼らはタラに充分親しみの念を示してくれたけれど、レオンはいったいこのイギリス娘のどこが気に入って妻にしたのだろうと、不思議に思っているようでもあった。

　それに対して、ニコだけはタラに最初から好意的に接してくれた。彼女はニコのことを考えた。彼こそが逃亡の鍵を握っているように思われた。彼は強力なエンジンを搭載したクルーザーを持っているという。それはいま、眼下の波止場に係留されている。

　タラは船の群れに目を向けた。そのいくつかは闇の中でライトを点滅させている。ニコの船はどれだろう。その船はいつか私を乗せて、自由へと連れていってくれるだろうか。夫のクルーザーも含めて、そこには豪華な船もいくつかあったが、大半は愛らしい小型船で、黒い鏡のような海面に揺らめいていた。

　空には月が昇っているけれど、その下を雲が漂い、ときどきのぞく月の光が、海辺と岩山の急斜面に光と影の魅惑的なモザイク模様を投げかけている。楽園の島、と地元の人々が呼ぶだけのことはある。タラは窓を開けた。庭とその向こうに広がる広大な敷地から流れてくるエキゾチックな芳香が、部屋いっぱいに広がった。丘の斜面に生える松の香り。続いて薔薇《ばら》の甘い香り。

　不意にタラは、実際に手に触れるものが何もない無限の空間にいるような錯覚にとらわれた。そこにはデイヴィッドも存在しない。逃亡はなんの意味も持たない。過去も現在もさしたる意味を持たない。そんな感覚はしばらく続いた。

　それから彼女は人の気配に気づいて振り返ると、一メートル足らずのところに夫が立っていた。端整な顔は陰りを帯び、ガウンの前は開いたままで、中にパジャマは着ていない。

「支度はまだか？」

　タラはため息をついて首を振ったけれど、抱き寄せられると、すぐにキスに応えた。

「やはり今夜はひとりでいたいのか？」

恍惚《こうこつ》となった彼女の目をおもしろそうに眺める彼の表情がうらめしかった。自身の弱さが、こうもやすやすと自分を引きつける彼の力が憎かった。私は彼の意のまま。彼もそのことを知っている。自身の力を自在に使い、いくらでも私を好きに操れる。

「いいえ、レオン……。ひとりはいや……」

彼は勝ち誇った笑い声をあげてタラを抱き寄せ、イブニングドレスのファスナーを下ろした。レオンの手が残った下着に伸び、タラは顔を赤らめた。初めてでもないのに、なぜ赤くなる必要があるの？　タラの気まずそうな様子を、彼は明らかに楽しんでいる。そのためだけにわざと時間をかけていることも、タラにはわかっていた。

「そろそろ抵抗は諦めてもいいだろう」レオンの唇がこめかみに近づき、彼の指がタラの素肌をさまよった。「君もいいかげん、僕の意に逆らうことは無駄だと悟ったんじゃないのか？」

タラはごくりと唾をのみこんだが、返事はしなかった。レオンは彼女をベッドに横たえた。傍らに立つ彼の傲慢な顔には、原始からの欲望がはっきりと映し出されている。

タラは獰猛《どうもう》な黒い瞳から目をそむけたが、ほどなく彼が隣に横たわり、硬い体に抱き寄せられるのを感じた。唇に、首筋に、さらにくだって胸に、熱いキスの雨を受け、体のあらゆる細胞と神経が反応していく。彼女は自らも応えて、彼の雄々しさに身をこわばらせた。レオンが静かにもらす勝ち誇った笑い声を耳にしながら、彼の激しい情熱の渦の中で、タラの自制心は完全に砕け散った。

私はいったいどうしてしまったの？　数日後、夫が買ってきた新しいビキニを着ろと命じられ、おとなしく従う自分にタラは自問した。とらわれの身であることに心まで慣れてしまったの？　このままどんどん慣れてしまって、もう二度と元には戻れなくなるの？

しかもレオンは、彼の目の前で着替えさせた。生地のあまりの小ささにタラが顔をしかめたので、それに対する報復だった。

彼は気に入ったとみえ、目の前に立つタラを見て満足げにうなずいた。

「それで庭に出ればいい」彼は命じ、日光に当たりすぎないようにと言い添えた。

「あなたも来るの？」できればノーと答えてほしかった。タラは庭でひとりで過ごす時間が気に入っている。平和な庭で日差しのぬくもりを浴びていると、身も心もリラックスできるからだ。孤独と静寂が、記憶の痛みを癒やしてくれるようだった。

そうして庭にひとりでいると、デイヴィッドのことも、結婚式の日の恐ろしい悲劇のことも、忘れられるような気がした。レオンにとって本当は結婚など必要なかったことには、早い段階で気づいていた。彼からすれば、愛人にするだけでよかったのだ。そうすれば、飽きがきたときにいつでも捨てられる。なのになぜ、あえて結婚を選んだのか……。

レオンは仕事があると言い、タラは一時間ほど庭に横たわっていた。やがて少しまどろんでいたところへ夫の声が聞こえて、彼女は目を覚ました。

「君は食べてしまいたいくらいだ」レオンは言い、これまで見せたことのない笑みを浮かべた。「相席してもいいかな？」

「どうせ断れないんでしょう？」タラは答え、隣の寝椅子をぞんざいに示した。

レオンの笑みは消え、代わりに眉間にしわが寄った。「どうやら僕は望まれていないようだ」彼は言い、腰を下ろした。ショートパンツの上にTシャツを着ているせいで、腕と肩の筋肉がよけいに目立つ。何を着ても特別な感じは隠せない。タラは彼の顔に視線を移した。ブロンズ色の肌、傲慢そうな目鼻立ち、力強い顎の輪郭。唇はくつろいでいて、いつもよりセクシーに見える。気がつくと、また彼とデイヴィッドを比べていた。そして彼女は結論づけた。虎と子羊を比較してもしかたがない、と。

タラはさっきの自分の疑問を口にした。

「どうして私と結婚したの、レオン？」彼は鋭いまなざしを向けただけで、答えようとしなかった。

「そんな必要はなかったでしょうに」夫の様子を注意深く観察しながら、彼女は続けた。「あなたには私を好きに操れる力がある。結婚などしなくても、その……私を相手に楽しんで、次の誰かが見つかったら捨てることもできたでしょうに」

「あの状況では不可能だった」レオンの目は庭師に向けられていて、その表情は読めない。

「どういうこと？」

「忘れたのか？　僕は君を誘拐したんだ。奪うだけ奪って捨てるようなまねをすれば、君に訴えられて、逮捕されてもおかしくない。自分の身を守るためには結婚するしかなかったんだ」

「どういうこと？　いまではもう訴えられないとでも？」

「君は自らの意志で僕と結婚した。そしていまは僕の妻だ」レオンは両手を広げてみせた。「たとえ逃げることができたとしても、君にいったい何ができる？」

「警察に行くわ」

レオンは首を横に振った。「そんなことをしても無駄だ。忘れたのか？　君は自分で僕との結婚を約束したんだ。そして実際、ひと言も抗議することなく結婚した」

「自分はよほど頭がいいとでも思っているんでしょうけど、いつかきっと復讐《ふくしゅう》してやるわ！」

レオンのまなざしが険しくなった。「いまだに逃げることを夢見ているのか？」

「当然でしょう？」

「君はまだ気づいていないのか？　君はすでに妊娠している」

タラは彼にさっと視線を向けた。頬が見る見る熱くなっていく。「嘘！」彼女は叫んだ。「嘘よ。なぜあなたにそんなことが……」彼の黒い眉が上がるさまを目にして、言葉が途切れる。

「それぐらいのことに気づかないほど僕は世間知らずではない」その声には明らかな皮肉がにじんでいた。「君は完全にとらわれの身だ、タラ。もはや逃げるのは不可能だ」

「いやよ、妊娠なんてしてないわ！　あなたの子供なんていらない！　こんなにもあなたが憎いのに」

タラはいまにも泣き崩れそうだった。なぜなら彼の主張は、彼女自身が抱き始めていた疑念をさらに後押しするものだったからだ。その疑念を彼女は必死で脇へ押しやり、考えるまいと努めてきた。そんな運命なんてありえない。不公平よ。妊娠なんてありえない！

涙がこぼれ、ビキニの上に羽織ったラップのポケットを探ったが、ハンカチは入っていなかった。すると、レオンがハンカチを差し出してくれた。

「私がどんなにあなたを憎んでいるかわかったら」タラは目をふき、身を震わせた。「あなただって、きっといますぐ私を自由にするはずよ」

レオンはそれには答えず、タラが鼻をかんだあとのハンカチを慎重な手つきで受け取った。長い沈黙ののち、彼は口を開いた。

「君が逃げないと約束すれば、タラ、僕も島での自由は認める。君がいつまでもそんなだから、家の敷地からも出られないんだ。もっと聞き分けをよくして、約束するんだ」

「どうせ私は完全にとらわれの身なんでしょう？

もう逃げるのは不可能よ。そうなのよね？」タラは指摘した。「なのにどうして約束なんかさせたがるの？」

「子供が生まれるまでは、危険な橋を渡るつもりはないからだ。君だって子供は失いたくないだろう」

タラはその言葉の意味するところを考えた。つまり、子供が生まれる前に逃げおおせたら……。

「妊娠なんかしていない」彼女は声を絞り出すようにしてつぶやいた。「そんなことになったら私の人生はおしまいよ。デイヴィッドだって、ほかの男の子供なんて欲しくないに決まってる。私との結婚もやめようと思うに決まってるわ」

レオンは話題を変えた。「来週中にアテネに行く用事がある。君が逃げないと約束すれば、一緒に連れていく」彼は問いかけるようにタラを見つめ、返事を待った。自身の求める答えを期待しているのは明らかだ。

だが、タラは首を振って拒否した。いいえ、約束なんかしない。「ここまで頑固な女は初めてだ！」レオンはいらだちをぶつけた。「僕が君を連れていきたいんだ！」

「昔の恋人でも誘えば？」タラは軽蔑をこめて言い返した。

レオンの目がいまにも燃えあがりそうにぎらついた。「家の中に入れ」彼はそう命じて立ちあがり、タラも立ちあがらせた。「もうたくさんだ！　この手で思い知らせてやる」

レオンに引きずられながら、タラは二人を見つめる庭師の視線を感じて抵抗を諦めた。

寝室に入るとレオンはドアを足で蹴って閉め、その場に立ちはだかった。その顔は不吉にゆがみ、目は怒りに燃えている。タラは彼が手を放すと同時にその場を逃れ、追いつめられた獲物のように窓を背にして立った。

「レオン……お願い……暴力はやめて」

「こっちへ来るんだ！」

レオンの声がとどろき、タラの心臓は壊れんばかりに激しく胸をたたきだした。彼女はそこに片手を当てた。涙が頬を伝う。レオンは歯噛みをして、自分の目の前の床を指し示している。

「来いと言ってるだろう。言うことを聞かないと後悔するぞ！」

「私は……ああ、レオン、お願い……」彼は何も答えず、ずっと同じ場所を指さしている。沈黙に身を引き裂かれるようで、額に汗が噴き出し、手のひらがじっとりと濡《ぬ》れている。

避けられない恐怖にさいなまれ、タラはゆっくりと前に踏み出した。彼の形相を見るかぎり、ぶたれるだけではすまないだろう。彼女の命を奪ってもおかしくないような表情をしている。

するとと不意に、タラはレオンの怒りの激しさが過剰な反応のように思えてならなかった。過去に愛人がいたことは本人も認めている。なのに私がその事実を指摘しただけで、こんなにまで激怒する必要があるのだろうか？　確かにいい気はしないかもしれない。でも、だからといって……。

そびえ立つレオンの前で立ち止まり、タラは彼の顔にじっと見入った。彼は私に、過去に出会ったどんな女性よりも敬意を払うと言っていた。それはつまり……今後いっさいほかの女性には目を向けないということ？

自分の考えに驚くあまり、タラはいつぶたれるかもしれない恐怖も忘れ、ひたすら彼を見つめていた。ほかの女性に目を向けないということは……。彼女は思考を中断した。いいえ、彼が私に好意を抱き始めているなんてありえない。自分は愛を信じないと、一度ならず本人も宣言していたのだから。

「ようやく謝ることにしたわけか」荒々しい声だっ

たが、それでもいくらか口調は和らいでいた。どうやら怒りはおさまりかけているようだった。「そのほうが身のためだ」

タラは黙って見ているのがやっとだったが、高ぶった神経は徐々に落ち着きを取り戻し、痛いほど打っていた鼓動も落ち着き始めていた。

「そう、賢い判断だ。君のこれまでの判断の中で、いちばん賢明と言っていい」

レオンの黒い目が、欲望に満ちたまなざしで彼女の体をたっぷりと眺めた。続いて彼はいきなり彼女を抱き寄せたかと思うと、残酷に唇を押し当てた。タラは呼吸を求めて抵抗し、とっさに体をよじって、腫れて傷ついた唇を引きはがした。

レオンは鋭く息をつき、彼女の顎に手を当てて容赦なく上に向けた。「許すと言った覚えはない。ぶつのはやめるが、キスは容赦しない」彼はタラの首が痛むほど、顎をさらに上に向けた。褐色の顔が間近に迫り、しばらく彼女の唇をもてあそんでいたが、やがてさっきと同じ残忍さと激しさで唇を奪った。

タラは静かに涙を流した。それ以上抵抗できずに敗北を受け入れ、レオンの腕にぐったりと体を預けた。彼は征服者、私の主人。いまこの瞬間の痛みと絶望は自業自得。二度と彼の力に逆らってはいけない。

「今後はもっときちんと従ってもらう」彼の声はかなり穏やかになっていた。「ギリシア人として、夫への不服従は認めない。この国では君は〝僕の女〟だ。だから完全な敬意と服従を示してもらう」

タラはまたしても乱暴に上を向かされ、レオンの獰猛さをたたえたまなざしと向き合わされた。

「わかったか？」

「わかったわ」タラは答えた。そっけない声が、自分の耳にも奇妙に聞こえた。「ええ、レオン、よくわかったわ」

「いいだろう。これで僕たちの暮らしももう少し平和になる」

レオンの手が顎から肩にすべった。ビキニのストラップが下ろされ、その手が彼女の胸を包んだ。彼は自分が主人であることを誇示し、抵抗してみろとタラを挑発している。タラにはとてもそんな勇気はなかった。レオンのもう一方の手が、彼女の背筋をゆっくり下へと伝った。期待と欲望に全身が震えた。そして彼に支配され、タラは完全に屈服した。キスを命じられ、タラは従った。彼が皮肉をこめて笑ったときにも、黙って屈辱に耐えた。

「君は僕を求めている」

彼は言い、タラにも復唱させた。体を覆う最後の一枚が取り除かれるのを感じながら、タラは、そのすべてが彼の優越性を知らしめるための行為なのだとわかっていた。いつものように軽々と体を持ちあげられ、ベッドに横たえられた。レオンの目は勝ち誇り、嘲りと皮肉もうかがえる。彼はタラの弱さにほくそ笑み、自分の強さに満足している。

タラは不意に、さっき口にしたすべての服従の言葉を忘れた。それどころか、レオンへの恐怖も忘れた。どこからともなく体の中に力が湧いてきて、ベッドから跳ね起きる強さがよみがえった。彼女は二つの寝室を隔てるドアまでいっきに走った。

彼女はドアを抜け、レオンの眼前で勢いよく閉じた。けれど必死に鍵を探る間に、貴重な数秒を失った。鍵は彼の側からしかかからない。ドアが開いてタラのほうへ押され、彼女は絶望の声をあげて後ろに倒れかかった。その体をレオンが奇跡的に、床にぶつかる前につかんだ。そして硬い腕を裸の彼女にまわすなり、震える彼女の唇を残酷に奪った。レオンは思いもよらないタラの行動に怒りをあおられ、今度こそ情け容赦なく彼女をとらわれの身とし、完全服従の身にまでおとしめた。

9

使用人にニコの訪問を告げられたとき、タラはひとりで庭に出ていた。胸の鼓動がかすかに跳ねた。ニコが来るのは直感的に察していた。それも、彼女がひとりでいるときに。

「奥様にお会いになりたいそうです」ダヴォスは抑揚のない声で告げた。「こちらへご案内しますか？」

「いいえ、居間にお通しして、五分で行くと伝えてちょうだい」

「かしこまりました、奥様」

タラは庭師をちらりと見やり、ほくそ笑んだ。使用人は来客のときまで彼女を見張るようには指示されていない。彼女に来客があるとはレオンも予想していないからだ。

大急ぎで服を着替えるタラの胸に興奮が広がった。ニコの訪問の目的は何かしら。私に会いたいというからには、レオンが不在なのを知っているに違いない。

タラが部屋に入るとニコは立ちあがり、称賛の目で彼女の全身をたっぷりと眺めた。

「やあ《ヤス》、タラ！」そう言って彼が両手を差し出したので、タラも両手を預けるしかなかった。「レオンが不在だと知って、会いに来た。どうして君は行かなかったんだ？」

「彼は仕事で行くだけだし、私も興味がなかったから」タラはもっともらしい嘘《うそ》をつき、ニコに座るよう促した。彼女は自分も席に着いたが、妙に気後れがして、言葉がうまく出てこなかった。実際のところ、二人は互いのことを何も知らない。

きっかけを作ったのはニコだった。彼はタラとレオンの出会いについて知りたがった。

「パーティのとき彼にきいてもよかったんだが、レオンは人に詮索されるのを嫌うから」

「レオンが交通事故に巻きこまれて、私が看護師として働いていた病院に運ばれてきたのよ」タラは答え、笑みを浮かべた。

「信じられないな、そんな短期間で君との結婚を決めたのか」

タラが笑うのを見て、ニコは遅ればせながら失言に気づいた。

「申し訳ない」彼は苦々しげに謝った。「すぐに失言してしまう」

「いいのよ」タラは笑みを浮かべた。「会いに来てくれたのは、私が喜ぶだろうと思ったから？」

「まあそんなところだ」ニコは認めた。「ひとりでずっとここにいるのは、寂しいんじゃないかと思って。だが、レオンとのアテネ行きが気乗りがしなかったぐらいなら、そうでもないのかな？」

「本当を言うと寂しかったわ、ニコ。あなたが来てくれてよかった。私のことを気にかけてくれたのね」

タラの言葉がうれしかったと見え、ニコの目が輝いた。

「だけど謎だな」少しためらったのち、彼は言った。

「謎？」

「君とレオンの結婚さ……」ニコは言葉を切り、続けるべきかどうか迷うそぶりを見せた。

タラとしては、得られる情報はすべて手に入れておきたかった。「いいのよ、ニコ。聞かせて」

「なるほど、やはり謎はあるわけだ。いいかい、タラ、レオンとエレネはこの一年ほどずいぶん親しくつき合っていて、てっきりみんな二人が結婚するものと思っていたんだ。ところがレオンは仕事で急にイギリスへ出かけたかと思うと、君を連れて帰ってきた。彼を知るすべての者にとっては、九日間の謎というわけさ。パーティの晩、エレネはずいぶん毅《き》然《ぜん》とした態度をとっていたけれど、レオンから結婚の知らせを聞いたときにはひどく動揺していた」

ニコの顔を見つめたまま、タラは頭の中でいまの話を整理した。「けんかでもしたのかしら」彼女は尋ねた。

「たぶんちょっとしたいさかいがあったんだと思う。エレネはあのとおりの美人だから、男が放っておかない。彼女はそのうちのひとりの誘いに乗って……」ニコは両手を広げ、肩をすくめた。「僕も噂《うわさ》で聞いただけだから真偽のほどはわからないが、レオンがほかの誰よりもエレネを気に入っていたことは僕も知っている」彼は顔を赤らめた。「ああ、またやってしまった」

「レオンがほかの女性とつき合っていたことは知っているわ」タラは気にせずに返した。「だって当然だと思わない？」

「おそらくね。だが、普通は当人の奥さんに言うことではない」

「気にしないで」タラは請け合った。「それよりエレネのことをもっと聞かせて」

「さっきも言ったように、彼女はひどく動揺していた」ニコは少し間をおいてタラの表情をうかがった。

「本当に知りたいのか？」

「ええ、知りたいわ、ニコ」

「彼女は、レオンが君と結婚したのはその反動だと思っている」

「なるほど……。つまり彼女は、レオンが本当は自分を愛していると思っているのね？」

ニコはうなずいた。「僕たちもみんなそう思っていた」

「レオンは誰かを愛するような人ではないわ」タラは言い、ニコの反応を見守った。黒い眉が瞬時に上がったが、その後すぐに彼はうなずいた。同意するというよりも、初めて知ったという感じだった。

「つまり彼は、君を愛しているわけではないと？」

「私たちはどちらも相手を愛しているわけではないのよ」ついに言ってしまった。協力を頼むからには、なんらかの説明が不可欠だ。

「どんな経緯で彼は君に結婚を申しこんだんだ？」

タラはためらった。彼とレオンの友情の程度がわからない以上、すべてを話すのは危険かもしれない。ニコがレオンに義理立てし、彼に洗いざらい報告したらどうなるだろう。二度と夫の怒りに触れたいとは思わない。あの恐怖は決してまやかしなどではなかった。

「顔色が悪いけれど、大丈夫かい」ニコが気遣わしげに尋ねた。

タラはうなずいた。まだ決心がつかない。怖くてたまらない。「レオンとはどれぐらい親しいの、ニコ？」

「実際には友人というほどでもないんだ。お互い小さな島で暮らしている都合上、知り合いにもなるし、つき合いもするけどね。それを除けば、正直、共通点もさほどない。エレネも島に屋敷を持っているけど、たいていはアテネにいる。レオンが主宰する有名なファッションブランドでモデルを務めているんだ」

そこでニコは言葉を止め、タラの表情をうかがった。

「僕なら信用して大丈夫だよ、タラ。君はたぶん秘密を打ち明けられる相手を探しているんじゃないのか？　ためらうのは当然だが、なんというか、君もこの前感じなかったかな、その……互いに感じる親近感のようなものを」

「ええ、まさに同じものを感じていたわ、ニコ！　うれしい、あなたもそうだったのね」

「だったら、僕たちは友達同士ということかな？」

「ええ、私たちは友達同士ね」

「だったら、さっきの質問に答えられるはずだ」

「レオンは結婚を申しこんだわけではないのよ」タラはゆっくりと答え、ニコの驚くさまを見て、口元にかすかに笑みを浮かべた。

「結婚を申しこんだわけではない？」

「ニコ、いまから話すことは、たぶん信じてもらえないかもしれないわ」

「君が嘘をつくとは思えない」彼は言葉に力をこめた。「それに嘘をついたところで、なんの得にもならないだろう？」

「そうね」タラは認めた。「そして本当のことを話せば、目的がかなうかもしれない」

しばし迷ったのち、タラは話し始めた。そして、ニコの口からときおりもれる驚愕《きょうがく》の声を間に挟みながら、なんとか最後まで話し終えた。

「そんなのは誘拐じゃないか」話を聞き終え、ニコは息をのんだ。「なんてことだ……彼がそんなことをするとは誰も信じないだろう。彼はアテネでも著名人だし、尊敬もされていて……。とても信じられないよ、タラ！」

「でもあなたは、私が嘘をつくとは思えないんでしょう？」タラは指摘した。

「それはそうだが……」彼はいまもめまいを感じているようだった。タラの話を懸命に受け入れようとして、眉間にしわを寄せている。「君の結婚式の日に……。なんて恐ろしいことを。じゃあ君は、ここにとらわれているのか？」

「そう、私はとらわれの身。レオンは私に逃げないと約束させたがっていて、約束すれば見張りを解くと言っているけど」

「まるで悪魔の仕業じゃないか！　いったいレオンは何に取りつかれたんだ？　エレネに腹を立てるあ

まり、目に留まった最初の女性と結婚したというのか？」

「最初ではないと思うわ。ギリシアからイギリスまで移動したんだもの」

「おそらくエレネが一緒に行けばよかったんだろうな。これまでもよくそうしていたんだ。だがそれにしても、そんな犯罪行為に手を染めるとは彼に何があったんだ？　もし君を手に入れたかっただけなら……」

ニコが言いよどんで気まずげな表情を見せたので、タラは緊張を和らげようと飲み物を勧めた。本人の希望でメイドに地酒のウーゾを頼むと、いつものように小皿料理のメゼがついてきた。タラは絞りたてのオレンジジュースを頼んだ。ニコにメゼを勧められたが、おなかがすいていないからと辞退した。

「彼はなぜわざわざ結婚などしたんだろう。そんなことをしなくても――」ニコは再び言いよどみ、肩をすくめた。

「欲しいものは手に入っただろうに？」タラは彼の言葉を継ぎ、首を振った。「本人によれば、私を捨てたとき警察に駆けこまれるからですって」

「別にいまでも警察には訴えられる」

「ここから脱出できればね。でも、彼は私が逃げないと約束しないかぎり、どんな自由も与えるつもりはないのよ」

「だがそんな約束は守ることもないだろう」ニコは驚いて指摘した。「約束して逃げればいい」

「だって自分の言葉にそむくわけにはいかないわ」

「ばかな、そんな約束に縛られるなんてばかげてる！」

「でも、そうなの。そしてレオンもそのことを知っている」

ニコの目が称賛に見開かれ、タラの頬が薔薇《ばら》色に染まった。彼の喉元が急に引きつり、脈打ち始めたことに彼女は気づいた。

「君はなんてすばらしい女性なんだ。できることなら……」彼はそっと告げた。

「何？」タラは期待に胸をふくらませた。

「君のことがとても好きになりそうだ、タラ」

それを受けて、彼女は尋ねた。「私が逃げるのを手伝ってくれる、ニコ？」

「フィアンセのもとへ帰るんだね？」どこかもの悲しい、とても静かな声だった。

「わからない」タラは妊娠している可能性を思った。「彼のほうはいやがるかもしれない。別の男と結婚した女なんて」デイヴィッドの顔を思い浮かべようとしたが、うまくいかなかった。不思議なことに、もはや苦しみも感じない。自分がひどく不実に感じられた。

「その前に離婚も必要だし。時間はかかるだろうな」

「いまはとにかくこの島を脱出したいだけ」タラは訴えた。「あとのことはそれからよ。助けてくれる？」

ニコは彼女を見つめた。彼の内なる葛藤がタラにも伝わってきた。

「君はレオンを警察に訴える。彼は身を滅ぼすだろう」

けれどタラは、ニコが話し終える前から首を横に振っていた。「たぶんそれはできないわ、ニコ」

ニコはとまどった表情を見せた。「復讐《ふくしゅう》したいと思わないのか？」

「最初は思ったわ。でもいまは思わない」

「もしかして彼を愛してしまったのか？」

「まさか！」

「だが、これまで数々の女性が彼を愛してきた。彼には特別な魅力があるから」

タラは答えなかったが、心の中ではニコの言うとおりだと思った。レオンの魅力はまさに特別だった。それを否定しようとして、彼女自身あまりに何度も屈してきた。「彼のことは訴えないと約束する。ニコ、お願い。私を助けて」

「そうするべきだとは思うが、レオンは僕が手を貸したと見破るだろう。彼に知られずに助けられるような、何か具体的な策は考えてあるのか？」

「いいえ、残念ながら。でも、きっと何か思いつくわ」興奮のせいで心もち息遣いが荒くなった。ニコはきっと手を貸してくれるに違いない。

「そう簡単にはいかないだろう」

鳥の影が床をよぎり、ニコは窓に目を向けた。タラが視線の先をたどると、そこにはダヴォスともうひとりの庭師もいた。

「確かに簡単ではないと思うけど……これ以上ここにいたら気が変になってしまう」

「まったく、なんてことだ。レオンのやつ、頭がどうかしてしまったに違いない。およそ彼らしくもない。分別があって、法を尊重するレオンが――いつもはね」タラの眉が上がるさまに気づき、彼は言い添えた。「彼は、アテネにはどれぐらいいる予定なんだ？」

「土曜日まで、と本人は言っていたわ」

「あと三日か……」ニコの視線が再び窓へ向かった。

「どうやってあの連中の監視を逃れる？」

「わからないわ。ダヴォスはどうやらひと晩じゅう廊下で寝ているようだし。私が寝室を抜け出したらすぐにわかるように」

「なんてことだ！　レオンは本当に頭がどうかしたに違いない」

けれどタラは、そうではないと知っている。彼女についてのレオンの行動はすべて、すさまじいばかりの欲望のせいだと。

「窓はどうかしら」タラは提案した。「みんなが寝静まったところにあなたが来て、はしごをかけてくれれば。果樹園のふもとに物置小屋があって、そこにはしごが……」彼女はすがるようにニコを見つめた。「お願いできるかしら、ニコ？」

「たぶん」

「迷っているのね」

「違う」ニコはきっぱりと否定した。「ただ、ひとたび君がここを逃げたら、僕は二度と会えないんだろうなと思って」

タラは唇を噛《か》んだ。「確かに、あなたに助けを求めながら、私にはお返しできるものが何もないのね」彼女の目に影が差した。「そんなの不公平よね。あなたは私を船でピレウス港まで連れていってくれるというのに……。そうよ、不公平だわ。あなたにそれだけのことを要求しながら、自分は何も差し出さないなんて」

「君はさっき、フィアンセとよりを戻すかどうかわからないと言っていたね」

「あなたの考えていることはわかるわ、ニコ。でも正直言って、あなたにそんな感情は抱けないの……」

「まだわからないじゃないか。僕たちは会って間もないにもかかわらず、これだけの親近感を抱いているんだ。当然ながら、何かの出発点になると思わないか？」

タラは小さくため息をついた。「でも本当に、そうなるとは思えないのよ。それにもし脱出に成功したら、やっぱり自分の国に帰らないと」

ニコはうなずいた。「要するに、僕がさっき言ったことだ。僕は二度と君に会えない」彼はグラスを持ちあげ、濁った中身をじっと眺めていたが、やがて口元に運び、グラス越しにタラを見つめた。「それでも君を助けるよ」彼は約束した。「だが、あいにく船が修理中なんだ。レオンは、次はいつ出かけ

ちなど気にもかけていないのに。結婚式の当日に私をフィアンセから引き離したときも。そのあと、無理やり言うことを聞かせたときも。

るんだ？」

「わからない」希望と興奮に力強く胸をたたいていた心臓が、鉛のように重くなった。

彼女の失望を察してニコは謝り、次のチャンスに向けて準備を整えておくと請け合った。タラとしても、それで納得するよりしかたがなかった。帰る前に、ニコはまた来てもいいかと尋ねた。タラはそれに伴うリスクを案じたが、彼は気にしないと答えた。

「でも私が逃げたあとだと、レオンはすぐにあなたを疑うわ」

「かまうものか。もし彼が逆上したら、僕は事実を知っているんだぞと警告すればいい」

ニコが帰ったあとで、タラは奇妙な感覚に襲われていた。レオンがニコの言ったような立場に陥ることを考えると、なぜか気に入らなかった。

だけど、どうして私が夫の気持ちを気にしなければならないの？　レオンのほうは明らかに私の気持

10

丘の上からヤギの鈴の音が響いてきたかと思うと、今度は下のほうから、人を乗せて石畳の小道を登ってくるロバのいななきが聞こえてくる。タラは庭の南端に茂る低木の端に立ち、物思いにふけりつつ、背の高い夫の姿を捜していた。フェリーボートが入ってくるところは見ていたし、夫が乗っていることもわかっていた。

彼がいた。片手にスーツケースを持ち、波止場から小道に向かって進んでくる。小道は急斜面をくねくねと曲がり、豪邸が立ち並ぶ地区へと続いている。

タラが立っているのを見つけて、レオンが片手を上げる。彼女もそれに応えて手を振った。やがて起こる事態を思い、身がすくむ一方で、夫の強引な求めを待ちこがれる気持ちもあった。

私はセックスのことしか考えられないの？　タラは自嘲した。レオンの情熱の炎に完全にのまれて身も心も……それどころか魂まで支配されてしまったのだろうか？　私は何より愛や慈しみを大切にする理想主義者のはずだった。それとも、異国の男性に出会い、まったく違った感情を植えつけられてから、そんな私はもう存在しなくなったのだろうか……。

「待っていてくれる妻がいるというのも、なかなかいいものだ」ようやく彼女のそばまで来ると、レオンはからかうように言った。「どうやら僕が恋しかったようだな」

タラは彼をにらみつけた。どうして私を怒らせるようなことばかり言うのだろう。「ここまで下りてきたのはたんに退屈だったからよ」彼女はぴしゃりと言い返し、体の向きを変えて家のほうへ歩きだした。

　レオンも並んで歩きだし、彼女の手をつかんだ。

「ひとりで何をしていたんだ？」妻の刺《とげ》のある言葉を無視して、彼は軽い口調で尋ねた。

「本を読んで、日光浴をして……それからまた本を読んで、日光浴をして」彼女は皮肉たっぷりに答えた。「その合間に食事をして、ときどき気分転換に看守たちを観察して、私が走って逃げたらあの人たちはどうするかしらと想像していたわ」

「彼らのほうが足は速い」

「どうかしら。少しははらはらさせてあげられると思うけど」

「そして君は」レオンは陽気に返した。「そろそろ態度を改めないと、多少痛い思いをさせられることになる。喜び勇んで迎えに来たのかと思ったが、小さな雌狐《めぎつね》が歯をむいて待ち受けていたとはね」

　家に入ると、荷ほどきを手伝うように命じられ、タラは素直に従った。

「僕の留守中、本当は何をしていたんだ？」広い階段を上りながら、レオンはきいた。

「もう答えたでしょう？」

「ほかには何も？」彼はドアノブに手をかけてしばし立ち止まり、タラの目をじっと見つめた。「逃げないと約束すればいいものを。どうせ、いつかは約束することになる」

　レオンの視線を避け、タラはまつげを伏せた。ニコのことと次の約束のことが思い出される。

　寝室に入ると、レオンはスーツケースを下に置き、両手を差し出した。「おいで」優しく命じる。

　怒りが頭をもたげたが、タラは従った。いずれにせよ逃れるすべはない。彼を来させて乱暴に手首をつかまれるよりは、自分から行ったほうが痛みは少なくてすむ。

「キスを」

レオンに命じられてタラは再び従い、唇を閉じたまま彼の唇に軽く触れた。すると次の瞬間、彼女は乱暴に抱きしめられ、突然の痛みに息をのんだ。

「まだ学習が足りないようだ。いいかげん僕が主人だと理解したと思ったが」

「あなたを憎んでる」タラはあえいだ。「聞こえた？　私はあなたを憎んでいるのよ！」

「むしろ家じゅうに聞こえただろう」レオンはむっつりと答えた。「だが、憎んでいると二度も言うと、かえって説得力がなくなる。心の底では君自身、僕を憎んでなどいないとわかっているんだろう？」

なんて自信なの。もし私が本当に逃げたら、どれほど教訓になることか。タラは、影を帯びた悪魔のような顔を見上げた。その目は欲望に燃えている。彼の手が彼女の肩を伝い、首を伝って耳たぶに触れた。

「確かに、僕に従うことには我慢がならないだろう。だが君は僕を憎んでいるわけではない。それどころか体の喜びについては、憎しみなどどこにもないと完全に気づいているはずだ」

「うぬぼれないのが身のためよ」タラは忠告した。「あなたがどんなに言い張ろうと、最後には自分の誤りに気づくことになるでしょうから」

レオンの目が急に鋭くなった。「どういう意味だ？　もし何か企《たくら》んでいるなら、いまのうちに忠告しておく。僕はこれまでただの一度も、人に出し抜かれたことはない」

だからといって、これからもないとはかぎらないわ。タラは心の中で思ったが、危うく気づかれそうになったのも自覚していた。これからはつねに用心が必要だった。

「何が言いたいのかわからないけど、これだけ見張られていて、何が企めるというの？」

レオンは口を開きかけたが、ほっとしたことに何も言わずにまた閉じた。彼はそのまま自室へ行き、午後遅くまでタラと顔を合わせることはなかった。

翌朝、レオンは再びタラに約束を迫った。

「いいかげんに逃げないと約束したほうが身のためだ」その口調はやや険しかった。「さもないと、子供が生まれるまで君をここに閉じこめておくことになる。それでは君だけでなく僕にとっても不都合だ」

「あなたにとっても？」タラは不思議に思い、彼を見つめた。

「この次アテネに行くときには君も連れていきたい。仕事仲間は僕が結婚したことを知っていて、なぜ単身で来たのかといぶかっていた。ひどく奇妙に映るだろうし、そんなことはしたくない」

「理解はできるわ」タラは言った。

「だが同情はできないわけだ」レオンは冷ややかに指摘した。

「どうして私があなたに同情しなければならないの？」

「逃げないと約束するか？」レオンはいらだちを募らせながら繰り返した。

「いいえ。守る気のない約束はできないわ」

「この期に及んでまだ僕から逃げられると思っているのか？」レオンの細められた目には、かすかな不安が宿っているようにも見えた。

さっきタラが朝食に下りてきたとき、レオンは笑みを浮かべて彼女のために椅子を引きながら、今朝の君はすてきだと言った。シルクのブラウスとライラック色のスラックスも似合っているし、髪も輝いて、目まで悲しみが消えたようだ、と。

タラは肩をすくめただけで答えなかったが、目から影が消えたのは、心に宿った希望のせいに違いないと察しがついた。レオンがまた二週間後にアテネに行けば、ニコはきっと彼女をピレウス港まで連れていってくれる。そうすれば彼女は晴れて自由の身だ。最初の飛行機でイギリスに帰れる。

タラはテーブルを隔てて向かいに座る夫を見つめた。彼のまなざしに宿ったかすかな不安に、なぜか心を引かれた。

「私が逃亡に情熱を燃やし続けることは、最初からわかっていたはずよ」タラは静かに答えた。

「もし逃げたら、僕の子供を連れていくことになるんだぞ」レオンの声が急に険しくなり、目が鋭くきらめいた。

「どうして子供の話を持ち出すの？　私は妊娠なんかしていない。あなたはずいぶん確信を持っているようだけど、間違いかもしれないでしょう。私は間違いであることを祈っている。それでなくてもあなたには充分苦しめられたのに、これ以上惨めな思いを強いられるなんて耐えられない」

レオンの褐色の頬から奇妙に血の気が引き、神経が引きつったようにぴくりと動いた。

「話題を変えない、レオン？　今朝はあまり議論をする気分ではないの」

レオンの目が鋭くきらめいたが、とくに何かを言うことはなかった。二人は黙ってグレープフルーツを食べた。スタマティが銀のトレイを持って現れ、卵とベーコンとマッシュルームののった皿を置いていった。彼が出ていくのを待って、タラはさりげなく聞こえることを願いつつ、レオンに尋ねた。

「次はいつアテネに行くの？」

「なぜそんなことをきく？」レオンは聞きとがめて、ナイフとフォークを手に取った。

「とくに理由はないけれど」タラは肩をすくめた。

「いつなのかなと思って」

「当分は行かない。君を連れていけるよう、約束を取りつけてからにする」

タラの心臓がどきりと跳ねた。だめよ、行ってくれないと。仕事だってずっと放っておくわけにはいかないでしょう。

「そうなると、ずいぶん待たされることになるわよ」彼女は警告した。「そんなに長く仕事は放っておけないでしょう?」

細めた目でじっと見つめられていたたまれなくなり、タラの神経は恐怖に騒ぎだした。神様。彼女は心の中で祈った。どうか彼を行かせて。緊急事態でもなんでも起こって、彼をアテネに行かせて!

「僕をどうしても行かせたいようだが」長い沈黙のあとで、レオンがなめらかに指摘した。「何か特別な理由でもあるのか?」口調は穏やかだが、明らかに答えを求めている。

タラは首を横に振った。もう食事どころではなかった。

「もしうちの使用人が仕事を失うような不注意なミスをしでかすと思っているなら、そんなのは君の希望的観測にすぎない。もっと分別を働かせて、僕に約束したらどうなんだ」

タラは敗北感に打ちのめされたが、ある考えがひらめき、再び元気を取り戻した。そのことが態度に表れないよう、彼女は慎重に答えた。「結局そういうことなのよね」彼女は再びため息をつき、肩を大きく落としてみせた。「これまでもずっとあなたの勝ちだったし」彼女は唇を震わせ、ナイフとフォークを下に置いた。

「ようやくわかってきたようだな」レオンは見るからに満足げに目を輝かせ、口元に笑みを浮かべた。

「でもまだ約束はできないわ」タラは祈る思いで声を震わせ、打ちひしがれた様子を装った。「私の心はまだ完全に打ち砕かれたわけではないわ。あなたの努力にもかかわらず」

「僕は君の心まで打ち砕きたいわけじゃない」

「そんなはずないわ。だってあなたはこれまでに何度、自分を主人と見なせと命じてきたと思っているの？　それに、どんなに無理やり言うことを聞かせてきたと？」

「僕はただ、いつまでも抵抗するのはやめろと言っているだけだ」

タラは肩をすくめ、それ以上の議論を放棄した。スタマティが皿を下げたのち、沈黙を破ったのはレオンのほうだった。

「わかった、時間を与えよう」彼はそう言って、いらだちを抑えるように息を吸いこんだ。「しかたがない」

夫の考えていることはわかった。タラが可能なかぎり意地を張っていると思っているのだ。いいわ、好きに思わせておけば。こちらの作戦を悟られないかぎり……。

レオンは明らかに気づいていないらしく、十日ほどたったころ、再びアテネに行くと宣言した。

「君も連れていきたいんだが」彼は期待のこもったまなざしを向けた。「約束の件はどうする、タラ？」

タラは首を振った。「またにするわ」自分の嘘《うそ》が後ろめたくて彼女は下を向いた。「楽しんできてちょうだい、レオン」

「純粋に仕事の用だ。だが君が来るなら、連れていくところは山ほどある。君もきっとアテネを気に入る」

「とてもおもしろいところだそうね。私もいつか行ってみたい」

「だったら一緒に来ればいい」

静かに説得するような口調だった。命令するような響きはいっさい感じられない。タラはとっさに彼を見やった。自分でも驚いたことに、彼女は一緒に行ってみるのもいいかもしれないと感じていた。もう逃げないと約束すれば、彼と一緒に行けるのに……。

そのかわり、私は二度と自由になれない。いったん彼に約束すれば、自分の言葉にそむくわけにはいかなくなる。

「またにするわ」

タラがそう繰り返すと、レオンは諦めた。

レオンを見送り、タラは家の中に戻った。きっとニコが来るに違いない。前回のレオンの不在中に、ニコは三度訪ねてきた。使用人が夫に報告するのではないかと気になったけれど、ギリシアでは主人と使用人とはあまり近しい関係ではない。さほど心配することはないだろうと判断した。

ニコはなかなか現れなかった。レオンが出かけているいると知らないのだろうか。それとももしかして、私に手を貸すことを考え直したのだろうか。何しろニコにとっては何も得るところがないのだから。

夕食のころになってもニコは姿を見せなかった。けれどタラが席に着こうとしたそのとき、スタマティが現れて来客を告げた。

「ミス・フルールがお見えです、奥様。ミスター・レオンにお会いになりたいとのことでしたが、ご不在だと申しあげました。いま居間にいらっしゃいます」

エレネが！　レオンに会いに……。

「食事が冷めないようにしておいてちょうだい」そう言い残して、タラは居間へ向かった。

エレネは手入れの行き届いた長い指にタバコを挟み、ソファに座っていた。

「こんばんは」タラは挨拶し、自分の落ち着いた態度に我ながら驚いていた。「レオンにお会いになりたいそうだけれど――」

「不在だと、スタマティに聞いたわ」エレネは遮った。「アテネで開催される次のファッションショーのことで話があったんだけど、残念ながら行き違いだったみたい。今日発《た》ったの？」

「ええ」

「だったら彼が戻ってからにするわ」

エレネの非難めいたまなざしに気づき、タラはたちまち自分の身なりが意識された。どうせひとりで食べるのだからと、昼間の服から着替えていない。

「あなたは一緒に行かなかったの？」好奇心が頭をもたげたらしく、エレネが尋ねた。

「ええ、家のほうが好きだから」

「でも新婚なのに」

「たぶん次は行くと思うわ」タラは自分も椅子に座ったが、居心地の悪さが先に立ち、早く引き取ってくれないかと願った。レオンに用だというのに、どうして居座っているのだろう。

「でも次は忙しいと思うわ。大事なショーがあって、イギリスやパリ、それにアメリカからもバイヤーが見に来るから」

その口調はどこか押しつけがましい気がした。まるでハウス・オブ・ヘラについて、自分はタラの知らないことをすべて知っているのだと誇示しているようだった。

「だけど」エレネはゆっくりとつけ加えた。「私がレオンのトップモデルを務めていることはご存じのはずよね？」

「彼もそのようなことを話していたわ」タラはあっさり返した。

エレネの目が鋭くきらめいた。「私はレオンにとって不可欠の存在なのよ」

「そうかしら」タラはかすかに眉を上げてみせた。「どんな仕事でも代役を探すことは可能だと思うけれど」

エレネの頬に赤みが差した。彼女はタバコを吸って煙を吐き出し、その向こう側からタラの顔をじっと見つめた。

「私たちが事実上、婚約していたことはご存じかしら？」

タラはびくっとした。「妻の私に話すようなことかしら」

エレネは肩をすくめた。よく見ると、いまにも泣きだしそうな顔をしている。

「みんな知っていることだもの。あなたも知っていて差し支えないはずよ」

おそらく彼女は自分でもどうしようもなくて、こんなふうに話しているのだろう。タラはそう察した。レオンの妻に嫉妬を抑えられないのだ、と。

「あなたたちがどんなふうに出会ったのか、どんないきさつで結婚することになったのか知らないけれど、これだけは確かよ。レオンがあなたと結婚したのは、私とけんかした腹いせなのよ。大したけんかでもなかったのに。彼はただ私のことを誤解して……。レオンはいつもそう。衝動的で、予測がつかない」

タラはかぶりを振った。「夫が衝動的だなんてありえないわ。なぜそんなことを？」

「あなたとの急な結婚を思えば、そういうことになるわ」エレネは灰皿の上でタバコをもみ消し、テーブルの上のケースから新たな一本を取り出した。

「知り合っていくらにもならないんでしょう？」

タラはその問いを無視した。

「彼と知り合ってどれくらいだったの？」エレネはなおも繰り返し、ライターに火をつけてタバコの先に移した。

「他人には関係ないことだと思うけど」

「彼はあなたを愛しているわけじゃない……愛しているなら、一緒に連れていくはずだもの。二度出かけて、二度とも置いていくなんて」エレネはタラを見すえた。「私のことは一度も置いていったりしなかった」

「私も行ってもよかったのよ」タラは指摘した。

「行かないことにしただけ」

「だったら明らかに、あなたも彼を愛していないいんだわ。結婚したのはお金のため？」

タラは信じられない思いで息をのんだ。彼女は椅子から立ちあがり、ドアを示して静かに告げた。

「レオンに会いに来たのなら、ここにいてもしかたがないんじゃないかしら。あなたが訪ねてきたことは夫に伝えておくわ」

エレネは歯をきしらせて口を閉じたが、すぐに立ちあがり、優雅な身のこなしでドアへ向かった。

「おやすみなさい」エレネはほとんど吐き捨てるように言い、タラの全身に侮蔑のまなざしを浴びせた。

「おやすみなさい、ミス・フルール」

タラは玄関まで見送った。ただしドアを開け、再び閉めたのは、スタマティだった。

「すぐにディナーをご用意いたします、ミセス・レオン」

「ありがとう、スタマティ」タラは使用人の表情に目を留め、レオンの妻として紹介されたときのクレアンテスの驚きようをはっきりと思い出した。

〝奥様だなんて、ミスター《キリエ》・レオン！　ミス・エレネは――〟

あのとき彼はエレネの名前を出して、すんでのところで踏みとどまったのだろう。レオンの使用人の全員が……それどころか、この小さな島の全員が、レオンとモデルとの間にかつてあった親密な関係を知っているに違いない。そしてその全員が、二人の結婚を予想していたに違いない。

レオンは彼女のことが好きなのだろうか？　けれどタラには、夫が誰かを好きになるとは思えなかった。彼は愛について何も知らないのだから。

11

　ニコを待つ時間は果てしなく続くように思えた。

朝は早くに目が覚め、そのせいでよけいに一日が長くなり、タラの神経をさいなんだ。レオンは予定を告げずに出かけたので、いつ帰ってくるかわからない。もしかすると明日、それどころか今夜帰ってくるかもしれない。いいえ、今夜はありえない。タラは頭の中で否定した。仕事を片づけてくるからには、最低でも二日はかかるに違いない。

　彼女がパティオで本を読んでいると、クレアンテスがひとりの男を連れてきた。タラに手紙を持ってきたという。

「ミセス・レオンに手紙です。今朝、忘れていて、気づかなかった。大事かもしれない。だから持ってきました」男は片言の英語でそう言い、片手で髪をすいた。「暑くてたまらない！　コップにたくさん水が飲みたい！」彼は表情のない目でタラをじっと見つめた。

　タラはたちまちすべてを察し、クレアンテスを振り返った。「コップに水を……」彼女は男に目を向けた。「それともフルーツジュースがいいかしら？」

「うれしいね！　オレンジジュースをたくさん飲みたい」

　クレアンテスはうなずいてその場を離れかけ、それからふと男に話しかけた。「見かけない顔だな」

「姉に会いに来た。郵便局にいる」

「そういえば男の兄弟が大勢いたな」クレアンテスはぞんざいに肩をすくめた。「ようこそ我が島へ」

「ありがとう《エフカリスト》！」男は金の詰め物をした歯を見せ、満面の笑みを浮かべた。

「飲み物を持ってくる」クレアンテスはそう言って去っていった。

男はタラの招きを受けて椅子に座り、ポケットから封筒を取り出した。タラはそれを受け取り、一瞬、手を止めた。いい知らせ？　それとも悪い知らせ？　ニコは約束どおり私を助けてくれるだろうか。それとも、やはり無理だと謝ってきたのだろうか……。それ
封筒を指で探ると、鉛筆が入っているようだった。つまりニコは返事を求めているんだわ！　期待に胸をふくらませ、タラはすぐに封を開け、たたまれた紙を取り出した。

「私はサヴァスです」男が名乗った。「ミスター・ニコに返事を届けます」

タラはうわの空でうなずいた。すでに読み始めていた。

〈手紙を読む前に、君の部屋の正確な位置を封筒に描いてサヴァスに渡してほしい〉

その部分だけが手紙のいちばん上に大文字で書いてあった。タラはすぐに指示どおりにし、封筒をサヴァスに返した。心臓が激しく胸をたたいている。もう自由の身になったような気分だった。

男は封筒をポケットにしまい、座り直した。クレアンテスが戻ってきた。時間は二分とたっていなかった。ニコは彼女がサヴァスと二人きりになれる時間がかぎられていることを想定し、鉛筆まで忍ばせてくれたのだろう。

サヴァスが飲み物を飲む間、クレアンテスはそばで待機し、それから門まで送っていった。タラは手紙をポケットに忍ばせてさりげなく立ちあがり、家の中に入った。自室に戻り、彼女は手紙を読み始めた。心臓はいまも早鐘のように打っている。

〈親愛なるタラへ。レオンが昨日のうちに出かけたことは知っているが、僕が直接顔を出すのは避けたほうが賢明だと判断した。できれば秘密裏に事を進

めたい。サヴァスはポロス島の出身で、僕がときどき船の仕事を頼んでいる男だ。ヒドラ島の住人は誰も彼を知らない。計画はこうだ。午前二時に君の部屋の窓にはしごを立てかけるから、準備を整えて待っていてほしい。必要な服はひとつに束ねて窓から落とすこと。スーツケースは僕のほうで用意する。それと、はしごを立てかけるときに音がしないよう、たたんだ毛布を窓枠にかけておいてほしい。君のするべきことはそれだけだ。サヴァスは夕方七時のフェリーでポロス島に戻るから、これ以上、巻きこまれる心配はない。僕の船はすでに用意できている。君をピレウス港まで送り届けるよ。どうしてこんなことをするのか、自分でもよくわからない。わくわくするからか、困っている女性を助けたいからか。それとももしかして、君のことがとても好きだからか〉

最後にサインがしたためてあり、手紙はそこまでだった。タラはその紙を細かくちぎり、トイレに流した。

ニコの手紙を読んでから、そっと窓を開けて、たたんだ毛布を窓枠にかけるまでの間、タラにはこれほど時間の歩みが遅く感じられたことはなかった。準備が完了したところで、彼女は闇に包まれた庭に目をこらした。心臓が激しく胸を打ち、全身の神経が張りつめている。なんの物音も、なんの動きも感じられない。はしごが立てかけられたらすぐにでも投げ落とせるよう、服の包みはすでに窓枠にのせてある。来た！　人影のようなものが見え、はしごが持ちあがった。重みで揺れて別の窓にぶつかりはしないかと、タラは恐怖に息を止めて見守った。

けれどニコには力があり、はしごは見事に予定の場所におさまった。タラは服の包みを下に落とした。そして窓をまたぎ、はしごに足をかけようとしたとき、人影が動いて、芝生の端の雑木林を目指して駆け去っていくのが見えた。凍りつくタラの目に、別の人影が映った。

あの背の高さ、力強い足取りは……。

一瞬、心臓が完全に止まったかと思えた。まさかそんな！　レオンが夜のこんな時間にここにいるなんて！　でもあの背の高さとしなやかな動きは、彼以外にありえない。恐怖に身動きもできず、タラはその人影が立ち止まり、服の包みを拾いあげるさまを見守った。続いて包みが放り捨てられ、足でけられるのを、彼女は見たというより感じた。そして同時に発せられた悪態は、彼女の耳にもはっきり届いた。タラは恐怖のあまり気を失いそうだった。

夫が部屋に入ってきたときにも、タラは根が生えたように同じ場所に立っていた。邪悪にゆがんだ夫の顔は、恐怖にすくむ彼女の目には冥界の王《ハデス》そのものに見えた。彼は私をどうするつもり？　レオンが怒りにとらわれるさまは何度も目にしてきたけれど、これほどまでの激高ぶりは初めて見た。殺されるかもしれない。タラはとっさに首に手をやった。そう、絞め殺されるかもしれない――。

「誰が手を貸した？」ぞっとするほど静かな声だった。恐怖に喉が締めつけられ、タラは答えようにも答えられなかった。「質問に答えろ！」鞭《むち》のように鋭い口調だが、声そのものは依然として静かだった。

「言うものですか……」

「いいから、言うんだ。さもないと拷問で口を割らせることになる」彼は音もなく近づいてきて、タラの手首をつかんだ。あまりの痛さに彼女は声をあげた。「言うんだ！」レオンは声を荒らげた。歯をむき出したその顔は、いままさに獲物に飛びかかろうとする虎のようだ。「言わないと息の根を止めてやる！」

「言えないわ」タラは顔を上げた。完全に血の気を失っているのが自分でもわかった。どうしてこのタイミングで帰ってこられたの……。なんという悪運の強さ。彼はきっと悪魔なのよ！「お願い、きかないで……。名誉にかけて、答えることは――」

「名誉だと！」レオンは激した口調で遮った。「その口で名誉を語るのか？　負けを認めたふりをして、どうせ僕が勝つと諦めたふりをして、実際にはこんな逃亡計画を立てて時間を稼いでいた。そうなんだろう？」彼はタラを乱暴に引き寄せ、顎に手を当てて思いきり上に向けた。「そうなんだろう？」

タラはうなずいた。彼が手を放せば、そのままくずおれてしまいそうだった。

「ええ、そうよ」

「相手は誰だ？　きっと使用人を買収したんだろう。ほかに手を貸せる者などいないからな」

「使用人じゃない――」

「嘘《うそ》をつくな」激情にとらわれ、彼はタラの肩を激しく揺さぶった。「人を欺くのもいいかげんにしろ――」

「私にはあなたを欺く権利があるわ！」それを口にする強さと勇気がどこから湧いてきたのか、タラにはわからなかった。けれど、体はすぐにまた震えだし、彼女は長い指が容赦なく喉元に巻きつくのを感じた。その指に力がこもり、頭の中で血が激しく脈打った。彼女は必死にもがいて、身をよじった。

「言うんだ」レオンは手を離し、抑えた声でそっと告げた。「誰と計画を立てた？　ずる賢い言い逃れで僕をまんまとアテネに送り出したその裏で？」

〝ずる賢い〟という言葉になぜそこまで怒りを覚えたのか、自分でもよくわからない。けれどタラは一瞬の隙を突いてレオンの手を逃れ、開いた窓のそばへ移動した。

「私には計画を立てる正当な権利があるわ」彼女は敢然と言い放った。「自由を奪われたすべての人間には、逃亡を試みる権利があるのよ。私をよくも非難できるわね。私は自分の身を助けようとしただけ」

「まだ共犯者の名前を聞いていない」レオンは一歩前に踏み出した。「そいつは誰だ？」

タラの後ろには窓があった。穏やかな風を背中に感じた。ここから飛び下りれば……。夫に怪我《けが》をさせられるぐらいなら、自分で怪我をしたほうがまだいい。彼女は汗ばんだ両手で背後の窓枠を探り、強く握った。でもどうやって上にのればいいの？　彼に気づかれて、引きずりおろされたら？　そうなれば、もうただではすまないだろう。けれど、レオンの邪悪な表情と、恐ろしい目と、歯をむき出しにした口を見るうちに、心は決まった。彼女は体をひねって跳びあがり、窓枠に腰を下ろした。

「飛び下りるわよ！」彼女は勝ち誇った声で叫んだ。

「やめろ！　なんてことを……やめてくれ」夫はおびえている。タラは気づいた。おそらく生まれて初めて、レオンはおびえている。彼は動きかけたが、タラが叫ぶと、すぐにぴたりと動きを止めた。

「それ以上近づいたら、この窓から飛び下りるわよ！」

「タラ……ばかなまねをするんじゃない！」その声はいくぶん和らいで聞こえたけれど、ひとたびタラが部屋に戻れば、もちろん状況はもとに戻るだろう。

「そこから下りるんだ、いますぐ！」

「あなたは命令できる立場にないわ」タラは宣言する一方で、ついに手に入れた勝利にかすかなとまどいを覚えた。「主導権を握っているのは私よ。あなたに怪我をさせられるぐらいなら、自分で怪我したほうがましよ」

レオンは奥歯を噛《か》みしめ、両脇で拳を握りしめた。

途方もない高揚感の中で、タラは恐怖さえ忘れかけていた。なぜならレオンは決して彼女を飛び下りさせないからだ。それはつまり、彼の降伏を意味する。自己中心的なギリシア人には、さぞ耐えがたい衝撃だろう。

レオンは負けを悟って激高し、けれど、どうすることもできずに立っている。

「下りるんだ」それは、ほとんど説得の口調に変わっていた。

「誰がはしごをかけたのか、あなたが力ずくで聞き出さないと約束するまで――」そこでタラの口から悲鳴がもれた。はしごを示そうと振り返ったひょうしに体のバランスを崩し、彼女は落ちると感じた。

ありえない速さでレオンが駆け寄り、彼女の服をつかんでなんとか部屋に引きずり戻した。タラは彼に寄りかかり、コートの襟にしがみついてさめざめと泣いた。レオンは彼女に腕をまわしたが、そこに優しさは感じられず、慰めの言葉もなかった。彼の体は硬く張りつめ、タラが少し落ち着いて顔を見上げたときも、そこには依然としてぞっとするような怒りの表情が張りついていた。

「なんてばかなことを！」彼女のすすり泣きがようやくおさまったところで、レオンの声がとどろいた。「あんなまねをして、馬の鞭で打ちすえてやる」

けれど言葉とは裏腹に、彼はタラを乱暴に抱き寄せるなり、彼女の顔を無理やり上に向け、震える唇を容赦なく奪った。タラは逃れようとしたが、力はほとんど残っていなかった。夫は容赦しなかった。

タラは彼に最後通牒《つうちょう》を突きつけ、プライドを傷つけたのだ。あの場面がもう一瞬だけ長引いていれば、彼はタラの要求をのんでいただろう。彼女の苦しみにはおかまいなしに、レオンは何度も繰り返し唇を奪い、彼女を罰した。

ようやく彼女を押し離すと、彼は窓を閉めた。そして再び向き直った彼を、タラはじっと見つめた。彼は私の命を救ってくれた……。でも、その目的は？　自分の快楽。それだけ。レオンの暗い目には殺意が潜み、酷薄な唇には見たこともないほど残忍な表情を浮かべている。彼が近づいてくるのに気づき、タラは小さなうめき声をもらした。長い指が彼女の腕をつかんで引き寄せた。

「明日の朝、もう一度質問する。だがいまは……」キスの間、タラは彼の腕の中で震えていた。「警告しただろう」時間をかけてキスしたあとで、レオンは言った。「僕を出し抜くのは不可能だと」

タラはうなずき、おとなしく認めた。「ええ、レオン」

「僕が今夜なぜ戻ったかわかるか？」

「いいえ」彼女は小さくすすり泣いた。

「知りたくないか？」

タラは弱々しく首を振った。「どうせいつもあなたが勝つのよ。この先もずっと」

「僕から逃れることを諦めたのか？」

タラは大きく唾をのみくだした。彼女は心で泣いていた。もはや奇跡でも起きないかぎり、助かる見込みのないことはわかっていた。

「ええ……たぶん」体を軽く揺さぶられ、彼女は答えた。

「今日の午後にふと、いずれ約束するしかないという君の言葉を思い出した。だがいまはまだだめだ、と。そのとき急に、すべてが嘘のように感じられた。そして君が嘘をついていた可能性に思い至ると、君の態度がすべて僕を欺くための策略だったとわかってきた。しかもその餌に、僕はまんまと食らいついてしまった！」

恐怖の一瞬、タラはまたしても罰を受けるのかと思った。

「どうしてそんな言葉を真に受けたのか、自分でも理解できなかった。だが、やがて気づいた。君を信用していたからだ！　その足でピレウス港へ向かい、レース用の船を借りて戻ってみたら……」

レオンは言葉を切った。その唇が震えていることに気づき、タラは驚いた。額には小さな汗の粒が光っている。

「僕は一度つかんだものは放さない。これで君も僕が夫であることを……そして君の主人であることを認める気になっただろう」

タラはため息をついて顔をそむけたが、レオンはそれを元に戻した。暗く激しいまなざしで、彼はタラにも目を合わせるようにしむけた。

「明日また……誰がはしごをかけたか問いただすの？」

「ああ、君にもきくし、使用人にもきく。彼らの中に僕に嘘をつけるような者はひとりもいない」タラのブラウスのボタンを外しながら、彼は答えた。

タラは手紙のことを思った。ダヴォスかクレアンテスがレオンにそのことを話すだろう。すすり泣きにも似たため息がもれ、彼女の体は震えた。

明日もまた、試練の一日になりそうだ。

「私は絶対に言わないわ」彼女はかすれた声でささやいた。「たとえあなたに殺されても、助けてくれた人の名前は言わない」

「君を殺しはしない……」レオンの手からブラウスが落ち、彼の唇がレースのブラの上の柔らかな丸みをさまよい始めた。一瞬一秒を楽しむようにゆっくりと、彼はレースの下着を外した。「この喜びを失うわけにはいかない。ひとりの女性からこんなに大きな喜びを得られたことは、これまで一度もなかった」

彼の唇がタラの片方の胸をとらえ、もう片方の胸に彼のしなやかな指が絡みつく。タラは消耗しきっていたにもかかわらず、彼の強力な磁力に引き寄せられて命を吹き返し、期待と興奮が早くも全身に広がり始めるのを感じた。レオンの手がスカートのファスナーを下ろし、スカートを床に落とすとき、その手が触れた。命じられるままに、タラはスカートの輪から外に出た。

「君はいまだに赤くなる。それは感動的とさえ言えるくらいで、とてもうれしくなる」

再び抱き寄せられて、タラは彼にしがみつき、ふくれあがる欲望に体が張りつめるのを感じた。レオンは勝ち誇った笑い声をあげながらタラを腕に抱きあげ、部屋を横切り、彼女をベッドに横たえた。服を脱ぐ彼を見つめる間、タラは体のすべてで彼のキスを求めていた。そのキスがどんなに荒々しく、その体がどんなに強引で支配的であっても、タラは自ら望んでそれを受け入れようとしていた。

12

翌朝、妻を問いただしても埒《らち》が明かないと判断すると、レオンは使用人を片っ端から尋問し、タラの予想どおり、手紙のことを聞き出した。

「誰からの手紙だ？」レオンは尋ねたが、もちろんタラは答えなかった。「明らかに郵便局からの配達ではなかったのだろうが」

「私を助けてくれた人物からよ」

「だが名前を明かすつもりはないわけだ。今後さらに見張りが厳しくなることはわかっているんだろうな？」

タラは肩をすくめた。

「もうどうでもいいの、レオン。私はとらわれの身よ。おそらくこれからもずっと」その場に座って夫を見つめながら、タラはゆうべ、怒濤《どとう》のような情熱に我を忘れたあと、彼の腕に抱かれて横になっていたときのことを思い出した。

それまではいつも、しばらくすると一刻も早く彼のそばから離れたくて、ベッドの端に逃れていた。けれどゆうべは、すべてが違って感じられた。何よりレオンがいつもより優しかった。そして彼女自身、そのまま彼の腕に抱かれていたいと感じていた。彼を嫌悪して逃れようとは思わなかった。

至福の瞬間が過ぎたあともずいぶん長い間、彼のぬくもりとたくましさを味わいながらうっとりしていた。そして今朝、かなり遅くに起きだしたときにも、ずっとそばにいて、その腕に包んで守ってほしいと感じていた。

「そしてこれもわかっていると思うが、たとえ君が逃げないと約束しても、僕はもう信用するわけにはいかない」

タラはまた肩をすくめた。

「約束させたいならしてもいいし、守りもするけれど、あなたが信用できないなら意味がないわね。私はこれまでどおりの暮らしを続けるしかないわ」タラはこみあげる涙を腹立たしげに拭った。「泣いてもどうにもならないのよ」すねたように、レオンにというより自分自身に対して言う。

「君の泣く姿は見たくない」レオンが言った。

「あなたが気にするとは思わなかったわ」タラはさっきと同じ怒りに満ちた口調で言い返した。

「おそらく君はこれからもずっと僕から逃げようとするんだろうな、タラ」

抑揚のない声に、タラは顔をしかめた。そこには恐ろしいほどの落胆が感じられた。

「実を言うと、僕はこれまで君が本気で逃げたがっているとは思っていなかった」

「私を……あなたが与える体の喜びだけでつなぎとめておけると本気で信じていたの？」

「ああ、確信していた」レオンは物思いにふけるような目をして、さっきまで座っていた椅子に再び腰を下ろした。

レオンはどこか落ち着かず、不安に駆られているようだった。それどころか自信を失っているようでさえあった。タラは動揺すると同時に、夫のそんな姿を見たくないと感じている自分に気づいた。まったくレオンらしくない。抵抗しながらもつねに魅了されてきた支配的なところがまったくない……。

タラは膝で組んだ手に視線を落とした。彼女の中で何かが起きていた。漠然とはしているけれど、少しうれしくなった。彼女は優しく静かな口調を心がけた。

「体の相性だけでは不充分だと言ったことを、覚えている？」

「覚えている」レオンは彼女を振り返ることなく、ぶっきらぼうに答えた。

「結婚には愛が必要だわ」彼女はなおも主張した。

「君はデイヴィッドを愛していた。あるいはそう信じていた。君はいまでも本当に、彼と結婚していたら一生幸せに暮らせたと信じているのか？」

「ええ、もちろん……」タラの声は小さくなり、とまどいとともに消えた。彼女は不意にデイヴィッドとの未来に深い疑念を抱いているのに気がついた。

「どうした？」レオンは目を細くして、硬いまなざしで彼女の目の奥をのぞきこんだ。「確信が持てなくなったのか？」

タラは茫然《ぼうぜん》としてかぶりを振り、心にゆっくりとしみこんできた驚くべき事実に打ちのめされ、じっと彼を見つめた。ありえない、この恐ろしい男を愛してしまったなんて！　あらゆる機会をとらえて私を支配し、自分の優位を誇示するために傲慢な態度で私を従わせてきた、この異国の男を！

「もちろん……確信してるわ！」

レオンは笑って片方の眉を上げた。「君はいったい誰を納得させようとしているんだ、タラ？」彼は自信を取り戻していた。

これが私の知っているレオン。私が慣れ親しみ、そして愛するようになった男……。

なんとかその思いを払拭しようと、タラは彼のいない人生を思い描いてみた。もちろんすばらしい人生に決まっている。あれこれ命令されることなく、無理やり従わされることもない。私は完全に自由の身……。

でも、私は本当に自由になりたいのだろうか。レオンのいない人生……。思い出だけが鮮やかに残るわびしい孤独な道が思い浮かび、タラは思わず目を閉じた。

いや！　彼を愛してしまうほど私は愚かではない。それに万一愛したとしても、彼のそばにはいたくない。男がこの世のすべてで、女は無に等しいと信じているような男なんて。

「誰を納得させようとしているのか尋ねているんだが？」

夫の声が静かに響き、タラは目を上げた。

「私はデイヴィッドを愛している。彼と結婚していれば二人で一生幸せに暮らせたわ」

「彼のことを聞かせてくれないか？」レオンは言いながら眉をひそめ、また考えこむような、落ちこんだ表情になった。「風貌は？」

タラは質問に答え、さらに、デイヴィッドと自分のあらゆる共通点について説明した。こぢんまりした家に少しずつ家具をそろえていったことも、懐かしさをこめて話した。そして結婚式の朝、目が覚めたら明るく晴れていて、とてもうれしかったことも。

「それに、ウエディングドレスもすごくすてきだったのに……」長いまつげを涙が伝い、頬にこぼれ落ちた。タラは、レオンが大きく唾をのみくだすのに気づいた。両手を握ったり開いたりしているのは、おそらく強い感情を外へ逃がすための無意識の動作だろう。

「話題を変えよう」不意にレオンが言い、腕時計に目を向けた。「二時間ほど書斎で仕事をして、それがすんだら僕も庭に出る」

「じゃあ、この件については……逃亡に関する話はこれでおしまいってこと？」

黒い瞳でじっと彼女を見つめたのち、レオンは答えた。「いずれ真実は明らかになる。だが、とりあえずいまは――」彼は両手を広げてみせた。「これ以上、追及しても得るところはなさそうだ。使用人でないのは確かだし、家の外に君の知り合いがいるとは――」彼は不意に言葉を切り、口元を引き結んでまっすぐにタラの目を見すえた。「僕の留守中に来客があったのか？」

「来客？」時間を稼ごうと、タラは繰り返した。レオンの頭に誰が思い浮かんだか、すぐ察しがついた。ディナーパーティの最中、彼女は始終ニコとしゃべっていたからだ。「その……来客と言ったの？」

「ニコだな！」レオンはかっとなった。「ニコが来たんだな、そうだろう？」

タラは首を横に振り、その瞬間、ソファに座ってタバコを取り出すエレネの姿がよみがえった。

「エレネが来たわ」引き続き時間を稼ぎながら、彼女はこれでレオンがニコのことを忘れてくれるよう願った。

「エレネが？」レオンは顔をしかめた。「彼女が君に手を貸したのか……。いや、彼女ではあのはしごを立てかけるのは無理だ」

「どうしてエレネだと思ったの？」タラはわざと甘い声で尋ねた。「でも、ありうるかもしれないわ。

そうすれば私という邪魔者が追い払えるから。そうでしょう、レオン？　いったい何が原因で彼女とけんかして、その腹いせに私と結婚したの？」

レオンが鋭いまなざしを向けてきた。「彼女はけんかのことを話したのか？」

「ええ、そうよ」

「訪問の理由はなんだと言っていた？」

「アテネで開催されるファッションショーのことで、あなたに会いたいと。会えなくて残念がっていたわ。あなたが戻ったとわかれば、すぐにでも連絡してくるんじゃないかしら」

レオンは眉根を寄せ、さらに何か質問を投げかけたいようなそぶりを見せた。だが結局、〝では昼食のときに〟と言い残して部屋を出ていった。

さらに一週間、それまでと同じような日々が過ぎていった。タラはニコに会ってレオンが疑っていることを伝えたかったが、彼はすでに難を避けてキオス島の友人宅に身を寄せていた。

一方、その間にレオンの態度はずいぶん変わり、タラにとって決まりきった日々はむしろ快適なものになっていた。

「どうやら落ち着いてきたようだな」ある日、初めて二人で楽しいひとときを過ごし、プールサイドで体を乾かしているとき、夫が尋ねた。「以前よりも満ち足りて見える」

夫の笑みに応えながら、タラは彼の顔をじっと見つめ、前にふと感じたことを思い出した。もしかして彼は、私に好意を抱き始めているのではないだろうか。それどころか、もしかすると愛情を感じ始めているのかも……。

「確かにこれまでに比べると落ち着いてきたかしら」タラの中に、彼の求めている言葉を聞かせたいと思う強い衝動がこみあげたが、同時に、いまこの瞬間にも逃亡のチャンスが訪れれば、自分は迷いなくそれをつかむだろうとわかっていた。

「うれしいよ、タラ」レオンの視線が彼女の体をさまよった。タラの姿を目で楽しんでいる。顔も、髪も、そしてはちみつ色に焼けた肌も。「君が僕の妻であることを受け入れれば、お互いにとっていい人生になる……永遠に」

「そしてあなたを主人として受け入れれば、と言いたいの？」タラは刺《とげ》を引っこめることができなかった。

レオンは顔をしかめ、息を吸った。「僕は君を支配したいわけではない」

それは思いがけない言葉だった。

「君が刺激するから、つい僕の悪い面が出てしまうんだ」

タオルで足の指をふきながら、タラはとまどった。なぜか心臓が激しく胸をたたいている。「私を支配したいわけではない……あなたがそんなことを言うなんて」美しいブルーの瞳の底に驚きを映し、タラは問いかけるように夫を見つめた。「これまでの行動や数々の脅しとまったく一致しないわね」

レオンはぼんやりとうなずき、眉間に深いしわを寄せて考えこんだ。「君の態度がそうさせてきたんだ」

そのひと言で、タラは思わず彼を遮った。

「私は抵抗しただけよ！　あなたが無理強いするから。どんな女でもそうするわ」

「だが君は僕の妻だ」レオンの声が、タラの聞きなじんだ高圧的な響きを帯びた。「僕には相応の権利がある」

どういうわけか、そのひと言でタラの気持ちはしぼんだ。「でも、私は無理やり妻にされたのよ」真剣な面持ちで指摘する。「なのになぜ、あなたが権利を主張するのかわからない」

「男は誰でも妻に対して権利がある」

そう宣言するなり、レオンは自分のタオルを取りあげ、立ち去っていった。

13

二日後、レオンは村へ髪を切りに行き、帰りに裁縫師のマルガリータの店に寄って、服を引き取ることになっていた。

彼が出かけて三十分もたたないころ、三人の男性がロバの背に乗って屋敷に続く小道を登ってくるのに気づき、タラは驚いた。屋敷への訪問者はきわめて珍しい。

不意にタラは目を見開き、その場に根が生えたように立ちつくした。自分の目にしたものが信じられなかった。唇からその名がこぼれたときでさえ、とうてい信じがたかった。

「デイヴィッド……」まさか、そんな！　これはきっと夢に違いない。幻に違いない……。

タラはなんとか体を動かした。神経の末端までが震えている。

デイヴィッドがここにいる！　二人の男性を引き連れて。そう、間違いない。これが別の状況なら、いまにもずり落ちそうな様子でロバにまたがる姿を見て、彼女は心の底から笑っていただろう。はるかに遅れて、鞭《むち》を手によろよろと歩いてくる、旅行客にロバを貸した老人の姿も見えている。

「デイヴィッド」タラは再びささやいた。混乱しながらも、自由の訪れがぼんやりと意識された。

「タラ！」デイヴィッドが彼女に気づいて片手を上げ、すぐにまたロバの首につかまった。

タラはよろよろと歩きだした。脚に力が入らない。

「デイヴィッド！」気がつくと歩みが速くなり、やがて彼女は駆けだした。

ダヴォスが急いで門へ向かったが、タラのほうが早かった。門を開けた彼女は、数秒後にはデイヴィッドの腕に抱かれ、彼の胸に顔をうずめて泣きじゃくっていた。

「デイヴィッド……ああ、どうしてここがわかったの？」気持ちが高ぶり、体が激しく震えている。自由になれる！　今度こそ間違いなく、私は自由になれる。何も、誰も、もう邪魔することはできない……。

抱きしめられて、デイヴィッドに慰めの言葉をかけられているタラに、男性のひとりがイギリス人の警官だと自己紹介し、もうひとりはギリシア人の警官だと説明した。

ダヴォスが見るからに不安げな顔をして近くに立っていた。タラに頼まれてイギリス人の警官が追い払ったにもかかわらず、申し訳程度に動いただけで、いまもハイビスカスの小枝をいじっている。枝に必要な世話をしているようなふりをしているけれど、黒い目はせわしなく後ろや前を見やり、レオンの一刻も早い帰りを願っていることは明らかだった。

「中へ入りましょうか？」イギリス人の警官が促した。「中でじっくり話を聞いて、事の全容を明らかにしましょう」

ギリシア人の警官がダヴォスに近づき、ギリシア語で話しかけた。タラはデイヴィッドを見上げ、さっきと同じ問いを繰り返した。

「どうしてここがわかったの？　本当に奇跡のようだわ。とてもあなただとは信じられなかった」

「警察がなんとか手掛かりをつかんでくれたんだ」デイヴィッドは答え、長期休暇を取っていた病院の守衛が職場に戻り、花束の件がつきとめられたことを説明した。「タラ、どうして僕に話してくれなかったんだ？」

「話せなかったのよ……。黙っているほうが波風を立てなくてすむと思ったの」

「君は電話のことも黙っていたね」イギリス人の警官が非難めいた口調で割って入った。「君が誰かに話していれば、我々はもっと早くここにたどり着けた」

「君はオペレーターに、電話をつながないように頼んだそうだね」デイヴィッドも同じく非難をこめて彼女を見下ろした。

タラはうなずき、後ろめたさから頬を染めた。

「あなたに打ち明けるべきだったわ、デイヴィッド。なぜそうしなかったのか、自分でもよくわからない……」その時点では見知らぬ男性だったレオンとの情熱のひとこまが浮かんできて、言葉が途切れた。実際にはとても打ち明けられる状況ではなかった。

「君がきちんと話していれば、誘拐なんてことにはならなかったんだ。その点は自覚しているかい？」

タラは黙っていた。夫を知るいまとなっては、そこまでの確信は持てなかった。レオンは一度決めたら、何がなんでも実行に移していたのではないだろうか。

ギリシア人警官のフィヴォス・メリアキスが戻ってきて、ダヴォスはだんまりを決めこんでいて話にならないと報告した。

「雇い主を恐れているんだな」彼はなまりの強い英語でいまいましげにつけ加えた。「こっちも脅してやったんだが」

一同は家の中に移動した。涼しく心地のよい居間に身を置くと、タラの気分もいくらか落ち着き、さらにはっきりと状況がのみこめてきた。これでもう横暴な夫に耐えることも、とらわれの身でいることもなくなる。両方の警官からの質問にも、彼女はきちんと答えられた。デイヴィッドは椅子に座って身を乗り出し、熱心に耳を傾けている。タラが結婚についてレオンに最終選択を迫られたときのことを話すと、デイヴィッドの口からうめき声がもれた。

「それじゃ、君はそいつと結婚したのか？　なんてことだ！」

「結婚するか、愛人になるか、二つにひとつだったのよ」デイヴィッドのあからさまな表情を目にし、タラは泣きたいほど惨めになった。「私が恐ろしい状況にあったことは想像できたでしょう？」

「そんなことは考えないようにしていた」彼は身を震わせた。「僕だってあれこれ想像して、地獄の思いを味わったんだ！」

彼はまたしても身を震わせた。その顔に映った表情が不幸せから嫌悪に変わるさまを、タラは息をのんで見守った。

ほかの男性がタラを所有していたかと思うと、彼には耐えられないのだろう。もちろんタラにも理解はできるけれど……。

「結婚だなんて……」デイヴィッドがつぶやく。「ほかの男と……それも外国人と……。ほかの男が君にそんなまねを……」不意に彼の顔が真っ赤になった。

「その事実は、忘れられそうにない？」タラは得体の知れない感覚にとらわれながら、ぼんやりとした疑念が湧いてくるのを感じた。誘拐された時点では、フィアンセを心から愛していた。そしてついさっき、庭で感極まっていたときにも、自分はやはり彼を愛しているのだと確信できた。でも、だったらレオンは？　彼のことも愛していると、すでに自分に認めたはずなのに。二人の男性を同時に愛するなんてありえない……。

「僕は……ああ、なんてことだ」デイヴィッドは感情を爆発させ、額の汗を拭った。「いまはまだ、そんなことはきかないでくれ。まだちゃんと考えられないんだ」

「もっと重要なことを尋ねてもかまわないかな？」

イギリス人警官のオスカー・スチュアートがいらだたしげに言葉を挟んだ。「君の夫はいまどこにいるんだね？」

「外出中です。村に出かけています」

「彼にもいろいろと質問したい」

「どうやって捜し当てたんですか？」タラは気になった。

「簡単だよ。国際刑事警察機構《インターポール》に調べてもらった」

「インターポール……」タラにはその響きが気に入らなかった。夫を犯罪者に仕立てあげる忌まわしい組織みたいに聞こえる。

「彼の帰りを待つ間に、もう少し確認しておきたいことがある」

オスカー・スチュアートに言われ、タラは再び注意を向けた。

「どうやら君は自らの意志でミスター・ペトリデスと結婚したようだ。私が理解できないのは、それならなぜ夫に頼んで国に連絡を取らなかったのか、という点だ」

「そうだ」今度はデイヴィッドが割って入った。「なぜだい？　連絡ぐらいはできただろうに」

タラが一部始終を説明すると、彼女の話が終わるより先にギリシア人の警官が首を横に振った。「その男を起訴するのは無理――」

オスカーが遮った。「誘拐があったんだぞ。しかもそれが発生したのはイギリスで――」

「だが、誘拐の目的は結婚だ」フィヴォスが遮った。「いずれにせよ、この女性には、夫を訴えるだけの証拠がない」

オスカーの口が固く引き結ばれた。明らかに怒っているようだ。そしてタラはというと……。夫が逮捕され、イギリスに連行されるという話は気に入らなかった。それに証拠が不充分なことは最初からわかっていた。

彼女の表情の何かがデイヴィッドの注意を引いたのだろう。おそらくは、夫が起訴されないとわかったときの安堵《あんど》の表情が。彼はとまどったようにタラを見つめた。

「君は……いまも僕を愛しているのか？」ためらいがちな口調から察するに、本当は、君は夫を愛しているのか、とききたかったに違いない。

タラは正直に答えた。「私のいまの望みは、ここを出てイギリスへ帰ることだけ。それからゆっくりと、いろいろなことを乗り越えていくわ」

「わかった、ダーリン。すぐに連れて帰る」

タラは笑みを返しながら、そうやって彼に〝ダーリン〟と呼ばれるたびに胸を躍らせていた自分を思い出した。同じ言葉がこれほど空々しく聞こえる日が来るなんて、あのころの自分にはとても信じられなかっただろう。

「ミスター・ペトリデスは、どれぐらいで戻るのかな？」フィヴォスが尋ねた。「起訴はできないにせよ、いくつか質問をして、君を連れていくことを説明しなければならない」彼はまっすぐにタラを見すえ、かすかに目を細めた。「君は本当に夫のもとを離れたいのか？」

デイヴィッドが驚いて振り返り、怒りを爆発させた。「あたりまえだ！　本人がはっきりそう言っていただろう！」

タラは椅子から立ちあがり、一同に飲み物を勧めた。オスカーは紅茶を、フィヴォスはウーゾと小皿料理のメゼを希望した。そしてデイヴィッドは、それよりもさらに強いブランデーを頼んだ。

「荷物をまとめてきたらどうだい？」デイヴィッドが言った。「次のフェリーを逃したら、下のホテルで一泊する羽目になる」

タラは顔をしかめた。この家があるのに下のホテルに泊まるという発想がばかげて感じられた。

でも私は、一刻も早くここから逃れたいのでしょう？　庭で過ごした孤独な時間。絶え間ない監視……。そんなすべてに別れを告げ、自由の身になって自分の国に帰れるのよ。

タラは病院のことを考えた。きっとあれこれ噂《うわさ》されるに違いない。いいえ、あそこにはもう戻れない。それにデイヴィッドとも、もう元には戻れない。だったら私はどうするの？　やはり……さっきデイヴィッドにも言ったように、目の前のことをひとつずつ片づけていくしかない。

とにかく肝心なのは、ここを出ていくこと。将来の計画についてはそのあとじっくりと考え直せばいい。

14

三人の男性に保護されたこの状況で、いまさら夫を恐れる必要はないはずだった。なのに、大きな箱を抱えて芝生の向こうから近づいてくるレオンの姿が居間の窓から見えたとたん、タラはみぞおちのあたりに強烈な不安を覚えた。

ダヴォスが駆け寄り、レオンが体をこわばらせて窓を振り返るのが見えた。

レオンが部屋に入ってくると、三人の男性がいっせいに立ちあがった。二人の警官が尋問する間、レオンは不安をちらりとも見せることなく、ずっとタラの視線をとらえていた。その間に二度ほどデイヴィッドの青ざめた顔に目を向け、口元に冷笑を浮かべた。

なんという自信だろう。タラは胸に誇りがこみあげるのを止められなかった。

レオンは質問にはイエスかノーだけでぞんざいに返し、場合によってはそれさえ返さず、尋問が終わると同時に妻に向き直った。

「どうやら君は自分の意志で結婚したと話したようだな」

「ええ、話したわ」タラは思わず顔をそむけた。彼の傲慢な表情の陰で、その目にかすかにでも悲しみの色が映っていたら、それを見てはいけない気がした。

「つまり君には不満はないわけだな?」

「あるに決まってるだろう!」デイヴィッドが大声をあげた。「結婚式の日に連れ去られたんだぞ。あとほんの一時間とちょっとで、僕の妻になっていたんだ」

レオンが彼のほうに向き直った。「タラはそのずいぶん前に、僕と結婚すると約束していた」レオンは穏やかに告げた。「彼女は僕を捨てて君と結婚することに決めたが、僕としては受け入れられなかった。彼女も心の底では僕の判断が正しかったと理解して――」

「おまえと婚約していただと？」デイヴィッドは花嫁を奪った男からタラの顔へと視線を移した。彼女の顔は深紅に染まり、こめかみには汗が噴き出ている。「嘘《うそ》だ！　ありえない……君が最初にこの男の話をしたのは、事故で病院に運ばれてきたときだったはずだ」

「婚約とは言っていない」レオンが言い、タラがうつむくさまに気づいて、彼女に近づいた。彼は大胆にも皆の見ている前で、彼女の顎を上向かせた。

「君は僕との結婚を約束した。そうだな？」ごくゆっくりとした、挑むような口調だった。

「ええ……私は……あなたと結婚すると約束した……」かすれた声で、タラは認めた。

「まさか……ありえない！」デイヴィッドは茫然《ぼうぜん》として首を振った。「いったい、どういうことだ？」

彼はレオンを問いただした。「いつから彼女を知っていた？」

「彼の入院中に会ったのが最初よ」タラが代わりに答えた。「彼は私たちが運命の相手だと確信して、それであるとき……私も説得されて……」

「いったい、いつのことなんだ？」

「君たちの結婚式の約一週間前だ」レオンはよどみなく答え、その場の状況をおもしろがるように、皮肉のこもった視線をタラに向けた。「彼女は君を諦めて、僕と結婚すると約束した」

「ばかな……ありえない」デイヴィッドは抗議した。

「タラ、言うんだ。こんなのはみんな偽りだと――」

「無理だ」レオンが遮った。彼は窓辺へ歩いていき、窓を背にして立った。「さっき本人も認めていただろう。彼女は僕と結婚すると約束し、自らの意志で結婚した。そしてすでに最初の子供も――」

「ばかな！」デイヴィッドは前に進み出て、レオンに殴りかかろうとするように片手を振りあげ、ぴたりと止めた。「タラ……嘘だろう？」彼はそこで体から急に力が抜けたみたいに、近くの椅子にどさりと座りこんだ。

身を縮めたその姿から夫へ視線を移すと、デイヴィッドが見劣りするのは否定できなかった。それでもタラの胸は彼への同情の念でいっぱいになった。タラと同様、もう気持ちは戻らないとしても、かつては心から愛してくれた男性だった。彼もまた苦しんでいるのは確かだった。彼女は静かに夫を見やった。

「子供はまだよ。それは夫の勘違いなの」タラは言い、デイヴィッドに視線を戻した。

レオンが鋭く視線を向けた。「本当か？」

「私をあなたに縛りつけるものは何もないのよ、レオン」彼女は悲しみとともに静かに告げた。「だから私は、この人たちと一緒に次のフェリーでここを去るわ。失礼してもかまわないかしら？」タラは部屋にいる全員を見渡した。「荷物をまとめてくるわ。十五分以内には戻れるはず――」

「タラ、待て！」命令する夫の声が響いた。「僕のもとを去るんじゃない。いいな？」

「彼女を引き留めるのは無理だ」オスカー・スチュアートがきっぱりと言った。「おまえは彼女を不法に連れ去った。それに――」

「君は僕を訴えるのか？」レオンが遮り、妻の顔を食い入るように見つめた。

「私は……」声が途切れた。このまま彼に不安を味わわせてやりたいとも思ったが、こんな状況で心にもないことを口にするわけにはいかない。「あなたには当然の報いだと思うけど」

「答えになっていない」

「あなたを訴えないわ」タラが静かに答えると、オスカーの口から怒りの声がもれた。

「つまり、気が変わったんだな?」レオンの顔から笑みが消え、真剣な表情になった。「そうなんだな?」

「もう時間がたってしまったわ。いまはもう、あなたが刑務所に入る姿は見たくない」

「つまりこれ以上、尋問も必要ないわけだ」フィヴォス・メリアキスが結論づけた。「このご婦人は一方と結婚を約束しながら、気が変わって逃げ出し、もう一方と結婚した。しかも見たところ、本人はどっちと一緒になりたいのかもわかっていないようだ。ギリシアではそういう女は浮気者と呼ばれて誰にも相手にされず、一生独身で過ごすのさ」

レオンの目が笑っているのに気づいて、タラは顔を赤らめた。悪魔をも恐れぬ、その大胆な態度が、彼女にはたまらなく魅力的だった。もっとも、そんなことはこれまで一瞬でも認めたことはないけれど。

「荷物をまとめてくるわ」

それ以上引き留められる前にと、タラは急いで部屋を出た。けれど寝室に来て三分とたたないうちに、二つの部屋を結ぶドア口にレオンが姿を現した。

「なんの用?」タラは尋ねた。沈黙が怖かった。嵐の前の静けさのような気がした。この期に及んで、なお逃亡を阻止されるのではないかと、レオンが怖くてならなかった。

「妊娠していないというのは本当なのか?」静かに挑むような声だった。

「本当よ。その点についてだけは、運命は私に味方してくれたようね」タラはベッドの上にスーツケースを置いて衣類を詰めこみ始めた。「ついに私は自由を勝ち取った。あなたは最終回で負けたのよ、レオン」

「何があっても負けは認めない」

「今回は認めるしかないわ」彼女はストッキングとスリップを投げ入れた。「あとで全部送り返すわね。スーツケースごと——」

「黙れ！」

タラは唾をのみくだした。腹立たしいことに心臓が早鐘を打ち始めた。

「こっちへ来るんだ、タラ」

彼女はかぶりを振り、ワードローブのほうへ向かった。その中からワンピースとコートを取り出し、ワンピースをスーツケースに入れ、コートはベッドの端に置いた。後ろを振り返ると、レオンがすぐそばに立っていた。とても逃げられる距離ではない。たくましい腕が痛いほど彼女を抱きしめ、官能的な唇が彼女を求めた。タラが命じられるままに震える唇を開くと、彼の唇が彼女をじらし、背筋をさざ波が駆け抜けて、欲望が早くも目覚めてくる。

「去れるわけがない」レオンは自信たっぷりに宣言した。「君は僕のものだ、タラ。絶対に手放すものか！」

「あなたがどんな手を使おうと、私を引き留めるのは不可能よ」彼の唇が再び合わさる前に、タラはなんとか訴えた。

「試してみるがいい。自分の妻がほかの男と逃げるのを、僕が許すとでも——」

「ほかの男？」タラは繰り返し、彼の顔を見つめた。

「階下《した》で椅子に座りこんでいる、あの意気地なしだ！　あんな男は君にはそぐわない。君に必要なのは僕だ！」

「私にはどちらも必要ないわ！」タラは力をふりしぼって声をあげ、レオンが驚いている隙に彼の手を逃れた。「私は一生結婚なんてしない。それであなたの慰めになるかどうかわからないけれど」

「君はすでに結婚している」

「二、三カ月もすれば解消よ！」

タラはベッドに駆け寄ってスーツケースのふたを閉め、コートを腕にかけて体の向きを変えた。するど再びレオンが行く手をふさいでいた。恐怖がいっきにふくれあがり、タラは鋭く叫んだ。

「まだわからないのか——」階段を駆け上がってくる足音に気づき、レオンは言葉を止めた。ドアが勢いよく開き、三人の男たちがなだれこんできた。

「大丈夫か？」デイヴィッドに蒼白《そうはく》な顔で尋ねられ、タラは答える代わりにスーツケースを手渡した。

「私を連れていって」彼女はすすり泣いていた。神経はすり切れ、心臓は痛いほど胸をたたいている。

「イギリスに帰りたい！」

レオンはどうするべきか判断しかねているようだった。三人を相手に戦うかもしれないと思ったが、さすがに無理と悟ったらしい。

「これで終わりではないからな。君は必ず戻ってくる！」それがタラが最後に聞いた夫の声だった。彼女は部屋をあとにし、デイヴィッドと二人の警官がそれに続いた。

船の上で、デイヴィッドが彼女の視線を避けつつ指摘した。

「君はまだあの男の影響力に縛られているようだけど」

タラはうなずいた。嘘はつきたくないし、つく必要もない。「そうよ、デイヴィッド。病室で初めて会ったときからそうだった」

「なのに僕には話さなかった」

「話すようなことではなかったから」タラは謝罪の気持ちをこめて答えた。

「あいつの影響を振り払おうとしたのか？」

「もちろんよ。私のいちばんの望みはあなたとの結

「僕たちはきっと、幸せになれたと思う」

「しばらくの間は……そうね。同感だわ。でも時がたつにつれ、たぶんだめになったんじゃないかしら」

「どうしてそんなことが言えるんだ？」

「私たちがお互いを愛していないことに気づいたからよ」

デイヴィッドは否定するでもなく、小さくため息をついた。「船のレストランに食事に行こうか。おそらく二人でともにする最後の食事になるだろう」

オスカー・スチュアートが飛行機の空席を照会すると、その夜の便はすべて満席で、翌日もひとり分しか空席はなかった。「要するに、全員ホテル泊まりというわけか。さらなる時間の無駄だ！」今回のことが立件に至らず、オスカーはいまも機嫌が悪かった。


婚だったもの」

タラは近くに立つ二人の警官に目を向けた。フィヴォス・メリアキスはアテネに戻り、オスカー・スチュアートはイギリスに帰る。レオンを逮捕しそこねたことで、オスカーがタラに腹を立てているのは明らかだった。

「だが、いまはもう望んでいないんだね？」デイヴィッドが尋ねた。

「望んでいないのはあなたでしょう？」タラの指摘に、彼はうなずいた。「おそらく私たちの結婚は間違いだったんだと思う。あのときはお互いが運命の相手だと信じていたけれど」デイヴィッドが黙っているので、タラはつけ加えた。「結婚する前にそれがわかったのは、せめてもの救いだったと思わない？」

「あの男が君を連れ去らなければ、僕たちは結婚していた」デイヴィッドの声は痛みに満ちていた。

「せっかくだから街に出てみない？」タラはデイヴィッドを誘った。「アクロポリスを見に行きましょう」

デイヴィッドはしぶしぶ従ったものの、終始不機嫌だった。

「すぐにイギリスに戻れなくて、君は喜んでいるんだろうな」遺跡をぶらつき、やがて出口へ向かいながら、デイヴィッドがむっつりと指摘した。

「ばかなことを言わないで」

「だけど僕には、いまもギリシアにいられて喜んでいるようにしか見えないがね。つまりあいつの国に」タラがため息をついて答えずにいると、彼は続けた。「これだけ離れているにもかかわらず、君はまだあいつの影響に縛られている。本当にあいつを愛していないと言えるのか？」

最後のひと言にはかすかな非難がにじんでいた。

そして口元には冷ややかな笑みが浮かんでいる。デイヴィッドのそうした表情を見るのは、タラには初めてだった。無理もない。

「気になるなら教えてあげる」タラは率直に答えた。「そう、彼を愛しているの」

「やはりな」デイヴィッドの目に軽蔑の念が広がった。「だったら、どうしてあの男から逃れようと思うんだ？　君は明らかに支配されて楽しんでいた。あれだけぞんざいな扱いを受けてひと言の文句も言わないんだから。まったくタラ、君はいったいどういう女性なんだ？」

「さあ」タラはほとんどひとり言のようにつぶやいた。「彼の存在感が強烈すぎて……どうしようもないのよ」

「それが気に入っているわけか？　男っぽくて？　君みたいな女性があんなふうに服従を強いられて、いつまで黙っていられるんだろうな」

「だから彼のもとを離れるのよ。私が彼を愛していると気づいたのなら、それもわかってくれていると思ったけど」おそらくレオンと暮らすことは二度とない。彼が私を愛してくれたなら……。残酷なやり方に頼ることなく私を支配してくれたなら……。敬意と優しさをもって愛してくれたなら……。

その夜デイヴィッドがあまりに不機嫌だったので、タラは彼に翌日の便で先に帰るよう勧めた。彼は同意し、タラはオスカーとともにあとから帰国することになった。別れは気まずいものとなり、デイヴィッドを見送ったのち、タラはすっかり消耗していた。そこへオスカーが追い打ちをかけた。

「まったくもって時間の無駄だ！」ディナーをともにしながら、彼は率直に言った。「君のあの夫を首尾よく逮捕して帰るつもりでいたのに。まさか結婚していたとは。おかげですべてが水の泡だ！」

彼のあまりの態度に、タラは顎をぐいと上げた。

「言っておきますけれど、ミスター・スチュアート、たとえ結婚していなかったとしても起訴はできなかったでしょうね。私は自分の意志で彼についていったんだと、あれは誘拐なんかじゃなかったと証言しますから」

「なんだって！」彼はまじまじとタラの顔を見つめ、しばしの間をおいて続けた。「まったく女という生き物は。ものの五分で気が変わる。君はイギリスに帰りたいと言うが、私には誘拐犯のもとに帰りたがっているとしか思えないんだが」

オスカーの顔に何か思案するような表情が浮かんだので、タラは視線を避けて料理に注意を戻した。彼の言うとおり、できることなら夫のもとに帰りたい。

「明日はイギリスに帰れるのかしら。席はもう予約できたの？」タラは尋ねた。

「君は好きにすればいい」

その声には怒りに加え、タラには理解できない別の思惑があるようだった。タラが顔を上げると、オスカーはいまもじっと見ている。

「あなたにそんなことができるわけないわ」タラは自信を持って宣言した。「まさか私をひとりで置き去りにするなんて」

「いや」彼は驚くほど甘い声でつぶやいた。「君をここにひとりで置き去りにするわけじゃない……」


翌朝、タラは街に出かけ、あちこちさまよったすえに憲法広場にたどり着き、屋外のカフェでコーヒーを飲んだ。彼女はその後もう一度アクロポリスへ行くことにした。そこへ行けば、つかの間でも平和な気分が味わえるに違いない。遺跡の中をぶらぶらと歩きながら、彼女ははるかな昔、この大理石がまだ新しかったころ、アテナの神に詣でる人たちでこの場がにぎわう光景を思い浮かべていた。

時間が過ぎ、空腹を覚えて我に返ると日はすでに傾き、アテネは〝すみれ色の冠〟をいただく時刻を迎えていた。

ホテルのロビーに足を踏み入れた瞬間、彼女は名前を呼ばれた。驚いて振り返ると、目の前にニコがいた。

「こんなところで何をしているんだ？　その……レオンも一緒なのか？」

タラは首を横に振った。「私、逃げてきたのよ、ニコ」

「逃げてきた？　でも、どうやって？」

言葉の割には落ち着いている印象を受けたが、タラが質問に答えるより先に、彼はラウンジで飲み物でも飲みながら話そうと誘った。

ラウンジで席に着くと、タラはいっきに事情を説明した。続いてニコも、あの晩、大慌てではしごのそばから逃げ出したことを説明した。

「走る力では彼にかなわないからね」ニコは苦々し

く締めくくった。

「あれは逃げてもしかたのない状況だったわ。でも、どうしてあのあと連絡をくれなかったの？」

「しばらく身を潜めていたほうが無難だろうと思ってね。君に手を貸したのが僕だったと、レオンが思いつくかもしれなかったからね」

実際、レオンは思いついていた。あのときは意外にもそれ以上追及しなかったけれど、いまにして思えば、ニコを捜したものの見つからなかったのかもしれない。

「それでいまは、どうしてここにいるの？」タラは尋ねた。

答える前に、ニコはかすかにためらった。そして答えながら、わざと視線をそらしているような気がした。

「ピレウス港に船を泊めてあって」

「ヒドラ島へはすぐに戻るの？」

「そう、まもなく」ニコは問いかけるようにタラを見つめた。「君も戻りたいか？」

タラはかぶりを振ったが、心からそう思っているように見えたかどうか自信がなかった。

「君はレオンを愛しているのか？」長い沈黙のあとで、ニコが言いにくそうに尋ねた。

タラは涙でかすむ目で彼を見つめ、唾をのみくだした。早く飲み物が来てくれるといいのに。口の中がからからだった。

「ええ、愛しているわ。でも、彼のもとにとどまるわけにはいかないの。イギリス人として、結婚にはどうしても愛が必要なのよ。夫の愛が」

「とても悲しそうだね」ニコがためらいがちな声で言う。

「そりゃあ悲しいわ。愛する夫のもとを去らなければならないんだもの。レオンが私を愛してくれさえすれば、人生は本当に最高なのに。もちろん悲しいに決まってるわ」タラは繰り返し、やっとの思いで涙をこらえた。

「僕もかなり君を好きになりかけていたんだが、どうやらチャンスはなかったようだ。いまならわかるよ」

「逃げるのを手伝ってくれてありがとう、ニコ」

「さして役に立てなかったけれどね。レオンは怒っていたか？」

「きかないで」タラは身を震わせた。「殺されるかと思ったわ」

「彼は気が短いから」ニコは力なく笑みを浮かべた。

「それでいて、いつも女性が寄ってくる。僕みたいな人がいいだけの紳士は、あまりお呼びではないようだ」

「あなたにもいつかふさわしい人が見つかるわよ、ニコ」

彼は肩をすくめ、話題を変えた。「エレネも島を去ることになった。これからはずっとアテネに住むそうだ」

「そうなの？」タラの胸の鼓動が速くなる。「じゃあ、レオンと元の鞘《さや》に戻るわけではないのね？」

ニコはうなずいた。「レオンは結婚しているからね」

「彼とは離婚するわ」タラはきっぱりと告げた。

飲み物が届き、彼女はいつになく大きくそれを飲みくだした。人は往々にして、何かを飲むことで悲しみを忘れようとする。どうか自分にもそれができますように、と彼女は祈った。けれど残念ながら、そう簡単に忘れさせてはもらえなかった。

「彼のほうは離婚には応じないんじゃないかな……」ニコは顔をしかめた。「話題を変えよう」何か思いついたように、腕時計を見やる。「出発は夜半だと言っていたね。二時間ほど僕の船で過ごさないか？」

「十一時十五分前までに空港に行かなくてはならないのよ。その前にミスター・スチュアートとここで落ち合うことになっているし、時間がないんじゃないかしら」タラは首を横に振った。「せっかくだけれど、ニコ、食事もまだだし――」

「船で一緒に食べればいい。僕のクルーはけっこう、そういうのが得意なんだ」ニコは期待に満ちた表情で返事を待っている。タラとしては、万一のことがあって飛行機を逃してはいけないと思ったが、断れば当然、ニコはがっかりするだろう。結局、彼女は笑みを浮かべて同意した。

二人はタクシーで港へ向かい、ほどなくニコの豪華クルーザーに乗船した。タラはレオンの船を思い出し、同時に、無理やり乗せられたときの恐怖がよみがえった。

「先にサロンへ行っていてくれないか。僕もすぐ行く」ニコは言い、タラが振り返ると、すでに姿を消していた。

サロンといっても、どこにあるの？　いなくなる前に、せめてそこまで連れていってくれても……。それにこの船はどうしてこんなに暗いの――。

「こんばんは、タラ」

半ばからかうような穏やかな声に思考を中断され、顔から血の気が引くのを感じながら、タラはさっと振り返った。

「もう一度、君を誘拐することにした。よき友人のニコの助けを借りてね」そして彼は完全にくつろぎ、自信に満ちた様子でドア口に立っていた。「二度目はちょっと退屈かもしれないが。さあ、来るんだ！」

タラはまわれ右をした。船を降りるのでも海に飛びこむのでもかまわない。この距離なら岸まで安全に泳ぎつける。けれど彼女は片手をつかまれ、結局、どちらもできずに夫の顔を見上げることになった。

そしてあたりを見まわして、息をのんだ。

「これはあなたの船なのね……」なんとかそれだけ口にしたところで、彼に唇を奪われた。それはかぎりなく優しいキスだった。

「できれば、からかってやりたいところだが、君はあまりにもおびえた顔をしている。二度と僕を怖がらないでくれないか、僕の愛する人……」声がかすれて消え、彼はしばし言葉を失ったように彼女を胸に抱きしめていた。

レオンの激しい心臓の音が、自分の心臓の音をかき消して彼女の耳にも聞こえてくる。奇跡が起きたんだわ。タラはめまいに襲われながら考えた。どうしてこんなことになったのか、理由などもうどうでもいいとわかっていたけれど、それでも気がつくと彼のコートの襟を握りしめていた。「これはどういうこと……ああ、レオン、いったい何が起きたの？とても信じられない……お願い、本当のことを言って」彼女は泣いていた。「あなたは私を……愛しているの？」

「そう、君に夢中だよ！」

再び彼に抱きしめられて、これまで何度もそうだったように、タラはしばし夫の情熱にのみこまれた。でもこれは……いままでとは全然違う。だって彼は私を愛しているのだから……。

「いつから？」ようやく彼が放すのを待って、タラは再び尋ねた。

レオンは彼女をサロンに招き入れ、いくつか明かりをつけた。ほの暗い照明、花、静かに揺れる船。彼の説明を聞くには最高にロマンチックなセッティングだった。どこか波止場のほうから、心にしみるような民族楽器のブズキの演奏も聞こえてくる。

二人は指をからませ合ってソファに座った。レオンの肩に頭を預けて話に耳を傾けながら、タラは多くのことを知った。

　彼女が窓枠から身を乗り出したとき彼が感じた恐怖。その恐怖が招いた怒り。キオス島から戻ったニコを捕まえて真実を聞き出したこと。そして、逃亡が成功していたらただではすまさなかった、僕は妻を愛しているんだぞと、ニコに告げたこと。

　さらに驚いたことに、レオンはオスカー・スチュアートからいきなり電話を受け、レオンを救うためなら偽証もいとわないというタラの言葉を教えられたという。

「それを聞いて……君が僕を愛しているんだとわかった」レオンはタラを優しく抱き寄せ、震えている唇にキスをした。「僕はずっと君に愛されたいと願っていたんだ。だが僕は君をさんざんに扱ってきたし……」彼の唇から深い後悔のため息がこぼれた。

「僕は誰のことも愛したくなかった。愛のない結婚に幸せはありえないという君の考えも、内心ばかにしていた。だが結局、君の良識をそのまま受け入れる羽目になった」

　彼はそこでいったん言葉を止め、ニコにピレウス港まで来てもらい、ホテルで待機するよう頼んだことを打ち明けた。

「彼は見事な演技だったわ。まったく気づかなかったもの」

「君を連れて戻らなければ僕がひどく不機嫌になると警告しておいたからね」

「きっと自分のしようとしたことを償わなければならないと感じたんでしょうね」タラはぼんやりとつぶやいた。

「だが君が思っているほどニコがあっさり引き受けてくれたわけではない。僕を手伝うのはかまわないが、君が僕を愛していると確信できないかぎり船には誘わないと言われた。僕が君を愛しているだけではだめだ、それでは君がまたとらわれの身になり、ニコとしては君を裏切ることになるからと」

「そういえば、かなり単刀直入にきかれたわ」タラはその場面を思い出した。「そうよ、確かに私があなたを愛しているかどうか確認してから、彼の船に誘ったのよ！」

「それはまあ、そうするしかないだろう？」

「ああ、やっぱり彼は愛すべき人だわ！」

「なんだって？」

「言いたいことはわかるでしょう？」タラは笑った。「それはどうも！　そういうことはもっとロマンチックに言ってほしいな。現在準備中の最高に特別なディナーのあとで」

「もちろんあなたのことも愛している」

レオンはタラを抱き寄せて激しく唇を奪い、彼女があえいで息を継ぐまで放さなかった。

「いつ私を愛していると気づいたの？」

「その質問に答えるのは不可能だ。自分でもよく考えるんだが、おそらくひと目ぼれだったんだろう。病室で君と出会ったあの瞬間、あれほど強烈に女性に惹《ひ》かれたのは生まれて初めてだった。君が欲しくてたまらず、必ず手に入れると自分に誓ったんだ」

タラは力なく首を振った。まさかあれがひと目ぼれの瞬間だったなんて。「あれは欲望だと思っていたわ、レオン」

「僕もだ、あの時点では。だが……」彼は肩をすくめた。「いずれにせよ、いまは君を愛しているのだからかまわない」

タラは柔らかな唇をそっと彼の口に押し当てた。「ああ、君を愛している！」レオンはかすれた声で言い、硬く引きしまった自分の体にタラのほっそりした体を抱き寄せた。そのまま彼女とともに立ちあがり、大きなブルーの瞳を見下ろす。その瞳は愛と幸せに満ちていた。いまなお説明の足りない部分が二、三残ってはいるものの、どちらもこれ以上時間を無駄にはしたくなかった。

サロンの落とした照明の下で、二人は体を寄せ合い、互いの未来と愛の喜びに思いをはせた。それこそが結婚でいちばん大切なものなのだから。

アン・ハンプソン
自伝的エッセイ

ハーレクイン日本創刊四十五周年記念の特別企画《特別付録付き豪華装丁本》が、おかげさまで大好評につき、引き続き不定期で刊行されることが決定いたしました！　第七弾となる今回は、ハーレクインの黎明《れいめい》期を支えたロマンス小説家、アン・ハンプソンが綴《つづ》った自伝的エッセイを特別掲載いたします。人生の酸いも甘いも嚙《か》み分けた大作家の知られざる私生活や仕事風景を少しだけ覗《のぞ》いてみてください。

私の小説を読んでくださる読者の方というのは、いったいどんな方たちだろうとよく考えます。それと同じように、読者の皆さんも私のことをどんな人間だろうとお思いなのではないでしょうか。私は、大きくもなく小さくもない、いたってふつうの体形で、特別に嫌いなものも、苦手なものもありません。人が好きで、動物や木や花といった自然に関するものすべてを愛しています。水面《みなも》のきらめく小川に囲まれた山々や、夕日や、星がきらきら輝く澄みきった夜空、頬を撫《な》でてゆくそよ風もすべて。小説の執筆以外には、岩石や化石の収集、アンティークの収集、それから旅行を趣味としています。飛行機は怖くてちょっと乗りたくないですが、船旅がたまらなく好きです。

執筆中はこれでもかというくらいコーヒーを飲むのですが、いつもコーヒーカップを、たまにサンドウィッチもあれば、それらを取りに階段を駆け下りています。でも月曜日だけはお手伝いさんがやってきて、コーヒーはもちろんのこと、ちゃんとした昼食を作ってくれます。ミセス・ブレイスウェイト（以下、ミセスB）は、生命を維持するために必要な最低限の栄養しかとっていないような私のずぼらな生活態度を見過ごしてはくれず、そんな生活を続けていたら早死にしてしまいますよ、とお説教をされます。責め口調で「あなたの困ったところは、物語を書くことしか頭にないことですよ！」なんて嘆かれたりして。

実際、返す言葉もございません。そのとおりなのですから。睡眠をとるには筆を置かなければならないわけですけれど、私は書くことが好きすぎて、筆を置くなんて耐えられないと思うことがしばしばあります。ときには時計に左右されるのをやめて、明け方の三時、四時まで書き続けることだってあるくらいです。

ご存じかもしれませんが、私の小説の舞台はすべて実在する場所なので、膨大なリサーチが必要で、私のデスク周りには資料の書籍や、旅先で書いた途方もない数のメモが散乱しています。皆さんに一度、うちの書斎をご覧いただきたいほどです。ミセスBは絶望のあまり、降参のしるしに両手を上げ、何も触ろうとしません。まあ、私としては非常にありがたいわけですが——なぜなら、彼女がいったん掃除を始めると、すべて完璧に掃き清めてしまうのですから。

書くことは私の生活手段であるだけでなく、趣味でもあります。単にお金のためだけにうまく書く人間はいない、とさる著名な英国人作家が論じていらっしゃいますが、私も完全に同意見です。私の執筆スタイルは、海外を歩き回って現地の人々にインタビューして、その方々のお話と私が持った印象を録音していきます。スナップ写真を撮りまくり、手に持てる限りの絵葉書を買いあさり、地図も集めます。

そして家に帰ると、すべての資料を整理して、地図や絵葉書は壁に貼り出し、スナップ写真は大きなボードに並べて貼りつけます。最後に、たくさんあるメモを、植物、動物、地形、風習などなど、さまざまな見出しをつけて仕分けします。これらの資料をもとにいくつかの物語を書き上げて、やがてまたまったく新しいエキゾチックな舞台を見つけて取材しなければならない時が来たら、海外へ旅に出るのです。

さて、私自身について、ほかに何かお伝えできることはあるでしょうか。ああ、そうそう、私の性格についてまだお話ししていませんでしたね。人生はつつがなく送れればそれに超したことはありませんが、私には少々衝動的なところがあり、しばしば困難に見舞われてきました――とはいえ、不安を補って余りある達成感を得ることができたのも確かですけれど。例えば、友人のカフェに座っていて、その友人から店舗を格安で譲ってもいいと言われたとき、私は自分が大儲《おおもう》けしてカフェのチェーン展開までこぎ着ける姿を想像し、衝動的にそのチャンスに飛びつきました。残念なことに、当時の私は仕事の大変な側面のことなどちっとも考えていなかったのです。仕事は好きでしたが、長時間労働の負担にやがて心が萎えはじめました。結局、友人はカフェを始めて一年、私は一年と二カ月で店を閉じることにしました。本当に運よく、そういう店舗を探している若くてやる気のあるカップルがいると聞き、私は彼らに店を売ったのでした。

自分は個人経営には向いていないと思った私は、マンチェスターの縫製工場で働くことにしました。工場の真向かいには教員養成のための教育大学があって、そこに出入りする〝大人〟らしき学生たちを見ているうちに、羨ましく感じるようになっていきました。彼女たちは私とどこも変わらないような女性に見えたので、私は衝動的に、そう、またしても衝動的に、大学の構内に入っていって、学長に会うことにしたのです。学長は背の高い、白髪のスコットランド人女性で、彼女にまず要求されたのは、卒業証明書の提出でした。私には卒業証明書などそもそもなかったので、もちろん、提出は不可能だったのですが。（父は亡くなっていて、母は当時まだ八歳の弟を育てていたため、私は十四歳で学業を離れて働きに出なければならなかったのです。）どうやら、必要な資格も持たずに大学入学を希望した生意気な志願者は、これまで私以外には誰もいなかったようです。

「お時間を無駄にしてしまってすみませんでした」

私はそう謝って、出口に向かいました。けれども、学長は私を呼び戻すと、最寄りの社会人教育カレッジの住所を告げて、三つの科目を受講してから再度、面接と試験を受けに来るようにとおっしゃってくださいました。

その三つの科目というのは、たまたますべて午後に授業を受けなければならないことがわかったため、私の夢ははじめの一歩から困難の壁にぶちあたりました。十七年の結婚生活が終わりを迎え、気づけば独りぼっちになっていたあのときからずっと私の家としてきたトレーラーハウスの場所代を払い、自活していくためには、どうしても働かざるをえないのでした。

それでも、私はそう簡単にはくじけませんでした。縫製工場を辞め、牛乳配達の仕事に転職したのです。好きな時間に始められるので、昼までに終わるように朝の五時半から働きました。それが功を奏し、大学で楽しい三年間を過ごしたのち、私は教員免許を取得し、すばらしい友人たちにも恵まれて、今でも思い出して楽しめるようないい思い出がたくさんできました。

私は四年間 教鞭《きょうべん》を取ったあと、フルタイムで小説を書いて生きていくことを決断しました。小説家というのは孤独な職業ですので、ときおり、教師仲間たちのために、一学期かそこらの間だけ教職に戻ろうかと思うこともあります。

私自身のこと、そして私のさまざまな冒険について――楽しかったことも、つらかったことも含めて、もっともっとお話ししたいところですが、どうやらミセスBが呼んでいるみたいなので、昼食が冷めてしまう前にそろそろ行かなければならないようです。というわけで、次の機会まで、ごきげんよう。そして、楽しい読書を！

アン・ハンプソンの貴重なエッセイはいかがだったでしょうか？　これは一九七九年に書かれたもので、まさに同じ年の九月に、ハーレクインは日本に上陸しました。その創刊月には全部で六作のロマンスが同時発売されたのですが、そのうちの一作にアンの作品もありました。ハーレクインを形作った作家の一人だったと言っても過言ではありません。

本アンソロジーに収録の『ゼウスにさらわれた花嫁』の原書も一九八〇年に発表されたので、このエッセイとほぼ同時期に書かれたのだと思うと、感慨深いものがあります。

エッセイの中で、「船旅がたまらなく好き」と語っているアン。天涯孤独のヒロインが余命宣告を受け、家財を売り払って豪華客船の旅に出て、ハンサムな運命の男性と恋におちる名作『最後の船旅』が再版される予定ですので、このあとに特別掲載しているアン・ハンプソン全作品リストと今後の刊行予定をぜひチェックしてみてくださいね。

アン・ハンプソン
全作品リスト

本リストには、これまでにハーレクイン・レーベルから刊行された作品が掲載されています。既刊作品は、書店でご注文いただいても入手不可能な場合がございますので、あらかじめご了承ください。尚、今後さまざまなシリーズで再版してまいります。今後の刊行予定を本付録の末尾にご紹介しています。

1『再会のエーゲ海』　加藤しをり 訳　1979年9月20日刊R-5

2『最後の船旅』　馬渕早苗 訳　1979年10月20日刊R-10

3『復讐のゆくえ』　加藤しをり 訳　1980年4月20日刊R-33

4『サタンのキス』　桐原富美枝 訳　1980年7月20日刊R-45

5『僧院のジュリアン』　福田美子 訳　1980年9月20日刊R-52

6『気まぐれ花嫁』　小林節子 訳　1980年11月20日刊R-65

7『地中海の夜明け』　小林節子 訳　1981年5月20日刊R-101

8『バハマの光』　安西梨枝 訳　1981年10月20日刊L-4

9『恋は仮面舞踏会で』　豊田菜穂子 訳　1981年11月20日刊L-9

10『アポロを待ちながら』　戸川さわこ 訳　1981年12月20日刊L-14

11『予期せぬ関係』　小林礼子 訳　1982年1月20日刊L-18

12『恋の夕陽』　田川麻子 訳　1982年2月20日刊L-21

13『そっと愛を』　風見まひろ 訳　1982年3月20日刊L-25

14『遠い愛、近い愛』　藤井道子 訳　1982年4月20日刊L-29

15『暁の二重奏』　田端　薫 訳　1982年6月20日刊R-177

16『愛の自由契約』　三好陽子 訳　1982年7月20日刊R-184

17『愛のいけにえ』　平　敦子 訳　1982年8月20日刊R-190

18『王女の墓』　大沢　晶 訳　1982年9月5日刊I-21

19『残された日々』　田村たつ子 訳　1982年10月5日刊I-25

20『愛と復讐の島』　富田美智子 訳　1982年11月5日刊I-32

21『一ペニーの花嫁』　須賀孝子 訳　1983年1月5日刊I-43

22『やすらぎ』　三木たか子 訳　1983年2月5日刊I-50

23『愛を夢みて』　間山やす子 訳　1983年2月20日刊L-72

24『木曜日になれば』　神谷あゆみ 訳　1983年2月20日刊R-225

25『二人のジプシー』　三好陽子 訳　1983年3月5日刊I-56

26『幸福のために』　西川和江 訳　1983年5月20日刊L-81

27『そしてエーゲ海へ』　久野千恵 訳　1983年6月20日刊L-88

28『オリンピアの春』　木原　毅 訳　1983年6月20日刊R-250

29『くちづけのあとに』　庄野三紀 訳　1983年7月20日刊L-91

30『ムーン・ドラゴン』　田村たつ子 訳　1983年7月20日刊R-257

31『誘拐また誘拐』　神谷あゆみ 訳　1983年8月5日刊I-85

32『スタブロス家の人々』　加藤しをり 訳　1983年8月20日刊R-261

33『思い出のアフリカ』　松永早苗 訳　1983年10月20日刊L-101

34『キプロスを逃れて』　富田美智子 訳　1983年11月5日刊I-103

35『愛の通り雨』　中沢　薫 訳　1983年12月20日刊L-109

36『エメラルドの島』　三沢純子 訳　1984年1月20日刊L-115

37『過ぎ去りし日々』　南　麻美 訳　1984年2月20日刊L-117

38『たそがれに愛の調べ』　郷司真佐代 訳　1984年3月20日刊L-123

39『夜の香り』　谷　みき 訳　1984年6月20日刊R-323

40『魔法の指輪』　川西芙沙 訳　1984年7月20日刊L-139

41『夜の水中花』　小林ゆたか 訳　1984年8月20日刊L-141

42『愛の始発駅』　沢　のぼる 訳　1984年9月20日刊L-147

43『夏の物語』　高橋直子 訳　1984年10月20日刊L-150

44『渚のプレイバック』　塚田由美子 訳　1985年1月20日刊R-363

45『星影のメヌエット』　水野陽子 訳　1985年2月20日刊L-166

46『女性機長フォーン』　三好陽子 訳　1985年2月20日刊R-370

47『ガムランの調べ』　吉野ひとみ 訳　1985年3月20日刊L-170

48『葡萄色のメモリー』　古澤　紅 訳　1985年4月20日刊L-173

49『絹のすじ雲』　田村たつ子 訳　1985年4月20日刊R-383

50『ガラスの心』　吉野ひとみ 訳　1985年5月20日刊L-180

51『翡翠の森』　あべ朱里 訳　1985年5月20日刊R-388

52『ふたりの宝島』　富田美智子 訳　1985年6月20日刊R-394

53『誘惑の珊瑚礁』　英　さち子 訳　1985年7月20日刊L-187

54『悪魔のばら』　安引まゆみ 訳　1985年8月20日刊R-405

55『招かれざる花嫁』　高橋尚子 訳　1985年11月20日刊L-202

56『愛よ、ふたたび』　菊池陽子 訳　1986年1月20日刊L-209

57『カリブの人魚姫』　吉澤康子 訳　1986年12月20日刊L-253

58『エーゲ海に散る』　高木晶子 訳　2015年1月20日刊R-3034

59『不機嫌な後見人』　柿沼摩耶 訳　2015年11月20日刊R-3114

60『ゆえなき嫉妬』　霜月　桂 訳　2016年1月20日刊R-3130

61『悪魔に娶られて』　深山　咲 訳　2016年6月5日刊R-3166
（のちに改題。『黒鷲の大富豪』　2022年10月20日刊R-3724）

62『暴君とナニー』　柿沼摩耶 訳　2016年7月5日刊R-3174

63『ゼウスにさらわれた花嫁』　槙　由子 訳　2017年6月5日刊R-3251

～～今後の刊行予定～～

『最後の船旅』　馬渕早苗 訳
ハーレクイン・プレゼンツ作家シリーズ別冊
《ハーレクイン・ロマンス・タイムマシン》　2025年4月5日刊PB-406

ハーレクイン

ハーレクイン・プレゼンツ・スペシャル　2017年10月刊（PS-92）
ハーレクイン・ロマンス　2017年6月刊（R-3251）

花嫁の願いごと一つ

2025年3月20日発行

著　　者	ダイアナ・パーマー アン・ハンプソン
訳　　者	香野　純（こうの　じゅん） 槙　由子（まき　ゆうこ）
発 行 人	鈴木幸辰
発 行 所	株式会社ハーパーコリンズ・ジャパン 東京都千代田区大手町 1-5-1 電話 04-2951-2000（注文） 0570-008091（読者サービス係）
印刷・製本	大日本印刷株式会社 東京都新宿区市谷加賀町 1-1-1
装 丁 者	AO DESIGN

ISBN978-4-596-72507-3 C0297

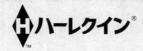